浙江省精品课程建设成果

教育学

宋秋前　陈宏祖　主编

浙江大学出版社

图书在版编目（CIP）数据

教育学 / 宋秋前，陈宏祖主编. —杭州：浙江大
学出版社，2010.8
ISBN 978-7-308-07829-0

Ⅰ.①教… Ⅱ.①宋… ②陈… Ⅲ.①教育学－高等
学校－教材 Ⅳ.①G40

中国版本图书馆 CIP 数据核字（2010）第 141631 号

教 育 学

宋秋前　陈宏祖　主编

策划编辑	阮海潮
责任编辑	阮海潮（ruanhc@zju.edu.cn）
封面设计	刘依群
出版发行	浙江大学出版社
	（杭州市天目山路 148 号　邮政编码 310007）
	（网址：http://www.zjupress.com）
排　　版	杭州中大图文设计有限公司
印　　刷	浙江印刷集团有限公司
开　　本	710mm×1000mm　1/16
印　　张	20.25
字　　数	385 千
版印次	2010 年 9 月第 1 版　2010 年 9 月第 1 次印刷
书　　号	ISBN 978-7-308-07829-0
定　　价	39.00 元

前　言

教育学作为教师教育专业的公共必修课程,具有专业标志的性质,其教材的质量直接影响着教学的效果和学生培养的质量。近年来,以提高教师专业化水平为核心和导向,我国对传统的师范教育进行了空前的改革,一个多元化、开放式、一体性的现代教师教育培养培训体系已经初步形成。以此为背景,人们对教育学课程教材建设和课堂教学提出了更高的要求。

自 20 世纪 50 年代我国引进苏联凯洛夫《教育学》开始,我国亦着手开展对教育学教材的建设工作。纵观我国教育学教材建设的历程,不难发现,过去高师教育学教材的内容结构体系大多以知识传授为主,缺乏相应的教育教学能力培养与训练。在教材中,既没有具体的教育教学能力训练的内容和措施,也缺乏明确而具体的目标要求。这无疑是造成我国高师学生教育教学能力薄弱的重要原因。国内外有关教师心理的研究表明,在教师具备了必要的文化基础知识和学科知识后,教师的教育教学专业能力便成为影响其教育教学效果的最重要因素。因此,传统知识传授型的教育学课程教学很难适应我国当前教师教育发展与改革的需要。同时,从现有教育学教材看,不同程度上存在着过分强调内容体系的完整性和"科学性",忽视理论与实践的有机结合,阐述国外教育理论多、总结国内教学经验少,理论思辨性成分多、实际操作性成分少,文字晦涩难懂等弊端,从而在教学实践中容易出现内容空洞、学生阅读兴趣低、教学有效性差等现象。所有这些问题都在不同程度上影响了当前教育学课程的教学质量和教师的专业化发展。

针对这些问题,多年来,我们一直致力于教育学课程教材建设、课堂教学改革和师资队伍建设,并取得了一定的成绩。从 1998 年至今,我们围绕教育学课程建设和教学改革这一主题,先后立项完成了三个校级项目和三个省部级课题,其中《开展行动研究,提高教育学教学质量》教育学课程建设成果 2002 年获浙江省教学成果二等奖,《教学缺失与矫治策略》2006 年获教育部颁发的第三届全国优秀教育科研成果三等奖,《有效教学的理念与实施策略》2008年获浙江省高校科研成果一等奖,并在广大中小学校产生了积极的影响。经过多年的教育学课程建设和教学改革,我校教育学课程已经建立了一套较为完整的教学资料和制度,网络教学环境、课程教学网站和现代化的教学手段、方法改变了以往教育学教学中师讲生听的单一教学模式,大大丰富了学生学习的资源和途径,加强了教育学课堂教学中的师生互动,提高了师范生运用教育理论分析和解决教育教学实际问题的能力,极大地促进了我校教育学学科的发展和教学水平与教学质量的提高。由于我们在教育学课程建设和教学中取得的优良成绩,2008年我校"教育学"被列为浙江省精品建设课程。

本书是浙江海洋学院重点建设教材和浙江省"教育学"精品建设课程的部分成果。在编写过程中,我们力图体现以下几个特点:第一,教育理论与基础教育实践相结合。长期以来,高师教育学教材一直存在着理论脱离实际、缺乏时代特色等弊端。为了改变这一现状,本书在教育理论体系建构和内容选取上始终坚持理论联系实际的原则,理论阐述通俗易懂,问题分析贴近基础教育,以利于学生的学习和运用。第二,教育理论知识学习和教育思维能力培养相结合。在编写原则上,我们关心的不仅是告诉读者"是什么"和"怎样做",更重要的是要启发读者思考"为什么"和"怎样想"。本教材力图通过不同教育思想、教育流派、教育模式的分析比较,进而启发读者的教育思维。第三,正确处理国外教育理论与本土教育理论间的关系。长期以来,我国的教育学教材阐述的主要是国外的教育理论和学说,而对国内的教育经验和理论缺乏应有的重视和系统总结。为了克服这一现象,本书在理论阐述时,既注重国外教育理论的介绍,更重视本土教育理论和实践经验的系统总结,以凸显教育学的中国特色。第四,科学性和创新性相结合。我们尽可能把最新的研究成果吸收到教材内容中来,让学生了解教育理论研究的前沿动态,也把参编教师与学者的研究心得奉献给大家。

本书在编写过程中,引用和借鉴了国内不少有代表性的教育学著作与教材的观点与材料,以及许多教育理论研究者的研究成果和教学实际工作者的实践事例。正是由于这些理论成果和教学事例,增益了本书的理论内涵和实践特性。在此,谨向他们表示最诚挚的谢忱。

感谢浙江大学出版社对我们的大力支持,感谢阮海潮编辑为拙作出版所付出的辛勤劳动。

在本书即将付梓之际,笔者特别怀念恩师李志强先生。先生曾以其慈父般的关爱、睿智的思想、严谨的治学作风和一丝不苟的教学态度,给我以无穷的鞭策和启迪,把我引入了教学研究的殿堂。现在,先生虽因病已经离开了我们,但是先生的谆谆教诲和关爱将永远激励着我努力地学习和工作。

　　本书是集体智慧的结晶,全书由宋秋前、陈宏祖主编,各章编者如下:宋秋前:第一章、第六章、第七章,尹伟:第二章、第三章,孔云:第四章、第五章、第九章,刘煜:第八章、第十章。

　　由于我们水平有限,本书尚有许多不足之处,诚望读者批评指正。

宋秋前

2010 年 7 月

目　　录

第一章　教育与教育学 ………………………………………… 1

　第一节　教育概述 …………………………………………… 1

　　一、教育的概念 …………………………………………… 1

　　二、教育的产生和发展 …………………………………… 2

　第二节　教育学概述 ……………………………………… 10

　　一、教育学的概念 ………………………………………… 10

　　二、教育学的研究对象 …………………………………… 11

　　三、教育学的产生与发展 ………………………………… 13

　第三节　学习教育学的意义 ……………………………… 19

第二章　教育功能 ……………………………………………… 22

　第一节　教育功能概述 …………………………………… 22

　　一、教育功能的含义与基本分类 ………………………… 22

　　二、教育功能理论的历史演进 …………………………… 25

　第二节　教育的个体发展功能 …………………………… 28

　　一、个体发展的特点及其对教育的制约 ………………… 28

　　二、影响个体发展的主要因素 …………………………… 30

　　三、教育促进个体社会化的功能 ………………………… 33

　　四、教育促进个体个性化的功能 ………………………… 35

　第三节　教育的社会功能 ………………………………… 36

　　一、社会发展对教育的制约 ……………………………… 36

　　二、教育的经济功能 ……………………………………… 39

　　三、教育的政治功能 ……………………………………… 41

　　四、教育的文化功能 ……………………………………… 43

　　五、现代社会发展对教育的要求与挑战 ………………… 45

第三章　教育目的 ……………………………………………… 50

　第一节　教育目的的概述 ………………………………… 50

一、教育目的的概念与作用 ·············· 50

二、教育目的的基本结构 ·············· 52

三、教育目的的价值取向 ·············· 54

第二节 制定教育目的的依据 ·············· 57

一、制定教育目的的客观依据 ·············· 58

二、制定我国教育目的的理论依据 ·············· 59

第三节 我国教育目的的理论与实践 ·············· 62

一、我国的教育目的 ·············· 62

二、全面发展的教育 ·············· 65

三、当前我国教育目的实践中的主要问题 ·············· 68

第四章 教师与学生 ·············· 72

第一节 教 师 ·············· 72

一、教师职业的产生与发展 ·············· 72

二、教师劳动的特点 ·············· 74

三、教师的专业发展与专业素养 ·············· 77

第二节 学 生 ·············· 88

一、教育史上不同的学生观 ·············· 89

二、现代学生观 ·············· 90

三、学生学习的年龄与个体差异 ·············· 92

第三节 师生关系 ·············· 96

一、师生关系概述 ·············· 96

二、理想师生关系的特质 ·············· 98

三、理想师生关系的建构 ·············· 101

第五章 课 程 ·············· 104

第一节 课程概述 ·············· 104

一、课程的含义 ·············· 104

二、制约课程的因素 ·············· 105

三、课程的类型 ·············· 106

第二节 课程编制 ·············· 109

一、确定课程目标 ·············· 110

二、选择和组织课程内容 ·············· 112

三、课程实施 ·············· 119

四、课程评价 ·············· 123

第三节　课程改革 ………………………………………… 127

一、课程改革的内涵 ……………………………………… 127

二、我国基础教育课程改革回顾 ………………………… 128

三、当代世界基础教育课程改革的发展趋势 …………… 130

第六章　教学(上) ……………………………………… 140

第一节　教学概述 ………………………………………… 140

一、教学的概念 …………………………………………… 140

二、教学的意义 …………………………………………… 141

三、教学的任务 …………………………………………… 141

第二节　当代教学理论流派介绍 ………………………… 143

一、我国改革开放以来有效教学的主要流派 …………… 143

二、当代国外重要教学理论 ……………………………… 161

第三节　教学原则和方法 ………………………………… 165

一、教学原则 ……………………………………………… 165

二、教学方法 ……………………………………………… 169

第四节　教学的组织与实施 ……………………………… 172

一、教学组织形式 ………………………………………… 172

二、教学工作的基本环节 ………………………………… 176

第五节　学生学业成绩评价 ……………………………… 178

一、学业成绩评价的基本种类及用途 …………………… 179

二、测验的效度、信度、难度和区分度 ………………… 180

三、命题双向细目表 ……………………………………… 181

四、学生学业成绩评价制度改革举要 …………………… 182

第七章　教学(下) ……………………………………… 192

第一节　有效教学的基本理念 …………………………… 192

一、有效教学的含义 ……………………………………… 192

二、有效教学的基本特征 ………………………………… 194

第二节　有效教学的实施策略 …………………………… 195

一、有效课堂教学策略 …………………………………… 195

二、有效课堂管理策略 …………………………………… 204

三、有效作业与练习策略 ………………………………… 208

四、有效学习指导策略 …………………………………… 214

第八章　德　育 ···································· 221

第一节　德育概述 ···································· 221

一、德育的含义 ···································· 221

二、德育的功能 ···································· 222

三、几种重要的德育观 ···································· 225

第二节　德育的目标与内容 ···································· 227

一、德育目标的含义与特征 ···································· 227

二、德育目标制定的依据 ···································· 228

三、我国中小学德育的基本内容 ···································· 229

第三节　德育过程 ···································· 232

一、德育过程的概念与特点 ···································· 232

二、德育过程的矛盾 ···································· 234

三、德育过程的规律 ···································· 235

第四节　德育原则 ···································· 238

一、德育原则概述 ···································· 238

二、德育的基本原则及其贯彻要求 ···································· 238

第五节　德育方法和途径 ···································· 244

一、德育的主要方法 ···································· 244

二、德育的主要途径 ···································· 249

第六节　当代西方主要德育理论 ···································· 253

一、道德认知发展理论 ···································· 253

二、价值观澄清理论 ···································· 256

三、社会学习理论 ···································· 257

四、体谅道德教育理论 ···································· 259

五、品格教育运动 ···································· 260

第九章　教师的教育研究 ···································· 263

第一节　教师成为研究者 ···································· 263

一、教师成为研究者的必要性与可能性 ···································· 263

二、教师成为研究者的意义 ···································· 266

三、教师的研究对象 ···································· 266

第二节　教师进行教育研究的程序 ···································· 269

一、选定研究课题 ···································· 269

二、制定研究方案 ···································· 270

三、实施研究计划 …………………………………………… 271

四、表述研究成果 …………………………………………… 271

五、成果的应用与反馈 ……………………………………… 272

第三节　教师进行教育研究的方法 ………………………… 273

一、观察法 …………………………………………………… 273

二、文献研究法 ……………………………………………… 273

三、调查访问法 ……………………………………………… 275

四、问卷法 …………………………………………………… 276

五、教育实验法 ……………………………………………… 277

六、案例分析法 ……………………………………………… 278

七、行动研究法 ……………………………………………… 279

八、叙事研究 ………………………………………………… 281

第十章　班级管理 …………………………………………… 285

第一节　班级概述 …………………………………………… 285

一、班级的含义 ……………………………………………… 285

二、班级的功能 ……………………………………………… 286

三、班级管理的意义 ………………………………………… 288

第二节　班集体的发展与教育 ……………………………… 290

一、班级群体的概念 ………………………………………… 291

二、班集体的含义及特点 …………………………………… 291

三、班集体的培养 …………………………………………… 293

四、班集体的形成与发展 …………………………………… 297

第三节　班级管理模式 ……………………………………… 299

一、班级管理模式的概念 …………………………………… 299

二、班级管理模式设计的原则 ……………………………… 299

三、班级管理模式的主要类型 ……………………………… 301

四、班级管理模式优化的策略 ……………………………… 302

第四节　班主任工作 ………………………………………… 304

一、班主任工作的主要内容 ………………………………… 304

二、班主任工作的基本要求 ………………………………… 305

三、班主任的素质 …………………………………………… 306

主要参考文献 ………………………………………………… 310

第一章　教育与教育学

自从有了人类社会,也就有了教育。在长期的教育实践和研究过程中,人们积累了丰富的教育实践经验和理论成果。作为未来的教师,首先应该深入了解教育和教育学的产生和发展,深刻认识学习教育学的重要意义。

第一节　教育概述

什么是教育? 教育是怎样产生和发展的? 当今世界教育的发展趋势如何? 这是学习教育学首先要碰到的问题。

一、教育的概念

什么是教育? 这是每一个从事教育理论和实践工作的同志都必须首先弄清楚的概念。自从人类社会产生教育以来,人们对教育这种现象就有各种不同的解释和说明。在我国,"教育"一词最早见于《孟子·尽心上》中的"得天下英才而教育之,三乐也"。按东汉许慎《说文解字》中的解释,"教,上所施,下所效也";"育,养子使作善也"。其范围大体包括了今天德育和智育两个方面的内容。《中庸》曰:"天命之谓性,率性之谓道,修道之谓教。"荀子认为,"以善先人者谓之教"。《学记》中说:"教也者,长善而救其失者也。"在西方,教育原是"引导"、"引出"、"诱导"之意,即教育者引导受教育者使其完善发展。法国教育家卢梭(1712—1778)认为,"教育应当依靠儿童自然发展的过程,培养儿童所固有的观察、思维和感受的能力"。德国教育家福禄培尔认为,"教育就是引导人增长自觉,达到纯洁无瑕"。美国教育家约翰·杜威则认为,"教育即生活,即生长,即经验"。从上述简略的解说中可以看出,它们之间尽管存在着种种差异,但是有一点是共同的,那就是它们都把教育看作是一种培养人的活动,是引导和促进年轻一代身心发展的过程。

经过长期的争议探讨,我国目前关于教育概念的理解基本一致。人们普遍认为,教育有广义和狭义之分。从广义上说,凡是有目的地增进人们的知识、技

1

能,影响人们的思想品德的活动,都是教育。这种活动可能是有组织的、系统的,也可能是无组织的、零散的,但它们都是人们有目的地对受教育者施加某种影响使其朝着预期结果和方向变化的过程。这里,我们在理解教育的广义概念时,应特别注意其专门的目的性。这是因为:首先,能增进人的知识技能的不只是教育,各种社会实践都能增进人的知识技能,但只有教育是以此为专门目的的活动,如把凡能增进知识技能的活动都称之为教育,那就抹煞了教育与人类其他活动的界限。其次,影响人的思想品德的也不一定是教育。因为社会生活中与人发生关系的一切都可能对人的思想品德发生作用、产生影响,只有教育是以此为专门目的的活动,如把凡能影响人的思想品德的都称之为教育,那么我们就可以把与人发生关系的一切社会存在都称为教育了。这显然是不确切的。

狭义的教育主要是指学校教育,是指教育者通过学校对受教育者施加的有目的、有计划、有组织的影响,引导受教育者获得知识技能、陶冶思想品德、发展智力和体力,以把受教育者培养成为适应一定社会需要和促进社会发展的人的活动。这种意义上的教育,教育者是受过专门训练的职业教师;教育内容是按照一定的目的预先有计划地选定并有一定的系统性和稳定性;受教育者是经过专门组织的;教学手段是经过精心选择,利于受教育者对教育内容的接受。这四个方面相互作用而产生的活动是在特定的环境(学校)中实现的。狭义上的教育包括学前教育、普通中小学教育、高等教育、各类职业技术教育等。

此外,"教育"一词有时还作为思想教育的同义语使用。

二、教育的产生和发展

教育是人类特有的、永恒的一种社会现象,是伴随着人类社会的产生而产生、并随人类社会的发展而不断向前发展的。

(一)教育的产生

教育是人类社会所特有的现象,它是在社会生产劳动中产生的,起源于劳动。马克思主义认为,劳动创造了人类社会,劳动是人类社会存在和发展的第一个基本条件。正是由于劳动,才使猿的机体进化为人的机体,使手成为劳动的器官,使大脑成为思维的器官,使语言成为交际的工具。这些都为教育的产生创造了前提条件。

原始的人类,为了生存,必须进行生产劳动,并在劳动中积累了丰富的劳动经验,而儿童一代只有接受这些劳动经验,才能从事生产劳动,这就要求年长一代把劳动经验传授给儿童一代。这便是教育的萌芽。在生产劳动中,人们不仅积累了劳动经验,而且也积累了生活经验。生产劳动,从来就是社会劳动,人们之间必然结成一定的社会关系。人们在社会生活中,形成了一定的劳动纪律、生活习惯、行为准则和道德规范等，年长一代也只有把这些内容传授给儿童一代，才能使儿童一代投入社会生活，参加生产活动，这便是教育。只有通过这种教育活动，才能使新生一代继承年长一代积累起来的经验知识，使人类社会不断发展和延续下去。教育就是这样从原始的人类社会的生产劳动过程中产生的。我国是世界上最早产生教育的国家之一，远在四五千年以前，就开始了有组织的教育活动。据《尚书·舜典》载，虞时郡设学官，管理教育事务，如以契为司徒，敬敷五教，即担负对人民进行父义、母慈、兄友、弟恭、子孝等五种伦理道德的教育责任。

从这里可以看出，自从有了人类社会也就有了教育，教育是人类社会特有的现象，它担负着传递生产经验和社会生活经验的社会职责，是普遍的、永恒的社会生活范畴。

肯定教育的社会性，肯定教育产生和发展是由于人类社会不断发展的需要，为人类社会所特有，这就从根本上把教育与动物的本能行为区别开来。在教育的起源问题上，教育的生物起源论和心理起源论都是错误的。

教育的生物起源论的创始人是法国社会学家、哲学家利托尔诺（C. Letourneau，1831—1902）与英国教育学家沛西·能（T. P. Nunn，1870—1944）。利托尔诺在《各人种的教育演化》（1900）一书中认为，教育这种现象不仅存在于人类社会，而且超越人类社会范围之外，甚至在人类产生以前，教育就早已在动物界存在。他把动物对小动物的爱护和照顾都说成是一种教育，甚至在昆虫界也有教师和学生。他指出："兽类教育和人类教育在根本上有同样的基础……在低等人类中进行的教育，与许多动物对其孩子进行的教育甚至相差无几。"沛西·能在他的《教育原理》中也明确提出，"教育从它的起源来说，是一个生物学的过程，不仅一切人类社会（不管这个社会如何原始）有教育，甚至高等动物中间也有低级形式的教育"，又认为"教育是扎根于本能的不可避免的行为"，"生物的冲动是教育的主流"。这种教育的生物起源论，把作为一种极为重要的社会现象的教育贬低为本能行为，把教育过程看作是按生物学规律完成的本能过程。按照这种观点，教育就成为一种无目的的活动，成为一种不能为人的意识所调节控制和支配的活动。教育的生物起源论是教育学史上第一个正式提出的有关教育起源的学说，其根本错误在于将人类的教育贬低为动物的本能活动，否认了教育的社会性和目的性。

美国学者孟禄从他的心理学观点出发，批判了生物起源论，提出了教育的心理起源论。他认为，利托尔诺没有揭示人的心理与动物心理的本质区别。但是，孟禄在批判利托尔诺时却又把儿童对成人的一种出于本能的模仿说成是教育过程的基础。他指出，不论成人是否意识到，儿童总是在模仿他们，模仿是教育的手段，也是教育的本质。他分析了原始社会的教育：儿童仅仅是通过观察和使用"尝试成功"的方法学习如何用弓箭射击,如何加工被杀死的动物,如何烹饪,如何纺织,如何制作陶瓷。重复的模仿成功,使失败越来越少,这给予了在原始时代的儿童在技艺方面所获得的全部东西。孟禄的这种心理起源论与生物起源论实际上并没有本质的区别,它同样是把一种无意识的模仿的本能看作是教育的基础,否定了教育产生发展的社会性,把儿童的发展看作是无法控制的对象。

(二)教育的历史演进

教育在社会生产劳动中产生,并随着社会的发展而发展。在不同的历史阶段,由于生产力发展水平和政治经济制度的差异,教育就有不同的性质和特点。根据历史唯物主义的观点,依据社会生产力发展水平的不同,我们把教育的发展历程概括为原始教育、古代教育和现代教育三大阶段。

1.原始教育

人类社会从原始人群到氏族公社的漫长历史时期,称为原始社会。在原始社会里,生产力水平很低,人们的劳动只能维持最低限度的生活,没有剩余产品,生产资料按照原始公社的公有制来分配,人人劳动,共同享受,没有剥削,没有阶级。教育还没有从社会生活中分化成为专门的事业,没有专门的教育机构和教育人员。因此,教育的特点是:第一,形式简单。教育是在生产劳动过程和日常生活中进行的,是与生产劳动紧密结合的。第二,内容贫乏。最初是狩猎、捕鱼、采集野果、制造工具等,后来,随着生产力的发展,出现了畜牧业从农业中的分离,出现了饲养牲畜、种植庄稼、制造陶器、建筑房屋等;后期,由于部落之间经常发生冲突和战争,也出现了军事教育的萌芽。第三,机会均等。由于原始社会是没有阶级的,所有的儿童和青年都同样享受教育的权利。据考古学家考证,在原始人群居时期,一类是从事狩猎、捕鱼的成年男女;另一类是负责照管动物、建筑隐蔽场所的老人和儿童。老人对儿童、少年的教育起着特殊的作用。老人不仅把制造生产工具的经验传授给年轻一代,而且还有意识地告诉少年儿童关于社会生活的经验。原始人群里,儿童被视为共有的,抚养教育儿童也是共同的责任和任务。

2.古代教育

古代教育包括奴隶社会和封建社会的教育。这两种社会的教育,虽然在目的、内容、制度和组织规模等方面有所不同,但存在着许多相同之处,我们把它们统称为古代教育。

(1)奴隶社会的教育。随着金属工具的出现,生产力的提高和剩余产品的出现,使一部分人有了专门管理生产、从事文化科学活动的可能,同时也为私有制的产生提供了条件。这样,社会上出现了剥削和阶级,原始社会开始解体,奴隶社会逐渐形成。我国的夏、商和西周就属于奴隶社会。奴隶社会时期在教育史上的一个重大发展,是教育开始从生产劳动和社会生活中分离出来,出现了专门的教育机构,即学校。

据我国《礼记》等书记载,在夏朝已有"庠""序""校"的教育机构,到了商朝和西周,又有"学""泮宫"等学校的设立。西周时期,我国的学校教育制度已经比较完备,建立了政教合一的官学体系,并有了"国学"和"乡学"之分,形成了以礼乐为中心的文武兼备的六艺教育,即礼、乐、射、御、书、数。春秋战国时期,官学衰微,私学勃兴,孔子因办私学,并倡导"有教无类"而成为中国历史上最负盛名的教育家。

在欧洲奴隶社会中,出现了古希腊斯巴达和雅典两种教育体系。斯巴达教育的突出特点是注重军事体育训练。这与当时国家处于征战状态有关。"斯巴达教育的唯一目的,就是要通过严酷的军事操练把氏族贵族的子弟训练成体格强壮的武士。"[①]斯巴达的儿童属于整个国家,奴隶主贵族子弟从 7 岁到 18 岁,住在国家教育场所,过兵营生活。其教育的基本内容是赛跑、跳跃、角力、掷铁饼、投标枪"五项竞技"。此外,还必须学习骑马、游泳、击剑、唱战歌等。青少年在接受教育中需要历尽艰苦,经受磨炼,如冬天光头赤足,睡觉不用被褥,挨打、受伤不能哭。18 岁的青年,需转到高一级的军事训练团进行正规军事训练,年满 20 岁的青年,要开往国家边境沿线驻扎,开始实践训练,直到年满 30 岁,通过一定仪式,才能获得完全的公民身份,全部教育历程至此结束。

雅典的教育是繁盛雅典文明的重要内容和标志。雅典教育的目的是把受教育者培养成为身心和谐发展的能履行公民职责的人。雅典教育内容比单纯实施军事体育训练的斯巴达教育要丰富得多,教育方法也灵活多样。雅典奴隶主贵族子弟中的男孩,7 岁开始上文法学校和弦琴学校,到 12、13 岁时,一方面继续在文法学校或弦琴学校学习,同时又进入体操学校学习。到了 15、16 岁,大多数青少年不能继续上学,少数贵族子弟可进入国家主办的体育馆学习。这一阶段主要从事军事体育训练,同时继续学习文化知识并接受艺术教育。文化知识主要是学习文法、修辞和哲学三门学科。雅典的教育制度对后世教育产生了深远影响。

这个时期,人类社会进入阶级社会,在教育上的表现之一则是教育权为贵族所垄断,"学在官府",只有奴隶主子弟才能入校学习,劳动人民子弟只能通过父传子或师传徒的方式,在劳动和日常生活中学习一些生产和生活经验。学校教育一开始,便被统治阶级所垄断,成了他们进行阶级统治的工具,学校教育与生产劳动相脱离。

(2)封建社会的教育。由于铁制家具的普遍使用,畜力用于耕作,社会上出

---

①　王天一,夏之莲,朱美玉. 外国教育史. 北京:北京师范大学出版社,1984:26.

现了新的生产关系和新的阶级——地主和农民,封建社会代替了奴隶社会。在封建社会里,农业生产力比奴隶社会大大提高了一步,社会的财富和人类的经验也日益增多,因而封建社会的学校教育较之奴隶社会的学校教育,在规模上逐渐扩大,在类型上逐渐增多,在内容上日益丰富。但是,由于封建社会的生产仍是手工操作的小生产,生产劳动者的培养不需要通过学校教育,因而封建社会的学校教育,仍然没有培养生产工作者的任务,基本上也是与生产劳动脱离的。

在封建社会里,学校教育被地主阶级所垄断。在我国封建社会里,学校大体上分为官学和私学两种。官学具有鲜明的等级性,以学校制度较为完备的唐朝学制为例来说,唐朝由中央直接设立的学校有六学二馆。六学是:国子学,收文武三品以上官员的子孙入学;太学,收文武五品以上官员的子孙入学;四门学,收文武七品以上官员的子孙入学;律学、书学和算学,收八品及八品以下官员的子孙和通律学或书学的庶族地主的子弟入学。二馆是:东宫的崇文馆和门下省的弘文馆,此二馆专收皇帝、皇后的近亲及宰相大臣的儿子。在地方设立的学校有:州学、府学、县学,这些学校的入学条件虽无严格的等级限制,但由于名额所限,只有地方官吏和富豪地主的子弟才有入学的机会,农民和手工业者的子弟是无条件进入的。至于历代的私学,表面上虽是人人可以入学,但由于学费的限制,贫困的农民和手工业者的子弟也是很难进去学习的。劳动人民的子弟基本上还是通过家传父教、师傅带徒弟等形式在生产劳动的实践中,学习生产斗争的知识和技能,接受家长和师傅的思想影响,养成热爱劳动和相互帮助等优良品质。

儒家思想在我国漫长的封建社会里占据统治地位,儒家的封建伦理道德是维系封建社会的精神支柱。儒家"学而优则仕"的主张,成了我国封建社会的教育目的。封建统治者利用教育,把自己的子弟培养成为统治劳动人民的官吏和士君子。儒家的经典著作"四书"(《论语》、《孟子》、《大学》、《中庸》)和"五经"(《诗经》、《书经》、《易经》、《礼记》、《春秋》)是我国封建社会教育的主要内容。此外,也传授一些算学、天文、医学等自然科学方面的知识。在教育方法上是崇尚书本,要求学生死记硬背,对学生实行棍棒纪律教育。在教学组织形式上是个别教学。

在我国封建社会里,封建统治者除了通过学校培养为他们服务的人才外,还先后建立了一套选士制度和科举制度。汉朝实行察举制,到了魏晋南北朝演变为"九品中正制",表面上是以"学问"、"德行"为标准进行选士,授以官禄,而实际上为豪门世族所垄断,成为"上品无寒门,下品无世族"。隋、唐以后改行科举制度,这反映了庶族地主的要求和封建的中央集权的加强。科举制度的出现是我国教育史上的一个进步,它可以为封建统治者选择一些懂得诗书、"时务"

的人才。可是,由于科举考试的内容多为儒家经典,科举考试的方法又多要求死记硬背,科举考试也起了束缚学生头脑的作用,影响了文化科学的发展。

在欧洲封建社会里,宗教成了封建制度的精神支柱和统治人民的工具,僧侣垄断了文化和学校教育,科学成了宗教的奴仆。在封建统治阶级内部形成了僧侣封建主和世俗封建主(贵族)两个阶层,因而出现了两种类型的教育:教会学校和骑士教育。僧侣封建主的教育是通过教会学校,培养对上帝虔诚、服从教权和政权、进行宗教活动的教士,其教育的内容是三科(文法、修辞、辩证法)四学(算术、几何、天文、音乐),合称"七艺",各个科目都贯串着神学精神(神学是全部学科的"王冠")。世俗封建主的教育是通过宫廷教育把自己的子弟培养成为勇武善战的骑士,其教育的内容为"骑士七技"(骑马、游泳、投枪、击剑、打猎、下棋、吟诗),当然也要进行宗教观点和武士道德品质的教育。这两种教育基本上都是脱离生产劳动的,都是为维护封建农奴制服务的。劳动人民的子弟除了能进入教会的教区学校,接受宗教教育,学习简单的读、写、算外,是无权进入其他的教会学校和享受宫廷教育的。到了 12 至 13 世纪,由于手工业和商业的发展,城市里出现了手工业者联合会举办的行会学校和由商人联合会举办的行会学校(基尔特学校),新兴的市民教育开始了。

由上所述可以看出,奴隶社会和封建社会的学校教育基本上是与生产劳动脱离的;学校教育为奴隶主阶级和地主阶级所垄断,具有鲜明的阶级性;学校成了统治阶级培养统治人才的场所;学校的教学内容主要是古典人文和治人之术;教学的组织形式是采用个别教学;学校与社会生活脱离,学生的思想和生活被囿于狭小的天地里,所以古代的教育是一种封闭的教育。

3. 现代教育

现代教育包括资本主义和社会主义两个社会形态的教育。18 世纪后半叶至 19 世纪前半叶,英国、法国等资本主义国家先后进行了工业革命。工业革命不仅标志着资本主义机器大工业生产代替了资本主义手工业生产,而且也促使现代学校教育的产生,使学校教育具有了区别于古代学校教育的许多新的特征:现代学校教育与生产劳动的联系越来越紧密;自然科学的教育内容大为增加;学校教育的任务,不仅是培养政治上所需要的人才,而且还担负着培养生产工作者的任务;学校教育不再为少数剥削阶级所垄断,而是逐渐走向大众化,具有民主性,初等教育、中等教育逐渐普及,成人教育日趋发展;班级授课成为教学的基本组织形式;科学的教学方法和现代化的教学手段越来越被广泛地采用。社会主义社会的教育与资本主义社会的教育虽然在性质上具有很大的区别,但就学校教育的形态来说,都是属于现代的学校教育形态,因此在许多方面具有共同性。20 世纪五六十年代以来,尤其是 80 年代以来,随着新的科学技术革命的到来,使教育产生了许多新的变革,呈现出如下一些重要的特征。

（1）普及义务教育。随着科学技术在经济发展和国际竞争中的作用日益重要，越来越多的国家把普及义务教育作为一项基本国策，并逐步延长义务教育的年限。

早在1619年，德意志魏玛邦公布学校法令，规定牧师和学校教师，应将6～12岁的男女儿童的名单造册报送学校；6～12岁的儿童必须到学校读书；不愿送儿童入学的父母，"应以俗界政权之手强迫其履行这一不能改变的义务"，并给父母以惩罚。一般认为，这是义务教育的开端。自1763年到1819年，德国三次制定法令推行义务教育，德国也因此成为推行义务教育最早的国家。19世纪50年代以后，由于机器大工业和科学技术在生产上的广泛应用，普及初等教育成为急迫的问题。到19世纪后半期，一些比较先进的资本主义国家，如美国最早的州在1852年，英国在1880年，法国在1882年，先后通过了义务教育法令。至20世纪20年代，各资本主义国家都已基本普及了初等义务教育。据联合国教科文组织向1989年举行的第四十一届国际教育会议提供的资料，在199个国家中已有171个国家实施普及义务教育。在美国，早在20世纪初，就已基本完成了小学到初中阶段的普及义务教育；第二次世界大战以后，许多州的义务教育开始延伸到高中教育。在日本，1907年，普及义务教育由4年延长到6年；1947年，决定延长到9年，高中阶段虽不属普及义务教育，但高中入学率逐年上升，1982年达94.3%，从某种意义上说，已经普及了12年的教育。随着对早期智力开发的重视，一些国家开始提前在幼儿教育阶段的后期实施普及义务教育。近年来，世界各国普遍加大推行普及义务教育的力度，义务教育制度不断完善，并更加注重提高普及义务教育的质量。

在我国，义务教育的提出，可追溯到20世纪初。"壬寅学制"规定，"儿童自6岁起受蒙学4年，10岁入寻常小学堂修业3年。俟各处学堂一律办齐后，无论何色人等皆应受此7年教育，然后听其任为各项事业"。新中国成立以后，国家曾一度致力于普及初等教育，但"文化大革命"使得这一进程遭到破坏。1986年4月12日，《中华人民共和国义务教育法》颁布实施，对我国凡满6周岁的儿童实行9年义务教育，标志着我国基础教育进入了一个新的历史阶段。

（2）教学内容现代化，同时重视基础学科知识的传授和基本技能的培养。由于科学技术在现代生活中发挥着越来越重要的作用，因此，充实科学教育，使教育内容现代化，便成了各国教育改革的重要课题。1957年，苏联成功发射了世界上第一颗人造地球卫星，给世界各国以极大的震动，并由此引发了一场以实现教学内容的现代化为重要目标的国际性的教育改革热潮。1958年，美国颁布《国防教育法》，提出在中小学加强数学、理科和外语所谓"新三艺"的教学，选派大批专家（其中包括11位诺贝尔奖获得者）几乎重新编写了从小学到大学的所有教材，充实现代科学研究成果。同年，日本提出"充实基础学力，提高科学技术教育"的教改方针,增加国语、数学和理科的教学时数,加强教材内容的"现代化"。20世纪70年代以来,许多发展中国家,为了赶上发达国家的科学技术水平,发展本国经济,也以科学技术教育为重点推进教育的发展。

在强调教学内容现代化的同时,世界各国普遍重视基础学科知识的传授和基本技能的培养。由于新技术革命带来的生产的高速发展,会使狭窄的专门性技能很快过时,因此只有使学生掌握现代科学的基本知识和技能,加强基础学科教学,才能适应时代的变化和技术革新的需要,既为学生入学打好基础,又能增强学生就业后不断学习新技术的"扩展"能力。美国人认为,中小学教育的最基本任务是培养学生基本的科学技术文化素养,使学生掌握读、写、算等基础知识和基本技能,并于20世纪80年代初提出加强"新基础课"(英语、数学、理科、社会学科和计算机科学)的教学,增加这些学科的教学时数。日本于1977年公布了新的课程计划和教学大纲,在继续强调教学内容"现代化"的基础上,提出精简教材内容,重视作为国民必需的基本知识,同时根据学生的个性和能力进行教学。菲律宾于20世纪70年代中期提出了"恢复基础"的行动计划,安排更多的时间让学生学习读、写、算和思考方法等基本技能。

(3)教育的科学性和教育与生产劳动相结合。现代教育在科学和生产之间架起了一座桥梁,把科学直接物化在劳动对象上,同时,教育又是科学的载体,它负荷着科学并使科学进入了生产过程。这样,科学就成了现代教育的中心,科学性就成了现代教育的根本特征。由于现代生产是以科学为基点并在科学的基础上密切结合起来的,因而,教育和生产劳动相结合就成了现代教育的一个根本特征。教育要面向现代化,就是教育要为生产现代化和科学现代化服务。教育要纳入现代技术的最新成果,与社会经济的各个部分、各个环节相联系,做到教育、科研、生产一体化。

(4)教育终身化。终身教育思想在很多国家早已有之,但是,作为一种重要的教育思潮,为许多国家所推崇,并成为教育改革的指导思想,则是20世纪60年代初在欧洲首先出现的。在1965年联合国教科文组织成人教育促进委员会上,以讨论保罗·郎格郎德(Paul Lengrand)关于终身教育报告为契机,终身教育思想急速普及起来。自60年代末70年代初以来,终身教育思想对许多国家教育改革政策的制定产生过重大影响。日本"临时教育审议会"在80年代中期的4次审议报告中都提出要把"完善终身教育体制"、"向终身教育体系过渡"列入展望21世纪教育的指导思想。德国于1975年颁布了《继续教育大纲》,制定了关于终身教育的政策和基本方针。终身教育在其他许多国家同样受到重视。终身教育理念之所以成为现代教育改革的一个重要指导思想,就在于它正确地反映了现代科学技术发展、经济增长及教育自身发展的客观需求,从而对许多国家的教育政策产生深远的影响,这种影响将继续下去。

(5)教育个性化。所谓教育个性化,就是要求学校教育承认学生在智力、情感和生理等方面的实际差异,并根据社会要求适应其能力水平进行教育,使之得到发展。为了适应新技术革命和社会变革对高质量富有创新性的新型人才的需求,克服传统教育中的重共性、轻个性,重知识灌输、轻智能开发,"教育个性化"运动在许多国家兴起,成为当今世界教育发展的一个重要趋向。自20世纪80年代以来,日本政府多次强调教育改革最重要的问题是要打破教育中存在的划一性、僵硬性、封闭性等弊病,树立尊重个人、尊重个性、重视个性发展的原则。教育个性化已成为世界许多国家教育发展的一个重要趋势。

(6)教育国际化。自第二次世界大战结束以来,各国经济在新技术革命浪潮的推动下,呈现出经济国际化的趋势。适应这一经济国际化的趋势,在教育方面推进了学校制度、教育目标与内容的国际化,许多国家提出了"教育国际化"的口号。美国曾于20世纪60年代实施一系列鼓励加强关于其他国家的教学研究的计划,1966年公布了《国际教育法》,认为培养"全球意识"是保持美国在国际经济竞争中处于优势的关键,因而非常重视国际化教育。日本对教育国际化同样予以高度关注,早在60年代就明确提出要培养具有国际视野的日本人。在80年代的教育改革中,中曾根首相智囊团会议把教育国际化作为面向21世纪的教育改革五原则中的第一条加以强调,努力培养"国际型"人才和"活跃于国际社会的日本人"。此外,还有许多国家也提出了类似的主张,并据此改革本国的教育。一般认为,当今教育国际化主要体现在相互联系的四个方面:第一,教育发展援助;第二,国家间高等院校学生的交流;第三,国际性的学术研究和科学文化交流;第四,对国际事务和外国语的学习等方面的交流。

第二节　教育学概述

一、教育学的概念

教育学的概念有一个演化的过程。英文中的"pedagogy"(教育学)源于希腊语的"教仆"(pedagogue)一词。"教仆"在古希腊是指奴隶主家中有专门职务和身份的成年奴隶,专门为奴隶主到教育机构负责接送小孩、帮助携带学习用具,并监督他们在学校的行为举止等。19世纪末,人们对源于"教仆"的"教育学"一词逐渐不满,认为这个词的意义过于狭隘,且对教育与教育学价值存有偏见,不利于确立教育学在大学课程体系以及整个科学体系中的学术地位。于是,英语国家的人们就先后用"education"与"educology"取代"pedagogy"。在我国,"教育学"是一个译名,它是20世纪初从日本转译过来的。

　　"教育学"在我国有四种基本的含义：一是指称某种学科门类，与经济学、法学、理学、工学、农学、医学等相对应，内含教育学、心理学、体育学等学科；二是指称某个特定的一级学科，与心理学、体育学等学科并列；三是指称本科的一个专业，与学前教育、特殊教育、教育技术学等并列；四是指称一门课程或一门学科，在这个意义上，"教育学"是各个师范专业所开设的一门带有教育专业特点的基础课程。本书中的"教育学"主要是指作为一门课程的教育学；而在某些地方，有时是从第二种含义上使用"教育学"的，旨在向学习者简要地介绍教育学这个一级学科的研究对象、历史和走向，使学习者对教育学科的发展有一个整体的印象。

二、教育学的研究对象

　　任何一门科学都有其特定的研究对象，而"科学研究的区分，就是根据科学对象所具有的特殊的矛盾性。因此，对某一现象的领域所特有的某一矛盾的研究，就构成某一门科学的对象"。① 那么，教育学作为一门独立的科学是以什么为其特定的研究对象呢？ 教育学界对此主要有三种不同的看法②：一是将教育学的研究对象主要界定为教育现象。这一观点认为，教育学是人们关于教育这一社会现象的知识或学说，教育学不是把教育与社会、文化、人生等现象一起作为研究对象，而是把教育作为一种独立的社会现象，单独对它进行理论考察与研究。二是将教育学的研究对象重点界定为教育问题。这一观点认为，任何科学研究的发端均不是仅仅来自现象（事实），而是来自问题，只有把现象作为问题提出来才能构成研究对象，所以教育学应该是一种以教育问题为研究对象的科学。三是将教育学的研究对象界定为教育的特殊矛盾和规律。这一观点认为，每一门科学都有它特定的研究对象。对于某一现象的领域所特有的某一种矛盾的研究，就构成某一门科学的研究对象。教育学就是研究在这一现象领域内所特有的矛盾运动的规律。

　　上述三种观点对教育学研究对象的界定虽然各有侧重，但并非相互冲突。综合起来，我们可以把教育学的研究对象界定为：教育学是研究教育现象和教育问题，揭示教育规律的科学。

　　教育是培养人的一种社会活动，它广泛存在于人类社会生活之中。人们为了有效地进行教育工作，需要对它进行研究，总结教育经验，认识教育规律。教育学就是通过对教育现象和教育问题的研究，去揭示教育规律的一门科学。那么，教育学揭示了哪些规律呢？

---

① 《毛泽东选集》第 1 卷. 北京：人民出版社，1991：309.
② 张乐天. 教育学. 北京：高等教育出版社，2007：9.

唯物辩证法认为,规律就是事物发展中本身所固有的、本质的、必然的、稳定的联系。列宁说,"规律就是关系",就是"本质的关系或本质之间的关系"。规律是在人的意识之外并且不以人的意志为转移的客观存在,具有不可避免的必然性,在相同条件下具有重复有效性。但是,它又是隐藏在事物内部,不容易被发现的。科学的任务就在于透过事物的现象去洞察事物的本质,揭示客观的规律。教育学的根本任务就是发现和认识人类社会教育现象的发生、发展的规律。教育规律是建立教育学的科学依据,有了它就能加强教育工作中的理论和方法的科学性,从而提高教育工作质量。

教育学主要揭示教育的一般规律和特殊规律。所谓教育的一般规律,即在一切教育活动中存在和发生作用的规律,如教育受一定社会政治、经济制度制约并为之服务的规律,教育受生产力制约并能在合理的条件下推动其发展的规律,教育必须适应与促进教育对象身心发展的规律等等。所谓教育的特殊规律,即在一定教育活动范围和条件下存在和发生作用的规律,如教学规律、思想品德教育和教育管理的规律等。教育的特殊规律要受到一般规律的制约,但教育的一般规律的研究不能代替和取消特殊规律的研究,教育的特殊规律不仅体现一般规律,而且它还体现教育某一特殊领域现象的本质,具有它的独立意义。同样,教育一般规律也不是特殊规律的简单相加或机械组合。因此,对特殊规律的研究,也决不能吞没和取代对一般规律的研究。总之,教育学既要研究教育的一般规律,也要研究教育的特殊规律。

因教育学研究的现象、问题和规律是多层次的,相应地,教育学的门类也就各不相同。在师范院校开设的门类主要有:研究学龄前儿童教育现象、问题和规律的学前教育学;研究中小学教育现象、问题和规律的普通教育学;研究高等教育现象、问题和规律的高等教育学;研究身心发展上有缺陷的儿童的教育现象、问题和规律的特殊教育学等。我们将要学习的是普通教育学,它是研究我国社会主义条件下,中小学教育的现象、问题和规律,以便把我国的年轻一代培养成为社会主义现代化建设的合格人才的科学。

教育学作为一门科学,与党和政府的教育方针、政策是有区别的。教育学是揭示教育规律的科学。规律本身是一种客观存在。而教育方针政策是人们依据教育学的科学理论和实际情况制定出来的一种工作的指导方针,它属于主观范畴,是主观对客观的反映。它反映了教育规律,但不等于教育规律本身。由此可见,不能把教育学与教育方针政策等同起来。教育学为制定教育方针政策提供了理论依据,教育方针政策的正确与否,主要看它是否结合实际正确地反映了教育规律。那种否定教育理论,用教育方针政策代替教育理论的倾向是错误的。

教育学作为一门科学与一般的教育实践经验也是有区别的。教育理论来源于教育实践,又指导着教育实践。教育理论是教育实践经验的科学总结,是上升到理性认识的东西。而教育实践经验,虽然也经过一定的理性加工,但它多偏重于感性的认识,反映了对局部问题处理的合理性。只有把教育实践经验上升到规律的高度加以分析,才能认识到这些经验所反映的教育现象内在的、本质的、必然的联系。所以,教育学要重视对教育实践经验的总结和研究,探索教育规律,不断地丰富和提高自身的理论体系。教育实践经验也必须依据教育理论进行提炼、升华,以体现自身的理论价值。但教育学不等于教育实践经验,用教育实践经验的汇集代替教育学的倾向也是错误的。

总之,教育学是研究教育现象、教育问题,揭示教育规律的科学。

三、教育学的产生与发展

教育学的产生与发展经历了一个漫长的历史过程。它作为一种理论,是人们对教育现象认识的成果。它是随着人类社会的发展、知识和经验的积累以及人们认识能力的提高,而逐渐产生和发展起来的。教育学的发展大体经历了以下三个阶段:

(一)教育学的萌芽阶段

这个阶段的历史极其漫长,欧洲从古希腊、古罗马开始到资产阶级革命以前,即从公元前 5 世纪到公元 16 世纪,约 2000 年;在我国,可以说是从春秋战国开始到清朝末年,即公元前 6 世纪到公元 19 世纪,约 2500 年。

在这个漫长的历史阶段中,由于生产力发展水平低下,人类对教育问题的认识还比较零散、不够完善,常常与哲学和政治思想融合在一起,教育学没有形成独立的学科,只是在教育实践中不断积累教育经验,并开始加以总结和概括,产生了一定的教育思想。为此,我们把这时期称为教育学的萌芽时期。

在我国古代文化遗产中,保存着丰富的教育思想,其中最典型的是孔子的教育思想。孔子不仅是中国古代伟大的教育家、思想家,也是世界文化伟人。孔子的思想集中体现在他的言论集《论语》里。在《论语》中,孔子的教育思想有着生动、深刻的记载,如他的"性相近、习相远"的人性观,他的"有教无类"的教育主张,他提出的"子以四教:文、行、忠、信"的教育内容,他提倡的进德修业、改过迁善、身体力行、因材施教、尊师爱生、学而不厌、学思结合、诲人不倦、"不愤不启,不悱不发"等教学态度与教学方法,这些均成为我国宝贵的教育遗产,成为中国独具特色的儒家文化和儒家教育思想的重要内容,对中国后世的教育产生了巨大而深远的影响。

除孔子外,我国古代还有许多伟大的教育家和思想家,如墨子、孟子、荀子以及汉代的董仲舒、宋代的朱熹、明代的王阳明、清代的王夫之等,都有丰富的教育实践和精辟的教育见解。如墨子对教育与环境作用的论述、对生产劳动教育的重视,孟子"思则得之"、"专心有恒"的观点,荀子的"学以致用"、"身体力行"和重视教师作用的思想等,都已达到相当高的程度,是我国灿烂文化的重要组成部分,也已成为当前教育学的重要内容。

大约在战国后期,我国才出现关于教育的专著,荀子的《劝学篇》和相传孟子的弟子乐正克所作的《学记》是其中的突出代表。《学记》是《礼记》中的一篇,是中国古代也是世界上最早专门论述教育问题的论著,它从正反两方面总结了儒家的教育理论和经验,系统阐述了教育的作用和任务,教育与教学的制度、原则和方法,教师的地位和作用,师生关系和同学关系等,是宝贵的世界教育遗产。《学记》指出"化民成俗,其必由学"、"建国君民,教学为先",揭示了教育的重要性和教育与政治的关系。《学记》设计了从基层到中央的完整的教育体制,提出了严密的视导和考试制度;主张课内与课外相结合,臧息相辅。《学记》在中国教育史上第一次明确提出了"教学相长"的辩证理论和"师严然后道尊"的教师观。在教学方面,《学记》反对死记硬背,主张启发式教学,"君子之教,喻也","道而弗牵,强而弗抑,开而弗达",主张开导学生,但不要牵着学生走;对学生提出比较高的要求,但不要使学生失去自信;指出解决问题的途径,但不提供现成的答案。《学记》主张教学要遵循学生心理发展特点,"学不躐等",循序渐进。这些思想已经达到了很高的认识水平。

在西方,古希腊和古罗马的教育家和思想家,也都为教育学的萌发做出了重要贡献,如古希腊苏格拉底的"问答法",柏拉图的《理想国》,亚里士多德的和谐发展思想,以及古罗马昆体良的《论演说家的教育》等,也都对教育作了重要的阐述,具有很高的理论意义。

这一时期,学者们提出的教育思想,大多是他们长期从事教育活动的经验总结和概括,由于历史条件及认识方法的局限,这种总结和概括往往停留在现象的描述、形象的比喻和简单的形式逻辑的推理上,并且不可避免地带有主观随意性。因此,这一时期的教育学还没有形成一门独立形态的科学。

(二)独立形态教育学的产生

教育学的萌芽阶段,是一个相当长的历史时期,而它作为一门独立的学科,是在近代形成的。随着资本主义生产的发展、科学技术的进步和教育实践的需要,教育学科也逐渐孕育成熟,发展成为一门具有比较明确的研究对象和学科体系的独立学科。17世纪捷克教育家夸美纽斯的《大教学论》的问世,为教育学成为一门独立形态的学科奠定了基础。夸美纽斯(1592—1670)继承了古希腊和古罗马的教育思想遗产,吸收了文艺复兴时期人文教育的成果,总结了当时资产阶级的教育经验,并结合他本人的教育实践,于1632年发表了《大教学论》一书。这是西方第一部教育学专著,被认为是教育学作为独立学科诞生的标志。在这本著作中,夸美纽斯系统阐述了自己的教育理论,对教育学科的发展做出了巨大贡献:第一,构建了教育学学科的基本框架和教育学的基本研究内容。夸美纽斯论述了教育目的、教育与社会、自然和人的关系,教学的内容、方法、组织形式、原则及规律,道德教育,教育和教学管理等问题。第二,强调普及义务教育并论证了普及义务教育的天然合理性。第三,从理论上论证了教育适应自然的思想。他认为,人是自然的一部分,人都有相同的自然性,都应受到同样的教育;教育要遵循人的自然发展的原则;要进行把"一切知识传授给一切人"的"泛智教育",而不是仅强调宗教教育。夸美纽斯的教育适应自然的思想为后来的自然主义教育思想开辟了道路。第四,提出了"百科全书式"的教学内容观,对文艺复兴时期过分强调人文学科教育、轻视自然科学教育的不良倾向进行了修正,这是西方近代发展自然科学教育的先声。第五,在教育史上首次提出并论证了一系列教学原则。第六,创立了班级授课制和学年制,提出了系统的学校管理制度及督学制,从而大大推动了学校运作的规范化,堪称学校管理学的创始人。夸美纽斯的《大教学论》奠定了近代教育理论的基础,从而在教育史上矗起了一座巍巍的丰碑,夸美纽斯因而也被称为"教育学之父"。

继夸美纽斯之后,西方许多资产阶段教育思想家,在不同的历史时期,根据社会发展的需要,提出了各自的教育主张,出版了相关的教育著作。这进一步推动了作为独立形态教育学的发展。如英国教育家洛克(1632—1704)在其《教育漫话》中阐述了他的"绅士教育思想",提出著名的"白板说",强调环境和教育的作用。被誉为"教育上的哥白尼"的18世纪的法国启蒙思想家、自然主义教育家卢梭,在其小说体的教育名著《爱弥尔》一书中,刻画了未来新人的图景。他强调教育要顺其自然,要根据儿童的发展阶段实施教育,从而引起了教育领域一次影响深远的革命,在西方乃至世界教育史上具有划时代的意义。在《爱弥尔》中,卢梭对当时流行的成人化的儿童教育,从教育目标、教育内容到教育方法、教学组织形式等方面进行了猛烈的、全面的抨击。他认为,当时的教育"对儿童是一点也不理解的:对他们的观念错了,所以就愈走愈入歧途"。他在该书中提出的教育观念主要有以下几点:第一,教育适应自然的观念。卢梭把教育分为"自然的教育"、"人的教育"和"事物的教育"。其中,"我们的才能和器官的内在发展,是自然的教育;别人教我们如何利用这种发展,是人的教育;我们对影响我们的事物获得良好的经验,是事物的教育"。只有当这三种教育协调一致时,教育才能取得理想的效果。由于自然的教育是我们无法控制的,事物的教育我们只能部分地控制,因此,要使三种教育协调一致,唯一的办法就是使人为的教育去适应自然的教育,即教育适应儿童内在才能和器官的发展。从这里可以看出,卢梭强调教育适应的"自然"主要是指儿童的天性,"按照孩子的成长和人心的自然的发展而进行教育",而非夸美纽斯所指的自然界的现象和规律。因此,教育史上把卢梭的自然主义教育思想称为主观自然主义教育思想。第二,儿童中心的观念。卢梭认为,自然教育的目的是培养身心率性发展的人,因此,任何在教育中对儿童个性的压抑都是不能容忍的。教育必须从儿童的兴趣和爱好出发,不灌输任何传统的观念。教师的作用并不在于教给儿童什么,而在于保护儿童不受到坏的东西的影响。在整个教育过程中,儿童应成为无可置疑的中心。第三,在实践活动中学习的观念。卢梭对通过书本知识进行学习是深恶痛绝的:"我对书是憎恨的,因为它只能教我们谈论我们实际上不知道的东西。"大自然就是一本有用、真实和易学易懂的书,因此教学应该"以世界为唯一的书本,以事实为唯一的教训",让儿童在亲身的实践活动中去学习他们感兴趣的事实。在《爱弥尔》中,爱弥尔通过折纸来学习平面几何,通过旅行来学习地理,通过夜间的观察来学习天文……总之,卢梭认为一切有实际价值的知识,都可从实践活动中得来,这样结合实际来求知才可能使儿童的天性得到自然的发展。第四,实用主义的观念。卢梭反对夸美纽斯所提倡的百科全书式的教育,主张学习有用的地理、天文、物理、化学、农业和手工业生产劳动以及读、写、算的基础知识。因为"人的智慧是有限的,一个人不仅不能知道所有的一切事物,甚至连别人已知的那一点点事物他也不可能全都知道"。第五,发现的观念。在儿童的学习中强调发现是卢梭最有价值的教育思想之一。在卢梭看来,教学的根本问题不在于教给学生知识,而在于引导学生去发现知识,"问题不在于告诉他一个真理,而在于教他怎样去发现真理"。他告诫道,在教学中"要做到:他所知道的东西,不是由于你的告诉而是由于他自己的理解,不要教他这样那样的学问,而是要由他自己去发现那些学问"。在西方教育史上,卢梭的自然主义教育思想被誉为"旧教育"和"新教育"的分水岭,在他之后的教育思想家几乎没有不受他的思想影响的。

继卢梭之后,在18世纪还有两位人物对教育理论和实践的发展做出过重要贡献。一位是德国哲学家康德(1724—1804),他对教育学的贡献不仅表现在为认识人性提供了一种新的哲学思维框架,尤其在认识人的主体性方面的独到见解;他还是第一位在大学里开设教育学讲座的教授。康德深受卢梭自然主义思想的影响,在他的哲学里,探究道德的本质,充分肯定了个人的价值,并力图通过教育实现其哲学理想。他认为,人的所有自然禀赋都有待于发展,"人是唯一需要教育的动物",教育的根本在于充分发展人的自然禀赋,使每个人都成为自身,成为本来的自我,都得到自我完善。另一位是瑞士教育家裴斯泰洛齐(1746—1827),他深受卢梭和康德思想的影响,并以他博大的胸怀和仁爱精神进行了多次有世界影响的教育实验。他认为,教育的目的在于按照自然的法则全面地、和谐地发展儿童的一切天赋力量。教育应该是有机的,做到智育、德育和体育的一体化,使头、心和手都得到发展,教育者的首要职责在于塑造完整的、富有个人特征的人。他也主张教育要遵循自然,认为教育者对儿童施加的影响,必须和儿童的本性一致,把儿童引向正确的发展道路。不过,他的教育遵循自然的思想与卢梭不同,他不仅主张使教育适应儿童身心的特点,让儿童在自然中发展,而且主张让儿童在社会中发展,使儿童成为有智慧、有德行、身体强健并有一定劳动技能的人。裴斯泰洛齐的教育思想主要体现在其教育代表作《林哈德与葛笃德》中。

将教育理论提高到学科水平、对教育学的科学化做出重大贡献的是德国哲学家、教育家赫尔巴特(1776—1841)。他在1806年发表的《普通教育学》被认为是教育学作为一门规范、独立学科形成的标志,是世界上第一部具有科学形态的教育学。赫尔巴特早年一直在大学讲授教育学。他第一个提出要使教育学成为科学,并认为应以心理学和伦理学作为教育学的理论基础。在《普通教育学》中,他构建了比较严密的教育学的逻辑体系,形成了一系列教育学的基本概念和范畴;他在伦理学基础上建立起了教育目的论,在心理学的基础上建立起了教学方法论,根据受教育者的心理活动规律确立了教育的过程和阶段、手段和方法,揭示了教学工作和教育工作的客观联系,并以此提出了"明了、联想、系统、方法"的教学形式阶段理论①和教学的教育性原则,从而奠定了科学教育学的基础。

在教学上,赫尔巴特把哲学中的统觉观念移用过来,强调教学必须使学生在接受新教材时,唤起学生心中已有的观念;认为多方面的教育应该是统一而完整的,学生所学到的一切应当是一个统一体。他强调系统知识的传授,强调课堂教学的作用,强调教材的重要性,强调教师的中心地位,形成了传统教育教师中心、教材中心、课堂中心的特点。

赫尔巴特的教育思想对19世纪以后的教育实践和教育思想产生了很大影响,被看作是传统教育学的代表。

(三)教育学的发展与多元化

从19世纪中叶以来,随着社会的转型与其他知识领域的发展,由夸美纽斯与赫尔巴特创立的教育学在整个20世纪又得到迅速的发展,出现了许多新的教育学流派,呈现出"百花齐放"的可喜局面。在这一时期,比较典型和重要的教育学思想主要有杜威的实用主义教育学、凯洛夫教育学、梅伊曼与拉伊的实验教育学以及布鲁纳、赞科夫等人的教学论思想。

---

① 后来,赫尔巴特的学生齐勒和赖因将这四个阶段中的第一个阶段分解为两个阶段,从而构成五阶段,即预备、提示、联想、总结和应用。由于后者更易理解,因而得到更广泛的应用。后来,这五个阶段在凯洛夫那里演变为"复习、引入、讲解、总结、练习"。在我国,教学的"五步法"在20世纪50年代曾在中小学被广泛实施。

1.杜威的实用主义教育学

19世纪末20世纪初,美国出现了一个以杜威(1859—1952)为主要代表的新的教育流派——实用主义教育理论。杜威从实用主义认识论出发,反对赫尔巴特传统教育学的"教师中心"、"教材中心"和"课堂中心",主张学生在实际生活中学习。他提出"教育即生活"、"教育即生长"、"教育即经验的改造",主张以"儿童为中心"、"以活动为中心"和"从做中学"。杜威的教育学思想在其代表作《民主主义与教育》中有着深刻的阐述。在20世纪上半叶,杜威的实用主义教育学与赫尔巴特的教育学相互对峙,由此形成现代教育学与传统教育学的分野。

2.马克思主义教育学的建立

马克思主义诞生于19世纪后半叶。在20世纪初,苏联的一些政治家和教育家运用马克思主义的方法论,编写和出版了许多教育学著作,在新的理论高度上探索了教育的一些根本问题,提出了许多重要的教育理论和主张,为科学教育学的发展开创了一个新时代。

在苏联最早运用马克思主义探讨教育问题的当属克鲁普斯卡娅(1869—1939),她著有《国民教育与民主制度》,根据马克思主义教育与生产劳动相结合的理论,论述了实施综合技术教育等问题。同时代的苏联教育家及教育学著作还有:加里宁的《论共产主义教育》、马卡连柯的《教育诗》和凯洛夫的《教育学》等等。其中凯洛夫(1883—1978)主编的《教育学》是最有影响的著作,该书于1939年发行第一版,1948年和1958年两度修改发行第二、三版。这是一部力图以马列主义教育学说为指导,分析教育问题的著作。它总结了苏联20世纪20、30年代教育实践的经验教训,提出了社会主义教育学的基本概念,阐述了共产主义教育的基本内容,在一定程度上揭示了社会主义教育的规律。这本书虽有不少明显的缺点和错误,但它的许多正确观点和理论已广泛地应用于苏联以及包括我国在内的许多社会主义国家的教育实践。

我国在创建具有中国特色的教育学体系的历史进程中,杨贤江(1895—1931)是最早的先驱者,他于1930年撰写的《新教育大纲》是中国教育界中试图用马克思主义观点阐明一些教育基本理论问题的第一本著作。我国著名的教育家蔡元培和伟大的人民教育家陶行知,在长期的教育实践中也提出了许多改革旧教育的主张,为创建中国教育学的理论体系做出了贡献。

3.梅伊曼与拉伊的实验教育学

19世纪下半叶,现代自然科学取得了许多突破性进展,自然科学丰硕的研究成果和科学的研究方法——实验方法,为教育研究提供了科学的理论和方法论。20世纪初,欧美的教育学者利用实验、统计和比较的方法研究教育问题,出现了"实验教育学"。实验教育学的创建者是德国的梅伊曼(1862—1915)和拉伊(1862—1926)。梅伊曼认为,教育学不能停留在概念化的水平,必须吸收实验心理学的成果,必须采用实验的方法研究儿童的学习与生活,因而提倡实验教育学。拉伊同样主张用实验的方法改造旧的以思辨、内省为主的教育学,出版了《实验教育学》一书,对实验教育学进行了系统的论述。

4.教育学的多元化发展

20世纪50年代以后世界进入了科学技术迅猛发展的时期,新的时期对人才培养提出了新的要求,从而引起了世界范围教育全方位的改革,有力地推动了教育理论研究的新发展。在这一时期,教育理论流派不断增多,教育学科不断分化与改组,过去那种包罗万象的大教育学形态开始解体,逐渐分化出许多分支学科,形成了一个拥有几十个分支的庞大的教育学科群。自20世纪50年代以来,出现了以下几本较为著名的著作:1956年美国心理学家布鲁姆制定了《教育目标的分类系统》,他把教育目标分为认知目标、情感目标、动作技能目标三大类,每类目标又分成不同的层次,排列成由低到高的阶梯。布鲁姆的教育目标分类,可以帮助教师更加细致地去确定教学的目标和任务,为人们分析教育活动和进行教育评价提供了一个框架。1960年,美国心理学家布鲁纳发表了《教育过程》一书,在这部著作中,他提出了"学科基本结构"的观点,强调学习学科基本结构的重要性。他十分重视学生能力的培养,大力倡导发现学习。布鲁纳的教育思想对于编选教材、发展学生能力、提高教学质量富有启发意义。1975年苏联出版了心理学家、教育家赞科夫的《教学与发展》一书,这本书是他17年教学改革实验的总结。他在批评当时教学理论忽视发展学生智力的同时,强调教学应走在学生发展的前面,促进学生的一般发展。赞科夫的教育思想对苏联的教育改革起到了极大的推动作用。

第三节　学习教育学的意义

教育学是师范生的一门专业必修课,学习教育学不仅是师范生获得教师资格的需要,也是今后能否成为一个好教师的必备条件之一。

在学习教育学的过程中,对于为什么要学习教育学,人们还有不同的认识。有人认为不学教育学照样能够办好教育、当好教师。在现实中确实能举出若干事例说明未学过教育学的人在教育上也做出了重要的贡献。但是,实践需要理论指导,没有理论指导的实践是盲目的实践。当在实践中盲目探索,走了弯路才取得某些认识或经验,那不仅在挫折和失败中延误了时间,而且还会造成工作中的某些损失。而掌握了教育理论可提高实践的自觉性,避免盲目性,不走或少走弯路,也才能发挥创造性,使工作取得较好的成效,做出更大的贡献。

第一,有助于确立正确的教育思想,提高贯彻我国社会主义教育方针、政策的自觉性。

教育方针是国家根据教育规律和教育实践需要而制定的教育工作的方向和指针。学习教育学,可帮助我们提高教育理论水平,提高对教育方针的认识,明确教育工作的指导思想,更好地贯彻教育方针,为培养德、智、体全面发展的建设者和接班人,做出更大的贡献。

具不具备正确的教育思想,关系到教育实践的成败。学习教育学可以帮助我们树立科学的教育观,有助于更好地理解我国的教育方针,自觉地贯彻和执行我国的教育方针、政策,并有助于提高识别能力,克服偏见,同一切错误的教育思想进行斗争。

第二,有助于巩固热爱教育事业的专业思想,全面提高教师的素养。

热爱一种事业同对这一事业的认识有关。学习教育学可以帮助我们进一步认识教育在社会主义现代化建设中的重大作用和地位,增强教育工作的荣誉感和责任心,巩固自身的专业思想,热爱本职工作,做好本职工作。

巩固的专业思想和坚定的教育信念,又有助于认识自身与事业要求的差距,能不断进行学习和研究,全面提高自己的教师素养,做一个合格的、具有事业心和创新能力的教师或教育工作者。

第三,有助于认识和掌握教育规律,提高从事教育工作的水平和能力。

教育是一种极为复杂的实践活动,它面对的是正在成长着的一代,是塑造人的工作。发展教育事业和塑造人的工作,都是有规律可循的。学习教育学能够帮助我们认识和掌握教育规律,提高工作的自觉性和预见性,提高从事教育工作的能力和水平,做到依据规律办事,不走或少走弯路。

第四,有助于推动学校教育改革和教育科学研究。

现代生产和现代科技的发展,不断地对教育提出新的要求,教育面临着许多新情况和新问题,这就需要对学校教育进行改革,以适应新形势。改革必须有科学的教育理论指导,才可能走上正确的轨道。学习教育学有助于推动学校教育的改革。

同时,广大的教育工作者在教育工作中积累了丰富的经验。这些经验需要理论化、科学化,使之成为教育科学理论的一部分。学习教育学不仅能有助于从理论高度认识自己的工作,改进自己的工作,还有助于不断总结自己的经验,甚至提高教育科学研究的能力,推动教育科学的发展。

复习与思考

1.简述教育的概念和教育学的研究对象。

2.简述有关教育起源问题的几种主要学说。

3.试述教育学产生与发展各个阶段中主要代表人物的著作及其教育思想。

4.简述学习教育学的意义。

推荐阅读书目

[1] 傅道春.教育学——情境与原理.北京:教育科学出版社,1999.

[2] 袁振国.当代教育学.北京:教育科学出版社,1998.

[3] 张乐天.教育学.北京:高等教育出版社,2007.

[4] 李家成.当代教育名著选读.上海:华东师范大学出版社,2009.

[5] [爱尔兰]弗兰克·M·弗拉纳根.最伟大的教育家.卢立涛译.上海:华东师范大学出版社,2009.

第二章　教育功能

教育功能问题是教育学的一个基本理论问题,正确理解教育功能是进一步认识"什么是教育"的关键。在教育学的发展史上,教育功能理论经历了历史的变化。教育功能可以从多重维度进行分析,但其主要功能仍是教育的个体发展功能和教育的社会功能。这两大功能之间存在着辩证统一的关系。随着知识经济时代的来临,当代教育功能必将进一步强化。

第一节　教育功能概述

一、教育功能的含义与基本分类①

(一)教育功能的含义

一般来说,教育功能指的是教育在与人及周围环境相互影响中所发挥的作用。它往往指向教育活动已经产生或将会产生的结果,尤其是指教育活动所引起的变化、产生的作用。探讨教育与社会发展及教育与人的发展的关系,实际上内含着对教育功能的讨论。教育对社会发展起何作用? 教育对人的发展起何作用? 教育的作用如何反映与显现? 这仍是教育功能所应探讨和关注的重要方面。

教育功能的含义较为广泛,教育活动所引起的各种变化,教育活动带来的各种结果和影响都可以称为教育功能。教育功能不仅指向对教育系统内部各方面的影响,而且指向对教育外部其他系统的影响。教育功能既包括对教育内外系统的直接影响,又包括对教育内外系统的间接影响。由于功能在语义学上属于中性词,因此教育功能既可指其对人和人类社会的积极影响与作用,也可以包括其对人和人类社会的消极甚至有害的影响与作用。在通常的意义上,良好的教育易于呈现良好的功能,而不良的教育易于呈现不良的功能。为了更清

---

① 张乐天.教育学.北京:高等教育出版社,2007:46-52.

晰地认识与理解教育功能的含义,我们将教育功能与临近概念之间的关系作一简要分析。

1. 教育功能与教育本质

所谓教育本质是"指教育作为一种社会活动区别于其他社会活动的根本特征",它反映出教育活动固有的规定性。教育是人类社会所特有的一种社会现象,它产生于社会生活的需要,归根到底又是因社会生产劳动的需要而产生。教育活动固有的规定性,也即其根本特征,乃是一种特有的培养人的活动。就培养人并促进人的成长与发展而言,也许离开教育便难有其他的活动发生。培养人是教育活动的本质所在,是教育活动区别于社会其他活动的关键所在。

教育功能显然与教育本质息息相关。教育的本质是培养人,因此教育功能必然是且只能是通过对人的作用而显现。我们分析教育对社会的作用实际上与分析教育对人的作用并无二致。社会是人类的社会,教育对社会的作用必须通过人去实现。从这一角度分析,我们可以认为:教育功能由教育本质决定,是教育本体属性能满足主体需要的表现形式。教育功能与教育本质的区别则在于:教育功能的发挥虽然由教育本质决定,但同时也受到社会其他因素的影响。本质是恒定的,而功能是弹性的。恰如一个人的本质与这个人在社会中所发挥的能力与作用之间的联系与区别一样。

长期以来,由于社会政治因素与其他因素的影响,人们对教育本质的认识存有偏颇,由此造成对教育功能认识的偏颇。理论认识的偏颇又导致教育实践的失误。因此,深化对教育功能的认识是以深化对教育本质的认识为前提的。

2. 教育功能与教育目的

教育目的是培养人的总目标,是指社会对教育所要造就的社会个体的质量规格的总的设想或规定。教育目的制约教育功能。教育功能与教育目的的区别则在于:教育目的具有主观性,而教育功能具有客观性;教育目的往往着眼于人本身,而教育功能既指向育人,同时又超越于育人的领域与范围。教育目的与实施教育目的所达成的结果之间也往往存在一定的矛盾与差距,就两者概念的内涵而言,教育功能的内涵比教育目的的内涵更为宽泛。

(二)教育功能的基本分类

立足于对社会变革与发展的历史及现实的考察,同时反观教育实际产生的功效与作用,我们可以认识到,教育功能绝不是一种主张或一种理论所能涵盖的。如同教育自身的发展受到社会各种因素的制约一样,教育功能的发挥也受到社会各种因素的制约。由于教育功能的制约因素甚多,而教育功能的表现形式亦甚多,这样又使得教育功能呈现出较为复杂的形态。教育究竟有多少功能? 教育究竟有着怎样的功能? 这样的问题或许是难以尽述的。下面我们从几个不同的维度对教育功能作大体分类。

1. 筛选功能与协调功能

这是从教育功能的客观性进行分析的。教育的筛选功能自古而然。自近代社会以来,这种功能更为鲜明突出。从社会方面看,个人获得某种社会地位的过程,在很大程度上是一种竞争与选拔的过程,而教育则同这种竞争和选拔过程密切相关。在现代社会中,一个人从学校毕业后从事何种社会职业主要凭借他的学历和所学的专业,这无疑依赖于教育。即使他不是凭学历而是凭实际本领获得某种社会职业,也是与他所接受的教育分不开的。层级分明的教育制度和机构实际上一直在默默地而又顽强地履行着筛选功能,学校教育的层层筛选(除义务教育之外)形成人的受教育水平(或学历)的差异,也由此造成人的社会分层和社会职业的分途。

教育的筛选功能又是与其所具有的协调功能相结合的。教育的协调功能主要反映在两个方面:一是它对筛选功能的协调。教育通过自身的力量使得对人的选拔与筛选成为社会的需要,没有这种选拔与筛选,社会发展反而是混沌不协调,甚至是不可思议的。二是教育在客观上形成人的发展差异的同时又在运用其特有的力量逐步缩小人与人之间的发展差异,在这种意义上,教育始终起着"调节器"的作用。

2. 个体功能与社会功能

这是从教育功能的对象上进行分类的。教育既具有个体功能,又具有社会功能。所谓个体功能,是指教育对个体人的生存与发展的作用。在当代社会中,教育既是个体生存与发展的基本要求、途径与手段,同时又是个体生存的基本方式(或生命方式)。所谓社会功能,是指教育对于维系社会运行,促进社会变革与发展的作用。

教育的个体功能与社会功能处于对立统一的关系中。个体功能是相对于社会功能而言的,社会功能亦是相对于个体功能而言的。教育作用于个体必然作用于社会,教育作用于社会又必然通过作用于个体而实现。个体功能与社会功能的冲突实质上根源于社会与个体的客观矛盾中,实现这两种功能的有机结合则是当代教育应有的追求与目标。

3. 基本功能与派生功能

这是从教育功能的层次上进行分类的。所谓基本功能,是指教育根本的、基础的且是恒常的、稳定的功能。这种功能在任何时候都是处于主要的、基础性的地位。所谓派生功能,是指由基本功能引发出来的处于从属地位的功能。教育的基本功能主要是促进个体社会化和筛选、分层功能。派生功能则是通过对人的知识、意识、职业、道德等的社会化而派生出来的政治、经济、文化等功能。

教育的基本功能与派生功能也是相对而言的。教育是一个大系统,在总的系统中,教育功能有基本与派生之分;而在任何一个子系统中,教育功能同样存在基本与派生功能。教育功能是一个系统链,基本功能与派生功能是可以不断分化的。

4.正功能与负功能

这是从教育功能的性质划分的,亦有论者称之为积极功能与消极功能。前者是针对教育功能产生的积极的良好的效果而言,后者是针对教育功能产生的消极的不良的后果而言。最早提出这一对概念的是美国社会学家默顿(R. K. Menton)。20世纪50年代末,默顿将社会功能按性质、形态加以划分,得出正向—负向功能这对概念,与此同时还得出另一对重要概念,即显性—隐性功能。日本教育社会学家柴野昌山则把这两对概念引入教育领域,构想出关于学校教育功能的理论分析框架(见表2-1)。

表 2-1　教育功能框架

		社 会 意 向	
		显　性	隐　性
客观结果	正　向	A	B
	负　向	C	D

将教育功能从正、负这两个方面加以划分无疑是对教育功能的新的拓展,这为人们看待教育功能论提供了新的视角。无论从历史还是从现实中看,教育功能客观上并不仅仅是正面的、积极的。教育自然有对社会发展产生明显的积极效应,起着巨大促进作用的一面,但也有可能起着抑制甚至阻碍社会发展、扼杀个性的作用。即使对于每一具体的教育来说,其对某方面发展起着明显的促进作用,但也可能对社会其他方面产生一些消极后果。对教育功能作相反相成的划分,有利于提醒或引导人们更科学、更客观地对待教育的发展与改革。

二、教育功能理论的历史演进

教育功能理论的探讨是与教育发展的历史阶段相适应的。中外教育史上的教育功能理论(或说教育功能观)可谓形形色色、多种多样,但在教育发展的每一历史时期内,对于教育功能的自身探讨又有其代表性的并在这一历史时期内占主导地位的理论主张与理论流派。每一时期的教育功能理论既是对这一时期教育实践与经验的概括和总结,同时也反映了该时期人们对教育功能的认识和把握程度。

(一)古代教育的政治伦理功能观

无论是中国古代社会还是西方古代社会,对于教育功能的认识基本囿于政治伦理范围,古代教育的功能观因而具有浓烈的政治伦理色彩。中国漫长的封建社会,教育的功效与作用被固定于为政治伦理服务。著名教育家孔子提出的"学而优则仕"的思想成为主宰中国 2000 年的教育价值观与教育功能观。在另一层面上,教育功能指向社会民众的伦理教化,而教化之目的则在于使广大民众恪守封建伦理道德,为维系"君权神授"的封建统治服务。

西方古代社会也以伦理教化为教育的主要功能。古希腊、古罗马的教育均是为培养奴隶社会的统治者与保卫者服务。古希腊大哲学家柏拉图为建设"理想国"而百般强调教育的教化作用,认为这种作用比理想国中的立法、理财与充实军备更为基本和重要。欧洲中世纪经历的是漫长的被宗教严重禁锢的社会,宗教教育主宰着教育领地。宗教教育更突出地强调教育的教化作用,实质上是一种奴役、麻痹甚至摧残人的精神的教育。由于中世纪的宗教与政权紧密结合,所以宗教教育的功能观也是一种政治伦理功能观。

(二)近代教育的发展个体功能观

欧洲文艺复兴运动对人性、个性的强烈呼唤驱动了近代教育的变革。随着资本主义的萌芽与发展,近代教育的价值观、功能观发生了深刻的变化。最能体现这种变化的理论著作首推英国实证主义哲学家、教育理论家斯宾塞的《教育论》。斯宾塞在这部重要的教育专著中集中论述教育价值观与教育功能观的变革,其主要论点是:

第一,深入批判了传统教育只重虚饰而不重实用的弊端。认为传统教育的真正作用只在于为了顺从社会舆论,"同给儿童装饰身体一样,人们也随着风尚装饰儿童的心智"。这种传统教育的功能只不过是一种装饰功能,而无实用价值。

第二,明确主张教育目的应切合实际需要,从多方面为人的物质与精神生活做准备,认为为个体完满生活做准备是教育应有的功能与应尽的职责。斯宾塞把"完满生活"分为直接保全自己、间接保全自己、抚养子女、参加社会政治生活和进行休闲娱乐等五种活动。

第三,从实利主义的道德观、人性观出发,明确提出知识教学必须顺乎自然、重视发展儿童的心智;道德教育最普遍的原则就是进行"自然后果"的教育,重视儿童的身体健康与成长。

斯宾塞的教育理论及其所阐述的教育功能观对推动近代教育的变革与发展起到了十分重要的作用,且对后人的教育价值观、教育功能观产生了深远的影响。

(三)现代教育的改造社会功能观

人类进入现代社会以来,随着科技与文化的迅速发展,教育变革也在不断加剧。与此相适应的是,人们对教育价值与教育功能的认识也在不断深化。现代教育功能区别于近代教育功能的最突出方面是：近代教育功能之重心指向于发展个体，而现代教育功能的重心指向于改造社会。持这种功能论的主要代表人物是美国现代哲学家、教育家杜威，他在《学校与社会》和《民主主义与教育》这两部书中系统地阐述了这样的功能理论。他的主要观点是：

第一，肯定教育着眼于儿童个体的进步，但认为教育的眼界需要由此扩大。他认为"最贤明的父母所希望于自己孩子的一定是社会所希望于一切儿童的"，这样，儿童个体发展应该与社会需求相一致，由此他把教育功能从发展个体扩展为作用社会。

第二，明确提出学校教育是改造社会、推进社会进步的重要手段。"社会通过学校机构，把自己所成就的一切交给它的未来成员去安排，社会所实现的关于它自身的一切美好的想法，就这样希望通过各种新的可能途径开辟给自己的未来。"正因为这样，杜威将学校教育的主要功能界定为推动社会的变革与进步。

第三，从着眼于改造社会出发，杜威把教育与生活的联系从未来引向现实，把学校教育与社会生活沟通起来，并提出了一系列与传统教育截然不同的改造学校教育的目标与方案。他试图通过这样的变革以使学校教育真正发挥其改造社会、变革社会的功能与作用。

(四)当代教育的功能主义

继杜威之后，当代教育对于教育的社会功能进行了更为广泛深入的研究，形成了功能主义、社会冲突论、解释主义等不同流派，其中功能主义对于教育的社会功能进行了较为集中而系统的研究。功能主义的主要论点是：

第一，结构决定功能。认为每个社会都是由不同质的部分组成的结合体，社会结构的每一部分对于社会整体生存都发挥其特有的功能和作用。教育也是由多种既相互联系又相互区别的部分组成的结合体，正是教育的结构状况决定功能的发挥，教育结构的多样化决定教育功能的多样性。比如，教育对社会的功能是多方面的：教育促进人的社会化功能、教育的社会选择功能、教育的协调社会关系功能，以及教育的技术填补功能，等等。

第二，功能的整合。整合是指社会结构中的各个部分彼此间结合成一个统一整体的性质。教育的功能虽然是多方面的，但这些功能又存在相互依存、相互协调的关系，它们是"整合"式地发挥作用。

第三，稳定与和谐的重要性。功能主义虽然肯定社会必然的变化与发展，但都强调保持社会稳定的重要性，主张社会在调适中求改进，在稳定中求进步，由此强调教育应该促使社会成员对不断变化的社会在思想、态度方面保持和谐。

以上我们对教育功能进行了简要的历史分析，从中可以看出教育功能理论研究是随着社会与教育的发展而不断深化的。后一时期的功能理论对前一时期的功能理论既有批判,也有继承。教育功能的理论研究当会随着社会与教育的继续发展日益深化。

第二节　教育的个体发展功能

对教育功能的分析虽然可以从多重维度进行,但从理论的角度思考仍可把教育功能问题概括为两大方面,即教育的个体发展功能和教育的社会发展功能。按照历史的逻辑,我们先对教育的个体发展功能进行具体分析。

一、个体发展的特点及其对教育的制约

个体发展指的是作为复杂整体的个人在从生命之始到生命结束的全部人生过程中连续不断的变化过程,特别是指个体的身心特点向积极的方面变化的过程。这是人的各方面的潜在力量不断转化为现实个性的过程,包括身体和心理两方面的发展。身体的发展是指机体的各种组织系统(骨骼、肌肉、心脏、神经系统、呼吸系统等)的发育及其机能的增长,即机能的正常发育和体质的增强,是人的生理方面的发展。心理的发展是指个体有规律的心理变化,包括认知的发展(如感觉、知觉、记忆、注意、思维、想象等的发展)和意向的发展(如需要、兴趣、情感、意志等的发展),是人的精神方面的发展。人的生理发展与心理发展是紧密相联、相互影响的。生理的发展是心理发展的物质基础,心理的发展也离不开生理的发展。

在教育学的视野中,个体发展不仅有其特定的含义,同时作为个体的人的发展,又有其区别于其他生命体的明显特征。

(一)个体发展的顺序性

个体发展的顺序性,是指个体的身心发展是一个由低级到高级、由量变到质变的连续不断的按次序发展的特性。这不仅表现在个体发展过程是有一定顺序的,而且个体发展的个别过程和特征的出现也是具有一定顺序的。比如,身体的发展遵循着"从头部到下肢,从中间到全身边缘,从骨骼到肌肉"的顺序。心理的发展总是由机械记忆到意义记忆,由具体思维到抽象思维,由喜怒哀乐等一般情感到理智感、道德感、美感等复杂情感。

个体身心发展的顺序性,决定了教育教学工作的顺序性。这意味着在不同的发展阶段开展不同的教育活动,同时更应该遵循着由具体到抽象、由浅入深、由简到繁、由低级到高级等顺序来施教,做到循序渐进,而不能拔苗助长。否则,不但不能起到应有的教育效果,甚至还可能危害学生身心正常发展。当然,

强调循序渐进并不意味着教育得亦步亦趋地成为发展的尾巴,教育与发展的关系是相互适应、相互促进的,适当让学生"跳起来摘桃子",把教育落实在最近发展区内是最佳的切实可行的选择。

(二)个体发展的阶段性

个体发展的阶段性,是指个体的身心发展所具有的在不同年龄阶段有不同的发展任务、发展重点和发展特征的特性。个体在不同的年龄阶段表现出不同的身心发展总体特征,具有不同的身心发展的主要矛盾,面临着不同的发展任务。前后相邻的阶段是有规律地更替的,在一段时期内,发展主要表现为数量的变化,经过一段时间,发展由量变转变到质变,从而使发展水平达到一个新的阶段。个体发展的年龄特征,就是指个体在发展的不同年龄阶段中所呈现出来的一般的、典型的、本质的征象。人的发展的不同阶段是相互关联的,上一个阶段的发展必定影响着下一个阶段的发展,因此人的发展的每一阶段不仅具有本阶段的意义,而且具有人生全程性的意义。如皮亚杰根据认知结构的变化,把婴儿到少年的认知发展分为四个阶段;柯尔伯格把道德认知发展分为三种水平六个阶段。

个体发展的阶段性要求教育必须从教育对象的实际出发,充分考虑到受教育者在不同年龄阶段的不同发展特征,有区别、有重点地提出不同的发展任务,采取不同的教育内容和教育方法,既不能一概对待,也不能"凌节而施",把小学生当作中学生,把儿童当作成人。同时,在一个阶段向另一阶段过渡时应注意做好相关的衔接工作。如果不顾年轻一代发展的阶段性特征,硬用成人的心态和教育者理想的目标去要求学生,必定造成不良的教育效果。

(三)个体发展的不平衡性

个体发展的不平衡性,是指个体身心发展所具有的在发展速度的快慢和发展时间的早迟上的不均衡的特性。这种不平衡性表现在两个方面:一是同一方面在不同年龄阶段的发展是不平衡的,比如,人的身高、体重有两个生长高峰。第一个高峰出现在出生后的第一年,第二个高峰则在青春发育期,这两个时期的发展要比平时迅速得多。二是同一年龄阶段不同方面发展的不平衡性,有的方面在较早的年龄阶段就已达到较高的发展水平,有的则要到较晚的年龄阶段才能达到成熟的水平。比如在生理方面,神经系统、淋巴系统成熟在先,生殖系统成熟在后。在心理方面,感知成熟在先,思维成熟在后,情感成熟更后。

认识个体发展的不平衡性,教育工作者要抓住身心发展的"关键期"或"最佳期",积极促进个体身心发展。所谓"关键期"或"最佳期",是指身心的某一方面(如语言、思维、人格)发展最适宜形成的时期。比如,2至3岁是儿童学习口头语言的关键期,4至5岁是学习书面语言的关键期。在关键期内,身心某一方面的技能或能力对来自环境和教育的刺激特别敏感,过了这个时期,同样的刺激就达不到有同样的效果了。

(四)个体发展的差异性

个体发展的差异性,是指不同个体之间在身心特征上所具有的相对稳定的不相似性。正常人的发展须经历共同的发展阶段,但不同个体在发展的速度、水平及发展的优势领域等方面则千差万别。如在发展速度上,有的儿童早慧,有的大器晚成;在发展水平上,同一年龄的人心理发展都可能存在差异;在发展的优势领域上,气质上有内向与外向之分,兴趣、爱好、价值观等方面具有不同的个性心理倾向。

教育面对的是活生生的、具体的人。倘若只掌握个体身心发展的共同特征,就有可能使教育者面对的是一个模糊的整体印象。教育者只有掌握了每个学生的个体差异,才能有的放矢,真正做到因材施教,使具有各种个别差异的学生最大限度地得到发展。

二、影响个体发展的主要因素

影响个体发展的主要因素是什么? 人们对这一问题可谓是见仁见智,但概括而言,不外乎先天的遗传素质和后天的生活环境两个方面,其中,遗传、环境、教育和人的主观能动性是影响个体发展的主要因素。

(一)遗传素质是个体发展的生物前提

所谓遗传素质,指个体从上代继承下来的、与生俱来的生理解剖特点,如机体的结构、形态、感官和神经系统的特点等。个体从上代继承下来的这些特点,是其存在与发展的自然的或生理的前提条件。如果没有这些条件,个体的存在与发展便无从谈起。

第一,遗传素质是个体身心发展的生物前提,是人类赖以发展的物质基础,它为人的发展提供了可能性。人因生来有大脑才会有思维的机制,而人的思维能力与水平并不是"先天性的",主要是后天的环境影响和教育影响的结果。遗传素质仅仅为个体的发展提供了可能性,这种可能性必须在一定的环境和教育的影响下才能转化为现实性。

第二,遗传素质的发展过程制约着个体身心发展的年龄特征。遗传素质有一个发展过程,它表现在人的身体的各种器官的构造及其机能的发展变化上。遗传素质的成熟程度,为一定年龄阶段的身心特点的出现提供可能与限制,制约着个体身心发展的年龄特点。

第三,遗传素质的差异性对个体身心发展具有一定的影响。遗传素质的个体差异是客观存在的,它不仅表现在个体体态、感觉器官方面,也表现在个体神经活动的类型上。遗传素质的差异,对个体的发展会带来明显的影响,例如,一个因遗传失明的孩子,很难设想将他培养成为画家,一个因遗传失聪的孩子,很难设想将他培养成为音乐家。当然,遗传素质的差异性对个体发展的影响也不能无限夸大。

第四,遗传素质具有可塑性。个体的遗传素质并不仅仅具有生物性,同时也含有一定的社会性。个体的遗传素质,是机体同周围环境不断交往,逐渐形成的种系上的一些新的结构与特征。对于此一代人来说,他们的遗传素质也是与其祖辈们的后天环境分不开的,个体的遗传素质因而具有后天文化的积淀。就遗传素质对个体发展的影响而言,它决不是孤立的脱离环境和教育影响的物质前提。考察遗传素质对个体发展的作用是不能同环境、教育对形成或改变个体遗传素质的作用分割开来的。

应该指出,虽然我们承认个体的遗传因素是有差异的,并且对人的发展有一定的影响,但它在个体发展中并不起决定作用。遗传因素仅仅是为人的发展提供了可能,并不决定后天的发展方向和水平。

(二)环境在个体发展中具有重要影响

环境是围绕在个体周围并对个体自发地产生影响的外部世界,或者是指人生活于其中,能影响人的一切外部条件的综合。一切生物的生存与发展,都不能离开环境,个体的身心发展也不例外。环境是一个复杂的综合体,大而言之,它包括自然环境与社会环境。自然环境通常指地理条件,气候状况或交通状况等等;社会环境则往往指经济条件、政治气候、文化传统(包括风俗习惯)等等。

第一,自然环境对个体身体及心理发展会带来一定的影响。个体的体态、外貌、身高甚至个性心理特征的某些方面的形成与发展既与其先天的遗传素质有关,也在一定程度上与个体生存的自然环境有关。不同地域的人群,其体态、外貌的发育在总体上有其相异的特征,例如,我国西北高原的人群与江南水乡的人群在体态、外貌的发育上就明显地受到不同的地域环境与自然气候的影响。地理环境、气候状况等不仅作用于个体的生理发展,甚至也在一定程度上作用于人的心理发展。

第二,社会环境对个体发展起着十分重要的作用。社会环境的突出方面是社会物质生活条件,而社会物质生活条件又是人的社会实践的结果,正是人的社会实践在相当大的程度上规范或制约着人的发展。个体的思想是在后天的社会实践中逐步形成和发展起来的,这种社会实践又是在既定的社会物质生活条件下进行的。社会物质生活条件制约着个体社会实践的形式与内容,因而也对个体发展起着强大的制约作用。正是从这种意义上我们可以认识社会环境对个体发展的重要影响。

(三)教育对个体发展的主导作用

教育也是一种环境,是受教育者生活于其中的一种独特环境。这里讲的教育,是区别于上述自然环境与社会环境,专指有目的有计划地影响个体发展的

一种活动。教育在个体发展中起着主导作用,这种主导作用主要表现在:

第一,教育具有明确的目的性和比较系统的学习内容,它规定着个体的发展方向。这既符合一定社会和阶级的要求,又符合个体身心发展的需要;既考虑到社会为个体发展所可能提供的条件,又考虑到个体已有的发展水平所可能达到的程度,能使受教育者在较短时间内,系统连贯地掌握大量的知识和经验,使个体发展避免盲目性和自发性。

第二,学校教育主要是通过专门从事教育工作的教师来进行的。教师工作是一种专门化和专业化的工作。教师必须通过长期而专门的训练,必须具有专门的学科知识和相关知识,掌握教育原理和教育规律,具备相关教育教学能力,能自觉地按照教育目的从事教育工作,使个体发展少走弯路,最大限度地促进个体发展。

第三,教育具有高度的组织性和计划性。学校教育按照预定的教育计划,把个体发展所需要的时间和空间纳入到可控制的境地。这不仅能够使学校教育内部的各种影响因素有条不紊地进行,而且可对社会和家庭环境的影响起到应有的组织和指导作用,从而抵制环境中某些消极因素的影响。因此,教育在提高个体发展的速度和质量方面具有重要作用,是任何环境因素都无法比拟的。

事实上,教育在个体发展中的主导作用的发挥是有条件限制的,它必须通过受教育者自身的积极活动来实现,离开了受教育者的主观能动性,教育的作用就无从谈起。同时,它要建立在遗传素质的基础上,并与教育内外部方方面面的条件相适应。因此,既不能孤立地发挥教育的作用,也不能把教育的作用夸大到万能的程度。

(四)人的主观能动性在个体发展中的作用

对于个体发展而言,遗传素质、环境和教育的作用再大,毕竟只是外因,它们只有通过人内在的主观能动性的发挥才能起作用。所谓人的主观能动性,是指人有意识地、积极能动地去认识世界和改造世界的反作用,是人类特有的意识特征。它不仅表现在有目的、有意识、自由自觉的活动上,而且也表现在个体对环境作用的选择和改造上。

个体的主观能动性对人的身心发展具有不可忽视的作用,是个体身心发展的根本动力。在个体的发展过程中,人不仅能反映客观环境,而且也能改造客观环境以促进自身的发展。只有外部环境的客观要求转化为个体自身的需要,才能发挥遗传、环境和教育的影响,而个体身心发展的特点、广度和深度,主要取决于其自身主观能动性的高低。当然,人的主观能动性并不是自发产生的,而是来源于社会要求和教育条件。人的主观能动性的性质、方向和水平都离不开教育的培养和塑造。因此,教师在教育过程中,既不能忽视学生的主观能动性,把学生当作是消极的容器,生填硬灌,也不能过分夸大学生的主观能动性,完全主张学生自我发展,忽视、淡化教师的作用,从而导致教育过程的自由化,降低教育效果。

事实上,影响人的各种发展因素是相互作用、相互影响、共同作用于人的发展的,它们是一个整体系统,我们不能孤立地、片面地来分析每个因素对个体发展的作用。正是它们之间性质的差异性,力量的强弱,不同的组合,不断的发展变化,才使个体发展具有不同的发展水平和特色。因此,我们应以系统论的观点,从动态上来研究和把握各因素与个体发展的关系。

三、教育促进个体社会化的功能[①]

教育对个体发展的主导作用突出地表现为它能促进个体社会化。所谓社会化,基本含义是指个体接受社会文化的过程,更具体地说,是指"自然人"或"生物人"成长为"社会人"的过程。教育促进个体社会化的功能主要反映在:

(一)教育促进人的观念的社会化

人的观念是指人对于社会事物的看法和人在社会活动中形成的思想。人的观念也是人的思维活动的结果。人的观念的形成受到社会文化背景和现实的社会实践活动的制约,正如马克思所指出的,正是社会存在决定着人们的社会意识。"意识一开始就是社会的产物,而且只要人们还存在着,它就仍然是这种产物。"这里所指的意识与我们所讲的观念具有相似的含义。所以观念也是社会的产物,人的观念理所当然地具有社会化的特征。

人从"自然人"成长为"社会人"的过程乃是接受社会文化的过程。而接受社会文化的过程,从某种角度看,正是人内化社会观念的过程,即是人的观念的社会化过程。在人的观念社会化的过程中,教育起着十分重要的作用。若对教育作广义的理解,可以这样认为,人的观念的形成一刻也离不开教育。即使对于任何一个具体的个体,其在社会化过程中可能会形成不同的观念,这些不同的观念也是不同教育的结果。没有教育的参与,人的观念的形成便不可思议。

在人的观念的社会化过程中,教育的重要作用在于它能有计划、有目的地按照一定社会的要求帮助人们形成社会所需要或提倡的观念,抵制社会所批评或反对的观念。教育促进人的观念的社会化特别表现为促进人的政治观念的社会化和道德观念的社会化。

(二)教育促进人的智力与能力的社会化

人的智力的发展离不开教育,这一点早已成为教育学的共识。教育学关于人的智力、能力发展的研究也揭示出其所具有的社会性、历史性特征。在人的

---

① 傅道春. 教育学. 北京:高等教育出版社,2000:35-39.

智力、能力适应社会需要而不断发展的过程中,教育的功能与作用主要体现在:

1.教育指导或规范人的智力、能力的社会化

教育对人的智力、能力的开发在很大程度上是按照社会的要求进行的。作为开发人的智力、能力的教育资源(主要指教育内容)是社会实践经验的概括和总结,是人类在长期的实践活动中积累的智慧成果。人的智力、能力的发展离不开社会的需要,同时又需要教育的指导规范。首先,不同阶段或不同类别的教育,指导与规范着人的智力、能力的发展方向。人的智力、能力朝着怎样的方向发展,这在总体上受社会条件的制约,同时又受教育的指导与规范。教育将人的智力、能力的发展引导到适应社会生存并为社会发展服务的轨道。其次,教育也规范着人的智力、能力的社会化发展。教育以特有的目标、内容以及特有的方式与途径规范着人的智力、能力的发展,它规范着人的智力、能力发展所可能指向的目标与水平。

2.教育加速人的智力、能力的社会化

由于教育所传授的人类科学文化知识具有简约化、浓缩化的特点,所以它对人的智力、能力的发展起着催化剂与加速器的作用。人类之所以持续不懈地运用教育并发展教育,其根本动因就在于它能缩短人类认识客观世界的历程。教育传授间接经验可以不受个体时间与空间的限制,从而大大提高个体认识的起点,促进人的智力、能力的社会化。人从"自然人"向"社会人"的转化过程,实质上也是人的智力与能力不断发展的过程。这种发展过程的速度和状况,主要取决于教育发挥的作用。教育对于促进人的智力、能力发展的作用是任何其他因素的作用所无法比拟的。

(三)教育促进人的职业、身份的社会化

社会职业分工是社会发展的必然要求,也是社会发展的重要标志。社会政治结构、经济结构的变革都会与社会分工的变化相联系。社会分工赋予社会成员特定的职业特点。进入近现代社会以来,社会分工的发展与科技教育的发展紧密相联。科技革命推动社会产生变革,客观上要求教育的变革。现代教育在很大程度上担负着促进人的职业社会化的使命。在现代社会中,个体谋求某种社会职业通常是以接受相关的教育和训练为前提的,教育是促进人的职业社会化的重要手段。

教育也是促进人的身份社会化的重要手段。人的身份是指个体在整个社会等级结构中的地位,而社会呈现等级结构则是社会发展在相当长时期内不可避免的现象。身份社会化与职业社会化有相联系的一面,人所从事的职业与人在社会中所处的地位(即人的身份)往往相一致。在这种意义上,人的身份社会化也是以接受相关的教育与训练为前提的。人的身份社会化与职业社会化也有相区别的一面,人在社会等级结构中所处的地位或所具有的身份与从事的职

业有时是不统一的。身份是一种更具广泛性的概念。在现代社会中,个体的非职业性的身份与地位也是与其所具备的教育素养分不开的。任何社会身份都不同程度地蕴含着对教育的需求,教育对促进人的身份的社会化起着至关重要的作用。

四、教育促进个体个性化的功能

人的个性化是与人的社会化相对应的。个性是个体在社会实践活动中形成的独特性。心理学认为个性具有一定的意识倾向性和鲜明的个体差异性。前者体现为个体的信念、理想等,后者体现为个体的能力、气质和性格。个性化是指个体在社会活动中形成独特性、自主性和创造性的过程,人的个性化与人的社会化具有相互对立又相互统一的关系。

人的个性化的形成与发展依赖于教育的作用。教育具有促进人的个性化的功能,教育的这种功能主要体现在它促进人的主体性的发展,促进人的个体特征的发展以及促进个体价值的实现。

(一)教育促进人的主体性的发展

人的主体性是人面对客观世界的主观能动性,表现为人的自主精神和主动性、积极性与创造性。人把自己视为自然界的主体,是指人不是被动地、消极地听命于自然界,而是能主动地、积极地作用于自然界。人必须遵循客观世界的规律而生存,但人对客观世界的规律的认识与驾驭则是人的主体性表征。

教育对人的主体性的发展起着极为重要的促进作用。教育通过对人的道德、智力、能力的培养而提高人对自我的认识,提高人的主体性。对于个体而言,教育的过程是一种不断提升自我的过程,是激发并弘扬人的主体性的过程。人通过接受教育,形成道德观念,增进知识、能力而达到能动地适应客观世界并变革客观世界的目的。

人的主体性突出地表现为人的创造性。教育对于人的个性化功能也突出地表现在它能培养个体的创造意识,从而为个体的创造性服务。

(二)教育促进人的个体特征的发展

人的个体特征指人的身心发展的个体差异性。这里侧重指人的心理发展,诸如个人兴趣、爱好、智能结构、性格、气质等方面的特征。人的遗传素质中寓含着个体差异性,但人的个体差异的发展、个体特征的形成则更多地取决于后天的因素,其中突出地取决于教育的作用。教育虽然按照社会的要求作用于个体的发展,但社会化本身也包含着对人的个体特征的充分发展的需求。教育应该是尊重个体差异的教育。教育帮助个体充分开发内在潜力并充分地发展自己的特长。

教育促进人的个体特征的发展主要通过不同的教育内容与不同的教育形

式来实现。人在受教育的过程中会产生兴趣、爱好的分野,由此又造成个体的人在专业领域或技能领域的分野,人的个体特征也因此表现为专业或职业特征。人的个体特征除了表现在专业擅长、兴趣爱好之外,还表现在情感、性格、气质等方面,而人的这些方面特征的形成在很大程度上是后天教育的结果。

(三)教育促进人的个体价值的实现

人的个体生命价值是针对人对社会的贡献而言的。每一生命个体如何展现其人生的价值,归根结底是通过他在社会生活中发挥的作用以及作用的大小来衡量的。人应该成为对他人、对社会有益的人。人有益于他人、有益于社会是离不开他的道德水准和智力、能力状况的,人愈有道德、愈有知识、愈有才能便愈能展现生命的价值并创造生命的辉煌。教育使人意识到生命的存在并努力追求生命的价值与意义,教育赋予人创造生命价值的信心与力量。所以,人的个体价值的实现必须依靠教育的力量才可能达到。

第三节　教育的社会功能

教育在社会发展中的作用是指教育的社会发展功能,即教育对社会的存在和发展所具有的功用和效能。教育发展的历史说明,教育随着社会的发展而发展,即教育要受到社会强有力的制约,不能超越社会的客观存在而孤立地谈论教育。另一方面,教育对社会有着巨大的能动作用。当前,教育已经渗透到人类的社会实践领域和社会活动领域,并起着越来越重要的影响和作用。

一、社会发展对教育的制约

教育作为人类的一种特有的社会现象与社会活动,它的发展本身是社会发展的一个重要方面或重要标志。教育的发展离不开社会所可能提供的资源和条件,受到社会发展客观进程的制约。

(一)生产力对教育发展的影响和制约

生产力是社会生产中最活跃和最革命的因素,是推动社会政治经济发展的决定性力量,制约和推动着教育的发展。生产力对教育发展的影响和制约主要体现在以下几个方面:

1. 生产力的发展水平影响和制约着教育目的和培养规格

教育培养什么样人的问题,首先是由政治和经济制度决定的。但由于政治和经济制度总是建立在一定的生产力发展水平之上,所以教育目的的确定不可避免地受制于生产力发展水平。社会发展的历史证明,生产力水平越高,它对劳动者的科学技术素养的要求越高。在奴隶社会和封建社会,由于生产力的发展水平较低,学校教育主要不是培养劳动者,而是培养社会的统治者。到了机械化大工业发展起来以后,生产劳动的科技含量越来越高,对劳动者的要求也越来越严格,劳动者必须接受一定程度的学校教育。在现代社会,基础教育的普及、义务教育年限的延长、职业技术教育的大力发展、高等教育大众化趋势都是由生产力发展需要决定的。

2.生产力的发展水平影响和制约着教育事业发展的规模和速度

教育事业发展的规模和速度受到社会中的多种因素的制约,但生产力的发展水平对其起着最终的决定性作用。这是因为,教育事业的发展需要一定的人力和物力作保证。生产力的发展水平决定了一个社会所能提供的剩余产品的数量,而这种剩余产品的数量决定了社会中的教育者和受教育者的数量。比如,生产力的发展水平直接制约着一个国家在教育经费方面的支付能力,这种支付能力不仅表现在教育经费的绝对数值上,而且也表现在国民总收入中教育经费所占的比重上。教育经费的多少直接影响校舍设备、师资条件等办教育所需的一切物质来源,教育经费投入的数量直接影响着教育发展的规模和速度。

3.生产力的发展水平影响和制约着教育结构和教育内容

任何社会办教育都必须以一定的人力、物力、财力为基础,必须以现实生产力发展水平所能提供的物质条件为前提。教育发展的事实证明也是如此。这是因为一个国家能拿出多少钱来办教育,设立什么类型的学校、开设什么专业、各级各类学校的数量和比例等问题并不取决于人的主观愿望,而是取决于生产力发展的需要和生产力发展提供的可能。此外,传播和继承人类已有的生产经验是教育活动最初的价值取向,由此决定了生产力的发展必然制约着教育内容的选择。在生产力极不发达的古代社会,学校开设的课程种类很少,课程结构和课程内容也相对比较简单,主要是哲学、宗教、道德、语言等人文学科以及统治阶级所需的统治术,与生产力直接联系的自然科学和技术方面的课程内容极为贫乏。生产力的发展所引起的人类科学知识的不断积累,既为教育教学内容的丰富和更新创造了可能,同时它又要求教育培养出来的人能够适应当时生产力发展状况的需要。因此,随着生产力的进步,学校的教育教学内容也发生了明显的变化。到了现代社会,学校中的自然科学和生产技术方面的内容大大增加,课程种类增多,形成了完整的学科体系,课程结构也不断完善。

4.生产力的发展水平影响和制约着教学组织形式、教学手段和教学方法的发展与革新

在古代社会,落后的生产力以及由此产生的简单的经济组织形式决定了学校教育只能采取个别施教、单向接受的方式来进行知识的传授。进入工业革命时期以后,随着科学技术的不断进步和生产力的发展,学校教育的组织形式首先有了革命性的改变,出现了班级授课制,教学方法、教学手段不断科学化、现代化,幻灯、电影、电视、录音、录像、计算机等现代化教学设备在学校中的应用也越来越广泛。

(二)政治、经济制度对教育发展的影响和制约

政治、经济制度决定着教育的性质,即政治、经济制度决定着教育的思想政治方向和为谁服务的问题。

首先,政治、经济制度决定教育的领导权。一方面,统治阶级通过国家权力机构对教育进行控制或管理。统治阶级通过国家机器制定教育法律、颁布教育方针政策、规定教育目的、制定教育发展规划和发展战略、明确教育内容、任免教育行政人员和教师,以培养为本阶级服务的人。另一方面,通过经济手段来达到对教育的领导。国家权力机构通过教育经费的分配和使用间接实现对教育的领导和管理,控制教育发展的规模和速度,决定教育机构的存亡。

其次,政治、经济制度决定受教育的权利。谁拥有受学校教育的权利,谁不拥有受学校教育的权利,以及谁拥有受什么样的学校教育的权利,谁不拥有受什么样的学校教育的权利,都是由社会的政治、经济制度所决定的。

再次,政治、经济制度决定着教育目的的性质和教育内容的选择。教育目的是指培养什么样的人,进一步讲是要培养具有什么样的政治观念、政治态度的人。到了现代社会,虽然社会生产力的发展对教育目的的选择具有很大的制约作用,但是因为统治阶级控制着教育,因而使教育培养能够掌握国家机器、管理生产和维护本阶级利益的人才这一点并没有改变。教育最明确地反映着统治阶级的需要,教育是政治统治的强有力工具。同时,用思想宣传上的优势力量来影响或控制教育。统治阶级能够利用国家的宣传机器,将自己的思想、价值、观念向社会传播,决定教育内容的选择,从而左右教育工作的发展方向。

正是由于政治、经济制度对教育发展的诸多制约和影响,教育是有阶级性的,因此,从某种意义上说,在阶级社会里,任何"超阶级"、"超政治"、完全中立的教育是不存在的。

(三)文化对教育发展的影响和制约

文化是一个复合的整体,包括知识、信仰、艺术、道德、法律、风俗以及人作为社会成员而获得的任何其他能力和习惯。从形态上说,可以把文化分为物质文化、制度文化和精神文化。在文化的诸因素中,价值观处于核心地位。文化教育学派认为,人是一种文化的存在,而教育的对象是人,教育是在一定社会历史背景下进行的,因此,教育的过程是一种历史文化过程,即"文化化"的过程。教育不能离开文化而存在。

首先,文化影响着教育目的。这是文化渗透到学校教育内部所产生的最深层的影响。文化的发展并不只是意味着人类知识总量和精神财富的增加,数量的增加只是文化发展的最初效果,进一步发展的必然后果是使人的思维方式、

价值观念和由此而产生的行为方式,即人类自身的精神世界及其表现发生深刻的变化。这些变化只要是代表着时代方向的,就不可避免地、或迟或早地反映到学校教育目的上来,使每个时代文化的内在气质在形成一代新人的过程中得到体现和发扬光大。这种影响是隐蔽的,是一种无形的影响,然而却更深刻、更根本,影响的时间也更长久。

其次,文化影响着教育内容。就教育内容方面而言,文化传统对教育的制约支配作用尤为明显。一是文化传统影响教育内容构成。文化传统典型地反映了民族文化特定的内涵。不同的国家和民族创造了不同的文化传统,文化传统又反过来塑造了不同的教育。例如,各民族都把本民族语言作为教育内容中必不可少的部分,这充分反映了一个民族对其语言的固守和钟爱。中国古代社会长期重农抑商、追求仕途的文化传统,导致教育内容主要以社会典章制度为主,很少有自然科学和生产知识。英国一向崇尚人文精神,即使今天,古典人文课程仍占有相当大的比例。二是文化内容倾向影响教育内容性质。不同的社会有不同的文化,不同的文化有不同的教育内容。中国封建社会是以伦理型为主的文化,它注重人与人之间的人伦关系。在这种文化内容倾向中生长的教育注定要把德育作为教育内容的重要组成部分。西方近代教育则不同,社会批判古典教育重装饰轻实用,主张科学知识最有价值,故重智育也就理所当然。三是文化发展影响教育内容发展。这种影响主要表现在选择范围、发展速度和水平等方面。当文化发展水平很低、文化积累很少时,教育内容的选择范围就很小。反之,文化发展水平越高、内容越丰富、发展速度越快时,教育内容的选择广度和深度、课程的种类和变革频率也随之增加。中国古代社会的"四书""五经"几千年不变,然而进入当代社会之后,课程的内容含量、种类和变革却处在加速发展之中。

此外,文化对教育教学方法、教学组织形式、师生关系等方面有着潜移默化的影响。

文化传统对教育的影响和制约作用说明,即使政治、经济制度和生产力发展水平大致相同的国家,由于民族文化传统的不同,在教育方面也会有所不同。从这个意义上看,一个国家的教育如果完全照抄其他国家的模式和方法,不充分考虑自己的民族文化传统,就难免使本民族文化教育的发展遭受损失。同时,每一个教育工作者还要根据时代和社会发展特征,准确地分析民族或区域文化传统的利弊,"取其精华,去其糟粕",以保证最大限度地利用其优秀的方面,最大限度地减少其不利的影响。

二、教育的经济功能

教育的经济功能是指教育对一定社会经济发展所起的作用。当今教育对社会经济发展的作用与日俱增,已逐渐成为推动经济增长的重要因素。教育对经济发展的作用,不是表现为直接创造物质财富,而是表现为为经济活动再生产劳动者和再生产科学技术。

(一)教育是劳动者再生产的基本手段

劳动者是社会经济建设的主体,是生产力要素中最重要和最活跃的因素。劳动力即人的劳动能力。这种劳动能力不是先天遗传的,而是通过后天的教育和训练获得的。在现代社会,教育,尤其是学校教育,日益成为劳动者再生产的基本手段。马克思在100多年前就曾说过:"要改变一般的人的本性,使它获得一定劳动部门的技能和技巧,成为发达的和专门的劳动力,就要有一定的教育或训练。"[①]主要表现是:

第一,教育能够把可能的劳动者转化为现实的劳动者。人只有掌握了一定的科学技术知识和相应的劳动能力后才有可能成为生产力中的劳动力要素,科学技术知识和劳动能力也只有内化为劳动者的素质,才有可能转化为现实的生产力。

第二,教育能够把一般性的劳动者转变为专门性的劳动者。在劳动者再生产的意义上,教育中的普通教育,尤其是其中的义务教育,主要是提高整个民族的普通科学文化水平,从而大面积地提高劳动者的一般素质。而教育中的专门教育和职业教育就可以在普通教育的基础上把一般性的劳动者进一步转变为某一领域、某一行业以至某一工种的专门的劳动者。

第三,教育能够把较低水平的劳动者提升为较高水平的劳动者。劳动者的素质都有一个由低水平向高水平提升的过程。现代社会要求劳动者不仅必须受教育,而且必须不断受教育。教育已经成为不断提升劳动者素质和促进劳动者进行纵向社会流动的基本手段。

第四,教育能提高劳动者学习知识和技能的能力,缩短学习新技术或掌握新工种所需的时间。教育通过提高人的一般学习能力以促进劳动者适应生产高速发展变化带来的职业或工种变换的需要。

第五,教育能够提高劳动者的综合素质。教育对劳动者素质的提高是全面的,不仅使劳动者掌握科学技术知识和具有劳动能力,而且也提高劳动者的文化素养、思想修养、职业道德、心理素质、创新精神、合作意识等品质。现代教育越来越注重对未来的劳动者进行多维度的培养。

此外,教育对经济增长的贡献主要是通过再生产劳动者来实现的,对此一些经济学家早已有各种定量性的研究。苏联经济学家斯特鲁米林运用以受教育的年限的长短来确定劳动简化率的方法,计算出教育程度的提高所产生的价

---

① 马克思恩格斯全集.第2卷.北京:人民出版社,1995:174.

值占国民收入的比率为 30％。美国经济学家、1979 年诺贝尔经济学奖获得者舒尔茨(T. Schultz)根据人力资本理论的观点,通过教育资本储量分析的方法推算出教育水平的提高对美国国民经济增长的贡献为 33％。美国经济学家丹尼森运用经济增长因素分析的方法推算出教育对国民收入增长率的贡献为 35％。①

(二)教育是科学知识再生产的重要手段

科学技术是第一生产力。据国外学者的一般估计,20 世纪初,各发达国家在经济增长的各种主要因素(即劳动力的增加、资金的增长和技术的进步)中,技术进步的贡献只占到 5％～20％,而 70 年代后,这个比例已普遍达到 60％～80％。② 科学技术的发展与教育具有极其密切的关系,并且越来越依赖于教育的作用。教育的科学知识再生产功能主要表现在两个方面:

第一,教育能够传递和传播科学知识。科学知识的再生产首先需要科学知识的积累和继承。教育就是传递或传承科学知识的最基本和最重要的手段,也是科学知识的一种再生产。一般说来,教育是传递和传播科学知识最简捷和最有效的途径。教育以极为简约、极为广泛的形式传递人类已有的科学知识,高效能地扩大科学知识的再生产,从而提高劳动生产效率,促进生产力发展。

第二,教育是促进科技革命与发展的重要手段。教育不仅再生产科学技术知识,而且也担负着生产新的科学技术的任务。现代科技革命与现代教育革命相互促进,新的科学知识的产生与发展以教育的发展为基础,这在高等教育中表现得尤为明显。世界高等教育的发展,出现了教学、科研、生产一体化的趋势。在许多国家,基础研究的中心都是在高等院校。当代科技发现、发明与创造,重要策源地仍是高等院校。任何科技发展的新成就,都不可能离开教育的贡献。教育促进科技更新与发展的功能将会随着现代社会的向前发展而增强。

三、教育的政治功能

教育为政治服务是具有必然性,并不以人的意志为转移的。在阶级社会里,统治阶级对教育的控制,使教育成为为统治阶级政治服务的工具,以维护统治阶级的政治稳定。但是,从发展的眼光来看,任何社会稳定的政治只是暂时的、相对的,随着社会生产力的发展,政治变革是必然的,总的趋势是不断进步,不断地走向民主。因此,教育也是推动社会政治的进步,使社会不断走向民主化的重要因素之一。

---

① 袁振国. 当代教育学. 北京:教育科学出版社,1998:383-384.
② 20 世纪 90 年代初,据我国的一些专家估计,我国经济增长的三个主要因素所起的作用分别是:劳动力数量占 30％,资金数额占 51％,技术含量占 19％。

(一)教育通过培养合格的公民和政治人才为政治服务

教育通过人才的培养,服务于社会的政治,维护统治阶级的利益,这是教育发挥政治功能的一个最基本的途径。这主要表现在两个方面:一是对广大人民进行政治和意识形态的教育,促进他们的政治社会化,成为社会所需要的合格公民;二是培养政治人才,以补充社会管理层的需要,直接参与统治阶级的管理,执行统治阶级的意志,为统治阶级服务。

事实上,任何时代、任何社会的统治阶级都不会放弃对教育这块阵地的控制,因为谁拥有了这块阵地,谁就拥有了对广大人民思想控制的主动权。教育作为传播文化、训练思想、培养情感和养成社会行为习惯的活动,能以直接或间接的、显性或隐性的方式向年轻一代传播一定的社会政治意识,促进他们的政治社会化。具体说来,教育内容中有些直接就是一定社会政治制度和政治主张的知识和规范,如政治课程、公民课程和思想品德课程等;教育内容中的有些部分,特别是社会科学方面的内容,往往也不同程度地有某种政治色彩;除了教育内容,教育的制度、目的和方法等同样具有一定的政治意图和政治意识;作为教育者的教师,也不可避免地具有某种政治立场或政治倾向,并且不可避免地要在教育过程中以这样或那样的方式影响学生。教育正是通过向受教育者灌输国家、政党的意识和观念,通过传递人类道德文明的成果而起到"化民成俗"的作用。

(二)教育是促进社会政治变革和民主化的重要力量

教育并不只是现有社会政治关系的"卫道士",扮演一个保守者的角色。教育要适应已有的社会政治关系,为现有的社会政治服务,但教育又要适应社会的变革,不断地推进社会政治的民主化进程。这是因为教育是一种传播科学、文明和民主的活动,教育的目的在于促进人的自由发展,在于不断地追求人类的自由和解放。这也正是社会进步的方向。

教育传播科学与文明,鞭挞愚昧与落后,启迪人们的思想意识,提高人们的民主观念,是社会政治变革的内在动力。列宁指出,文盲是站在政治之外的。一个文盲充斥的国家是不可能建设共产主义的。教育事业的发展,人民文化程度的提高,就可以增强人民的民主意识和权利意识,认识到民主的价值,推崇民主的政策,推动政治民主和进步。因此,教育的普及和发达是社会政治民主进步的基础;相反,愚昧、专制的政治总是和落后的教育相伴的。

民主的政治必然要求民主的教育,民主的教育反过来又成为民主政治的"孵化器",具有加工、选择、再生产民主政治的作用。教育民主化本身是政治民主化的重要组成部分,是衡量社会民主的重要一环。教育权利的平等、教育机会的均等、师生关系的民主、教育公平等等,既是民主教育的要求,也是政治民主的体现。

当然,认识到教育能够促进社会变革,推动社会政治的民主和进步,是十分必要的。但不能把教育的这一作用强调到不适当的程度,以为教育可以改变政治是不现实的。教育对社会政治的变革并不起决定作用,教育只是政治变革和进步的"加速器"或"催化剂"。

(三)教育通过宣传思想、制造舆论为统治阶级服务

学校是一个宣传和传播文化的场所。一定社会的文化体现着该社会的政治要求和思想。学校通过文化的宣讲和传播,使统治阶级的思想由少数人掌握逐渐为广大人民群众所知晓。而且教育者的宣讲具有一定的说服性,不仅使受教育者了解这一思想,更重要的是使他们相信这一思想。

学校还是一个营造社会舆论的场所。因为学校是知识分子和青少年的聚集地,他们有知识、有见地,思想敏锐,勇于发表意见。通过教育者和受教育者的言论、行动、讲演、文章以及学校里的教材和读物等,来宣传一定的思想,造成一定的舆论,借以影响群众,从而为统治阶级服务。

四、教育的文化功能

教育的文化功能是教育社会功能的另一表现。教育作为社会文化的一个重要组成部分,必然受到社会文化发展的制约。社会文化构成教育生长的土壤和条件,教育唯有适应社会文化环境方能生存与发展。然而,教育在受制于社会文化的同时,又反作用于社会文化,教育具有传承文化、创新文化及融合文化等功能。

(一)教育具有文化传承的功能

文化是人类在活动中创造的,对个体来说是后天习得的。它不可能通过遗传而延续,只能通过传承的方式发展下去。人类文化的传承固然可以以物或物化观念的形态存在,但更多地是以人的活动形式、心理行为方式存在。无论是何种文化的传承,都需要以人对文化的理解为中介。人对文化的理解则需要依赖于教育。教育自它产生之日起就是作为传承文化的重要手段。文化是教育的内容,教育是传递文化的工具。相比其他的文化传承方式,教育传承的文化是人类文化中最基本、最精华的部分。社会通过教育将人类的文化遗产一代一代地传下去,文化借助于教育得以延续与发展。社会愈向前发展,人类的文化积累愈丰。

(二)教育具有文化选择的功能

每一特定历史时期的文化传承,都寓含着对传统文化的保存与扬弃。教育虽是文化传承的手段,但教育并不等同于文化的传承,教育对文化的传承在很大程度上与文化的选择相联系,而不是对所有文化的传承。因此,教育对文化的传承是有选择的。教育进行文化选择的标准一般有:一是选择有价值的文化

精华,剔除其中的糟粕,传承文化中的真善美;二是选择符合一定社会需要的主流文化;三是根据受教育者的特点和教育规律,选择适合教育过程的文化。教育的文化选择形式,总体上有吸收和排斥两种。吸收是对与教育同向的文化因子的肯定性选择,排斥是对与教育异向的文化因子的否定性选择。教育作为一种特定的文化,必须对浩瀚的文化进行选择。因此,选择文化是教育传承文化的前提。选择文化的过程也就是对文化进行分析和评价,去伪存真的过程。这既引导社会文化的积极健康发展,也能够培养和提高受教育者的文化选择和批判能力,最终促进受教育者的发展。

(三)教育具有文化的创新功能

社会文化是人类创造的,并处于不断发展的过程中,要发展就意味着要有创新。没有文化的创新自然也无真正意义上的文化发展,而文化之创新则需要通过教育来实现。一是教育是基于对既定的社会文化的一种批判和选择,对传统文化的传承总是着眼于古为今用,传承文化的过程也是文化更新的过程,教育因此形成一种新的社会文化因素;二是教育通过科学研究,从事文化创新,产生新的思想、观念和科学文化成果,这是文化创新的一个直接途径;三是教育可以为社会文化的不断发展输送具有创新精神的人才,通过这些人才再去创新文化,从而使学校逐渐成为文化的创新地。

(四)教育具有文化的融合功能

文化是一定时期特定地域人们的思想、行为的共同方式。在这个意义上,文化具有地域性、封闭性和多元性。当代任何一个国家和民族都需要承继属于本民族的优良文化,同时也需要吸收外来的先进文化,由此促进本民族与其他民族文化的融合。现代教育在这一过程中扮演着重要的角色。一是通过教育的交流活动,如互派留学生、相互进行学术访问、召开国际会议等,促进不同文化间的相互理解和吸收,使异域文化之间求同存异;二是通过对不同的文化、思想和观点的学习,如引进国外教材、介绍国外的理论流派和研究成果等,对异域文化进行选择、判断,对已有的文化进行反思、变革和整合,融合成新的文化。当然,不同文化间的交流、融合不是一方取代另一方,也不是不同文化的简单相加,而是不同文化共同磋商的过程。它是以自己的文化为根,吸收异域文化的有益成分,改造原有文化的过程。这不仅促进了世界文化的发展,同时也促进了本民族文化的繁荣。

以上我们从教育对于个体发展和教育对于社会发展两大方面分析了教育功能。在实践中,教育的两大功能并不是孤立存在,而是相互依赖、相互影响与相互作用的。教育促进个体的发展必然影响和促进社会发展,教育促进社会发展必然要求促进个体发展。归根结底,社会发展的核心是人的发展,社会政治、经济、文化等方面的发展都需要通过人的努力去实现。

就教育两大功能的内部而言,其各自不同的功能也是处在辩证统一的矛盾运动中。无论是教育的个体社会化与个体个性化功能,还是教育的政治、经济、文化等功能,各自都有其相对独立的一面,更有相互统一的一面。个体的个性化仍是个体社会化过程中的个性化,个体社会化仍是带有个体个性特征的社会化。同样,教育的政治功能、经济功能、文化功能是不可截然分开的。政治相对于经济而言又是经济的集中表现,文化则紧紧关联着社会的政治与经济。教育的三大社会功能实际上应是三位一体,并整合式地发挥作用的。

五、现代社会发展对教育的要求与挑战

教育是一项复杂的系统工程,教育的发展是与社会政治经济紧密联系在一起的。现代教育的重要特征是在时间和空间上的无限延伸。这些无限延伸的时空包含着现代社会的各种变化和发展,对教育提出了新的要求和挑战。教育必须对此作出积极的回应。

(一)现代化与教育变革

20世纪50年代,社会现代化成为一股世界性的潮流。中国正在向现代化社会迈进,致力于建设有中国特色的社会主义现代化国家。中国的现代化是一种综合的体系与目标。教育现代化是国家现代化的重要组成部分,同时也是国家现代化赖以支撑的重要推进力量。教育现代化是中国教育改革与发展的根本趋向。

一般认为,教育现代化是指教育自身由传统向现代类型的变迁。它是一种能动的具有指向性的过程,是一个对传统教育瓦解、扬弃、进行创造性转化的过程,也是为使教育适应整个社会现代化的进程而不断改造、重建教育传统的过程。它具有开放性、动态性和民族性等基本特征,其核心目标是实现人的现代化。

教育现代化的内容主要包括:

第一,教育观念的现代化。所谓教育观念,是指存在于人们头脑中的对于教育的认识与看法。教育观念作为人们对教育活动的观察、思考和实践获得的认识与看法,对人们所采取的教育行动具有指导意义和决定性作用。教育观念现代化是教育现代化的思想基础与前提条件。教育观念的现代化,本身又是一种动态的不断发展更新的过程。

第二,教育制度的现代化。教育制度现代化是教育现代化不可或缺的组成部分,也是教育现代化的重要保证。教育制度的现代化是指教育决策与管理的民主化和科学化,两者辩证统一,是教育制度现代化不可或缺的两大基石。教育制度的现代化还要求社会各级各类教育机构,尤其是各级各类学校教育机构的合理与优化,能适应社会经济、政治及文化发展的需求。与此同时,教育机构

具有根据社会变革的需要而自行调节、自行变革的机制。教育制度现代化的重要目标集中表现在建立起真正适合本国国情的富有生机与活力的开放式的终身教育体系。

第三,教育内容的现代化。教育内容的现代化,是整个教育现代化的着力点。教育内容的现代化,重心是指课程设置、课程内容要紧紧切合现代化的教育目标,反映社会科学、文化各个领域发展的新成果、新动态,提供给受教育者以最优化的知识结构,以促进受教育者身心全面、自由、充分、和谐地发展。

第四,教育技术的现代化。教育技术,是指作为教育过程中师生相互传递信息的工具或设备及其使用的方法。教育技术现代化,就是不断用科学技术发展的最新成就武装教育信息的传播媒体,以实现教育手段的最优化。在现阶段,教育技术现代化也可视为把电化教育工具、视听教育工具和计算机等现代化工具应用于教育领域,从而提高教育效率与质量。

(二)知识经济与教育变革

21世纪,人类社会正经历着一次深刻的经济革命,将迎来一个知识经济的新时代。那么,知识经济将会带来什么样的教育变革,教育应当以什么样的姿态去迎接知识经济时代的到来呢?

"知识经济"这个概念最初是1990年联合国研究机构提出的。所谓知识经济(knowledge economy),即"以智力资源的占有和配置,以科学技术为主的生产、分配和使用为最重要因素的经济"①。就知识经济与现代教育的关系而言,无论对经济还是对教育无不具有了前所未有的特征:知识经济是以教育为中心的经济,是以知识创新为基础的经济,是通过计算机和通信网络被编码化传播的经济。

在知识经济时代,劳动者除必须具备较好的道德素质和业务素质以外,收集信息、选择信息、处理信息、交流信息以及开发信息资源的能力也成为每个劳动者应具备的最基本能力。因此,21世纪是一个经济发展主要取决于知识和智力资源的占有和配置的知识经济的新时代。知识成为知识经济的主导因素,智力资源是知识经济的第一资源,而拥有智力资源的人才来自教育,教育是开发智力资源的重要手段。那么,教育如何迎接呼啸而来的知识经济呢?

第一,树立以人为本的教育理念,构建与知识经济相适应的知识观和人才观。知识经济是以知识创新为基础的经济,创新是知识经济的灵魂,人才是知识经济的根本。知识经济的到来使得以人为本成为社会对教育的必然要求。因此,作为知识经济形态中心的教育就应以培养具有创新精神、创新能力的人才作为自己的发展目标。这就要求我们必须树立以人为本的教育理念,从物质

---

① 吴季松. 知识经济. 北京:北京科学技术出版社,1998:12.

价值观转变到知识价值观,从工具价值观转变到人才价值观,大力实施素质教育,把创新能力和综合素质作为人才培养目标的重要内容,构建与知识经济相应的人才培养模式。

第二,贯彻科教兴国和人才强国战略,落实教育的优先发展的战略重点地位。知识经济把人才提到了前所未有的战略高度,人才与一个国家的前途和命运紧密相连。这就要求我们积极贯彻科教兴国和人才强国战略,提高全民族的科技文化素质,把经济建设转移到依靠科技进步和提高劳动者素质的轨道上来,加速实现国家的繁荣强盛。另一方面,科学技术的进步和发展,主要依赖于教育的发展。要抓住科学技术迅猛发展的机遇,实现经济的跳跃式发展就必须优先致力于教育的发展。这就决定了确立知识创新和技术创新战略的同时,必须确立教育优先发展的战略,使教育在各行各业的发展中处于优先的地位,教育适度超前于经济发展的总体水平,率先实现教育的现代化。

第三,构建终身教育体系和学习化社会,实现人的可持续发展。科技的迅速发展,使知识更新的速度明显加快,知识老化的周期进一步缩短。因此,人的一生中只有不断地学习、不断地接受教育,才能适应社会发展和自身生存的需要。这就要求我们转变传统的"一次性教育观"为终身教育观,把教育贯穿于人的一生,活到老学到老,全面开发人力资源,提高劳动者素质。

(三)全球化与教育变革

一般而言,全球化(globalization)是指自近代以来,以生产力的迅猛发展和科学技术水平的快速提高为动力,以经济为主导的政治、经济、文化、社会生活等诸方面在全球范围内形成互动,汇合成一个全球社会的历史过程和趋势。全球化是以经济全球化为核心,包含各国各民族各地区在政治、文化、科技、军事、意识形态、生活方式、价值观念等多层次、多领域的相互联系和影响。在全球化背景下,各国间的合作与开放力度不断加大,相互之间的竞争亦随之激化。同时,人类文明也正在重构新的表现形式,异质文化间的冲突与融合、传统与现代间的矛盾日益凸显。

自20世纪90年代以来,当经济全球化进入"地球村"阶段时,也正是世界教育改革风起云涌之时,在这样的背景下,一种世界教育发展的新趋势——"教育全球化"也逐渐出现。教育全球化指的是在经济全球化和新技术革命的推动下,世界各国教育相互联系、相互依从、高度渗透、高度融合,逐步形成世界教育整体的进程和趋势。其本质是一个在全球范围内以不同形式不断扩大教育资源的共享程度,并且不断增加不同教育体系的共同因素,以形成一个联系更加紧密的全球教育体系的过程。

面对教育全球化的发展态势,教育必须积极变革、主动参与,可以采取的应对策略包括以下方面:

一是更新教育观念,确立全球性教育目标。教育全球化是经济全球化的必然,是社会发展的必然,是不以人们的意志为转移的世界潮流。因此,必须打破狭隘的民族观,从全人类的角度出发,树立为促进整个世界的和平与发展培养人才的服务观念,要以全球为基点,以推动世界繁荣为目标,根据国际教育质量标准,借鉴国际上先进的教育模式和方法,努力培养适应经济全球化,具有国际意识、国际视野和国际竞争能力的高水平、高质量的人才。

二是充分利用国际优质教育资源,确立国际化的办学战略。为了积极吸收和借鉴世界优秀文化成果,尽快缩小国家和地区之间的教育差距,适应教育全球化趋势,我们应充分利用国际优质教育资源,充分向外国开放本国的教育资源,以促进教育和经济的发展。主要包括培养目标的国际化、教学内容的国际化、留学生的交流与交换、教师的交流与合作、学分与文凭的互认,引进世界先进的教育技术设备以及先进的管理经验等。

三是改革和完善我国教育运行机制,创造有利于全球化的教育环境。教育全球化的开放性决定了不仅教育方式、教育目标是开放的,而且教育运行机制也必须是开放的。因此,要制定促进国际间交流与合作的相应制度,从而创造有利于全球化的教育环境。同时,必须以全球人才市场需求为根据,依据价值规律实现人才自由流动、等价交换,促进教育与人才市场的完备发展。

四是正确把握全球化与本土化的关系,有意识地抵御全球化风险。教育的全球化与本土化关系的问题是关涉 21 世纪我国教育学发展的重大理论和现实问题。由于全球经济体制本身存在的严重不平等和全球教育规范或标准的相对性,全球化在给我们带来诸多有利条件和机遇的同时,也不可避免地会带来一些消极影响和风险。如抄袭多于创造的"西化"倾向、失去自我的"忘我"倾向等。因此,只有在坚持中国特色的基础上,注意摒弃同质化趋势,尊重教育的多样性,承认教育发展目标和组成部分的多样性,才能与国际教育学界开展平等互利的对话与交流。

复习与思考

1.除了本书介绍的教育功能外,你认为教育还有哪些功能?为什么?

2.如何正确认识和理解教育的正功能和负功能?

3.影响青少年学生身心发展的主要因素有哪些?它们对学生的发展各起怎样的作用?

4.试述个体身心发展的特点及其教育学意义。

5.结合所学原理,你认为教育在社会诸系统中应处于什么样的地位?如何正确看待"教育优先发展"和"教育适度超前发展"这一问题?

推荐阅读书目

［1］颜泽贤,张铁明.教育系统论.郑州:河南教育出版社,1991.

［2］石中英.教育学的文化性格.太原:山西教育出版社,2003.

［3］桑新民.当代教育哲学.昆明:云南人民出版社,1988.

［4］［德］福禄贝尔.人的教育.孙祖复译.北京:人民教育出版社,1991.

［5］雷尧珠,王佩雄.教育与人的发展.北京:人民教育出版社,1989.

［6］［美］杜威.民主主义与教育.王承绪译.北京:人民教育出版社,1990.

［7］［古希腊］柏拉图.理想国.郭斌和,张竹明译.北京:商务印书馆,1986.

［8］联合国教科文组织国际教育发展委员会.教育——财富蕴藏其中.北京:教育科学出版社,1996.

第三章　教育目的

教育目的是培养人的总目标，主要是解决"为谁培养人"和"培养什么样的人"的问题。这是教育理论中最具根本性的问题，是教育工作的核心，也是教育活动的出发点、依据和归宿，贯穿于整个教育活动的始终。教育目的不同，教育方针和措施也就不同。学习和理解教育目的的有关原理对于我们正确认识和把握教育的其他问题具有重要意义。

第一节　教育目的概述

教育功能的发挥，效能的彰显必须体现于教育目的的实现。本节主要探讨教育目的及其价值取向等基本问题，这对于正确理解和把握教育功能，树立马克思主义的教育观十分必要。

一、教育目的的概念与作用

(一)教育目的的概念

目的性和意识性是人类社会实践活动的一个基本特征，也是人类自觉活动与动物的本能活动之间的重要区别。与人类的其他自觉活动一样，教育作为培养人的社会实践活动是有明确目的的。

所谓教育目的，是指人们按照一定社会发展的需要和人自身的发展需要而形成的关于教育所要培养的人的质量规格的总要求，它是以一种自觉观念的形式而存在并发挥作用的。可以看出，教育目的主要回答两个基本问题：一是规定教育"为谁培养人"；二是"培养什么样的人"。前者是关于教育活动的质的规定性，后者是关于教育对象的质的规定性。

在一定的社会中，凡是参与和关心教育活动的人，如教育家、思想家、科学家、教师、学生家长等，对把受教育者培养成什么样的人，都会有各自的期望即教育目的。随着经验的增长和自我意识的发展，受教育者本人对于自己应该成长为什么样的人也会有愈来愈明确的追求，即自我教育目的。在一定程度上，这些教育目的反映了学校、家庭和个人对人才培养的特殊要求。而国家教育目的既反映一定时期社会对人才培养的要求，也反映了人们对教育目的所寄予的期望，是对各级各类人才质量规格的总的设想与规定。无论是家庭对自己子女发展的期望、个人对自我发展的设计，还是各级各类学校具体培养什么领域和层次的人才，都必须符合国家提出的总体要求。因此，国家教育目的对学校、家庭和个人的教育目的起宏观的指导和调节作用。

为了进一步理解和把握教育目的的含义，我们有必要对教育目的和教育方针之间的关系作一简要比较。

教育方针是教育工作的宏观指导思想，是国家或政党根据一定社会的政治、经济要求，为实现一定时期的教育目的而规定的教育工作的总方向。它一般包括：教育的性质和指导思想；教育工作方向，主要指特定时期的教育工作方针；教育目的，即培养人的质量和规格要求；实现教育目的的根本途径和基本原则。其中，教育目的是教育方针中核心和基本的内容。科学的教育目的观有助于制定有效的指导教育实践的教育方针。

(二)教育目的在教育活动中的作用

教育目的是教育活动的出发点和归宿，它对教育任务的确定、教育制度的建立、教育内容的选择以及全部教育活动过程的组织都起着指导作用。教育目的确定后，教育事业才能有组织、有计划地沿着预定的方向发展。教育目的的作用具体表现为以下几个方面：

1. 对教育活动的定向作用

教育目的作为国家对培养什么样的人的总要求，它不仅指示出"为谁培养人"、"培养什么样的人"这样的教育预期方向，而且还包括现实教育问题解决的具体路径。主要体现为：一是对教育社会性质的定向作用，对教育"为谁培养人"具有明确的规定。二是对培养目标的定向，使人的发展不仅符合儿童身心发展的规律，而且符合教育目的的规定，形成社会所需要的品质。三是对课程的设置和教学内容的定向作用，对选择何种水平的教育内容等具有决定性作用。四是对教师教学行为的定向作用，如教学重点的确定、教师在教学过程中对学生的价值引导等都要与教育目的的总体要求相一致。五是对学校管理的定向，学校管理是为学校的教学活动服务的，实质是按照教育目的的要求为人才成长服务。在教育实践活动中，依照教育目的的要求，可以使教育活动避免发展方向上的失误，以便从根本上确保教育的社会性质和人才培养的社会倾向性。

2. 对教育活动的调控作用

教育目的对教育活动的调控主要通过三种方式来实现。一是通过确定教育价值取向来调控教育活动。任何教育目的都体现出一定的教育价值取向，都带有一定价值观实现的要求，并成为衡量教育价值意义的内在根据，进而调控实际教育活动。二是通过确定"培养什么样的人"的素质标准来调控教育活动，使教育者根据这样的标准调节和控制自身对教育内容或教学方式的选择等。三是通过目标的方式进行调控。一种教育目的的实现总是要具体化为系列的短期、中期和长期的目标，正是这些目标，铺开了教育目的得以实现的操作路线，具体调节和控制教育的各种活动。就调控的对象来说，既包括对教育工作者教育观念、教育行为的调控，也包括对学生的调控。对学生的调控又体现为对学生的外部调控和学生的自我调控两个方面。由于教育目的本身含有对学生成长的期待和要求，因此教育者对学生不符合教育目的的行为总是予以引导或纠正，把学生的发展纳入到预定的方向。与此同时，学生一旦意识到教育目的对自身未来成长的意义和要求，往往能增强他在教育活动中不断自我完善的努力程度，把合乎教育目的的发展作为努力方向，主动规划自己的未来。

3. 对教育活动的评价作用

教育目的既是一个国家人才培养的质量规格和标准，也是衡量教育质量和效益的重要依据。教育目的的评价作用可集中体现在现代教育评估或教育督导行为中。具体言之，依据教育目的，评价学校的总体办学方向、办学思想、办学路线是否正确，是否清晰，是否符合社会的发展方向和需要；依据教育目的，评价教育质量是否达到了教育目的的要求，达到了教育目的规定的规格和标准；依据教育目的，评价学校的管理是否科学有效，是否符合教育目的的要求，是否遵循了教育规律，促进了学生的健康成长。

教育目的的上述作用是相互联系的，每一种作用都不是单一表现出来的。定向作用是伴随评价作用和调控作用而发挥的，没有评价和调控作用，定向作用就难以充分发挥作用；调控作用的发挥需要以定向作用和评价作用作为依据；评价作用的发挥也离不开对定向作用的凭借。在现实教育中，应重视和发挥教育目的的这些作用，对其合理把握和综合运用。

二、教育目的的基本结构①

教育目的的基本结构包括教育目的的横向结构和教育目的的层次结构。

(一)教育目的的横向结构

所谓教育目的的横向结构，是指教育目的的组成部分及其相互关系。教育目的一般由两部分组成：一是对教育所要形成的人的身心素质作出的规定，即指明受教育者在知识、智力、品德、审美、体质等方面的发展及其结构；二是就教育所要培养的人的社会价值作出规定，即指明这种人符合什么社会的需要，或

① 韩延明. 新编教育学. 北京：人民教育出版社，2006：219-221.

为什么阶级的利益服务。其中,前者是教育目的结构的核心部分。这是因为,教育的专门职能在于培养人,教育目的必须从社会发展的客观需要出发,对受教育者身心发展的方向、内容和所要达到的水平作出切实规定,才能有效指导教育活动,形成受教育者合理的素质结构,提高受教育者自身价值。只有在此基础上,受教育者才能在社会实践中能动地创造社会价值,为某种社会目的或社会理想的实现做出贡献。

(二)教育目的的层次结构

教育目的是各级各类学校必须遵循的总要求,但它不能代替各级各类学校对所培养的人的特殊要求,各级各类学校还有各自具体的培养目标,这就决定了教育目的的层次性:第一层次是国家规定的教育总目的,第二层次是各级各类学校的培养目标,第三层次是课程的目标或教学的目标。

位于第一层次的教育目的,是指国家对教育所要造就的社会个体在质量规格上的总的规定。它是指导各级各类学校教育活动的总目标。"总的规定"把教育目的与各级各类学校培养人的具体目标区分开来,而"对社会个体在质量规格上的规定"又包含着就教育所要培养出的人的身心素质和社会角色两个组成部分的规定。教育目的的制定与社会制度、历史背景、民族传统、教育思潮有着密切的关系,它通常是由国家以法律形式或以政策形式出现的,因而具有强制性、概括性、方向性和指导性。各级各类学校,无论具体培养什么社会领域和什么社会层次的人才,面对的学生无论有怎样的个别差异,都必须符合国家提出的总要求。美国全国教育协会教育政策委员会于 1938 年发表了《美国民主教育的目的》的研究报告。这份报告表述了美国的教育目的:一是自我实现的目标(包括探究心、说、读、写、数、见闻、健康知识、公共卫生、修养、认知兴趣等);二是人际关系目标(包括尊重人性、友好、协作、礼仪等);三是经济效率目标(包括工作、职业知识、职业选择、效率的调整、爱好、个人经济、消费者的判断、顾客的效率、消费者的保护等);四是公民责任目标(包括社会劳动、社会了解、审慎的判断、容忍、维护公共资源等)。[①] 从这些表述中可以看出,教育目的反映了各国社会发展对人才类型和基本素质的全面要求,也体现了它对各级各类学校普遍的指导意义,具有较强的抽象性。因此,为了实现教育目的,必须要对教育目的进行具体化。

位于第二层次的是培养目标,是教育目的的具体化,即各级各类学校根据社会的需要和要求,对受教育者的身心发展提出的具体要求,其中既包括各级学校的培养目标,如初等教育的、中等教育的、高等教育的,还包括各类学校的培养目标,如普通教育的、职业教育的、特殊教育的等。它是依据教育目的,结

[①]　瞿葆奎.教育学文集·教育目的.北京:人民教育出版社,1989:657-659.

合各级各类学校的性质和专业特点制定的。教育目的和培养目标之间是普遍与特殊、一般与具体的关系。教育目的是对所有的受教育者而言的，具有一般性特点；培养目标则是针对特定对象提出的，具有具体性特点。

位于第三层次的是教学目标，相当于布鲁姆（B. S. Bloom）等《教育目标分类学》中的"教育目标"，它是教育者在教育教学过程中，根据培养目标和学生的实际情况，在完成某一阶段（如一节课、一个教学单元或一个学期）工作时，希望受教育者达到的要求或产生的变化效果。科学地确定教学目标，不仅有利于指导我们的教学工作，使其有条不紊地朝着既定目标前进，而且能使目标更加具体化，且更便于测量。学校培养的工作是长期的、复杂的而又细致的，学校实现教育目的和培养目标不是一蹴而就的事，对学生的培养要靠日积月累。这就要求学校、教师要将教育目的具体化，明确在某一时段内，教一门学科或组织一项活动时，希望学生在认知、情感、行动和身体方面需要达到的具体目标。

关于教学目标，可借鉴布鲁姆等人的研究。布鲁姆与他的同行将教育目标分为认知、情感和动作技能三个领域，每个领域的目标又由低到高分成若干层次。由于教学目标是对课堂和课外活动中学生发展水平的系列化的指标设计，因此具有较强的可操作性。教学目标不仅要将相应范围的课堂与课外活动的内容详尽罗列，使之循序渐进、互为补充，利于师生逐项落实，而且还要表述成为可观测的行为指标，从而使教师的教和学生的学有目标、有方向。教学目标是学校课堂教学中至关重要的一环。抽象的教育目的必须分解为具体的培养目标，而培养目标的实现要落实到具体的教学目标上，教学目标是教育目的和培育目标在课堂教学中的具体化。

三、教育目的的价值取向

教育所面临的基本矛盾是人的发展与社会发展的矛盾。对教育目的的选择和确立，人们总是从各自的利益和需要出发，在选择和取舍中体现出人们不同的价值追求。所谓教育的价值取向，是指教育目的的提出者或者从事教育活动的主体依据自身的需要对教育价值作出选择时所持的一种倾向。人们对教育目的的价值取向有不同的见解和主张，其中最基本的有两种观点：一是重视教育的个人目的而形成的个人本位论，二是重视教育的社会目的而形成的社会本位论。教育目的理论中的诸多分歧都直接或间接地与此有关。

(一)教育目的的个人本位论

所谓教育目的的个人本位论，大体上说，就是主张教育目的应以个人需要为本，强调根据个人自身完善和发展的需要为主，来制定教育目的和建构教育活动的一种教育目的观。这种观点的思想渊源可以上溯到古希腊的智者派。它否定一切社会制度的权威，反对社会对个人的束缚，强调个人自由权利的至高无上,主张人是万物的尺度的价值理念,认为教育的主要目的不在于谋求国家利益、社会发展,以及个人谋生的功利性需要,而在于弘扬人性、发展人的理性和个性,使人成其为人,使人精神丰富、道德高尚。18世纪和19世纪上半叶是这一理论的全盛时期,其主要代表人物有卢梭、裴斯泰洛齐、福禄贝尔、爱伦·凯(E. Key)等人,现代新人文主义学者、人本主义学者在教育目的观上也多持这种观点。他们认为,教育的目的应该首先根据个人自身完善和发展的天然需要来制定,因为个人的价值高于社会的价值;教育必须反对和拒斥现实社会对个人发展的干扰,因为有利于个人发展的教育就一定有利于社会发展,而有利于社会发展的教育不一定有利于个人发展,甚至常常有害;人生来就有健全的本能,儿童是独立自主的个体,是真善美的原型,教育的目的就在于使这种本能不受社会影响地得到自然的发展。

　　教育目的的个人本位论至少又有三种类型,它们之间是有一定差异的。以卢梭为代表的个人本位论最为极端,具有明显的反社会倾向,但在当时是具有很大的进步意义的,尤其对于揭露和抨击现实社会的腐朽面和促进人们的思想启蒙有着重要的意义。卢梭是18世纪法国启蒙思想家。他力倡人性,呼吁关注和尊重人。在对教育目的的认识上,他把个人与社会对立起来,以培养“自然人”作为教育目的。在他看来,“出自造物主之手的东西,都是好的,而一到人手里,就会变坏”。他主张要尊重儿童的本性,顺乎儿童的自然天性,把儿童培养成自然人,而不是培养成社会的“公民”。他说:“自然人完全是为他自己而生活,他是数的单位,是绝对的统一体,只同他自己和他的同胞才有关系。公民只不过是一个分数的单位,是依赖于分母的,他的价值在于他同总体即社会的关系。”①以瑞典教育家爱伦·凯为代表的个人本位论主要热衷于颂扬儿童真善美的天性和自主个性,强调在教育过程中不能对儿童进行压制,而应该促进他们自由自主地发展。还有一种是新人文主义性质的个人本位论,它并不拒绝教育的社会目的,也不把教育的个人目的与教育的社会目的完全对立起来,而是认为,个人价值高于社会价值,社会价值要以个人价值来体现,社会的完善要通过个人的完善才能实现,因此教育必须以培育理想的人性为首要目的。个人本位论在当代的代表则是那些人本主义者,马斯洛认为,教育的最终目的是培养“自我实现”的人。

(二)教育目的的社会本位论

　　所谓教育目的的社会本位论,大体上说,就是主张教育目的应以社会需要为本,强调根据社会发展的需要为主来制定教育目的和建构教育活动的一种教育目的理论。这种理论的思想渊源可上溯到古希腊的柏拉图(Platon)和中国春

---

　　① 王枬. 教育原理. 桂林:广西师范大学出版社,2001:88.

秋战国时期的荀况。柏拉图认为,国家是放大了的个人,因而教育应该按照国家的需要来造就个人;由于教育与国家政治有着密切的关系,所以以培育未来统治者为目的的教育乃是实现理想的正义国家的工具。荀况认为,教育不应从人的本性,而应从"礼"这一社会需要出发,因为"人之性恶",必须以"礼义"加以教化,如顺其人之本性的发展,必然产生社会暴乱。19 世纪下半叶,这一理论进入到一个鼎盛时期,其主要代表人物有孔德(A. Comte)、涂尔干(E. Durkeim)、凯兴斯泰纳(G. Kerschenseinner)、纳托尔普(Natorp)等人。他们认为,个人的发展依赖于社会,受制于社会,人的身心发展的各个方面都靠社会提供营养,人的一切都从社会得来;真正的个人是不存在的,只有人类才是真正的存在,人之所以为人,只因他生活于人群中并参与社会生活;个人不过是教育的原料,不具有任何决定教育目的的价值;教育目的就是使个人社会化,使个人适应社会生活,成为对社会有用的公民;教育过程就是把社会的价值观念施加于人,把不具有任何社会特征的人改造成为具有社会所需要的个人品质的"社会的新人"。在他们看来,社会才是真正的目的,个人不过是实现社会目的的工具,所以社会的价值高于个人的价值,教育的一切都应服从社会的意志。

教育目的的社会本位论至少有两种类型,它们之间有很大的不同。以涂尔干为代表的"社会学派"较为温和,并未把个人与社会完全对立起来,只是认为社会是目的,个人是手段,尽管他也有一定的反个人倾向。以凯兴斯泰纳为代表的社会本位论非常极端,与其说是社会本位论的教育目的,不如说是国家主义的教育目的。凯兴斯泰纳指出:"我以为国家公立学校的目的——也就是一切教育的目的——是教育有用的公民。"①他提出,个人是绝对属于国家的,每一个人都要作为国家的公民而存在,无论其政治信念、宗教信仰和道德观念如何。国家主义的实质是:国家利益在任何时候、任何情况下都无条件地高于一切。当个人利益与国家利益、本国利益与他国利益发生矛盾和冲突时,均须无条件地以国家利益和本国利益为重。为此,可以不惜牺牲个人利益和他国利益。这里,没有公正和正义可言。国家主义教育具有明显的狭隘性和排他性,是一种具有危险性的教育。凯兴斯泰纳的社会本位论之所以具有国家主义的性质,这与德国强烈而狭隘的民族主义传统和德国的对外扩张主义有直接关系。他的国家主义教育思想后来受到了法西斯主义的赏识和利用。

值得注意的是,近代教育发展史上绝对的"非此即彼"式的纯粹的个人本位论和社会本位论几乎是不存在的。他们并非完全无视对方存在的价值,例如社会本位论者虽然认为社会利益和个人利益是一致的,但同时也认为两者之间存在着冲突,由于主张社会是个人存在的基础,因此要通过教育去消解这种冲突,

---

① [德]凯兴斯泰纳. 工作学校要义. 刘钧译. 北京:商务印书馆,1935:12.

在教育目的上最终就必须以社会利益为价值取向；同样，个人本位论者虽然强调社会与个人之间的冲突，但同时也并非无视社会利益存在的价值，只是主张在发展个人的基础上促进社会的进步。

另外，无论是个人本位论还是社会本位论，都是因为对社会和教育、个人与社会关系中视角和判断不同，对教育价值的取向和选择不同而形成的。它们之间的对立有着深刻的社会根源和理论根源。个人本位论的全盛时期是在 18 世纪末和 19 世纪初，当时正值资本主义与封建主义矛盾十分尖锐的时期，面对两种社会矛盾，面对个人和社会的矛盾，呼唤全新的教育观念和新型的人就成为必然，这就需要新型的教育。实际上，这种培养新人的教育主张是在为个人本位论者所向往的社会鸣锣开道。社会本位论盛行于 19 世纪下半叶，当时资本主义制度已经确立，资本主义社会日益繁荣，社会本位论者肯定社会需要和社会价值，主张教育所培养的人应为社会服务、做合格公民，也是必然的。问题在于它们都未真正理解个人与社会，都未真正理解个人发展与社会发展的关系。个人本位论者强调个人价值，强调个人能动性，这是有实现意义的。但是，他们没有把个人看作具体社会中的现实的人，没有看到人的社会制约性，从抽象的人的本性去解释人的发展，这是片面的。社会本位论则强调社会价值，强调社会的稳定性和整体性，强调人的发展和人的教育对社会的依赖性，这是有道理的，但他们看不到社会还有待变革和超越，看不到个人的能动性和教育在社会改造中的作用，这是不可取的。人既是社会实践的主体，又是社会的生成物；既受社会制约，又改造社会，是社会历史的创造者。人在社会生活中，一方面要接受现存的社会现实，另一方面又不断产生高于现存社会现实的需要，谋求对现存社会的一定超越。只有这样，社会才能保持一种既有稳定又有发展、既有秩序又有活力的态势和张力。教育、人和社会是在不断的适应与超越中得到历史的、具体的统一的。①

第二节 制定教育目的的依据

教育目的对于教育活动有着十分重要的意义，教育目的并不是主观臆想的产物。因此，教育目的必须建立在科学态度和科学方法的基础上，依据一定的客观存在和教育科研成果而制定。

---

① 王枬.教育原理.桂林:广西师范大学出版社,2001:91.

一、制定教育目的的客观依据

教育目的是由人提出的,属于意识范畴,它的形式是主观的。但是,人提出教育目的时必须以一定的客观存在及其发展规律为前提和依据,因此它的内容是客观的。总的来说,制定教育目的时必须受到两方面因素的制约,即受来自受教育者外部即社会的制约和受教育者自身的制约。

(一)一定社会的政治经济制度

一定社会的教育是要培养具有一定社会所需要的思想意识和世界观、为维护一定社会的政治经济制度服务的人,所以教育目的的性质和方向是由政治经济制度决定的。在阶级社会里,教育目的总是决定于统治阶级的利益,它集中反映统治阶级对培养人的根本要求,具有鲜明的阶级性。因此,任何从虚无的或抽象的人性及从生物学的观点去为教育目的的建立寻找依据的方法,都是错误的。同时我们还应看到,教育目的也是随着政治经济制度的变革而改变,并应当与一定的政治经济制度相适应的。诸如我国封建社会的教育目的在于培养封建官僚和士大夫,西欧封建社会的教育目的是一方面培养僧侣,另一方面培养骑士。而资本主义社会的教育目的就是培养管理资本主义国家与生产的英才或所谓的"社会精英",以及培养既不惊扰主人安宁又能为主人生产超额利润的工人。可以看出,教育目的是随着社会的发展而演变,并基本上同各种社会形态相适应的。教育目的在不同历史时期的变化,正反映了教育目的是由一定社会政治经济制度所决定的。

(二)社会生产力和科学技术文化发展水平

社会生产力及文化科学技术发展水平对人的培养质量规格提出新的要求。从社会发展的历史来看,由于社会生产力及文化科学技术发展水平的不同,教育目的各有差异。在古代社会,生产力发展水平很低,科学技术处于萌芽状态,因此这一时期教育的目的主要是培养具有一定文化教养的人,教育目的不直接反映社会生产力的要求;在近代社会,随着机器大生产及商品经济的发展,科学技术在生产中广泛应用,使得这一时期的教育不再把培养与生产劳动相分离的官员、律师等作为它仅有的目的,除此之外还要培养有文化知识并懂得机器生产的劳动者和技术人员;在现代社会,尤其是第二次世界大战以后,新科技革命的浪潮带来了社会生产力的飞速发展,引起了物质生活乃至于生活方式、思维方式、价值观念的巨大变化,世界各国都在寻求社会经济发展的对策,纷纷把教育提高到前所未有的重要地位。人的智力开发、个性发展和教育改革已成为人们普遍关注的重大问题。这说明,教育目的已受到生产力发展的制约。

(三)受教育者身心发展规律

教育目的必须符合人的身心发展的需要和可能,在于教育服务的直接对象是受教育者,而受教育者是通过接受教育进而服务于社会的。离开了受教育者,既不能构成,也无从实现教育目的。因此,教育目的的确立应符合教育对象的身心发展规律。主要体现在:教育目的的确立要符合教育对象身心发展的程度,要符合教育对象身心发展的变化,要符合不同类别学生的不同需求。从这一意义上说,教育目的的制定还受儿童身心发展水平的制约。这从教育目的上反映了教育要适应教育对象身心发展的规律。当然,教育目的作为总的指导思想终究只是对教育活动最一般的规定,它的具体化还需要通过制定各级各类学校教育的培养目标乃至一节课的教学目标才能最后实现。教育目的是一个内在和谐的多层次体系,教育目的任何一个层次的确定,都必须充分考虑受教育者的身心发展规律和特点。

二、制定我国教育目的的理论依据

我国社会主义教育目的,是以马克思主义关于人的全面发展学说为理论基础,根据我国社会主义现代化建设的客观需要而制定的。

(一)马克思主义全面发展学说的建立及其本质含义

人类在长期的实践活动中,一直在进行关于人的自身发展道路的探索,很早就朦胧地意识到自身无限潜力的存在,从而萌发了对人的全面、和谐发展的追求,直到现在,人们还希翼通过理想的教育来实现人的德智体各方面的和谐发展。从古希腊的思想家到文艺复兴时期的人文主义者,再到18世纪的空想社会主义者,他们在人的发展方面都曾提出过许多美好的设想,然而都未能建立起科学的人的全面发展的学说。马克思和恩格斯从分析人的发展与社会物质生活条件的关系出发,历史地考察了社会分工和阶级划分所造成的人的片面发展的过程,指出了大工业的革命性对人的全面发展的客观要求,并批判地吸收了前人的相关的全面发展教育思想,建立了科学的关于人的全面发展的学说。

目前,马克思主义关于人的全面发展的内涵并没有一个经典性的定义。人们综合马克思和恩格斯关于人的全面发展的多方面论述和马克思主义关于人的本质是"一切社会关系的总和"的论述,认为人的全面发展的基本含义是:人的全面发展最根本的是指人的劳动能力的发展,即人的智力和体力在物质生产过程中尽可能充分、自由、和谐地得到发展;人的全面发展还包括思想品德和审美情趣的发展。简言之,人的全面发展是指人的智力、体力和品德的充分和谐的发展。

(二)马克思主义全面发展学说的基本内容

马克思所讲的人的全面发展主要并不是教育学意义上的概念,而是一个以哲学为基点,同时牵涉到经济学、科学社会主义理论、社会学、教育学等多学科的综合性概念。马克思曾经在《资本论》中写道:共产主义是"以每个人的全面而自由的发展为基本原则的社会形式"①。由此可见,人的全面发展问题在马克思主义中占有何等重要的地位。马克思关于人的全面发展学说的基本观点如下:

1. 人的发展与社会发展的历史进程相一致

马克思主义认为,人类社会发展的历史,是生产力和生产关系、经济基础与上层建筑的矛盾运动过程,人的发展受制约于生产力和生产关系,受制约于一切社会关系。因为每代人一出生就面临着现成的生产力和生产关系,以及现存的思想文化,并且总是在一定的生产力和生产关系组成的生产方式的基础上所建立的整个社会生活、政治生活和精神文化生活中进行交往和活动,去适应现存的生产方式和社会活动,并创造未来的生产方式和思想文化,从而取得人自身的发展,所以是社会发展的水平决定人的发展水平,而不是相反。人的发展,正如马克思指出的,"既和他们生产什么一致,又和他们怎样生产一致,因而,个人是什么样的,这取决于他们进行生产的物质条件"。②

2. 旧分工是造成人的片面发展的根源

所谓旧分工,就是强制性和凝固性地长期乃至终身把个人固定在一个孤立的活动范围内。分工是人的发展的有力杠杆,但分工在个人身上的强制性和凝固化又造成人的片面畸形发展。尽管分工是无法消灭的,但随着社会的发展,旧分工是可以逐步弱化乃至消除的。

3. 社会化大生产为人的全面发展奠定了物质基础

大工业生产与技术基础几乎不变的工场手工业生产是根本不同的,它的技术基础是革命的。随着不断的技术革新和技术革命的实现,必然使历史职能不断发生变化,而劳动的变换、职能的更动又必然使劳动分工不断发生变化,造成工人的大量流动,使得工人不断地从一种劳动职能转向另一种劳动职能,从一个生产部门流入另一个生产部门。在机器大生产的条件下,如果劳动者不能成为"各种能力得到自由发展的个人",就不能适应现代生产的"交替变换职能"和"极其不同的劳动需要"。所以,马克思把人的全面发展看成是关系到现代生产"生死攸关"的事情。大工业生产也为人的全面发展提供了可能性。首先,现代生产是以科学技术为基础的,只要劳动者基本掌握了生产和工艺的一般原理,就能够比较顺利地从一个生产部门流动到另一个生产部门,而在手工技巧极其复杂且封闭和保密、直接经验是个人劳动能力的主体的手工业时代,劳动者的

---

① 马克思恩格斯全集.第 23 卷.北京:人民出版社,1972;649.类似的论述在马克思、恩格斯的著作中还不少,参见马克思恩格斯全集.第 42 卷.北京:人民出版社,1979;120,123,378.

② 马克思恩格斯选集.第 1 卷.北京:人民出版社,1995;68.

工作变换和职能更动是十分困难的事情。这样,"工人终身固定从事某种局部职能的技术基础被消除了"。其次,以现代科学技术为基础的生产大大提高了劳动的智力含量,有助于缩小体力劳动和脑力劳动的差别。第三,现代生产为社会提供了大量物质财富,而这是人的全面和自由发展的重要基础。

4. 自由时间是人的全面发展的重要条件

所谓自由时间,就是劳动时间之外的可供个人自由支配的时间。现代生产大大提高了劳动生产率,不断缩短劳动时间,相应就增加了自由时间,这就为人的全面和自由发展提供了更加广阔的"空间"和"地盘"。要实现"必然王国"向"自由王国"的过渡,"工作日的缩短是根本条件"。[①] 因为"无论是个人,无论是社会,其发展、需求和活动的全面性都是由节约时间来决定的",只有拥有大量的自由时间,个人才能"获得应当具备的各方面的知识或者满足他的活动的各种要求"。[②]

5. 人的全面发展是一个历史过程

人的全面发展实际上是一个人类永远追求而又永远没有止境的目标,是人类社会的永恒主题。只要社会在发展,人就会不断追求自身发展的完美。资本主义制度的建立无论是在生产力发展水平方面还是在生产关系的改善方面,都为人的全面发展提供了日益成熟的条件,对此,马克思对资本主义在这方面的历史功绩曾给予过高度评价。社会主义制度的建立在理论上为人的全面发展提供了更加优越的社会条件,并在其原有的基础上把人的全面发展的水平大大地向前推进了一步,而且预示了美好的前景。未来的共产主义社会,脑力劳动和体力劳动的差别将会消失,劳动对人来说不再是谋生的手段,而是成为人生活的第一需要,这就为每一个人提供了全面发展其体力和脑力的机会。因此,从总体上讲,人的全面发展的水平是伴随着社会的发展而不断提高的。

6. 教育与生产劳动相结合是"造就全面发展的人的唯一方法"

马克思的这一思想并不是说单靠教育加生产劳动就可以造就出全面发展的人来,而主要是讲两者的结合可以促进体力和智力的统一、体力劳动与脑力劳动的结合,这主要是就人的劳动能力的发展和培养而言的。因此,对马克思的这一思想不可作机械的理解。马克思所提出的促进人的全面发展的条件很多,教育与生产劳动相结合只是其中的条件之一。

尽管马克思主义全面发展的学说不是属于教育学范畴的理论,但它在教育学上却有着十分重要的意义。由于这一学说确立了科学的关于人的发展的观点,并从大工业的发展史中发现了作为生产力的主要要素的人的发展过程,认

---

① 马克思恩格斯全集. 第46卷. 北京:人民出版社,2003:929.

② 马克思、恩格斯、列宁、斯大林论共产主义社会. 北京:人民出版社,1958:67.

为人的尽可能多方面的发展是社会生产的普遍规律，指明了人的发展的历史必然，因而它为制定我国社会主义教育目的提供了正确的方法论指导和重要的理论依据。

第三节　我国教育目的的理论与实践

一、我国的教育目的

(一)我国教育目的的历史演进

新中国成立以来，我国的教育目的经历了一个复杂而曲折的历史演变过程，教育目的的表述也几经变动。这既反映了时代对教育所要培养的人才规格要求的变化，也体现了我们对教育目的的认识变化过程。

1949年12月，教育部在北京召开第一次全国教育工作会议，确定了全国教育工作的总方针："中华人民共和国的教育是新民主主义的教育，它的主要任务是提高人民文化水平，培养国家建设人才，肃清封建的、买办的、法西斯的思想，发展为人民服务的思想。这种新教育是民族的、科学的、大众的教育，其方法是理论与实际一致，其目的是为人民服务，首先为工农兵服务，为当前的革命斗争与建设服务。"后被称为新民主主义文化教育方针。

1957年，毛泽东在《关于正确处理人民内部矛盾的问题》中指出："我们的教育方针，应该使受教育者在德育、智育、体育几方面都得到发展，成为有社会主义觉悟的有文化的劳动者。"1958年，中共中央、国务院发布《关于教育工作的指示》中指出，"党的教育方针是教育为无产阶级政治服务，教育与生产劳动相结合"，并肯定了"培养有社会主义觉悟的有文化的劳动者"这一教育目的。在此后相当长时期内，我国的教育目的一直是培养全面发展的有社会主义觉悟的有文化的劳动者。

"文化大革命"期间，教育事业偏离了正确的方向。"文化大革命"结束后，我国教育事业重新步入正常轨道。

1981年，《关于建国以来党的若干历史问题的决议》中对教育目的有了新的表述："坚持德智体全面发展，又红又专、知识分子和工人农民相结合、脑力劳动和体力劳动相结合的教育方针。"同年，全国五届人大政府工作报告中指出，教育目的是"使受教育者在德育、智育、体育几方面都得到发展，成为有社会主义觉悟的有文化的劳动者和又红又专的人才。坚持脑力劳动和体力劳动相结合，知识分子和工人农民相结合"。

1982年，全国人民代表大会通过的《宪法》规定："国家培养青年、少年、儿童在品德、智力、体质等方面全面发展。"

1985年,《中共中央关于教育体制改革的决定》中对教育目的的阐述是"教育必须面向现代化、面向世界、面向未来,为90年代至下世纪初我国经济和社会的发展,大规模地培养新的能够坚持社会主义方向的各级各类合格人才","所有这些人才,都应该有理想、有道德、有文化、有纪律,热爱社会主义祖国和社会主义事业,具有为国家富强和人民富裕而艰苦奋斗的献身精神,都应该不断追求新知,具有实事求是、独立思考、勇于创造的科学精神"。人们通常把这一表述简称为"四有、两爱、两精神"。

1986年,《中华人民共和国义务教育法》规定的我国义务教育的目的是"义务教育必须贯彻国家的教育方针,努力提高教育质量,使儿童、少年在品德、智力、体质等方面全面发展,为提高全民族素质,培养有理想、有道德、有文化、有纪律的社会主义的建设人才奠定基础"。这是首次把提高全民族素质纳入教育目的。

1990年,《中共中央关于制定国民经济和社会发展十年规划和"八五"计划的建议》把教育方针和教育目的明确表述为"教育必须为社会主义现代化建设服务,必须与生产劳动相结合,培养德、智、体全面发展的建设者和接班人。"

1995年,《中华人民共和国教育法》规定的教育目的是"教育必须为社会主义现代化建设服务,必须与生产劳动相结合,培养德、智、体等方面全面发展的社会主义事业的建设者和接班人"。这一体现在教育根本大法中的教育目的的表述,是现阶段最权威的表述。

1999年6月,《中共中央国务院关于深化教育改革全面推进素质教育的决定》把教育目的表述为:"以培养学生的创新精神和实践能力为重点,造就有理想、有道德、有文化、有纪律的德、智、体等方面全面发展的社会主义建设者和接班人。"

2001年6月,《国务院关于基础教育改革与发展的决定》提出的教育目的是"要高举邓小平理论伟大旗帜,以邓小平同志'教育要面向现代化,面向世界,面向未来'和江泽民同志'三个代表'重要思想为指导,坚持教育必须为社会主义现代化建设服务,为人民服务,必须与生产劳动和社会实践相结合,培养德智体美等全面发展的社会主义事业建设者和接班人"。

2002年,党的十六大报告中要求"全面贯彻党的教育方针,坚持教育为社会主义现代化服务,为人民服务,与生产劳动和社会实践相结合,培养德智体美全面发展的社会主义建设者和接班人"。

2007年,党的十七大报告中要求"要全面贯彻党的教育方针,坚持育人为本、德育为先,实施素质教育,提高教育现代化水平,培养德智体美全面发展的社会主义建设者和接班人,办好人民满意的教育"。

(二)我国教育目的的基本精神

综观新中国成立以来我国教育目的的演进,不难看出,在我国社会主义建设的不同时期,对人才培养有着不同的要求,并随着社会政治、经济、文化的发展变化而得到了发展和丰富,体现出鲜明的时代特征。同时,不同时期的教育目的又存在着一定的连续性和稳定性,体现了我国社会对人才培养的基本精神。主要体现在以下三个方面:

一是坚持社会主义方向。教育必须为社会主义现代化建设服务,是对我国新时期教育目的的社会性质的规定。我国教育目的所反映出来的这一基本精神,明确了我国教育的社会主义性质,指出了我国社会主义教育培养出来的人的社会地位和社会价值。这也是与其他阶级社会的教育目的的本质区别之所在。新中国成立以来,无论我国社会主义怎样发展变化,各个发展时期的工作重点有什么不同,我国教育目的所确定的社会主义性质始终没有变。正是由于我国教育目的的社会主义性质,我们认为在我国任何标以"贵族学校"名称的教育机构都是违背我国教育目的的规定,都是不容许存在的。

二是坚持培养全面发展的人。这是对受教育者所形成的各种素质及其结构的规定。培养德智体等方面全面发展的社会主义建设者和接班人,是学校教育培养人才的质量和规格要求,是我们新时期教育工作努力的方向。所谓"全面发展",是指受教育者个体必须在德、智、体、美等方面都得到发展,不可欠缺,不可偏颇,即强调人的道德品质、知识、能力与身体素质等方面的协调并进、和谐发展。全面发展是相对于片面发展而言的,即指教育培养人不能在德、智、体等方面中只注重某一方面的发展而忽视其他方面的发展,如"重德轻智"或"重智轻德"的教育都是全面发展教育应予摒弃的。

三是坚持教育与生产劳动相结合。这是现代经济建设与教育发展必须共同遵循的要求,是实现我国教育目的的根本途径。教育与生产劳动相结合是马克思主义的基本教育原理,也是现代社会的一种必然趋势,这种结合将随着社会的发展而更为紧密。教育与生产劳动相结合的现代含义表现为:一方面,这种生产劳动是现代生产劳动,是以科学技术为第一生产力的劳动,是富有高科技含量的劳动,也是一种体力与脑力高度结合的劳动;另一方面,这种教育也自然应是适应现代生产劳动,并能有效促进现代生产劳动的教育。教育和现代生产劳动都不能游离于彼此之外。只有这两者的有机结合才是教育发展的正确途径,也才是社会生产发展的正确途径。

以上三大方面又是浑然一体,不可分割的。教育坚持两个"必须"乃是着眼于培养德智体等方面全面发展的人才。换言之,教育要致力于培养全面发展的人才就必须始终坚持为现代化建设服务、坚持与生产劳动相结合。前者是后者之因,后者是前者之果。当代中国教育方针与目的因其基本内容有着内在因果联系而富有辩证统一的特征。

二、全面发展的教育①

要培养全面发展的人,就必须建构起全面发展的教育。关于全面发展的教育包含哪些方面,国内学术界存在着一些争论,主要有三育说、四育说、五育说,乃至六育说。三育说主张德育、智育、体育;四育说主张德育、智育、体育、美育;五育说主张德育、智育、体育、美育、劳动技术教育;至于六育说,是在五育说的基础上再增加"心育",即"心理教育"。多数人认为,我国现行的中小学实施的全面发展教育包含德育、智育、体育、美育和劳动技术教育五方面的内容。

(一)"五育"的基本要求

1. 德育

德育是按照社会的要求,对受教育者施加影响以形成所期望的政治立场、世界观和道德品质的教育。德育的任务是引导学生树立无产阶级的思想政治观点和世界观,组织和指导学生的道德实践,培养学生的社会主义的道德品质。我国的德育体现了整个教育的社会主义性质,对受教育者的全面发展起着定向的作用。

1994年《中共中央关于进一步加强和改进学校德育工作的若干意见》规定,我国新时期学校德育的总目标是:"努力培养有理想、有道德、有文化、有纪律的献身有中国特色社会主义事业的建设者和接班人。"1993年和1995年原国家教委正式颁发的《小学德育纲要》和《中学德育大纲》分别对小学阶段、初中阶段、高中阶段的德育目标作了总体的规定。小学阶段的德育目标是:培养学生初步具有爱祖国、爱人民、爱劳动、爱科学、爱社会主义的思想感情和良好品德,遵守社会公德的意识和文明行为习惯;良好的意志、品格和活泼开朗的性格;自己管理自己,帮助别人,为集体服务和辨别是非的能力,为使他们成为德、智、体全面发展的社会主义事业的建设者和接班人打下初步的良好思想品德基础。初中阶段的德育目标是:热爱祖国,具有民族自尊心、自信心、自豪感,立志为祖国的社会主义现代化而努力学习;初步树立公民的国家观念、道德观念、法制观念;具有良好的道德品质、劳动习惯和文明行为习惯;遵纪守法,懂得用法律保护自己;讲科学,不迷信;具有自尊自爱、诚实正直、积极进取、不怕困难等心理品质和一定的分辨是非、抵制不良影响的能力。高中阶段的德育目标是:热爱祖国,具有报效祖国的精神,拥护党在社会主义初级阶段的基本路线;初步树立为建设有中国特色的社会主义现代化事业奋斗的理想志向和正确的人生观;具有公民的社会责任感;自觉遵守社会公德和宪法、法律;养成良好的劳动习惯、健康

---

① 扈中平,李方,张俊洪. 现代教育学. 北京:高等教育出版社,2000:144-147.

文明的生活方式和科学的思想方法,具有自尊、自爱、自立、自强、开拓进取、坚毅勇敢等心理品质和一定的道德评价能力、自我教育能力。

2. 智育

智育是传授系统的科学文化知识、形成科学的世界观、培养基本的技能技巧和发展智力的教育。智育的任务主要是以系统的科学文化知识武装学生,给予基本技能、技巧的训练,使他们具有运用知识于实践的本领,发展他们的智力。它在帮助学生认识自然规律和社会规律,提高提出、分析和解决问题的能力,掌握从事社会工作的实际本领和个性全面发展中起着基础性的作用。

我国现行的小学、初中和高中阶段课程计划,都规定了各阶段智育的总体目标。小学阶段:使学生具有阅读、书写、表达、计算的基本知识和基本技能,了解一些生活、自然和社会常识,初步具有基本的观察、思维、动手操作和自学的能力,养成良好的学习习惯。初中阶段:掌握必要的文化科学技术知识和基本技能,具有一定的自学能力、动手操作能力,以及运用所学知识分析和解决问题的能力,初步具有实事求是的科学态度,掌握一些简单的科学方法。高中阶段:培养学生掌握现代社会需要的普通文化科学基础知识和基本技能,具有自觉的学习态度和自学的能力,掌握基本的学习方法,具有创新的精神和分析问题、解决问题的基本能力。

3. 体育

体育是全面发展体力、增强体质、传授和学习健身知识和体育运动技能的教育。体育的任务是指导学生锻炼身体,全面发展学生的身体素质,教授学生逐步掌握体育运动的基本知识和技能以及卫生保健知识。体力和体质的发展是人的全面发展的生理基础。

我国现阶段小学、初中和高中的体育总体目标分别是:小学阶段:使学生掌握体育、卫生、保健的基础知识,简单的体育运动技术。使学生养成锻炼身体、讲究卫生的习惯,增强体质,加强纪律观念,培养学生团结友爱、朝气蓬勃和勇敢顽强的精神。初中阶段:使学生掌握体育基础知识和体育卫生保健知识,初步掌握基本运动技能。使学生养成自觉锻炼身体的习惯,促进身体正常发育,增强体质,进一步加强纪律观念,培养学生团结合作的精神、竞争的意识和勇敢顽强的意志品质。高中阶段:培养学生自觉锻炼身体的习惯,使他们具有健康的体魄和身心保健的能力;具有良好的意志品质和一定的应变能力。

4. 美育

美育是培养学生正确的审美观,发展鉴赏美和创作美的能力,培养高尚情操和文明素质的教育。美育的任务是培养学生对自然、社会和艺术的正确的审美观点和感知、鉴赏美的能力,培养他们创造和追求美的能力,发展学生艺术创作的兴趣和爱好。美育能培养学生美好的心灵,陶冶他们的情操,提高他们的精神境界,同时能培养学生的观察力、想象力和创造力,促进智力的发展。

现阶段我国中小学美育的总体目标是:通过音乐、美术、文学教育和其他各种审美活动,充实学生的生活,丰富学生的情感,培养学生评价美、欣赏美的能力,引导学生初步掌握一种艺术活动能力,如绘画、唱歌、舞蹈、演奏乐器等,使他们具有健康的审美情趣和高尚的情操,形成朝气蓬勃、乐观向上的精神面貌。

5.劳动技术教育

劳动技术教育是传授基本的生产技术知识和生产技能、培养劳动观点和劳动习惯的教育。劳动技术教育的任务是通过科学技术知识的教学和劳动实践,使学生了解一般生产劳动的基本技术知识,掌握一定的职业技术知识和技能,提高动脑和动手能力,养成良好的劳动态度和劳动习惯。在普通学校里加强劳动技术教育,已经成为当前世界教育的潮流,人们已普遍意识到,劳动技术教育是全面发展教育的一个有机组成部分。

我国当前中小学劳动技术教育的总体目标是:通过科学技术知识的教学和劳动实践,使学生掌握一些服务性劳动和工农业生产的基础知识与基本技能,也可使学生适当掌握某些职业的基础知识和基本技术,使其具备基本的技术意识和初步的择业能力,具有一定的劳动技能和现代生活技能。培养学生具有正确的劳动观念、良好的劳动习惯,以及热爱劳动和劳动人民的感情。

(二)"五育"之间的关系

德育、智育、体育、美育和劳动技术教育相互之间既有区别又有联系,既不能相互替代,又不可分割。全面发展往往是在动态变化的过程中实现的。

1."五育"各有其相对独立性

德、智、体、美、劳作为人身心发展的不同方面,各有其特殊发展规律,对人的发展各有不可替代的作用。其中,德育关注的是价值观和行为方式问题,即怎么做人处世的问题;智育关心的是提高人认识和改造世界的一般知识与能力水平,即提升人的内在能力;体育以改善身体素质为基本要旨;美育则努力提升人的精神境界和生活情趣,即培养对美的欣赏和创造的能力;劳动技术教育直接指向职业生活,为受教育者走向职业世界进行精神和技术的准备。这五个方面的教育,谁也不能取代谁。因此,在教育实践中,应坚持"五育"并举的精神,防止教育的片面失衡。

2."五育"之间具有内在联系

"五育"虽然各自相对独立,但并非互不相干。作为人全面发展的不同方面,它们是相互依存、相互渗透、相互促进的。在教育实践中,"五育"也不是孤立实施的,而是相辅相成,在人身心全面发展的统一过程中展开的。把"五育"作为一个统一的整体,发挥教育的整体功能,才能使受教育者形成合理的素质结构,培养出符合社会要求的全面发展的人才。

3."五育"在全面发展教育中的地位存在不平衡性

"五育"并举并不意味着教育上的平均主义。在全面发展的教育中,德育和智育的地位和作用更具基础性。智育为其他方面的教育活动提供着科学知识与智慧基础。没有科学知识和理性力量的支撑,人的品行、美感和劳动技能的教育就难以有效进行。德育解决的是人发展的社会价值方向的问题。它保证教育的大方向,因而具有根本性的意义。当然,强调德育与智育的基础地位,并不意味着可以忽视其他各育的作用。

在处理各育之间的关系时,我们要注意避免两种倾向:一是只注重各育之间的联系性和相互促进性而忽视各育的独特功能;二是只注重各育的区别和不可替代性而忽视各育的相互促进作用,甚至把它们割裂、对立开来。在实际教育活动中,儿童的德智体等方面的发展是不平衡的,因此,学校教育有时会因学生身心发展的特点、某一时期教育教学任务的不同而在某一方面有所侧重,但这绝不意味着我们可以忽视或放松其他方面。

三、当前我国教育目的实践中的主要问题

(一)全面发展与因材施教

实际上,这是我国教育目的的全面发展和个性发展相统一的一个具体要求。培养全面发展的人,是我国教育目的的出发点。所谓全面发展,是指个体身心得到全面、充分、和谐的发展,它是长期以来人们的追求,当然也是我国对所有学生的普遍的、共同的要求。为了培养全面发展的人,必须实施包括德育、智育、体育、美育、劳动技术教育在内的多方面的全面发展教育,这也是实现教育目的的基本保证。

注重人的全面发展,体现了人类社会的共同追求和对社会成员的共同要求,同时也是人自身的需要和发展的必然趋势。人作为社会成员,必须适应社会发展的一般要求,具有一般社会成员共同的特点,这是所有人才的基本标准,是教育目的统一性的体现。人是作为一个整体而存在,因而人的发展、人的教育也必须有全面、整体观念,各素质之间的发展不是孤立进行的,因而其教育也不可孤立进行。

但是,人又是具有个性差异的,每个人都有不同的兴趣、爱好、能力、特长等,为了发掘人的最大潜能,又必须有针对性地进行教育。全面发展并不是指门门功课优秀,也不意味着要求平均发展,当然更不是指学校教育要用一个模式来塑造人;相反,在当前我国教育的实践中,应该在落实普遍要求的同时,根据每一个学生的特殊性进行因材施教,在充分发挥每一个人的长处的同时求得他的全面发展,将全面发展与个性发展有机地结合起来。教育的最大成功,并不是指所有的学生获得同样的结果,而应是使每一个学生获得各自最大的成

功。因此,正确处理好全面发展和因材施教的关系,是我国教育理论与实践中迫切需要解决的问题。

长期以来,我国教育在指导思想上把全面发展和独立个性对立起来,忽视受教育者独立个性的培养,也就谈不上真正意义上的因材施教,而不利于受教育者的全面发展。主要表现在教育的模式化上:模式化的教育、模式化的学校、模式化的目标和内容,甚至于模式化教育方法和过程,学生的主体地位得不到承认,个人价值得不到保护。在这种情况下,学生很难生动活泼地发展。这是当前我国教育改革亟需解决的重要问题之一。

(二)应试教育与素质教育

所谓应试教育又称升学教育,是指单纯按照高一级学校选拔考试的要求,以提高应试成绩为教育目标,以知识灌输为教育方法的一种教育训练活动。应试教育的流行,是我国基础教育中存在的主要弊端。目前,在教育改革中提出由应试教育向素质教育转轨,并不是因为应试教育重视考试,而是因为它与我国教育目的所规定的全面发展教育相违背。应试教育的出发点不仅忽视了社会发展对人才的要求,而且也忽视了个体身心发展的要求,将教育活动变为一种纯粹的应对考试的技能技巧训练。主要表现为:一是只注重少数学生的发展而忽视全体学生的发展,违背了教育最起码的平等原则和人道原则,有悖于教育的宗旨,不利于全面提高中华民族的素质;二是注重学生的个别方面(主要是知识方面)的发展而忽视学生素质的全面提高,以考试分数作为教学工作的"指挥棒",给受教育者的身心发展造成了明显的消极影响。应试教育虽然也能使学生获得一些知识,提高某些方面的素质,但是这种知识、素质却是狭隘的、片面的。努力克服中小学教育中存在的应试教育倾向,是当前全面坚持和落实教育目的的一个重大问题。

为了克服应试教育造成的诸多消极影响,适应我国现代化建设对人才的要求,20世纪80年代后期,人们开始提出素质教育的概念。2006年6月29日颁布的新《义务教育法》第一次将"实施素质教育,提高教育质量,使适龄儿童、少年在品德、智力、体质等方面全面发展,为培养有理想、有道德、有文化、有纪律的社会主义建设者和接班人奠定基础",作为义务教育必须贯彻国家的教育方针的要求,以法律形式作出了明确的规定。所谓素质教育,"就是培育、提高全体受教育者综合素质的教育。它以促进人、社会、自然的和谐发展为价值取向,以德、智、体、美、劳全面发展的合格公民为培养目标,以全面贯彻党和国家的教育方针为根本途径,以教育质量的全面提升为显著特征。素质教育的灵魂、核心和目标是关注'人的发展'",①即培养、提高学生全面素质的教育。所谓素质，是指"人们与生俱来的自然特点与后天获得的一系列稳定的社会特点的有机结合"②。素质结构的最基本成分是自然素质（或称生理素质、身体素质）、心理素质与社会素质。素质教育也可以分成基本的三类：身体素质教育、心理素质教育和社会素质教育。社会素质是后天获得的多种多样素质的总称，所以还可以细分为若干种；相应地，社会素质教育也应该划分为多种，主要包括政治素质教育、思想素质教育、道德素质教育、业务素质教育、审美素质教育、劳动技术素质教育。

素质教育的最终目的是提高所有学生的各方面素质。素质教育是全面发展教育的具体落实，它与我国教育目的的基本精神是一致的。全面发展教育则是素质教育的手段或途径，即通过全面发展教育以提高学生的素质。素质教育不仅是一种教育思想、教育观念，也是一种教育实践。为了实施素质教育，必须从转变教育观念、推进课程改革、提高教师素质、改进课堂教学、建立新的评价体系等多方面入手，使教育真正发挥提高整个民族素质的功能。

（三）理想性与现实性

根据马克思主义观点，人的发展是一个历史的过程，它受到许多因素的影响和制约。要真正实现人的全面发展，达到社会需要与个体需要高度统一，只有在生产力得到高度发展、人们思想觉悟得到极大提高、人类社会消灭了剥削制度之后才能实现。因而，从这个意义上说，我国社会主义以人的全面发展为核心的教育目的的实现，需要经过一个相当长的历史过程，通过长期的努力，才能逐步实现。但这并不等于说我国的教育目的脱离了我国教育的实际，对具体的教育实践没有任何意义。

我国的教育目的是对未来社会人才的理想设计，是我们教育努力的方向，它对今天的教育实践发挥着明确的价值引导作用。教育目的对教育实践的指导，不仅在结果的评价，也在过程的调控，而后者更是教育目的在今天的教育现实中所发挥的作用。我们应当根据教育目的的要求，改变教育观念，改革教育过程和教育评价体系。当然，由于教育目的是通过理想上的、逐层次的具体化以及实践上的逐环节转化实现的，因而为了克服教育实践和教育理想的背离，在实现教育目的的过程中，还应当从我国的教育实际出发，提出既符合教育实际需要，又与教育目的的指导方向相一致的具体的、更具操作性的前进目标，按照现代社会对现代人素质的新要求，将教育目的的引导性与教育目标的现实性辩证地统一起来。

---

① "素质教育的理论、政策"专题调研一组. 素质教育的概念、内涵及相关理论. 参见：朱小蔓主编. 对策与建议——2005—2006 年度教育热点、难点问题分析. 北京：教育科学出版社，2006：26.

② 燕国材. 素质教育论. 南京：江苏教育出版社，1997：156.

复习与思考

1. 试评析教育目的的个人本位论和社会本位论。

2. 如何正确理解马克思主义关于教育与生产劳动相结合的基本观点？

3. 结合有关教育案例，分析说明全面发展的含义及其与个性发展的关系。

4. 教育目的与素质教育之间的关系如何？作为未来的人民教师，你将如何贯彻实施素质教育？

5. 结合所学原理，调查研究一所中小学在实施教育目的过程中取得的成绩、存在的问题及其原因。

推荐阅读书目

[1]［英］约翰·怀特. 再论教育目的. 李永宏等译. 北京：教育科学出版社，1992.

[2]［法］卢梭. 爱弥儿——论教育. 李平沤译. 北京：商务印书馆，2001.

[3]［美］B·S·布鲁姆等. 教育目标分类学. 罗黎辉等译. 上海：华东师范大学出版社，1986.

[4] 瞿葆奎. 教育学文集·教育目的. 北京：人民教育出版社，1989.

[5] 杜时忠. 科学教育与人文教育. 武汉：华中师范大学出版社，1998.

[6] 扈中平. 挑战与应答——20世纪的教育目的观. 济南：山东教育出版社，1995.

[7] 联合国教科文组织国际教育发展委员会编著. 学会生存：教育世界的今天和明天. 北京：教育科学出版社，1996.

[8] 李长伟，徐莹晖. 功利主义教育目的与人的工具化. 内蒙古师范大学学报（教育科学版），2004(9)：5-10.

第四章　教师与学生

教育活动是一种培养人的社会活动,教育系统是一个以人的集合为主要构成要素的社会系统。在教育系统中,人的集合主要是指教师和学生,教师与学生是教育系统中的两个最基本的要素。

第一节　教　师

教师是受一定社会的委托,以学校为工作场所,以对学生的身心施加一定影响为其专门职责的教育工作者。

当"专门化教育"从家庭教育等非正式教育中分离出来时,"教师"也从一般的社会劳动中分离出来;当出现类似"学校"这样的专门化教育机构时,"教师"就作为一种合理的社会分工而占有了一定的社会位置,成为了一种职业。需要指出的是,教师需要受过特殊训练并接受社会的一定委托,在学校中与其特定的活动对象——学生发生联系,并对学生的发展产生影响。社会对承担教师角色的人有一定的条件限制,并要求其承担一定的社会责任,教师角色并非人人可担当。同时,教师不仅是一种职业,而且是一种专业。尤其在急剧的工业化、信息化过程中,教育成为优先发展的事业,教师职业实实在在成为一种高度专门化的职业。

一、教师职业的产生与发展

教育发展史告诉我们,教师职业并不是人类社会一开始就有的,它是历史发展到一定阶段的产物,也就是说从学校开始诞生时,才有了职业教师。但是,任何事物的产生都不是突然地出现的,它必然有一个萌芽、发育和成熟的过程。

在人类社会产生的同时,作为社会现象的教育也开始出现。这种原始教育的教育者是由长者来担任的。现代意义的教师,正是从这种原始的教育者萌芽和演变而来。在原始社会的初期,儿童一般是在跟随成年人在生产、祭祀和游戏中学习生产知识技能和社会行为规范的。只要是和儿童一起活动的年长者,无论是长辈还是平辈，都可充当教育者的角色。到了母系氏族社会，氏族首领则直接负有教育的责任；到了父系氏族社会，特别是原始社会的末期，由于部落规模的扩大，管理工作变得复杂了，部落的首领除了直接负有教育责任之外，还委派下属的氏族首领负责某一方面的教育责任。这就向教师的职业化又迈进了一步。此外，在原始社会的末期，还出现了一些专门的养老、音乐、占卜和祭祀机关，这些机关的首领也负有教育自己的成员和培养接班人的责任，这也是教师职业专门化的一种雏型。

专职教师的产生是在学校出现以后。奴隶社会时期，我国就有了学校的雏形。传说夏代有"庠"、"序"、"校"三种教育机构，商代又有了"学"、"瞽宗"，并且已有大学、小学之分。到了西周时期，各级学校日趋完善，已有国学与乡学两大类。我国的职业教师具体来说是经由两条途径登上历史舞台的：一是由以吏为师演进为"官师"，即"公办"教师；一是从私学兴起而诞生的"民办"教师。奴隶社会官学的教师都是由统治阶级的官吏兼任的。官即师，师即官，官师合一。所以奴隶社会官学的教师生活完全依靠官职俸禄，享有较高的政治经济地位。从教官到教师的演进历史使我国教师的官本位制度形成传统。从汉代开始，官学的教师以及后来的公办教师都是由政府委派，其待遇和俸禄往往参照国家官员的标准。

在我国职业教师的产生中，私学具有十分重要的地位，可以说真正的具有现代意义的职业教师，最早是从私学中诞生的。在我国春秋时期，随着奴隶主势力的衰落，官学废弛，典籍扩散，知识下移，非贵族出身的"士"日益增多，新兴的地主和商人对知识的需求非常迫切，从而打破了学在官府的局面，出现了一个举办私学的潮流。一些有影响的政治家和思想家通过办私学，并在其中授课来宣传自己的主张和培植自己的势力。当时，儒家的孔丘、法家的韩非和墨家的墨翟都办有私学。在私学中任教的教师，不经国家委派，不要政府俸禄，单靠学费（束脩）维持生计，与当时的"官师"不同。在我国封建社会中，私学不但长期存在，而且几乎占据半壁河山。在私学中任教的教师，主要是退休的官员和不第的知识分子。从其来源和报酬上看，私学的教师与当代的民办学校中的教师或公办学校的民办教师十分相似。

在西方古代社会，祭司们往往就是教师。古代的教师很受尊重，在古代印度，教师甚至处于最高的社会等级，属于婆罗门的一部分。在古希腊有所不同。古希腊后期，照本宣科的教学比较普遍，导致教师特别是启蒙教师地位普遍下降，工资微薄。古希腊和古罗马的上层阶级，经常雇佣奴隶担任教师，称为"教仆"。奴隶主的子弟上学和放学时，教仆跟随伴送，并为他们携带学习用具。教仆也向儿童传递知识，然而身份依然是奴隶，并不是真正意义上的教师，主人随时可以把他们贴上标记，定出价格到市场上拍卖。高级学科诸如哲学、修辞学教师的地位则好得多,不仅有较高的待遇,而且享有很高的社会地位。

在19世纪以前,欧洲各国初等学校的教师大多数由教堂里的唱诗人、旅馆的掌柜以及"坐着的手艺匠(裁缝、鞋匠等)"兼任。出现这种情况是由于教师的职业不能维持生活,手工业者的收入也难以维持生计,于是许多手工业者兼任教师,把教育儿童当作获得补充工资的工作。当时各国政府为了解决部分手工业者的生活问题,也提倡这种办法。而在西方封建社会,学校完全控制在教会手中,有培养基督教教士的主教学校,有专为修身而设的僧院学校,也有相当于小学性质的教区学校。这些官校的教师完全由神父兼任。至19世纪,在西方初等学校特别是为劳动人民所设立的初等学校的教师一直不受重视。进入资本主义社会后,随着教育的制度化,教育理论和实践日益丰富和发展,教师的教育教学工作逐渐成为一种专门的职业。

以大工业生产为基础的现代社会,许多国家都普遍实行了义务教育制度,把教师职业推进到一个新的发展阶段。到了近代,培养教师的专门机构师范学校开始建立。1794年,拉萨尔在法国第一个建立了培养教师的巴黎师范学校,开创了人类师范教育的先河。19世纪初,德国师范教育也发展起来。我国师范教育兴起于19世纪末,1897年2月,盛宣怀在上海创办南洋公学,设有"师范院"。

随着师范教育的兴起,教师职业发展进入到一个新的阶段。到了当代社会,职业教师已经成为教育结构中教育者的主体,特别是在学校中,主要是由职业(专职)教师来任教的。

二、教师劳动的特点

教师的劳动是在教育教学过程中进行的,虽然这也是生产性劳动,但劳动对象不能直接物化为生产资料或生活资料,而是社会所需要的、具有一定文化知识和思想观点的人。可以说,教师劳动的整个过程都离不开人,因此教师劳动具有和其他社会劳动不同的特点。此外,教师的劳动手段、成果等也有其特殊性。充分认识教师劳动的特点,对增强教师工作的自觉性、提高工作效率有着重要的意义。

(一)复杂性与创造性

教师劳动不是简单的劳动,而是复杂的精神劳动。教师劳动的复杂性,是由教育对象的多样性和教育目的的全面性决定的。

教育对象的多样性是指教师劳动对象是人,是一群具有一定自觉意识和情感,具有不同的性格、爱好和特长的未成年人。这样,教师的劳动需要全面把握学生的认知特点和人格特征,因材施教,促进学生全面的发展。

教育目的的全面性是指教师的劳动是依照教育目的的要求,对学生实施德、智、体、美、劳全面发展的教育。教师不仅要教好书,培养学生掌握科学文化知识,还要育好人,培养学生具有一定思想观点和品德行为规范。在教育内容方面,要把实施德、智、体、美、劳五育和素质教育结合起来。面对未来社会的发展,要指导学生学会认知,学会做事,学会共同生活和学会生存。

任何劳动或多或少地具有创造性。说教师劳动具有创造性,并不是说其他劳动不具有创造性,而是说教师劳动的创造性有着与其他劳动的创造性不同的特点。教师劳动的创造性主要是由教育对象的特殊性、教育情景的复杂性决定,以教育政策的灵活性来体现的。

教师劳动的创造性首先是由教育对象的特殊性决定的。教师劳动的对象是学生,是独立存在的人,他们出身于不同的家庭,有着不同的背景;他们的天赋不同、秉性各异;他们有着不同的兴趣爱好,不同的思想行为。所有这一切还处在不断变化发展之中,教师不仅要面对这种有着千差万别的个体,还要面对由这些千差万别的个体组成的群体。并且,无论是每个个体,还是由他们组成的群体,都并不是被动地接受教师影响,而是同时也反作用于教师劳动,是自我教育的主体。教育对象的这一特殊性就需要教师适应教育对象的不同特点,因人而异,因材施教。

教师劳动的创造性也是由教育情境的复杂性决定的。当今世界变量多、变化快,大至宏观的社会环境,小至微观的学校乃至更小的课堂环境,无不处于变化发展之中。所有这些也反映在教育情境上,加上教育对象的特殊性,充分体现了教育情境的复杂性。

这就要求教师适应不同的环境和条件,发挥更大的灵活性、创造性,因地、因时制宜。教师劳动的创造性集中反映在教师对教育教学的原则、内容、方法、手段的选择、运用和处理上——教育有原则可循,但无框框可套;内容有种类可分,但难把轻重深浅之度;教学有法可依,但又无定法。如何针对各个特殊的教育对象,复杂多变的教育情境,合理地选择适用内容,充分地利用各种条件,采用有效的教育对策,进而实现最佳的教育效果,完全取决于教师劳动的创造性水平。

显然,教师劳动绝不是只起"传声筒"、"贩卖知识"的作用,不是机械的重复。某些教师之所以会感到自身劳动简单枯燥、压抑乏味,或者是因为根本没有意识到教师劳动的创造性,或者是缺乏把握和挖掘教师劳动的创造性的能力——他们根本就没有发挥教师劳动的创造性,当然也就无法体会到教师劳动的创造性,无法体验到教育工作的无穷乐趣。

(二)主体性与示范性

教师劳动的过程、劳动的手段是教师自身。从备课、讲授、个别辅导、批改作业到与学生交往交流,都是以个体劳动的形式出现的。教师可以是集体备课、学习、讨论，但在钻研教材和传递知识时却是个体能力的综合体现。教师的劳动过程就是将教师自身具备的知识、才能、品质等素质去影响学生的过程。课堂教学的效果，更取决于教师个人的学识水平和教育能力、教育机智的发挥，这就是教师劳动的主体性。

教师劳动与其他大部分社会劳动不同。工人、农民、科学家等等，他们的劳动对象主要是物，是客观世界，是可以按照某种固定模式、程序、进度进行加工的；而教师的劳动对象则主要是人，是人的精神世界。精神世界只能用精神的方式——主体的精神世界去塑造。教师劳动的示范性，是说这种劳动主要是通过主体自身，以示范的方式实现的。

其他社会劳动一般需要通过劳动工具作用于劳动对象，如工人的锤子、农民的镰刀、士兵的枪支、科学家的仪器……教师则不然，他是用内涵于主体自身的知识技能、智慧品德，在与劳动对象——学生的共同活动中影响和改变他们的思想和行为。虽然教师也需要教材和教具，但教材教具并不直接自发作用于劳动对象，它们是通过内化为教师学识、品德并通过教师主体的活动发挥作用的，在这里劳动内容、劳动手段与劳动者是融为一体的。教师劳动的主体示范性体现在教育活动的各个方面。他们获得知识、主要不是靠灌输；他们明白事理，主要不是靠说教；他们形成品德，主要不是靠规范，靠的是教师的智慧、品德和行为。

(三)长期性与连续性

教师劳动的长期性与连续性是由青少年身心发展特点和教育工作的规律性决定的。人的发展需要一个过程，人才的培养需要较长的时间。教育的对象是人，而人的身心素质及其发展具有多方面性。且不说一个专门人才的形成需要若干年，即使是其中的任何一个组成部分，组成部分的某一阶段——一种知识的掌握、一种观念的内化、一种技能的训练、一种习惯的形成（包括其负向性知识观念、技能、习惯的克服与纠正），都无不需要一个长期复杂的过程。

人的身心素质还具有多层次性，具有发展可能的多向性。这不仅给教师劳动提出了长期性的要求，也对教师劳动提出了连续性的要求。没有教师劳动的一贯性、连续性，受教育者的素质就难以形成一个系统，教育的成效则会出现事倍功半、劳而无功、劳而负功的状况。因此，教师应当审慎地确立教育目标、选择教育内容，长期地、连续地、深入细致地研究教育对象，合理地、富有创造性地采取教育对策，在尽可能多、尽可能大的时间、空间上对学生施加有效的教育影响。

教育劳动的长期性与连续性决定了教育劳动效果的长期性、迟效性。一方面，它要求每个从教者要有极大的耐心和毅力，努力克服困难，坚持深入细致地、持之以恒地做好教育工作。另一方面，要求每个教师（尤其是教育管理者）

要面向未来、有长远的眼光。我们应当认识到,教师劳动的成效不是很容易能够评价的。检验劳动成效既要看教师的努力程度和每个阶段的教育效果,又不能孤立地只看一时某一科的分数或成绩,还要看他取得成效的条件和采用的方式;既要看学生在校时的表现,看学生是否德、智、体诸方面全面发展,也要看学生走出校门以后成才概率情况,要看经过一段社会经历以后学生们对他们老师的评价。

(四)群体性与协作性

在现代社会,个体的劳动实质上都是一种社会劳动(社会总劳动的一部分),都以其他社会劳动的存在为条件,或多或少地需要其他社会劳动的配合。教师劳动的群体协作性尤其突出。教师劳动的群体性与协作性是由人的素质的多面性、教育要求的全面性、教育影响的广泛性、教育工作的专业性以及教师劳动的长期连续性、教师劳动成果的集体性和综合性等决定的。

教师的劳动主要是以个体劳动的形式进行的。教师无论是进行备课、讲课、课外指导,还是与学生交谈,进行家庭访问以及组织学生的各种活动等等,都有各自的独特风格,别人不可能完全代替。但是,从现代学校教育来看,任何一个学生德、智、体多方面的发展,都不仅仅是不同科目、不同学龄阶段许多教师共同教育影响的结果,而且也是学校、家庭、社会和学生本人长时间共同努力的结果。一个合格人才的成长,可能受某一位教师的影响较大,但很难说完全是哪一位教师的功劳,因而对教师个体的功过,往往难以评价。所以说教师劳动虽然其劳动形式主要是个体的,每个人自己钻研,独立授课,但这种劳动需要有高度的集体主义精神,通过长期连续的通力协作,才能达成培养人才的共同目标。

三、教师的专业发展与专业素养

教师职业是一门专业。1966 年,联合国教科文组织在《关于教师地位的建议》中明确指出:"应把教育工作视为专门的职业,这种职业要求教师经过严格地、持续地学习获得并保持专门的知识和特别的技能。"[1]我国也于 1994 年颁布了《教师法》,"教师是履行教育教学职责的专业人员",这是我国第一部关于教师专业地位的法律。1996 年,国际 21 世纪教育委员会向联合国教科文组织提交的报告中提出:"我们把即将来临的世纪认作是这样一个时代,在这个时代中,全天下的所有个人和公共机构将不仅把追求知识视为达到共同目的的一种

---

[1]　UNESCO, International Labour Organization (ILO)Recommendation Concerning the Status of Teacher (Adopted by the Special Intergovernmental Conference on the Status of Teacher, Paris, October,1966)

手段,而且也视为目的本身。将鼓励每个人抓住一生中可得到的各种学习机遇,而且每个人也都会有抓住机遇进行学习的可能性,这意味着我们对教师期待更高,要求更严,因为这一设想的实现在很大程度上取决于他们。"这对教师的专业发展提出了时代性的要求。进行教师教育改革,促进教师专业发展,已成为世界教育与社会发展的共同特征。

(一)教师专业发展的内涵

教师作为专业的教学人员,要经历一个由不成熟到相对成熟的专业人员的发展历程。开始踏上教学工作岗位的教师,虽然经过了职前的专业训练并获得了合格的教师资格证书,但这并不意味着他就是一个成熟的教育教学专业人员,他还要随着教学工作经历的延续、经验的积累、知识的更新及不断的反思才能逐渐达到专业的成熟。

教师专业发展应包含以下三层含义:

(1)教师专业发展的内容是教师专业特性。与其他专业相比较,教师专业具有特殊性,是一个双专业,既是学科专业,也是教育专业。教师专业发展不仅仅是知识的积累,也不仅仅是技能的纯熟,而是一切与教学活动相关的知识、技能、能力以及情意特质的综合素质的提升。教学专业非常复杂,既需要教师传统的专业特质,更需要扩展了的专业特性,如探究意识、反思能力、合作能力、实践智慧。仅定位于知识提升、技能形成的实践对于教师专业发展的效能极为有限。

(2)教师专业发展是教师成长的结果,也指教师成长的过程。这一过程是持续教师整个职业生涯的无止境的过程,是一个非线性的过程,包括了多个不同的阶段,并且不同的阶段有不同的发展速度和侧重点。仅将教师专业发展理解为静态的结果,即专业成熟的标准,可能会导致实践中对教师专业发展的可能性的质疑。从当前教师基础看,教师专业发展实践应将重点放在过程上。期望所有教师在比较短的时间内达到专业成熟的水平是不可能的,我们可以期待的一个现实的目标就是让所有教师都能在原有基础上有所提高,并有意识地朝专业成熟方向持续前进。

(3)教师是专业发展的主体,教师的专业发展有赖于教师以自身的经验和智慧为专业资源,在日常的专业实践中学习、探究,形成自己的实践智慧。没有教师的主动参与和自主发展,就没有教师专业发展。

教师专业发展则意味着,教师要有自觉、综合的更新能力,能把态度、技术、知识和能力等方面的专业内涵有机地结合起来,从一个不成熟变成相对成熟的专业人员。教师专业发展的这个过程是漫长的,是一个只有更好没有最好的历程,所有教师都必须在其专业生涯中持续学习,成为终身学习者。也就是说,已经接受过职前教育的教师并不意味着他就是一个成熟的教学专业人员,他还必须为自己设定新的目标，每当一个目标完成之后，又要为自己下一阶段设定目标，以此不断充实自己，在发展过程中永远保持活力，从而真正实现由"完成式教师"向"未完成式教师"的转变，变"一次性教育"为"终身教育"。

(二)教师专业发展的阶段划分理论

教师专业发展是一个长期、复杂的过程，需要教师持续不断地努力才能实现。同时，教师专业发展过程也表现出一定的阶段性，每一阶段核心问题的解决对后续阶段都有很大的影响，教师也正是通过阶段目标的实现，才逐渐走向专业成熟的。

20世纪60年代末，美国德克萨斯大学的富勒(Fuller)最早开始进行教师专业发展阶段的研究，随后教师发展阶段论划分作为理论研究逐渐进步完善。以下介绍几个在该领域较有影响的并且在其各个发展阶段具有代表性的论点。

1. 富勒的教师关注阶段论(Fuller,1969年)

她与其助手在20世纪60年代初开展的早期研究为教师发展阶段研究奠定了基础。她以其编制的著名的《教师关注问卷》揭示了教师所关注问题的变化，据此，将教师的发展分为以下四个阶段：

(1)教学前关注(Pre-teaching Concerns)。此阶段是职前培养时期。教师们仍扮演学生角色，对教师角色仅凭想象，因为未曾经历教学，所以没有教学经验，因此只关注自己。

(2)早期生存关注(Early Concerns about Survival)。此阶段是初次接触实际教学的实习阶段。在此阶段，教师所关注的是自己的生存问题，即能否在这个新环境中生存下来。所以此时教师们关注的是班级的经营管理，对教学内容的精通熟练，以及上级的视察评价，学生与同事的肯定、接纳等。

(3)教学情境关注(Teaching Situations Concerns)。在此阶段，教师固然还要关心前一时期的种种问题，但是同时也会关注教学上的种种需要或限制以及挫折。因为此阶段会对教师的教学能力与技巧提出要求，所以教师较多关注教学所需的知识、能力与技巧，以及尽其所能地将其所学运用于教学情境之中。

(4)关注学生(Concerns about Students)。虽然许多教师在实习教育阶段就能表达出对学生的学习、品德乃至情绪需求的关注，但是却并不能真正地适应或满足学生的需要，往往要等到自己能适应教学的角色压力和负荷之后，才能真正地关怀学生或者关注自己对学生的影响以及自己与学生的关系等等。

富勒的研究从一个侧面反映了教师发展过程中所呈现的规律，即在不同发展阶段，教师的关注点有所迁移与变化。富勒所提出的教师关注阶段论，不仅为教师发展领域的研究开辟了先河，而且也为后继者的研究奠定了基础。然而，富勒的教师关注理论，其重点仍在教师的职前培育时期，因此虽然这套关注理论在师资培育方面具有重要的参考价值，但仍不足以窥视教师发展的全貌。

2.卡茨的教师发展时期论(Katz,1972 年)

美国学者卡茨根据自己与学前教师一起工作的经验,运用访问与调查问卷法,且特别针对学前教师的训练需求与专业发展目标,把教师的发展划分为以下四个阶段:

(1)求生存时期(Survival)。在完全没有学前教育经验的情况下,任职在一所学前教育机构中,新来的教师所关注的是自己在陌生环境中能否生存下来,这种情形可能持续一二年。

(2)巩固时期(Consolidation)。这一阶段会持续到第三年。在此时期,学前教师已经学习到一些处理教学事物的基础知识与方法,同时会统整并巩固在前一时期所获的经验和技巧。

(3)更新时期(Renewal)。这一时期可能会持续到第四年。在这一时期,教师对于平日繁杂而又规律刻板的工作感到倦怠,想要寻找创新的事物。

(4)成熟时期(Maturity)。有些教师进步很快,二至三年就能达到成熟的阶段,而有些教师则需要五年甚至更长的时间。到了成熟时期的教师自己已有能力来思考一些较抽象、较深入的问题,同时,这一时期的教师已习惯于教师的角色。

卡茨所提出的教师发展时期论对于洞察教师发展的不同阶段具有重要的理论价值。不仅如此,卡茨所提出教师发展时期论虽以学前教师为主,但其内容对中小学教师在训练需求、协助教师专业成长等方面也都有参考与实用价值。然而,卡茨对学前教师成熟期以后的发展未作研究与评述,这是美中不足之处。这也反映了早期教师发展理论研究仍处于探索阶段,有其未能突破的局限。

3.伯顿的教师发展阶段论(Burden,1979 年)

20 世纪 70 年代末 80 年代初,美国俄亥俄州立大学的学者们,伯顿、纽曼、皮特森以及弗劳拉等,对教师发展进行了有组织的系列研究。其中,比较杰出的是伯顿的研究。伯顿从与小学教师访谈的记录数据与资料中,整理归纳了教师们所提出的反映意见,提出了教师发展的三阶段论:

(1)求生存阶段(Survival Stage)。在此阶段的教师,刚踏入一个新的环境,再加上没有实际教学经验,对教学活动及环境只有非常有限的知识,因此对于所面对的各种事物都在适应之中。此时教师所关心的是班级经营、学科教学、改进教学技巧、教具的使用;以及尽快地了解所教的内容,做好课程与单元计划及组织好教学材料,做好教学工作。

(2)调整阶段(Adjustment Stage)。在进入教学第二年至第四年之间的时期,教师的知识已较丰富,心情也较轻松。教师们有精力开始了解孩子们的复杂性,此时会寻求新的教学技巧与解决问题的新方法,以迎合学生各种不同的需求。

(3)成熟阶段(Maturity Stage)。在进入第五年或五年以上的教学时间之后,教师们经验更加丰富,对教学活动驾轻就熟,并且对教学环境已有充分的了解与熟悉。因此,这一时期教师们感觉比较安心,可以放心地、专心地处理教学过程中所发生的事情。教师能够不断地追求并尝试新的方法,更能关心学生,更能配合学生的需求,即比较关心师生之间的交流。

伯顿的教师发展阶段论以其率先通过对数据的处理、综合作为研究基础,而使其研究成果引人注目。然而,同样遗憾的是,与卡茨相同,伯顿的教师发展阶段论也依旧未对成熟教师未来的发展加以探究。

4. 费斯勒的教师生涯循环论(Fessler,1985 年)

美国教师发展研究领域的另一位杰出学者费斯勒,通过对教师日常教学的观察了解,对 160 位教师的访问晤谈,以及开展典型事例的研究,对成人发展与人类生命发展阶段等相关理论的综合文献考察,并在借鉴该领域先期研究成果的基础上,于 1985 年推出了一套动态的教师生涯循环理论,从整体上探讨教师的发展历程。

费斯勒采用社会学的研究方法,将教师的整个职业生涯的发展视为一种动态的、变化的、回应各种影响因素的此消彼长且与之循环互动的历程。基于这样一种理论观点,费斯勒将教师的发展分为八个阶段:

(1)职前教育阶段(Pre-survive)。这个阶段的教育是为了特定的教师角色而做准备的,通常是在大学或师范学院进行的师资培育阶段。此外,这一阶段也包括在职教师从事新角色或新工作的再培训。

(2)引导阶段(Induction)。这是教师任教前几年,也是教师走向社会,进入学校系统和学习每日例行工作的时期。在此阶段的每一位新任教师,通常都会努力寻找学生、同事、督导人员的接纳,并设法在处理每日问题和事务时获得被肯定的信心。

(3)能力建立阶段(Competency Building)。在此阶段的教师努力增进和充实与教育相关的知识,提高教学技巧和能力,设法获得新的信息、材料、方法和策略。

(4)热心和成长阶段(Enthusiastic and Growing)。教师在此阶段已经具有较高水平的教学能力,但是一位热心教育和继续追求成长的教师会更积极地追求其专业形象的建立,发挥热爱教育的工作热忱,不断寻找新的方法来丰富其教学活动。

(5)生涯挫折阶段(Career Frustration)。在此阶段,教师可能会受到某种因素的影响,或是产生教学上的挫折感,或是工作满足程度逐渐下降,开始怀疑自己选择教师这份工作是否正确。"倦怠"感(Burn-out)大多数都会出现在本阶段中。

(6)稳定和停滞阶段(Stable and Stagnant)。这一阶段的教师存在着"做一天和尚撞一天钟"的心态。这些教师只做份内的工作,不会主动追求教学专业的卓越与成长,但求无过,不求有功,可以说是缺乏进取心、敷衍塞责的阶段。

(7)生涯低落阶段(Career Wind Down)。这是准备离开教育岗位,打算"交棒"的低潮时期。在此阶段,有些教师感到愉悦自由,回想以前的桃李春风,而今终能功成身退;另外也有一些教师则会以一种苦涩的心情离开教育岗位,或是因被迫终止工作而感不平,或是因对教育工作的热爱而觉眷恋。

(8)生涯退出阶段(Career Exit)。这是离开教职生涯后寂寥的时期。有些人可能会寻找短期的临时工作,有些人可能会含饴弄孙,颐养天年;也可能会齿危鬓秃,多病故人疏。总之,是到了生命周期的最后落幕阶段。

费斯勒的教师生涯循环论,特别是其对教师发展的阶段描述,提供了一个较为完整的纵贯教师生涯的理论架构。这是对该领域先期研究成果的发展,因为它生动地呈现了教师在整个教学生涯的发展与变化的真实画面。费斯勒借用社会学的研究方法,将教师的发展回归到教师的现实世界中去。尤其是对各种社会的以及周围情境的亦或个人的影响因素对教师发展所产生的正面或负面作用极为关注。总之,费斯勒的教师生涯循环论无论是对于完整的教师生涯进行规划,还是依据教师各个发展阶段,对其提供辅助支援,都具有重要的理论参考价值。

5.司德菲的教师生涯发展模式(Stetty,1989 年)

美国学者司德菲依据人文心理学派的自我实现理论,建立了教师生涯发展模式。司德菲将教师发展分为五个阶段:

(1)预备生涯阶段(Anticipatory Career Stage)。这一阶段主要包括新任教职的教师或重新任职的教师。初任教师通常需要三年的时间,才会进展到下一个阶段,而重新任职的教师则能很快超越此阶段。在此阶段的教师具有以下几个特征:理想主义、有活力、富创意、接纳新观念、积极进取、努力向上。

(2)专家生涯阶段(Expert Master Career Stage)。这一阶段的教师具有较高水平的教学能力与技巧,同时拥有多方面的信息来源。这些教师们都能进行有效的班级经营和时间管理,对学生都抱有高度的期望,也能在自己的工作中激发自我潜能,达到自我实现的目的。

(3)退缩生涯阶段(Withdrawal Career Stage)。

● 初期的退缩(Initial Withdrawal)。这一时期教师的表现不是最好,也不是最坏。这一类教师在学校里可说是最多、也是最易被忽视的一群。他们很少致力于教学革新,所用的教材内容年复一年,他们的学生表现平平。此类教师所持的信念都较为固执,不知变通。因此,这一期间的教师多半都沉默寡言,跟随别人,消极行事。

● 持续的退缩(Persistent Withdrawal)。这一时期,教师表现出倦怠感,经常批评学校、家长、学生,甚至教育行政部门,有时对一些表现好的教师也妄加指责。此外,这些教师会抗拒变革,对于行政上的措施不做任何反应,这些行为都有可能妨碍学校的发展。

● 深度的退缩(Deep Withdrawal)。这一时期的教师在教学上表现出无力感,甚至有时还会伤害到学生。但是,这些教师并不认为自己有这些缺点,而且具有很强烈的防范心理。

(4)更新生涯阶段(Renewal Career Stage)。这一阶段的教师在一开始出现厌烦的征兆时,他们就采取了较为积极的应对措施,如参加研讨会、进修课程或加入教师组织等。故在此阶段的教师,又可看到预备生涯阶段朝气蓬勃的状态——有活力、肯吸收新知识、进取向上。唯一不同之处在于,预备生涯阶段的教师对教学感到新奇振奋,而在更新生涯阶段的教师则致力于追求专业成长,吸收新的教学知识。

(5)退出生涯阶段(Exit Career Stage)。到了退休年龄,或由于其他原因而离开教育岗位,一些教师开始安度晚年,而一些教师则可能继续追求生涯的第二春天。

司德菲的教师生涯发展模式,可以说非常清晰地反映出了教师在整个职业生涯中发展的规律与特征。不仅如此,他所提出的"更新生涯阶段",对于费斯勒的研究无疑是一种超越,它弥补了费斯勒理论中的不足,即当教师处于发展的低潮期时,如果给予其适时、适当的协助与支持,教师是有可能度过低潮期而继续追求专业成长的。

至今,教师发展阶段论的研究已是日益蓬勃,各种教师发展阶段论令人目不暇接。而我国也于20世纪八九十年代开始对教师专业发展阶段的研究,林崇德、申继亮等从认知心理学角度对教师素质结构的研究成果和叶澜等从教育学、伦理学研究视角出发构建的教师专业化理论框架,为我国教师专业发展阶段的研究奠定了理论基础。我国教育理论界对我国教师专业发展阶段的研究也呈现繁荣的景象。如,白益民以"教师自我专业发展意识"为指标,采用思辨的研究方法,把教师专业发展过程划分为"非关注、虚拟关注、生存关注、任务关注、自我更新关注"五个阶段,对教师专业发展阶段作出了明确界定。钟祖荣从教师素质和工作业绩的角度出发,把教师专业发展过程划分为"准备期、适应期、发展期和创造期"四个阶段,四阶段的终点分别对应新任教师、合格教师、骨干教师和专家教师(学科带头人、特级教师等)。邵宝祥等采用问卷调查和个案研究的方法,从教师的教学能力出发,把教师专业发展过程划分为"适应阶段、成长阶段、称职阶段和成熟阶段"四个阶段等等。①

然而，尽管如此，任何发展阶段论都不足以描述所有教师的发展历程。换句话说，并非所有教师都走在同样的发展轨迹上，教师有相当大的个别差异，无论我们如何来描述教师的发展历程，都只是就多数教师而言。

诚然，教师们的发展有着显著的个别差异，而学者们依据不同的研究取向所提出的教师发展阶段论也各有千秋。然而，综观各种教师发展阶段论，仍可发现一些共同的特点与不足。

首先，在各种发展阶段论的划分方式上，即存在一些共同的特点。其一，就是在"职前师资培育阶段"与"初任教师导入阶段"之间有一个明显的分界点。虽然针对"初任教师导入阶段"，各家的说法或名称稍有差异，但是这个阶段与职前师资培育阶段确有一个非常重要且明显的分界点。至于"初任教师导入阶段"究竟是几年，各家的说法有些不一致，但是仍然相差不远，大致是从一个教师开始任教到任教三年或四年的时间。其二，还有一个明显的分界点，就是在经历了初任教师阶段后，教师又进入了一个新的阶段。这个阶段的名称各家说法莫衷一是，而且各种发展阶段论对这个阶段的特性描述也有一些差异。由于这个阶段是教师生涯中持续最长的一段，有些人又把这个阶段进一步细分成几个阶段，有些人则将之笼统地看成一个阶段。无论如何，这个最长的阶段和初任教师导入阶段的确有相当明显的差异，因此也产生一个明显的分界点。

其次，在各种教师发展阶段论所提示的内容方面，也存在一些共同的特点或者说是优点。各种教师发展阶段论虽然同中有异、异中有同，但均能完整地看待教师的发展历程，将职前师资培育与在职教师的发展联结起来，视为一个连续的过程，并且凸显了教师在不同发展阶段具有不同的专业表现水平、需求、心态和信念等。可以说，在一定程度上反映了教师发展的一般规律。

尽管各种教师发展阶段论有以上的优点，但也仍有需要进一步探究与完善的地方。大多数教师发展阶段论偏向于对教师实际上所经历的发展情形或实际上所表现出来的发展情形的描述，而对教师最理想的发展历程与发展情形的描述未作应有的关注。事实上，我们需要了解理想的教师发展进程是如何的。因为，这一方面可为教师提供发展目标与努力方向，同时也可使教育行政机关等明确：应依据教师理想的发展进程，给予不同发展阶段的教师提供相应的协助。总之，各种教师发展阶段论，如能对理想的教师发展进程予以勾勒、描述，则将更为完善且具有更大的理论与实践的参考价值。

教师发展是一个漫长的、动态的、纵贯整个职业生涯的历程，其间既有高潮也有低谷。通过对教师发展阶段的了解，作为教师自身，应对自己的教师生涯

---

① 罗晓杰. 国内外教师专业发展阶段研究述评. 教育科学研究，2006(7)：53-56.

预作规划,以积极地应对其间的变化与需求。同时,也需以一颗平常心面对职业生涯的转变与岁月飞逝的事实。而作为教育行政机关等管理支援部门,应依据教师的不同发展阶段,对教师的发展适时提供有的放矢的协助,激发教师的工作热忱与创意,使其走过多姿多彩而又美好完满的教师生涯。

(三)教师的专业素养要求

教师劳动虽不直接创造社会物质财富,但在人类文化的传播与个体的成长过程中起着特殊的作用。教师正是通过传播、发展人类文化以及培养各种人才来推动社会发展的。一个国家的文明,一个社会的进步,直接依赖于全民素质的提高,全民素质的提高又直接依赖于教育质量的提高,而教育质量的优劣关键取决于教师素质的高低。

社会上的各种职业都有各自的素质规定,教师不仅要具备一个现代人的共同素质,还必须具备教师职业所要求的特殊素质。

叶澜认为对教师专业化发展"至关重要"的因素,主要是教育信念、知识、能力、专业态度和动机、自我专业发展需要和意识这五个方面[1]。林崇德在《教师参加教育科研是提高自身素质的重要途径》一文中认为:"教师素质在结构上,至少应包括以下成分:教师的职业理想、教师的知识水平、教师的教育观念、教师的教学监控能力以及教师的教学行为与策略。"[2]王斌华在《发展性教师评价制度》一书中提出,称职教师至少应具备的个人品质包括职业道德、学科知识、文化素养、终身学习、参与意识和善于共事、个人主义精神(指个人选择、个人奋斗、个人成才、个人之间平等竞争的精神)。[3]

综合不同学者的研究成果,我们认为教师的专业素养可分为专业精神、专业知识、专业能力、专业智慧四个维度。

1. 专业精神

对教师来说,专业精神就是指教育专业精神,也可以理解为敬业精神,教师的专业精神是指教师对教育工作产生认同与承诺以后,在工作中表现出认真敬业、主动负责、热诚服务、开展研究的精神。专业精神通常是一种自发的表现,而不是被迫的表现。有了这种专业精神,他会热爱自己的本职工作,了解自己工作的重要性和必要性,有高度的责任感和无私的奉献精神,并对学生怀有深切的关怀和爱心。具有这种专业精神的教师,会认真学,并对教育实践工作不会因它的地位暂时的不受重视而减少对它的热爱与重视,他们会保持积极的省思、探究、改革的习惯与态度,并能在工作中与相关的人员保持良好的人际关系

---

① 叶澜. 教师角色与教师发展新探. 北京:教育科学出版社,2001:231-240.
② 吕型伟,阎立钦. 面向 21 世纪——我的教育观(基础教育卷). 广州:广东教育出版社,2000:146.
③ 王斌华. 发展性教师评价制度. 上海:华东师范大学出版社,1998:49-53.

与团队精神,这也是对教师的要求之一。在这种专业精神的支配下,教师要抱有平等信任的学生观,注意学生心理和生理的变化,建立其师生之间良好的合作关系,促进彼此之间情感和思想的交流。有了这种专业精神,教师会根据实际情况采用合理科学的教育和教学方法,使学生的智慧和潜能得以最大限度的发挥,同时学生的知识和经验在某种程度上也能促进教师自身的自我发展,这样能促进师生双方的共同进步。

从广义上看,教师专业精神还包括一个教师的道德情操和品格操守,即师德。一般来说,一个教师的道德情操与道德修养越高,他对教育工作的贡献就越大。然而,目前据统计调查显示,人们对师德对教育质量的影响不如对教学能力、文化素质等的认识高,原因是师德在教学质量的影响中表现常为内隐的、潜在的,同时具有长远性的特点,不易立竿见影。而事实上,教师师德不高,不仅制约教学质量和水平,而且对学生会产生负面影响,还会损害教师的职业形象。因此,教师的专业精神中绝对不能无视或低估了师德的价值和作用。

2. 专业知识

知识是教师素养的一个基本内容与重要基础。关于教师应该具备怎样的知识体系,在国内外的论述中也比较多。根据林崇德教授等人的研究:教师的知识是指教师所具备的科学文化知识及其掌握程度,包括各种文化科学知识的基础知识、专业学科知识、教育科学和心理科学知识。从功能出发,教师的知识可以分为四个方面的结构内容:本体性知识、条件性知识、实践性知识和文化知识。[①] 也有研究把中小学教师所应具备的知识素养概括为四个方面:第一,通用性知识;第二,学科教育与教学的特殊知识;第三,教育科学的专业知识;第四,学生学习及其发展的知识。[②]

过去,人们常用"学富五车,才高八斗"来形容教师的知识水平。现代社会是一个信息社会,置身于知识激增的时代,中小学教师究竟需要多少知识或者说需要哪些知识,才能成为符合现代社会及现代教育要求的合格教师呢?一般认为,作为中小学教师的专业知识素养应该包括精深的学科专业知识、广博的基础文化知识及宽厚的教育科学知识。

(1)精深的学科专业知识。科学知识的分门别类及学校分科教学形式的建立,使教师的知识也逐步专门化。教师精通某一方面的专业知识成为教师进行教育活动的必要条件。

教师的学科专业知识一般具有全面性、系统性、基础性、理论性的特点。"精"要求教师全面、系统、准确无误地掌握所教学科知识的基本结构和各部分

---

① 朱意明,秦卫东,张俐蓉.中小学教师素质及其评价.南宁:广西教育出版社,2000:51.

② 同上,第53页。

知识的内在联系,做到举一反三,触类旁通。"深"则要求教师掌握学科的发展动向和最新研究成果,做到教一知十,甚至教一知千。因此,教师所掌握的知识必须远远超出教学大纲的要求。只有这样,教师才能全面理解教育目标和教学大纲,准确地把握教材的重点、难点和关键,灵活地、创造性地处理教材,使教学深入浅出,自然、流畅。

(2)广博的基础文化知识。随着科学的发展,科学知识一方面高度分化(知识的专门化),一方面又高度综合(知识的一体化)。对教师的知识作出某一专业领域的限定是合理必要的,但各门学科知识都不是孤立地存在着,它们之间是相互渗透、相互关联的,数理化之间、文史地之间、社会科学和自然科学之间的联系日趋密切。任何一个教师对学生所产生的影响决不限于某一专业领域。青年学生求知欲旺盛,好奇心强,兴趣广泛,思想活跃,上至天文,下至地理,从远古到未来,从宏观到微观,无所不想知。他们常常向教师提出一些预想不到的问题,有时甚至超过了教师的知识领域。如果教师没有广博的基础文化知识,是不能满足学生的学习要求的。因此,一名合格教师,在具有一定学科专业方向的知识的前提下,还应拥有广博的基础文化知识,努力做到既有专长,又广泛涉猎;既精通一门学科,又研究相邻学科,只有这样,教师的学科教学才能更加充实,更具吸引力,才能取得更好的教学效果,从而满足学生的求知欲,促进学生的全面发展。

(3)宽厚的教育科学知识。教育工作是十分复杂的社会实践活动,有其特殊的规律。只有了解教育的客观规律,熟悉学生的心理特点,讲究科学的教育方法,掌握塑造学生心灵的艺术,才能获得良好的教育效果。首先,应该熟悉和掌握普通教育学的基本理论。通过教育学的学习,能使教师比较系统地认识教育的本质、教育的目的、教育的原则,掌握教育的基本规律,以及一般教学过程、教学方法,主要的教育理论与教育实践问题,使教师能够在教学中自觉地运用教育理论和教育规律,根据教学内容、学生实际选择切实而有实效的教学途径和教学手段,以达到教学的最佳效果。其次,应熟悉和掌握心理学的基本理论。教师要上好每一堂课,都要调动学生思维,积极开展教与学的双边活动,就离不开对学生心理特征和学习心理的认识了解,离不开对学生个性差异及其特点的认识。心理学系统研究人的心理机制、感觉、记忆、思维活动,以及动机、情感、心理差异等心理发展规律,揭示不同年龄阶段学生的心理特征及其学习和创造活动的心理过程。教师如能很好地掌握心理学基本理论,并在教学中运用这些理论,细心观察学生的心理状况,熟悉学生心理的共同特征和个性差异,就能大大加强教学的针对性,减少盲目性,在达到教学基本要求的基础上,充分照顾和发展学生的个性,提高学生学习的兴趣与能力。

教师应善于用教育科学理论知识指导自己的教育实践,并在教育实践中把教育科学理论知识转变成教育教学的实际能力,以增强教育的科学性,避免其盲目性。

3.专业能力

能力是指顺利完成某种活动所需的个性心理特征。能力有一般能力和特殊能力之分,前者适于多种活动要求,后者适于某种专业活动要求。教师的专业能力是指胜任教育教学的能力,它是教师开展有效教育活动的重要条件。没有教师能力水平作保证,教师的高尚职业道德水平就得不到体现,知识修养水平也无法对教育教学产生实质性影响。

资料表明:教学效果同教师的智力并无显著的相关。这是指智力超过某一关键水平以后,它不再起显著作用。同样,教师的知识水平超过了某种适当水平以后,教师的知识水平同学生的学习成绩也无显著相关。当中小学教师都达到合格的文化水平以后,影响教学效果的就是教师的教学能力。

对于教师的专业能力,研究者从不同的角度出发,提出了不同的要求,可以说仁者见仁,智者见智。综合他们的研究,社会对教师的不同要求,现代教师至少应具备以下三方面的能力:基础能力、职业能力和自我完善能力。其中,基础能力包括思维能力、信息技术能力、交往能力、语言表达能力、审美能力、处理人际关系的能力等;职业能力包括教学设计能力、课堂教学管理能力、教学评价能力、组织活动的能力、教育技术能力等;自我完善的能力包括自学能力、教育科研能力、自我反思能力等。

4.专业智慧

教育不是机械的、只要按成规操作或简单重复就能做好的工作,而是需要智慧性的创造性活动。教师的专业智慧应该是上述专业精神、专业知识、专业能力诸方面要求在教师身上的综合实现的产物。专业智慧集中表现在教育教学情景中,教师感受、判断处于生成和变动过程中随时可能出现的新状态、新问题的能力;准确把握教育时机和转化教育矛盾、冲突的机智;迅速作出教育决策和选择,根据实际对象、情景和问题,改变、调节教育行为的魄力。

以上教师的专业素养的几个要素之间并不是简单的并列关系,它们相互作用、相互影响,共同构成教师专业素养系统的复杂结构,而且这个结构是不断变化的动态结构。

第二节 学 生

教育活动是促进学生身心发展的自觉实践。在这一活动中,教师的学生观起着很大的影响作用。因此,树立一种正确的学生观是教育活动取得理想效果的根本保证。

一、教育史上不同的学生观

学生观一直是教育理论和实践的重要问题,涉及如何看待学生的本质、特点、地位、作用等基本问题。历史上曾出现过形形色色的学生观,它们从不同的方面表达了对学生的看法和认识。

在对学生天性的认识上存在两种截然不同的观点:一种是原罪论、性恶论,代表人物是赫尔巴特。持这种观点的人认为儿童生来就有一种盲目冲动的种子,处处驱使他不驯服的烈性,以致经常扰乱成人的计划,也把儿童的未来人格置于许多危险之中。另一种观点是性善论,代表人物是卢梭。他认为人的天性是善的,在人的心灵中根本没有什么生来就有的邪恶,是腐败的社会使人堕落,对儿童产生恶劣的影响。这突出表现在他的一句名言之中"出自造物主之手的都是好的,而一到了人的手里,就全变坏了"。

在对学生知识的获得方式上的不同观点:英国教育家洛克曾提出著名的"白板说",认为儿童就像一块白板,可任由教师涂抹。据此理论,许多人把学生的大脑当成知识的容器或仓库,主张向学生灌输系统的知识,学生则是被动地接受。而杜威等人则反对把学生当成知识的容器,反对系统的知识的传授,主张儿童从生活中、从活动中学习。与知识相比,他们更强调能力的发展。

在对学生的管理上的不同观点:赫尔巴特提出了管理先行的思想,主张对学生施行严格的管理,以防止儿童现在和未来的反社会倾向的发展,从而达到维持学校和社会秩序的目的。他提出了一套具体的管理方法,如:运用惩罚的威胁、监督、命令和禁止,包括体罚在内的惩罚。而卢梭、杜威等人则主张对儿童实施顺从其天性的自然的、自由的教育,反对严酷的纪律和惩罚。

对学生身份的认识上也有不同的观点:赫尔巴特、斯宾塞等人把学生当成小大人看待,主张向学生传授成人的知识,为完满的生活做准备。而卢梭、杜威等人则主张从儿童的天性出发,从实际出发,把儿童看作独特的、处于特定阶段的人,让他们去适应生活而不是为生活做准备。

在对学生地位的认识上存在两种不同的观点:一种是以赫尔巴特为代表的"教师中心论"。它认为教师在教育过程中处于中心地位,具有绝对的权威,学生必须服从教师。持这种观点的人把学生完全视作一个因变数,认为学生在教育过程中是一种完全消极被动接受外界影响的客体,教师可随意地依据自己的目的向学生施加各种影响,控制学生的发展方向,教师只要通过包括奖赏、惩罚在内的外部刺激就可以控制学生的学习。这种观点强调教师的权威的意志作用,把教育过程看成是教师对学生严格要求和灌输的过程。另一种观点是以杜威为代表的"儿童中心论"。它认为儿童在教育过程中处于中心地位,教育的措施应围绕他们组织起来,教师在这一过程中处于次要地位,是以咨询者和辅导者的身份出现的。持这种观点的人把学生看成是一种自变数,是能够完全决定整个教育过程和教育结果的主体,强调学生内因的作用而否定或贬低外因的作用,认为学生具有一种内在的动力,不凭借外力帮助就能形成和谐的社会行为。他们十分强调学生的态度、期望、情感和需要等"动机系统"、"内部机制",谋求一种最大限度允许学生作出个人选择的教育环境,而教师的任务只是刺激学生去学习。

以上从不同方面介绍了历史上有关的学生观,很明显,它们既有可取的积极的一面,又有不合理之处,我们对此应持扬弃的态度,吸取其精华,去其糟粕,为我们形成当代的正确的学生观服务。

二、现代学生观

现代教育的基本着眼点是人本身,它给教育对象以丰富的人文关怀。现代教育把学生既看作是活生生的现实生活中的人,也看作是社会化和个性化的人。教育必须满足学生身心全方位发展的要求,关注学生的整体发展。

(一)学生是完整的独立的人

人是自然属性和社会属性的统一体,每个人都需要实现生理和心理的和谐发展。但就以人为对象的许多社会实践领域来看,面对的都往往只是人的某一方面,如医生面对的主要是人的生理方面,艺术家所面对的主要是人的精神方面,而教育所面对的人——学生却是一个完整的人。在整个教育过程中,既要考虑到学生的生物特性,更要考虑到他们的社会特性;教育不仅要促进学生的认识、情感和行为等精神因素的发展,也要促进学生的生理因素的发展;不仅要培养学生具有推动社会发展的知识、能力等,同时还要使他们具备相应的身体等物质基础。教育要实现人的全面发展,因此,教师所面对的学生必须也必然是一个完整的人。同时,学生又是独立的人,有着独立的生理和心理系统,独立的思想意识、独立的思考能力,独立的情感、兴趣,独立的人格和独立的生活、学习方式,这种独立性和独立意识会随着身心的成熟而越来越突出地表现出来,因此,教师应尊重学生的独立性。

(二)学生是具有主观能动性的人

教育过程中的学生是有意识的人,他们在教育过程中的一切行为和是否接受教育影响以及接受影响的程度,都要受其意识的支配,学生对教育影响具有主动性和选择性。对于学生来说,来自教师的外部影响不会自动地转化为学生的意识,它必须以学生自身的主动活动为中介;学生不会被动接受教育者的塑造,而总是通过自己的主观努力,主动地、创造性地参与到教育活动中,将教育影响转化为自身发展的内部动力,实现教育目标。

(三)学生是具有发展需要的人

遗传素质为学生的发展提供了可能性,这种可能性要转变为现实性还取决于学生发展的需要。人是自然性与社会性的统一,最初的个体更多地体现了自然的属性,还是一个自然人,它只有完成了由自然人向社会人转变这一过程,才能成为一个社会人。推动个体由自然人向社会人转变的动力是社会环境对个体的客观要求所引起的需要与个体的发展水平之间的矛盾运动,这一矛盾运动是个体和客观现实之间相互作用的反映,是通过个体的社会实践活动实现的。在活动中,个体不断作用于客观现实,日益深入地反映客观事物的特性和关系,形成一定的发展水平。客观现实也不断作用于个体,对个体提出新的要求,这些要求反映在个体的头脑中,转变为个体的需要。而需要的满足,同样要通过个体自身的活动即与客观现实相互作用来实现。因此,没有活动,没有个体与环境的相互作用,也就没有个体的发展。

未来社会的主人是现在的学生,而非现在的成人。要相信每一个学生都是可以健康成长的,都是追求上进、不断完善的,都是可以获得成功的,要对每一个学生的发展满怀信心。作为发展中的人,他们是尚未成熟的生命个体,身上都存在着"不完善"和"未确定"的领域,教师应积极发挥教育的作用,充分开发学生的潜能,引导学生健康成长。教师应给予鼓励和帮助,而不是对学生求全责备,这样做实际上是因瑕掩瑜,择短舍长,只能助长平庸,埋没人才。

(四)学生是生活世界中的人

学生是处在由各种复杂关系构成的"生活世界"中的人,而不仅仅是"书本世界"中的人。学生在生活中生存,在生活中被"文化"和被"人化",生活是学生生存的现实背景。每个学生都有他自己的历史,这个历史是不能和任何别人的历史混淆的。他有他自己的个性,这种个性随着年龄的增长而越来越被一个由许多因素组成的复合体所决定。这个复合体是由生物的、生理的、社会的、经济的、文化的和职业的因素所组成的。从某种意义上说,学生的生长过程就是生活背景因素与学生主体相互综合作用的过程,学生身上已深深地打上了社会生活背景的烙印。学生按照自己对生活的理解和经历,建立起一种他与生活世界的意义关系。这种意义建构过程是基于学生自我的理解和经历,强烈地体现出学生的年龄特征。由于学生年龄的缘故,他对生活的体验是有局限性的,所以学生建立起来的与生活世界的意义关系也并非是完全合理的。这样,学生就需要在自我理解以及教育者的引导下,重新建构与生活世界的意义关系。然而,多年来中小学教育中的通病是学生被置于"书本世界"或"科学世界"之中,学生的生活、成长经验和社会现实成为课程和教学遗忘的角落,教育与生活脱离,课程远离学生的生活及其经验,这种状况使我们的教育难以迸发出生命的活力。

秉持"学生是生活世界中的人"的观念,要求教育必须面向学生的生活,要求课程、教学必须联系学生生活和社会实际,联系学生已有的经验,将教学内容纳入学生与自然、与社会、与自我、与文化的关系中,引导学生在习得书本知识的同时,形成对待生活世界中各种问题的健全的价值观,良好的情感、态度,并形成健康负责任的生活态度。

三、学生学习的年龄与个体差异

学生在学习过程中既存在共性,又存在差异,比如年龄、性别、智力、个性、态度、动机、学习潜能以及学习策略等。不同的学习者有不同的学习需要、学习能力、认知风格、学习策略;同一个学习者在不同的学习阶段也存在这些差异。

(一)学生学习的年龄差异

由于先天的生理原因、心理原因以及社会性的差异存在,不同年龄段学生在学习上存在着显著的差异,也即初中生和高中生在学习中存在着智力水平、认知能力、非智力因素等各方面明显的不同。中学生学习心理在年龄方面的发展序列是动态的、不稳定的,它会随着年龄增长产生规律性的变化;同时又是相对稳定的、趋同的,即表现为某一年龄段学生在学习过程中的智力品质和非智力因素水平大致接近。

1.学习能力的年龄差异

随着年龄的增长与知识积累的增多,高中学生的心理智力与能力明显比初中学生高。在对知识的记忆方面,初中学生偏重于机械识记,不过其对于知识的意义识记能力已开始发展;高中学生已较少单纯地运用机械识记方法,而更多地偏重于意义识记。在思维能力方面,初中学生偏向于形象思维,抽象思维能力较低,开始逐步学习抽象逻辑思维,其认知过程仍受具体形象的影响与干扰;高中学生偏向于抽象思维,概念、判断、推理的能力明显提高,并已具备对复杂事物进行分析、综合的能力。

2.学习中非智力因素的年龄差异

学习是学生的智力与非智力因素共同参与的活动。对于身心处于迅速发展阶段的中学生而言,不同年龄阶段的学生在学习中的非智力因素(如学习兴趣、学习注意力等)也表现出一定的年龄差异规律。

学习兴趣是学生对学习活动或事物现象的一种力求认识或趋近的趋向,这种趋向是和一定情感联系的。凡是引起人们兴趣的事物,人们总是想办法去认识、接近、获得它,由它产生愉快的情绪体验。一个学生如对科学产生了比较稳定与持久的兴趣,那他将必然形成良好的积极的学习动机。而在对兴趣的稳定性方面,初中学生的学习兴趣的可塑性大、稳定性差;高中学生学习兴趣的可塑性小,趋于稳定,兴趣强度与其志向及未来职业理想有关。

根据有关研究表明,学习兴趣的发展序列随着学生年龄增长呈现由低级向高级梯状排列,大致可分为感性兴趣、理性兴趣和信念。"感性兴趣"主要以满足感官需要,产生快乐情绪为标志,在初中学生中表现明显。"理性兴趣"与"信念"主要以求知欲强度为标志,一般具有持久性与稳定性特征,在高中学生中表现明显。在这三种层次中,信念是最高层次,是理性兴趣的升华,也是学习兴趣中最持久的。这种层次性差异也表现在对不同教学内容的兴趣差异上。

根据有无目的和意志努力的程度,可以把注意分为无意注意与有意注意。初中学生与高中学生在学习注意种类与品质上有较大差异。初中学生的注意力不如高中学生稳定而持久,无意注意成分较多;而高中学生的注意种类以无意注意与有意注意交替进行,有意注意成分增多为主,注意分配把握程度高于初中学生,听课、笔记、读图可以同时进行,而初中学生往往难以兼顾。

(二)学生学习的年龄差异

不同年龄(学段)的学生学习心理特点不同,同一年龄(学段)的学生,因生活经验、家庭背景、环境等差异而在学习中表现出较大差异。研究这种个体差异是因材施教的重要依据。

1.学习智力的个体差异

不同学生存在智力结构的差异,每个学生的智力结构都有其"优势区"和"薄弱区",表现在外在能力方面也就各有不同。如,在观察能力方面,有些学生偏于分析型,即擅长于把握事物的细微或局部处;有些学生偏于综合型,即擅长把握事物全貌而对细微处易忽略;有些学生可能是分析综合型,即既能观察事物的细微处又能把握全局。在记忆力方面,有些学生偏于理解型,即对原理规律的记忆以意义识记为主,善于编码;有些学生偏于背诵型,"只知其然不知其所以然",以机械识记为主,这类学生知识迁移能力差。在思维方面,有些学生以形象思维见长,而有些学生以抽象思维见长,一般抽象思维能力较强的学生,在学习时自然感到轻松,知识迁移能力强,成绩较好。

根据多元智能理论,每个学生在不同程度上拥有着八种基本智能,这八种智能代表了每个人不同的潜能。而学生个体之间的智能差异是由于八种智能之间的不同组合所致,学生与生俱来就各不相同,他们在心理与智能水平上有着各自的风格与强项。因此,在学习中,不同个体的学生间的智能差异不仅在于优势智能的不同,而主要在于人与人所具有的智能组合的不同。有的学生可能在视觉空间智能方面的发展较好,而其他学生可能在自我认知智能方面更加突出。一个学生可能在任何一种智能上都没有特殊的天赋,但如果所拥有的各种智能和技艺被巧妙地组合在一起,说不定他的学习效果会相对其他学生要好。

2.认知风格的个体差异

认知风格是指学生在对信息进行认知加工时习惯采用的方式,主要特征是一致性和持久性。学生认知风格的形成与学生的个性有关,个性不同的学生其思维方式也不同。此外,据心理学家研究,认知风格还与学生的情感和动机因素有关。认知风格是学习风格的一个重要组成部分,它表现在个体对外界信息刺激的感知、注意、思维、记忆和解决问题的方式和倾向上。在学习中,每个学生都有自己的认知风格,他们在感知、注意、思维、记忆等方面都会表现出一定的稳定性和独特性。

(1)感知风格的个体差异。感知是学生学习的源泉和基础,学生对事物的感知是学习的开始。根据美国心理学家威特金(H. Witkin)的研究成果,感知风格分为场独立性与场依存性两种。他将认知过程受环境因素影响较大者称为场依存,受环境因素影响很少者称为场独立。前者是"外部定向者",后者是"内部定向者"。这种认知差异是个体在周围视觉场中看到的东西,与他身体内部感觉到的东西产生冲突的结果。场依存性与场独立性这两种认知风格对学生的学习有很大的影响。

场依存性的学生在学习中较多地受外在环境因素的支配,其学习动机以外部动机为主,易受外在暗示,学习欠主动。这种类型的学生在感知事物时,充分考虑背景因素,对事物的整体性把握较好,善于把握事物间的层次与相互关联;但不擅长深入把握事物的具体内容与细节,不善于从纷繁复杂的情境中分辨事物的各个要素;偏爱人文内容。

场独立性的学生受内在动机影响,能独立自觉学习。该类型的学生感知事物时,很少兼顾背景因素,就事论事,倾向于以自己独立的标准来觉察事物;善于区分相似的及易混淆的事物,偏爱自然内容;善于记忆与理解某些具体事物、规律及成因,不擅长把握事物的整体性。

(2)记忆风格的个体差异不同。学生对于记忆知识的方式也有不同的偏爱,有些学生偏向趋异型记忆,有些学生偏向趋同型记忆。

趋异型记忆的学生往往关注两个概念的相异之处,能清晰地知觉新的信息,能精晰地把握新旧知识间的细微差别,从而能准确地提取信息。这类学生记忆力强,能较准确地回忆起学过的知识,善于对学习材料进行精确分化,并采用合理的识记方式,从而能准确提取并使用已有的相关信息。趋同型记忆的学生往往较多关注两个事物间的相同点,他们不善于对新旧概念进行精确分化,倾向于迅速将新的信息同化在原认知结构之中,并且不加严格区分混合在一起,囫囵吞枣,笼统记忆。这类学生记忆力较弱,提取信息不准确且易混淆。

针对上述两种不同记忆风格的学生在教学中宜采用不同的记忆策略,对于趋异型学生宜采用"多重感知记忆法",即多种感官刺激,让学生感受事物的直观形象;而对于趋同型学生,为了训练其记忆效果,可采取"分部记忆法",即将难度较大的记忆内容分成若干模块,各模块的学习之间有一定时间间隔,当学生能精确地记忆后再进入下一个模块的学习,可以防止前摄抑制和后摄抑制的干扰。

(3)思维风格的个体差异。思维是人脑对客观事物进行间接的和概括的反映,它是理解知识、巩固知识的重要心理因素。思维风格的个体差异,表现为有些学生偏向求同思维,有些学生偏向于求异思维。求同思维也叫集中思维、聚合式思维,即把问题所提供的种种信息或条件朝着一个方向集中,从而得到一个正确答案,或一个最优的解决问题的方案;求异思维也叫发散思维,这种思维是沿着不同方向去思考,对信息或条件加以重新组合,找出几种可能的答案、结论或假说。

具有求异思维的学生一般具有创造性,这类学生分析能力较强,对成因、原理分析较透彻;求同思维的学生,能整体性地认知概念,喜欢把事物的各种属性、各个部分、各个方面联合成为整体进行思考,综合能力较强。

求同思维型和求异思维型的学生各有所长,在教学中,既要培养学生的求同思维,又要培养求异思维,取长补短。培养学生的求异思维意义重大,在教学中实施开放式教学,对于培养学生的求异思维有较大作用。

3.学习态度的个体差异

中学生对学习的态度受其自主程度影响。人对活动态度可分为三个等级:主动创造、自觉适应与被动应答。

最高等级是主动创造,处于这一层次的学生进行学习是为了满足自己求知欲望的需要。因而,学生的学习态度不仅是自觉的,而且是积极主动的,在学习过程中还有一定的探索性和创造性,这种类型的学生一般被称为兴趣型。兴趣型的学生一般对教师出自内心的崇拜,热爱学习。

第二个等级是自觉适应,即学生能以自觉主动的态度投入学习活动中,在学习活动中发展自己。大多数学生处于这种层次。在学习态度上表现为自觉型。属于这一层次的学生,学习目的明确,态度端正,并养成良好的学习习惯。自觉型的学生可能有三种情况:一种是发展型,这种学生能够在学习中逐步喜欢上,并有志于以后从事相关的职业;第二种是全面型,这类学生在学校成绩突出,各科全面发展;第三种是发奋型,这类学生肯下苦功学习,但由于方法等多种因素导致成绩并不突出,只是一般。

最低等级是被动应答,即人在外界刺激下所作出的应答性反应是在外界指令或压力下的被动行为。处于这种层次的学生,对于学习态度表现为被动型,没有养成学习的良好习惯,甚至厌恶学习,需要教师、家长的经常督促乃至逼迫或强令之下进行学习,属于这种学习态度的人,学习效果最差。因此,在教学中,对于被动型学生,教师应耐心诱导,使之获得成功感,从而使其树立正确的学习态度。

第三节　师生关系

师生关系是教育过程中人与人的关系中最基本和最重要的方面,是教师与学生教育过程中的一种最基本和最主要的人际关系,也是一定社会政治、经济和道德等关系在教育领域中的反映与体现。师生关系受社会关系的制约,因为它包括在整个社会关系体系之中,反映并包含了社会经济、政治、道德等关系,所以社会制度不同,师生关系的性质也就不一样。师生关系还受教育、教学规律的制约,因为师生之间的联系和交往是在教育、教学过程中发生的,离开了教育、教学活动,也就无所谓师生关系。

实践证明,良好的师生关系,有利于调动师生双方的积极性、主动性和创造性,有利于形成轻松愉快和生动活泼的教学气氛,有利于提高教学信息传输的效率和速度。良好的师生关系是有效地进行教学活动、完成教学任务的必要条件。

一、师生关系概述

所谓师生关系,是指教师和学生在教育过程中为完成一定的教育任务,以"教"与"学"为中介而形成的一种特殊的社会关系,是学校中最基本的人际关系。师生关系是一个有着多种层次、多种意义的复杂体系。陈桂生教授认为:"师生之间实际上存在三重关系,即社会关系、教与学的工作关系以及自然的人际关系。忽视其中任何一种关系都不成其为完满的师生关系,而这些人际关系或社会关系都是以一定教育结构为背景的,师生关系基本上是一种由教与学的活动联结起来的工作关系。"①

从社会学的角度看,师生关系主要表现为师生在教育教学过程中,为共同完成教育教学任务而建立的一种工作关系和组织关系。在这种关系中,教师是施教者,学生是受教者;教师是领导者,学生是被领导者;这种关系是由教育的客观规律所决定的。师生间良好的工作关系一般表现为在教育教学活动中师生同心协力、步调一致,朝着共同的目标奋进,在课堂中充满民主的启发气氛和井然的秩序。从心理学的角度看,师生关系主要包括师生间的认知关系、情感关系。师生间良好的认知关系和情感关系表现为兴趣、理想、信念、世界观和价值观方面的一致性和感情上的融洽。从伦理学的角度看,师生关系体现着师生双方各自应履行自己道德义务的关系。师生间良好的道德义务关系表现为教

---

① 陈桂生."教育学"视界辨析.上海:华东师范大学出版社,1997:232.

师对学生的尊重和对学生成人成材高度的责任感,忠实地履行教书育人的职责;学生对教师的劳动和人格的尊重,自觉地维护教师的声誉和威信。

师生关系是在教育过程中,为完成共同的教育任务,教师与学生之间所形成的一种特定的关系,它是社会关系的一个组成部分。师生关系既受教育活动规律的制约,又是一定历史阶段社会关系的反映,在不同的社会制度下有着不同的性质。封建社会的师生关系受着封建等级制度的制约,并服从封建统治阶级的教育目的,强调师道尊严是一种不平等的师生关系,学生只能绝对服从,不能反问质疑。这是以教师为中心、用棍棒维持学校纪律来压抑学生身心发展的封建社会的师生关系。随着封建社会向资本主义社会的过渡,新兴资产阶级的思想家提倡资产阶级的"自由"、"民主"和人的个性解放,提倡以儿童为中心,充分发展学生的潜能,继而产生了以学生为中心的师生关系。我国在社会主义条件下,人与人之间的关系是民主平等的关系,这是我国新型师生关系的社会基础。

当代师生关系理论中存在着两种倾向,即科学主义倾向与人道主义倾向。科学主义力图运用严密的科学研究方法来揭示师生影响的客观规律,使师生关系尽量客观化、科学化;人道主义力图确立师生关系中学生的主体地位,强调学生的需要、兴趣、价值和个性全面发展,强调师生之间和谐的人际关系,主张采用情感教育。这两种倾向曾经有过争论,各执己见、互相攻短。虽然近年来两种倾向的论争有所缓和,有渐趋融合的态势,但仍然属于师生关系理论中的两股潮流。教育学的科学化包含或主要体现在师生相互影响的科学化上。关系的科学化是随着心理学的科学化及其在教育上的应用而前进的,心理学的科学化则以行为主义心理学的产生与发展而加速。行为主义心理产生于20世纪初,产生的动因之一是对盛行的冯特结构主义心理学内省法的批判。行为主义心理学家认为,内省法是主观的,用于心理学是不可能的,只有外显行为是有案可查的和客观的。因此,心理学只研究人的行为,而行为是外界刺激的结果,可以通过行为推知刺激物,也可通过刺激物推知行为,这样,人成了环境的产物,是被动物。这一理论运用于教育,使教育研究逐渐客观化和科学化了。在师生关系上,教师扮演着刺激物的角色,学生则扮演着被刺激物的角色。通过刺激与反应的研究,可以探索出教师刺激学生,学生作出反应的一些规律,再把这些规律广泛运用于师生之间的相互影响。在这里,教师是主体,是权威;学生是客体,是被动物。但它也确实能使师生关系科学化和程序化。

人道主义倾向则可以追溯到文艺复兴时期。进入20世纪后,经过两次世界大战,特别是科学技术的突飞猛进的发展,促使人道主义倾向逐渐进入历史进程的前台。自60年代以来,人道主义倾向日趋发展,大有压倒科学主义之势。它反对流行的行为主义及"所谓"的科学主义,反对把人当成被动物或被刺激物,反对科学化把人变成无血无肉无情感的冷血动物,主张教育学、心理学要从自身入手,以人为研究出发点,强调人的需要、价值及和谐的人际关系。在这种倾向中,美国的人本主义心理学做出了重大贡献。人道主义倾向在师生关系上,强调学生的主体地位,学生并非教师机械的影响物,他有自己的兴趣和个性,有自我发展和自我实现的能力,因此,应让学生有自立、自主和自强的自由。教师对于学生只是一个咨询者和辅导者,不是决定者,这种倾向在美国和西方一些国家非常盛行。在苏联凯洛夫时代之后,教育学家曾强烈呼吁纠正"教学中无儿童"的现象,实际上是强调重视学生的地位和作用,教师要尊重学生、爱护学生、鼓励学生,坚持民主教育,给予学生更多的自由。这种教育思潮的发展到近年来产生了合作教育学。合作教育学以反对传统的教师决定论或中心论为起点,强调实行人道主义原则,强调尊师爱生的师生关系,学生是主体,反对强制性教学,提倡教师要努力使学生个性得以全面发展。合作教育学在苏联和其他一些社会主义国家引起了强烈反响。

从本质上说,科学主义与人道主义是不对立的,是事物不可分割的两个方面,两者相得益彰、互相促进。但由于产生的背景和动因不同、观点的针对性不同,所以两者发生了分歧,乃至争论。到了20世纪70年代末和80年代,这两种倾向有融合的动向,科学主义日益重视师生之间的和谐关系,重视学生的地位和作用,特别是因材施教和个性全面发展问题。人道主义日益借用科学主义的方法和成果,以便努力使自己奠定在科学的基础上,并且看到人际关系、师生关系相互影响有其客观的规律,必须遵循有关的科学法则。所以,以发展趋势来看,国外师生关系的理论越来越坚持科学主义与人道主义相结合,这一点值得我们思考和借鉴。

二、理想师生关系的特质

教学活动是教师和学生的双边活动,良好的师生关系是优化教学氛围的关键,更是促进教育教学活动顺利进行的重要因素。在当代社会,学校中理想的良好师生关系应该具有以下特质。

(一)民主平等

"民主"本是一个政治术语,指人民在政治上享有的自由发表意见、参与国家政权管理等的权利。用在教育领域里,民主的师生关系,就是指教师和学生在教育教学过程中都有充分发表自己意见的自由。师生平等指的是师生是价值平等的主体,没有高低、强弱之分。师生在共同活动中都有一种主人翁的地位和意识,平等相处。平等是民主的基础和前提,民主是平等的具体表现。缺乏平等的师生关系在民主性方面必然不尽人意。

民主平等之所以是当代理想师生关系的特征,有以下原因:

首先,民主平等是社会中人人平等的社会伦理关系的反映。尽管学生尚处于不成熟阶段,但他们同样是人,不是物、工具,他们是具有独立价值的人格主体,他们具有发展个性、保持身心健康的权利。"教师和学生虽然有权利和义务的不同,但在人格上,即作为人的尊严应该是完全平等的。因为人的尊严超越年龄、智力、知识水平、道德状况及其他一切价值,它只取决于人作为人的内在本质。"①

其次,传统的师生关系,教师头戴"传道、授业、解惑"的圣者光环,心安理得地强制学生学习。课堂往往是"一言堂",教师是"真理"的代言人和唯一正确答案的化身。在这种师生关系中,学生变得处处谨小慎微、诚惶诚恐,完全失去了创造性。而民主的师生关系,有利于培养民主社会所需要的具有自己的理想、思想和情感方式的独立人格的公民,有利于培养学生的独立性、主动性、积极性、创造性。

再次,只有在民主平等的条件下,学生才能积极思维、大胆想象,不断产生新观念、不断创新。反之,容易造成学生对教师单方面的尊重、服从和模仿,使学生形成循规蹈矩的思维模式和自卑、依赖、焦虑、从众等与创造性负相关的不良人格特征。

最后,民主平等的师生关系有利于营造师生间和谐的情感关系,而师生间和谐的情感关系是学生创造性充分发挥的催化剂。美国的心理学家马斯洛将人的需要分为五个层次,即生理需要、安全需要、归属和爱的需要、尊重的需要、自我实现的需要。其中,尊重的需要就是渴望别人平等对待自己,尊重自己,肯定自己的需要。所以说,尊重的需要实际上也是一种平等的需要,这种需要是包括学生在内所有人的心理需要,也是学生在师生交往中的一种必然需要。

(二)互动合作

合作是指师生之间彼此配合、互相协作。在合作师生关系中,教师和学生以完全平等的地位,真诚信赖的态度协同开展教学活动,学生在没有任何强制的条件下,充分发挥主动性和独立性,使学习在高效状态下进行。师生互动作为一种特殊的人际交往,旨在让学生积极主动地思维起来,不仅要让他们"在思维",更要让他们"会思维"。教学具有双边性,即教师的教和学生的学相互依存、相辅相成,两者统一决定了师生关系的相互促动,即积极互动性是其实质所在。

互动合作作为当代理想的师生关系的又一个特征,原因如下:第一,建立互动合作的师生关系是当今世界教育改革的潮流。20 世纪 80 年代以来,苏联一些教育家倡导的合作教育学从人道主义出发,以师生之间的互相尊重、互动合

---

① 刘明.我国中小学师生关系中的非民主性问题探讨.教育评论,1989(5):15-18.

作为基础。教学的地位决定了这种积极互动合作应该成为新型师生关系的实质。相应地,新的课程体系中把教学过程看成是师生交往、积极互动、共同发展的过程。其次,互动合作的师生关系体现了教师主导、学生主体的理论思想,使教学关系既不陷入"教师中心论",也不陷入"儿童中心论",使教师的主导作用与学生的主体作用最佳地统一起来。它可以变师生单向、双向课堂交往为多向的全道式的课堂交往,提高学生课堂参与率。师生双方相互交流、相互沟通、相互启发、相互补充,在这个过程中教师与学生分享彼此的思考、经验和知识,交流彼此的情感、体验与观念,丰富教学内容,求得新的发现,从而达到共识、共享、共进。这是积极互动,是真正的"教学相长"的局面。第三,互动合作的师生关系,可以更好地调动学生学习的积极性、主动性,从而更好地培养学生的自主精神和创造才能。互动合作的师生关系,使得教学的中心由教师中心转向师生双方平等的互为主体,由书本中心转向开发多种教学资源,由课堂中心转向生活的所有领域。教师的身份从知识的传授者转向学生发展的促进者。

(三)理解信任

理解是指师生之间彼此能对对方的言行心领神会、相互认同。这里的理解更多地指教师对学生的理解。理解不一定就是完全赞同,更不是放任和怂恿,它包含一种宽容在内。信任即相信,指师生之间要彼此相信对方,教师要相信成长的力量,相信学生的创造性,相信学生具有极大的发展潜力,同时学生也相信教师是自己人生最亲密和可靠的朋友。

理解信任之所以要成为当代理想师生关系的特征,原因如下:首先,教师理解信任学生,符合教育规律。学生心理虽然不成熟,但是他们也有着丰富的心理,有好奇心、求知欲,有自己的个性。教师要想教育成功,首先必须了解自己的工作对象,也就是必须要了解学生,进而理解学生、信任学生。其次,教师对学生的理解信任是一种巨大的教育力量,能够培养学生的创造性。罗森塔尔效应表明,教师积极的期待会促进学生的发展,消极的期待会阻碍学生的成长。教师对学生的期待源于教师对学生的理解与信任。教师理解学生,学生不会担心因为说错话而遭到斥责,不会时时处于胆颤心惊、被动、压抑的状态,他们能自由自在地表现自己,对学习中的每项活动都兴致勃勃、跃跃欲试。这有利于培养学生的主动性、积极性、创造性。教师热爱学生、理解学生、信任学生的感情能在学生身上发挥很大的心理效应,能有效的调动学生的学习积极性,激发学生的创造性。第三,学生爱教师、信任教师的情感也会促使学生更好地接受来自教师的教育,激发学生自身学习的积极性、主动性、创造性。学生喜欢一位教师,连带着也喜欢这位教师所教的课,当这位教师走进课堂,学生的学习兴趣便油然而生。学生害怕、讨厌一位教师,连带着也害怕、讨厌这位教师所教的课程。

(四)和谐融洽

师生间的和谐是一种在双方对教育目的、教学任务有统一的认识,又都以积极的心态对待教学内容,力求克服困难高质量完成相应任务,有效实现其教学目的的基础上相互作用的关系。师生间的融洽是师生间心与爱的互融。师生的心理互融与爱贯穿于教育全过程,渗透于一切师生关系之中。师生心理互融是指教师和学生集体之间、和学生个人之间,在心理上彼此协调一致,并相互接纳。以爱为基础的师生关系就是在整个大学校园中融入一种关爱、信任、尊重、理解、宽容与互助精神,并使这种精神渗入到师生的心灵,支配每个人的行为。

和谐融洽作为当代理想师生关系的特征,原因如下:第一,师生关系和谐融洽是实现教育目标的保证。师生和谐是建立在双方政治上、人格上的平等和相互尊重的基础上的。也只有如此,师生关系才能融洽,否则就是空谈。在学校,教师是教者,学生是学者;学生是学习的主人,教师是为学生服务的。师生关系和谐融洽,即使有不利因素存在,师生也能团结协作、齐心协力地克服困难,有效地完成各项工作任务和目标。第二,师生关系和谐融洽才能实现心理互融,体现爱的真谛。师生心理互融是他们彼此相互了解,观点、信念、价值观一致的结果。教师的行动能够引起学生积极的反响,学生的心理变化也被教师时时关注,并为教师进行有针对性的教育教学提供依据。爱是师生关系和谐融洽的根基。第三,师生关系和谐融洽才能实现教学相长、共同成长。教师边教边学才能教好,学生在教师引导下主动学习才能学好。师生关系只有和谐融洽,才能很好的实现相互促进、教学彼此相长的效果。教育活动是一种生命活动,因此师生关系是一种生命与生命的关系,是教师生命主体与学生生命主体共同建构的关系。这当然就需要师生之间的和谐、融洽。在教育中,教师与教师,学生与学生是在生命的相会中实现相互对接、相互交融和相互摄养的。

三、理想师生关系的建构

当前的学生不是一个个待灌的瓶子,也不是一个个死气沉沉的书呆子,而是燃烧的火。他们的求知欲望更加强烈,情感更加丰富,个性更加张扬,这就必须建立一种以民主平等和促进个性全面发展为基础的师生关系,它是一种和谐、真诚和温馨的,是真善美的统一体,也是适应教育改革的现实要求。

理想的良好师生关系的建立受多方面因素的影响,就教育内部而言,主要靠师生的共同努力,而其中教师起着主导作用。要建立民主平等、互动合作、理解信任、和谐融洽、充满生机的良好师生关系,对教师来说,可作如下的探索:

(一)主动沟通,加强与学生的交往和合作

沟通是人与人之间消除生疏与误会,增加接触与亲近,赢得理解与合作的

催化剂。沟通的方式是交往、对话。教师要以真诚和期待走近学生,把话语权交给学生,鼓励学生畅谈人生,教师要善于与学生作教育性交往,用智慧去培植智慧,用心灵去感动心灵,用生命去点燃生命。在这种心灵的沟通中,师生间将进一步相互了解和认识,师生关系将进一步和谐融洽。

随着社会的发展,教师的角色正在发生深刻的变化,学生是学习的主人,教师是学习的组织者、引导者和合作者。教学过程是师生交往、共同发展的互动过程。在此过程中,教师不是统治者或权威者,而是学生学习的指导者、交流者和合作者,应与学生共同探讨问题,分享自己的感情和想法,启发学生,与学生一道寻求真理。通过交往与合作,建立民主和谐的师生关系,建立起新的"学习共同体"。

(二)热爱尊重,并理解和接纳学生

热爱学生包括热爱全体学生,一切为了学生,对学生充满爱心。把学生的每一个缺点都看成是成长的起点,常表扬、鼓励和赞赏学生,帮助学生解决学习、生活上的困难,树立学习、生活的信心。尊重学生,特别是尊重学生的人格,尊重学生的观点和意见,保护学生的自尊心,维护学生的人格尊严和合法权益。

教师要理解学生,首先需要接纳他们的感受。接纳学生不是把学生作为学生来接纳,而是把学生作为一个鲜活的生命来接纳。这种接纳表明了一种真诚的平等和尊重,是生命与生命之间的平等,是一个生命对另一个生命的尊重。学生需要受到教师的关注,并且希望教师能站到他们的立场上,认为自己是有能力的、受重视的,使他们有一种安全感。这样,他们会以一种积极乐观的态度面对学习和生活,面对各种各样的挫折和困难。

(三)加强修养,善用教师的人格魅力

除了在专业上的权威,教师更应具备足以使学生钦佩的风范与人格,因为权威易使人迷信,而人格魅力使人愿意相信,同时人格魅力的感召也最具影响力。"亲其师而信其道",对于学生而言,学术上的权威对他们来说是遥远的,对教师人格的钦佩则是他们学习的一项主要动力。因此,教师要努力完善自己的个性,使自己拥有热情、真诚、宽容、负责、幽默等优秀品质,要自觉提高自身修养,扩展知识视野,树立敬业精神,提升教育艺术,努力成为富有个性魅力的人。

(四)改进教学,充分展现教学过程之美

教学是一门艺术,优化的教学过程蕴含着无穷的魅力。教师通过精心的设计和准备,通过联系学生的实际,创设师生共同体验、共同探索、共同讨论的教学情景,激发学生学习的兴趣和热情,使教学过程充满情趣和活力。让教学过程之美吸引学生,滋润、陶冶学生。在这种教学中,师生充分交往合作,或质疑辩论,或分析思考,师生一同为学问而探究,为成功而喜悦,师生情感交融、心灵同往。这种教学方式将学生作为学习的主体,充分发挥学生学习自主性、能动

性,倡导学生积极参与、亲身体验,它是构建良好师生关系的重要策略。

构建理想的师生关系不仅是提高教学质量的重要保证,也是我国实现每一次课程改革目标的必然要求。为此,作为实施每一次课程改革主体的教师,应该从自身做起,以转变观念为突破口,主动与学生交流沟通,走进学生心灵,从而在教学实践中不断完善和调整教师与学生的关系。

复习与思考

1. 中西方教师职业是如何形成与发展的?

2. 谈谈你对教师劳动特点的认识。

3. 教师职业的专业化是什么?

4. 如何正确理解教师专业发展的内涵?

5. 教师的专业素养发展应如何应对社会的发展变化?

6. 如何正确理解认识不同的学生观?

7. 师生关系的内涵会随着外部环境发生怎样的变化?

8. 你认为如何从内外环境上建构理想的师生关系?

推荐阅读书目

[1] 肖川. 教师:与新课程共同成长. 上海:上海教育出版社,2004.

[2] 叶澜,白益民,陶志琼. 教师角色与教师发展新探. 北京:教育科学出版社,2001.

[3] 瞿宝奎. 教育学文集:教师. 北京:人民教育出版社,1991.

[4] 涂艳国. 走向自由——教育与人的发展问题研究. 武汉:华中师范大学出版社,1999.

[5] 教育部师范教育司. 教师专业化的理论与实践. 北京:人民教育出版社,2001.

[6] 于东. 学校教育. 北京:教育科学出版社,2000.

[7] [法]卢梭. 爱弥儿——论教育. 李平沤译. 北京:商务印书馆,1978.

[8] 袁振国. 教育新理念. 北京:教育科学出版社,2002.

第五章 课 程

课程是学校教育内容的集中体现,国家的教育方针要通过课程来贯彻,学校的培养目标要通过课程来实现,学校对学生的教育要通过课程来进行。课程改革意义重大,因为课程问题是学校教育的中心问题。基础教育课程改革是整个基础教育改革的核心,它是基础教育改革的心脏。

第一节 课程概述

在教育领域中,课程是含义最复杂、歧义最多的概念之一。要研究课程理论,理解课程实践,必须对课程这一概念的含义有一个基本认识。

一、课程的含义

在中国,"课程"一词最早出现于唐朝。唐朝孔颖达在《五经正义》里为《诗经·小雅·巧言》中"奕奕寝庙,君子作之"一句注疏:"维护课程,必君子监之,乃依法制。"据考,这是"课程"一词在汉语文献中的最早显露。孔颖达用"课程"一词指"寝庙"及其喻义"伟业"。既指"伟业",其含义必然十分宽泛,远远超出学校教育的范围。宋朝朱熹在《朱子全书·论学》中频频提及"课程",如:"宽着期限,紧着课程""小立课程,大作功夫"等。朱熹的"课程"主要指"功课及其进程",这与今天日常语言中"课程"的意义已极为相近。

在西方英语世界里,"课程"(curriculum)一词最早出现在英国教育家斯宾塞(H. Spencer)《什么知识最有价值?》(1859)一文中,它是从拉丁语"currere"一词派生出来的,意为"跑道"(race-course)。根据这个词源,最常见的课程定义是"学习的进程"(course of study),简称学程。这一解释在各种英文词典中很普遍,《英国牛津字典》、《美国韦伯字典》、《国际教育字典》(International Dictionary of Education)都是这样解释的。但这种解释在当今的课程文献中受到越来越多的质疑,并对课程的拉丁文词源有了新的理解。"currere"一词的名词形式意为"跑道",由此课程就是为不同学生设计的不同轨道,从而引出了一种传统的课程体系；而"currere"的动词形式是指"奔跑"，这样理解课程的着眼点就会放在个体认识的独特性和经验的自我建构上，就会得出一种完全不同的课程理论和实践。

不同的学者，对"课程"概念的界定是各不相同的，"课程"的不同定义反映着各家各派不同的教育观和教学观，而且，人们的各种看法和观点又随着时代的发展而不断发展变化，这也会在他们各自的课程定义上打下某种印记。所以，要提出一个各家各派都感到满意的、能够得到各方面普遍承认和接受并且永远不变的课程定义是不可能的。

由于研究者的教育观念和研究视角不同，对课程概念的理解和定义也多有不同。现有的课程定义，大致可以分为五大种：第一种定义认为课程是教学科目和教学内容。课程既可以指单独一门学科，如物理课程、地理课程，也可以指所有学科，如初中课程。课程还指教材，包括教学大纲、教学内容、教材本身和教学辅助材料等。第二种定义认为课程是教学计划，是教学活动的蓝图，包括教学的范围、程序、教学方法和教学设计等内容。计划不只是具体的和书面的，还包括存在于教育者头脑中的计划和设想。第三种定义认为课程是预期的学习目标。课程应该直接关注预期的学习目标，事先制定好一套学习目标，所有教学活动都围绕这些目标进行。第四种定义认为课程是学习经验，即学生在学校所体验、所获得的一切。这种定义包含的范围较广，既涉及正规课程，也涉及隐性课程；既有学生在课堂上获得的经验，也指在课外活动中获得的经验。第五种是除上述四种以外的其他课程定义。例如，有学者认为课程是社会文化的再生产，还有的学者认为课程是社会改造等。

出现对课程概念的多种理解的现象是正常的，也是必然的。由于人们所处的特定的历史时期和社会条件不同，以及每个人所从事课程理论与实践研究的经验和层次的不同，所以在考虑课程的概念时，有的着眼于课程的结果上，有的着眼于课程活动的过程或程序上，有的在课程计划的层次上研究问题，有的则在课程实施的水平上进行探讨，因而，给课程下一个统一的定义是很困难的。

二、制约课程的因素

学校课程的发展和变化以及不同课程类型的形成，不是课程本身的孤立的现象，是与其制约因素密切联系的。

美国学者 A·C·奥恩斯坦把影响课程的因素分为外部因素和内部因素。外部因素包括政治因素、经济因素、社会因素、特殊利益集团、改革机构的影响；内部因素包括政府通过的有关法律，有关委员会中有威望的成员的意见，教育行政部门以及评审协会、专业集团、教育顾问等等的意见，非内行的公众和传统的反应等。

我国课程论学者陈侠提出,制约学校课程的因素有八个方面:①社会生产的需要;②科学技术的进步;③教育宗旨的规定;④培养目标的要求;⑤哲学思想的影响;⑥社会文化的传统;⑦儿童身心的发展;⑧学校类型和制度。

在对一类学校或某一门课程进行设计或改革时,除了要考虑到课程发展的趋势外,还要全面地考虑到培养目标、课程的历史传统、教育对象的年龄特征、学习的时限、国际上的经验、学校所在地区的特点等方面的要求。同时,在所设计的考察付诸实施之后,经过一个时期的实践(或实验),再进行修订或改进,"减少一些课程,改变一些课程,增加一些课程",也是必要的。学校课程不是一劳永逸的,不断进行修订和改革是正常的。

还应该指出,学校课程虽然是由多方面因素决定的,但是最直接的因素是教育目的和学校培养目标。某类学校的培养目标是一个国家的教育目的的亚概念,是教育目的的具体化。课程是培养目标的具体化和实现培养目标的重要手段。因此,在对某一类学校课程进行设计时,首先要着眼于教育目的和培养目标,要保证学校培养目标得以实现。作为学校课程的组成部分的体育课程,也必须服从学校培养目标的需要。

这里有一点需要指出,制约课程设计或课程改革的因素,与制约课程发展的因素是既有联系,又有区别的。课程设计主要是着眼于社会现阶段对人才的需要和不同年龄阶段的学习者学习的可能性以及国家和民族的文化传统等。而课程发展具有历史的和逻辑的必然性。影响这种必然性的因素主要是:①社会发展,其中特别是社会生产力和科学文化的发展;②人类认识的发展,其中特别是知识体系的发展。学校课程主要是在这两个方面的因素矛盾运动中发展起来的。恩格斯指出:"历史从哪里开始,思想进程也应当从哪里开始。而思想进程的进一步发展不过是历史过程在抽象的、理论上前后一贯的形式上的反映;这种反映是经过修正的,是按照现实的历史过程本身的规律修正的。这时,每一个要素可以在它完全成熟具有典型形式的发展点上加以考察。"学科课程及其变式,就是这样形成和发展的,因而它具有客观性。这就可以理解,为什么近代课程与古代课程不同,现代课程与近代课程不同。为什么世界各国尽管发展水平不一样,文化背景、社会制度不同,学校课程发展的总方向和总趋势却大体一样。因此,在进行课程改革或课程设计时,必须把握这个总方向和总趋势,不能脱离这个总趋势而另搞一套。

三、课程的类型

为正确认识课程的性质和意义,有必要了解课程的类型。根据课程分类的不同维度,可将学校课程分为多种不同类型。

(一)学科课程与活动课程

按照学科固有的属性来划分,可将学校课程分为学科课程和活动课程。

所谓学科课程是以文化知识为基础,按照一定的价值标准,从不同的知识领域或学术领域选择一定的内容,根据知识的逻辑体系,将所选出的知识组织为学科。现已有三种典型的学科课程:科目本位课程、学术中心课程、综合学科课程。学科课程的主导价值在于传承人类文明,使学生掌握、传递和发展千百年来人类积累起来的知识文化遗产,有助于学习者获得系统的文化知识和有助于组织教学评价。由于学科课程主要是以知识的逻辑体系为核心组织起来的,容易忽视学生的需要、经验和生活。这种课程易导致单调的教学组织和划一的讲解式教学方法,落入注入式陷阱。

"活动课程"亦称"经验课程"、"生活课程"或"儿童中心课程",它是从学生的兴趣和需要出发,以儿童的主体性活动的经验为中心组织的课程。经验课程强调学生的直接经验的价值,课程目标的基本来源就是学生的经验及其生长需要,充分满足学生的需要、动机、兴趣,所以在经验课程中,学生成为真正的主体,扭转了长期把课程看作控制学生工具的局面。经验课程主张把人类文化遗产按儿童的经验为核心进行整合,这种理念真正体现了文化遗产、学科知识的教育价值。其将当代社会现实以儿童的经验为核心来进行整合的主张,充分地考虑了儿童的人格发展与当前社会生活的联系,即既考虑到儿童是生活在当前社会中的现实,又考虑到不能拘泥于当前社会现实、被动适应社会现实,而要着眼于儿童的未来。但是,经验课程在实施的过程中往往容易受到限制。如容易导致忽视系统学科知识的学习,忽视学科知识的教育价值,走向"儿童中心主义";实施过程中,容易把经验课程误解为让儿童随意地从事一些肤浅的、缺少智力价值的操作活动,而忽视儿童深层的心理品质的发展,从而易导致"活动主义",忽视儿童思维能力和其他智力品质的发展;由于经验课程的组织要求教师具有相当高的教育艺术,因此使习惯了班级授课制和讲解教学法的老师很难适应。

(二)分科课程与综合课程

按照课程内容的组织方式可将学校课程划分为分科课程和综合课程。

分科课程是一种单学科的课程组织模式,它强调不同学科门类之间的相对独立性,强调一门学科的逻辑体系的完整性,其课程的主导价值在于使学生获得逻辑严密和条理清晰的文化知识;综合课程是一种多学科的课程组织模式,它强调学科之间的关联性、统一性和内在联系,其课程的主导价值在于通过相关学科的整合,促进学生认识的整体性发展并把握和解决问题的全面的视野与方法。

长期以来,分科课程一直在课程领域占绝对主导地位。但文化或学科知识的发展不是相互隔离、彼此封闭的,而是相互作用、彼此关联的,学生的发展与当代社会生活联系密切,过于强调分科课程易导致学生的学习与当代社会生活脱离,再由于学生的心理发展具有整体性也必然要求学校课程具有综合性,所以,综合课程在当今课程理论研究和课程改革实践中越来越引起人们的注意。

当然,综合课程和分科课程的区分是相对的。分科课程总包含着知识之间的某种程度的综合,综合课程也总是表现出某种分科的形式。两者的区别是明显的,但总存在一定的内在联系。目前的课程时间中各学科间的相互封闭、孤立的现状并不是分科课程本来应有的,而是很多不合理的人为因素造成的,而综合课程也并不完全不顾学科逻辑,不顾科学体系,而是从某种观点、某种方式对学科逻辑的超越。

从课程的发展来看,学科呈现分化和综合并驾齐驱发展的趋势。随着研究的不断深入,学科的分化趋势表现突出,例如海洋学繁衍出 130 多门分支学科,经济学在近 30 年来派生出 100 多门分支学科。同时学科的综合趋势也有目共睹,出现了量子与生物学相结合的量子生物学学科,物理与化学相结合形成物理化学,系统论、控制论、科学学则是自然科学与社会科学相结合的产物。总之,分科课程与综合课程都有其存在的价值,两者不能随意地彼此取代。

(三)必修课程与选修课程

从课程计划中对课程实施的要求来划分,可将学校课程分为必修课程和选修课程。

必修课程是指国家、地方或学校规定,学生必须学习的公共课程,是为了保证所有学生的基础学习而开发的课程。其主导价值在于培养和发展学生的共性,体现对学生基本的要求。选修课程是指依据不同学生的特点与发展方向,容许个人选择的课程,是为了适应学生的个性差异而开发的课程。其主导价值在于满足学生的兴趣、爱好,培养和发展学生的良好个性。如我国高中数学课程标准把数学课程设置为必修课程和选修课程。其中必修课程包括 5 个模块,是所有高中学生都要学习的内容,它是满足未来公民的基本数学需求或是为学生进一步的学习提供必要的数学准备;选修课程包括 4 个系列,希望进一步学习数学的学生,可以根据自己的潜能、兴趣爱好和志向选择选修系列进行学习。这体现了基础性、选择性、多样性的基本理念,使不同的学生在数学上得到不同的发展。

(四)国家课程、地方课程与校本课程

从课程设计、开发和管理主体来区分,可将课程划分为国家课程、地方课程与校本课程。

一个国家的基础教育宏观课程结构大致由三个部分构成:国家课程、地方课程和学校课程。其中,国家课程是根据所有公民基本素质发展的一般要求设

计的,它反映了国家教育的基本标准,体现了国家对各个地方、社区的中小学教育的共同要求。所有学校都应认真贯彻实施国家课程,以保证国家教育目标的实现。国家课程的主导价值在于通过课程体现国家的教育意志,确保所有国民的共同基本素质。它对政治方向的把握、教育方针的贯彻、培养目标的落实,起着决定性作用。

地方课程是地方教育主管部门以国家课程标准为基础,在一定的教育思想和课程观念的指导下,根据地方经济、特点和文化发展等实际情况而设计的课程,它是不同地方对国家课程的补充,反映了地方社会发展状况对学生素质发展的基本要求。同时,地方课程对该地方的中小学课程实施具有重要的导向作用,它的主导价值在于通过课程满足地方社会发展的现实需要。

校本课程实质上是一个以学校为基地进行课程开发的民主决策的过程,即校长、教师、课程专家、学生以及家长和社区人士共同参与学校课程计划的制定、实施和评价活动。这些活动有根据上级教育行政部门有关规定,确定本校必修科目的实际课程标准;确定选修教材的编写、选用;开发活动课程;制定重大课程改革方案,报上级教育行政部门审批;课程实施的管理等。校本课程的主导价值在于通过课程展示学校的办学宗旨和特色。

上述各类课程所具有的特定价值以及每组课程类型所具有的价值互补性,意味着它们在学校课程结构中都拥有着不可或缺的地位,因此学校的课程结构应当是由各种课程类型共同构成的一个有机的统一体。

第二节　课程编制

理清了课程的基本概念,将进入课程的操作性阶段,即课程编制。课程编制意指"把某种潜在的或假设的东西转变为活动或现实",简单地说,是将旨在传递给学生的知识形成现实的载体的过程。"课程编制"这一概念最初来自英文,博比特用"curriculum making"、查特斯用"curriculum construction",此外还有人用"curriculum building"来表示课程编制,此类表达法将课程类比为建筑,含有一种机械的意味。1935 年,卡斯韦尔和坎贝尔在其《课程编制》中使用"curriculum development"来表示课程编制,由于"development"含有开发、发展、形成等意,它意味着课程编制是一个不断改进完善的过程,因此很快得到了学界的一致认可和广泛使用。

一般认为,课程编制主要包括确定课程目标、选择和组织课程内容、实施课程和评价课程等阶段。

一、确定课程目标

课程目标问题,有着与课程一样悠久的历史,但是作为专门的范畴,则只是20世纪的事。至今,人们对课程目标的含义和实质的认识,仍然处于变化发展的过程之中。

(一)课程目标的概念

我国教育界历来比较重视目的和目标问题,但是长期以来均是在教育层面而不是课程的层面进行探讨、认识和处理问题的。进入20世纪80年代,我国随着课程改革的深入发展,先后开始在课程层面上来研究和解决目的和目标问题。

课程目标是指导整个课程编制过程的最为关键的准则。确定课程目标,首先要明确课程与教育目的、培养目标的衔接关系,以便确保这些要求在课程中得到体现。其次要在对学生的特点、社会的需求、学科的发展等各个方面进行深入研究的基础上,才有可能确定行之有效的课程目标。课程目标有助于澄清课程编制的意图,使各门课程不仅注意到学科的逻辑体系,而且还关注教师的教与学生的学,关注到课程内容与社会需求的关系。

目前,对课程目标概念的理解,尽管理论界也存有异议,但其基本观点还是比较一致的,即普遍认为,课程目标是在课程设计与开发过程中,课程本身要实现的具体要求,它期望一定阶段的学生在发展品德、智力、体质、素养等方面所达到的程度。

(二)课程目标的依据

关于课程目标的依据或来源问题,在整个20世纪里有过许多争论。但就一般而言,大家比较认同的课程目标的依据主要有三个方面:对学生的研究、对社会的研究、对学科的研究。例如,杜威在1902年出版的《儿童与课程》一书中,论述了教育过程的三个基本要素:学生、社会、教材。研究这些要素相互之间的关系,是教育理论的主要任务。拉格(H. Rugg)在1927年美国教育研究会(NSSE)《年鉴》中,在总结课程发展史上的经验和教训的基础上提出,学生、教材、社会是课程编制中三个相互依赖的因素。波特(B. H. Bode)在1931年《处在十字路口的教育》一文中,论及了课程目标的三个来源:教材专家的观点、实践工作者的观点、学生的兴趣。塔巴(H. Taba)在1945年《课程设计的一般技术》一文中,也论述了课程目标的三个来源:对社会的研究、对学生的研究、对教材内容的研究。所有这些思想,都被归纳在泰勒的《课程与教学的基本原理》一书中,泰勒所提出的课程目标的三个来源(对学生的研究、对当代社会生活的研究、学科专家的建议),现已成为课程工作者的共识。

下面,我们就这三个方面作一些分析。

1. 对学生的研究

课程的一个基本职能就是要促进学生身心发展。课程编制者时刻关注有关学生的各种研究,尤其是有关学生的兴趣与需要、认知发展与情感形成、社会化过程与个性养成方面的研究,以及关于学习发生条件等方面的研究。

当然,这些都是就一般情况而言的。除此之外,课程编制者还需要了解作为课程对象的特定学生的特定情况。我们需要把学生目前的状况与理想的常模加以比较,确认其中存在的差距,就可以发现教育上的需要,从而揭示出课程目标。课程就是要开辟各种渠道,以一种对个人和社会都有意义的方式,帮助学生满足这些需求。

2. 对社会的研究

学生个体的发展总是与社会发展交织在一起的。人类社会在任何时候都会有一个共同的需要:把社会文化遗产传递给年轻一代。事实上,学校教育的文化功能(传递、保存、更新文化)、政治功能(灌输一定社会的意识形态,维护和发展社会政治关系)、经济功能(培养经济发展所需要的人才,形成适应现代经济生活的观念、态度和行为方式)等,都是通过课程为中介而达成的。

对社会的研究涉及的内容极为广泛,在课程领域里通常采用的方法是把社会生活划分为若干有意义的方面,再分别对各个方面进行研究。泰勒介绍的一种可行的分类是:①健康;②家庭;③娱乐;④职业;⑤宗教;⑥消费;⑦公民。他认为,这种分类有利于把整个社会生活分析成一些便于控制的方面,保证不遗漏任何重要的东西。虽说他的具体分类未必适合我国国情,但这种分类方法还是可以借鉴的,因为笼统地说学校课程应适应社会需求,对课程编制工作没有什么实际指导意义。

最后,课程目标的确立,不能完全依赖于对现存社会的研究。从对现存社会的研究中抽取课程目标,是以承认社会上流行的价值准则和运作方式为前提的。而事实上,社会的价值取向本身也是在不断变化的。我们今天对课程目标所作出的抉择,其结果将在20年后同我们见面。虽然我们无法断定20年后的社会将会变成什么样子,但社会的发展不是建立在真空中的,它有个继承与发展的问题,我们是可以在此基础上作出一些抉择,进而影响社会发展的。

3. 学科专家

学校课程毕竟是要传递通过其他社会经验难以获得的知识,而学科是知识的最主要的支柱。由于不同学科的专家谙熟该领域的基本概念、逻辑结构、探究方式、发展趋势,以及该学科的一般功能及其与相关学科的联系,所以学科专家的建议是课程目标最主要的依据之一。事实上,大多数课程的教科书通常就是由学科专家编写的。

与确定课程目标联系最密切的是学科功能方面的信息。学科功能包括两个方面:一是这门学科本身的特殊功能,二是这门学科所能起到的一般的教育功能。泰勒在总结了美国课程改革的经验教训后指出,由学科专家提出的课程目标往往容易过于专业化,因为学科专家常常会把学生看作是将来要在这个领域从事高深研究的人,而不是把这门学科视作基础教育的一个组成部分。所以,在利用学科专家的建议来确定课程目标时,要向学科专家提出这样的问题:"这门学科对那些以后不会成为这个领域专家的年轻人有什么功用?"或者说,"这门学科对一般公民有什么功用?"这可以避免学科专家提出过于专业化的课程目标,突出该学科一般教育的功能。

课程编制者在确定课程目标时需要注意克服两种倾向:一是仅凭个人经历过的点滴经历而认定课程目标应该是什么;二是对理想状况与现实情况之间的差距没有作出科学分析,便认定课程目标应该是什么。尽管课程工作者确实难以给出课程重点的明确证据,因为重点内容与一般内容之间的价值都是相对的,但我们可以通过全面分析对学生、社会和学科的研究结果作出明智的选择。

二、选择和组织课程内容

课程内容的选择和组织是课程编制过程中的一个重要环节。它是课程目标确定之后的后续步骤,也是进行课程实施和课程评价的基础和前提。而在课程内容的选择和组织中,两者是互相影响、互相依存的,共同确定了课程内容。如粗陋筛选的课程内容,无论如何组织也是良莠混杂。同样,经过精挑细选的课程内容如没经过合理的组织,也起不到应有的作用。而课程内容组织的合理与否,对师生的教学尤其至关重要。

同对课程的概念的理解存在分歧一样,对课程内容的解释也存在争议,代表性的观点主要有三种:①课程内容即教材;②课程内容即学习活动;③课程内容即学习经验。这三种课程内容的解释都有其合理性和明显的缺陷。我们这里采用的"课程内容"一词,兼顾到学科体系、学习活动和学习经验这几方面的因素,即课程内容是指各门学科中特定的事实、观点、原理和问题,以及处理它们的方式。

课程内容是按照课程目标的要求予以选择和组织起来的。此外,课程标准是确定一定阶段课程水平、课程结构的纲领性文件,理应成为课程内容选择的一个依据。课程标准一般包括课程标准总纲和各科课程标准。在澳大利亚,课程标准描述的是学生学习所包括的主要领域及大多数学生在每一学习领域达到的学习结果。它为各个学校课程规划、实施与评价提供了一种参照。在加拿大,课程标准是为评估学生学习而设计的一般标准。1992年,在美国举行的亚太经济合作组织成员国(地区)教育部长会议中提出,课程标准是对我们希望学生在校期间应掌握的特定的知识、技能和态度的非常清晰明确的阐述。

从对课程标准的各种界定来看,课程标准包含多层含义,既能作为选择课程内容的一个依据,也能作为教学、评价等活动的依据。就作为选择课程内容的一个依据而言,课程标准作为课程文件,要对一定学校或学段的课程设置、实施和管理产生实际影响,它们必须在整体上对课程作出基本的、结构性的规定和说明,因此,课程内容的选择不能脱离课程标准规定的基本方向。

(一)课程内容的选择

目前,课程内容的概念在三个层面上使用,一是在课程标准的层面上,作为课程目标具体化的课程内容;二是在教材的层面上,作为课程标准具体化的课程内容;三是课堂教学层面上,作为实际教学过程中实施的课程内容。我们认为三者的主体内容应该是相同的,三者之间的差异正体现了不同的主体(课程标准研制者、教材编者、教师)选择课程内容的差异。针对课程内容选择这一议题,我们可以暂时忽视三者的差异。

在选择和组织课程内容时,除了要考虑到与课程目标的一致性之外,还要考虑到内容的科学性和有效性、对学生和社会的实际意义、能否为学生所接受,以及是否与学校教育的基本任务相一致等问题。

此外,现代课程内容选择时要注意以下几项基本原则:

1. 基础性与时代性相统一的原则

课程内容中重视选择基础知识是我国的一贯做法。过去我们把基础知识看作学科主干知识以及形成的学科基本结构,有的学者表述为"保证知识得以展开的主要构架"[1],强调基础知识的完整性、系统性、科学性。为适应终身学习的要求选择的基础知识,应该具有基本性、全面性和迁移性的特点。所谓基本性,就是要为形成本学科所要具备的基本素质打基础,同时要求这些知识具有强烈的生成性特征;所谓全面性,就是不仅能包含学科的主干内容,而且能为全面达成课程目标服务;所谓迁移性,就是要求我们所选择的基础性知识易于在新的情境中解决问题,在解决问题的过程中提高学生的应用能力。综上所述,课程内容中的基础知识,应选择适应性广、包容性大、概括性强、派生能力强的知识[2]。

课程内容现代化主要是指将现代的科学、技术、文化成果在课程中及时得到反映。课程内容现代化最根本的要求是由于时代的发展,不同的时代,社会对课程就会有不同的要求,时代发展了,必然提出了对课程内容现代化的要求。例如,信息时代,社会对人的信息收集、处理能力的要求提高,课程内容的选择就会有相应的变化。但是,现代科学、技术、文化的成果非常丰富,这就使课程

---

① 郭思乐. 数学教材的思想性原则. 学科教育,1991(2):9-13.
② 刘电芝. 教材的宏观评价与微观评价. 课程·教材·教法,1996(4):22-24.

内容现代化出现了困难,如现代性内容的增加与有限的学习时间的矛盾、经典内容的压缩与学科课程完整性的矛盾、传统的课程内容的取舍和组织与现代的教育思想观念的矛盾。要解决这些矛盾,只有走基础性和时代性相结合的道路。

在课程内容选择中,遵循基础性和时代性相统一的原则,具体包含以下几方面的内容:对基础知识的选择要精中求简,把对学科、对学生、对社会需求而言都必须的、真正的基础知识精选出来。从现代科学、技术、文化成果中选择具有代表性、典型性、与基础知识联系密切的内容作为课程内容。

2.学科化与生活化相统一的原则

学科课程是最古老、应用最广泛的课程类型,受学科课程的影响,课程内容的选择总是自觉不自觉地以学科结构的需要为依据,我们暂时称其为课程内容选择的学科化。然而过于关注学科结构的课程,易远离学生的生活;而过于生活化的课程,易淹没学科的基本结构,课程内容的选择,应坚持学科化与生活化相统一的原则。

依据学科结构选择的课程内容,有利于人类文化的传递与发展,有利于保持学科知识的系统性和结构性。因为某一学科的课程内容是从该门学科长期积淀的知识中选择的,为该门科学的代际间的传递和该门科学的发展打下了基础。某一学科之所以能成为一门学科是由于学科自身具有的逻辑体系,课程内容学科化的课程往往具有较强的逻辑体系和系统性,这对培养学生的逻辑思维能力和掌握学科的基本结构均具有好处。但是,课程内容学科化容易导致过分注重学科严格的逻辑体系而形成较为封闭的课程系统,这就使得各学科间隔膜较厚,学科间的联系缺乏,长期学习这样课程的学生,容易导致学术视域窄化,难以用整体的、联系的知识去解决问题;同样原因也使封闭的学科难以联系生活、联系社会,同时难以开放性地吸收最新科技、文化成果,从而在一定程度上抑制了课程内容的更新。可见,课程内容学科化有利有弊,避免学科课程弊病的一种方法,就是在课程中增加联系现代社会生活的内容,即课程内容生活化。

课程内容生活化要求选择现实生活中的知识进入课程。在课程中主要体现在两个方面:一方面是以学生的个人认识、直接经验和现实世界作为学科知识的出发点和源泉,通过归纳的思维方式,从现实生活特例和具体问题情景中发现学科知识;另一方面是把学生获得的抽象的学科知识在现实生活中具体化,通过演绎的思维方式,运用学科知识去分析生活现象,解决实际问题,使学科知识获得直观、感性的整体意义。第一方面的课程内容有利于激发学生的学习积极性,因为学生与自然、社会时刻联系着,从生活中积累了大量的感性知识的背景,自我产生的对生活现象的猜想与解释需要在学校课程学习中加以印证,产生的疑问需要在课程的学习中加以解答,课程中展现的生活知识也就容易激发学生学习的热情。第二方面的课程内容有利于学生应用所学的知识解决生活中的实际问题,既提高了知识的理解与接受程度,同时也展示了知识某一方面的价值,还可以提高学生的实践意识和分析解决问题的能力。当然,与社会生活相联系的知识学习,有利于拓展学生的视野,增强社会责任感。

3. 世界性与民族性相统一的原则

经济全球化和交通、通信技术的发展使"地球村"的概念深入人心,整个世界趋同的迹象随处可见。"与国际接轨"成为近年来使用频率最高的词汇之一。与此相适应,世界各国大部分课程内容的趋同化日益明显。世界性问题、全球达成一致的价值观念以及促进世界融合的内容越来越多地进入到课程中。但同时课程内容也必须保持民族特色,传承民族文化,失却了民族性的文化是悲哀的。

课程内容在特定的本土情境中有其特殊的地域性,不同国家的课程内容应该是各具特色的,有突出的本土性、民族性特征。要"把世界思潮吸收到自己的民族生活中去,才能更新它们自己而又保持它们的民族特点,一个文化只有由于它自己能够进行变革才能生存下去"①。课程内容来源的本土性一方面表现为民族性、国家性,另一方面也表现为国家课程一统天下的局面被打破。我国各地区发展极不均衡,各地区在经济、政治、文化、思想观念等领域发展都不一致。因此,一体化的国家课程设置过于笼统,对于地方来说缺乏适切性。课程的分权管理(国家、地方和学校),就要求开发研制相应的国家课程、地方课程和校本课程,既具有统一性,地方课程还可以充分开发、利用地方教育资源,体现地方特色,同时也会带动地方经济的发展;校本课程则更能体现学校、学生的独立性、个体性和差异性。

民族性的课程内容能"提供一种熟悉的界定问题、观察问题、分析问题、解决问题的视角"②。对于本国人民、本地区人民来说是有"亲切感"、"力量感"的。渗透着民族文化的课程内容是课程内容不断更新的内在动力,这些都是"全球化课程"所无法替代的。但这并不是说全球化与民族性就是二元对立的,提倡全球化就要把民族性踩在脚下,倡导民族性就把全球化束之高阁。全球化与民族性是可以互为依托和基础的,从全球化课程内容中培养民族性课程内容的种子,围绕民族性课程内容的种子积累全球性知识作为全球化课程的内容。

"全球化"是课程内容发展的趋势,是不可改变的;同时,课程内容也需要保持本土性、民族性、地域性,传承民族文化,保持地域特色。

---

① 联合国教科文组织编著.学会生存——教育世界的今天和明天.北京:教育科学出版社,1996:121.

② 石中英.知识转型与教育改革.北京:教育科学出版社,2001:333-334.

(二)课程内容的来源

课程内容的选取总是在某些范围内选择一定的对象,课程内容与选择对象两者之间构成需求与供给关系。这种构成课程内容的因素可以称为课程资源。

1. 课程资源

可以说,没有课程资源也就没有课程,课程资源为形成课程内容提供了可能。但课程资源与课程内容并不完全等同,课程资源的外延大于课程内容。根据不同的维度可以将课程资源分成不同的类型。按照课程资源的功能特点,可以把课程资源划分为素材性资源和条件性资源两大类。素材性资源能够成为课程的素材或来源。比如,知识、技能、经验、活动方式与方法、情感态度和价值观以及培养目标等方面的因素则属于素材性课程资源。条件性资源并不是形成课程本身的直接来源,但它在很大程度上决定着课程的实施范围和水平。比如,直接决定课程实施范围和水平的人力、物力和财力、时间、场地、媒介、设备、设施和环境,以及对于课程的认识状况等因素则属于条件性课程资源。按照课程资源空间分布的不同,大致可以把课程资源分为校内课程资源和校外课程资源。凡是学校范围之内的课程资源,就是校内课程资源,超出学校范围的课程资源就是校外课程资源。其中校内课程资源和校外课程资源都可由素材性资源和条件性资源构成。

课程资源总是以一定的载体形式出现,其主要是指素材性课程资源所依存的物化表现形式。按照课程资源对于人的关系来看,可以把课程资源的载体划分为生命载体和非生命载体两种形式。[①] 课程资源的生命载体主要是指掌握了课程素材、具有教育教学素养的教师、教育管理者和学科专家、课程专家等教育研究人员。另外,能够提供课程素材的学生、家长和其他社会人士也是课程资源的重要生命载体。其中,教师不仅是一种基本的条件性课程资源,而且是素材性课程资源的一种重要载体已得到广泛认同,甚至被认为是最重要的课程资源。课程资源的非生命载体泛指素材性课程资源所依存的非生命物化形式,主要表现为各种各样课程教学材料的实物形式,如课程计划、课程标准、课程指南、教学用书、参考资料、学习辅导材料和练习册等纸张印刷制品和电子音像制品。

课程资源的外延要大于课程内容,并不是所有的资源都可以成为课程内容。课程资源要成为课程内容,需要遵循相应的筛选机制,主要有三个:一是教育哲学,即课程资源要符合办学宗旨,有助于教育目标的实现,反映了社会的发展需要和进步方向;二是学习理论,即课程资源要符合学生的身心发展特点、学习规律,满足学生的学习兴趣和需求;三是教学理论,即课程资源要与教师教育

教学修养的现实水平相适应。课程资源要成为课程内容必须经过这三个"筛子"的筛选。

2.课程资源的开发

课程资源的开发是指将潜在的资源转化为实际的课程内容的过程。一般认为课程资源的开发主要有五个方面的基本途径：一是开展当代社会调查，不断地跟踪和预测社会需要的发展动向，以便确定或揭示有效参与社会生活和把握社会所给予的机遇而应具备的知识、技能和素质；第二，审查学生在日常活动中以及为实现自己目标的过程中能够从中获益的各种课程资源，包括知识与技能、生活经验与教学经验、教与学的方式和方法、情感态度和价值观等方面的各种课程素材，以及开发和利用相应的实施条件等；第三，研究一般青少年以及特定受教学生的情况，以了解他们已经具备或尚需具备哪些知识、技能和素质，以确定制定课程教学计划的基础；第四，鉴别和利用校外课程资源，包括自然与人文环境，各种机构、各种生产和服务行业的专门人才等资源，不但可以而且应该加以利用，使之成为学生学习和发展的财富；第五，建立课程资源管理数据库，拓宽校内外课程资源及其研究成果的分享渠道，提高使用效率。[①]

课程资源的开发要从学生的立场（包括学生的现有发展水平、兴趣等）出发，还要立足当地和本校的实情，尽力开发出具有地域特色和学校特色的课程资源，以更充分地发挥这些课程资源的作用。

(三)课程内容的组织

英国学者菲利浦·泰勒等人认为，课程内容的组织可以通过三种方式来进行，一种是把课程内容划分成互相分离的实体（比如划分成历史、地理、物理等）；另一种是把内容统合起来，组织一个更大的统一体（比如人文学科、艺术学科、自然学科等）。在这种方式中主要解决的通常是各种问题或概念，而不是具体的知识；同时，在统合的课程中，教师只是对学生进行指导，让学生自己作出判断；第三种方式是为了理解某个题目或主题而将相关内容组织在一起，并不是为了学习该学科本身。

拉尔夫·泰勒在1949年出版了《课程与教学的基本原理》一书，其中提出了课程内容组织的三原则：连续性(continuity)、顺序性(sequence)和整合性(integration)。其影响是深远的。目前的课程内容组织原则大多是在此基础上发展起来的。但在现实的课程实践中，常遇到极难调适的矛盾。

课程内容的组织主要应处理好以下几对关系：

1.纵向组织与横向组织

纵向组织，又称序列组织，是指按照某些准则以先后顺序排列课程内容。

---

① 吴刚平.课程资源的开发与利用.全球教育展望.2001(8)：24-30.

纵向组织原则是教育史上影响最大的课程内容组织原则,教育家们大多主张学习内容按从具体到抽象、从已知到未知、从简单到复杂的顺序呈现给学生。如加涅的层次结构理论按照复杂性程度把人类学习分为八类,强调复杂学习以简单学习为基础;而皮亚杰则认为课程内容要与学生思维发展阶段相匹配才能取得最佳效果。一般来讲,学科课程多是按纵向原则组织的。但根据赞可夫的"最近发展区"理论和高难度教学原则,以及达维多夫的"智力加速器"计划,学生的学习有时也可以从未知到已知、从抽象到具体、由深到浅的顺序进行,因为适当难度的课程内容,可激起学生的求知欲、学习兴趣和挑战感,但其难度要适宜。因此,对课程内容的组织在遵循由浅入深、由简单到复杂、由易到难、由具体到抽象总的顺序的情况下,在对局部的课程内容组织时,根据知识的特点和学生的心理特征,也可由抽象到具体、深入浅出。

受学科综合化趋势的影响,横向组织原则在 20 世纪 70 年代以后开始受到重视。这一原则要求打破学科之间的界限和传统的知识体系,找出各种课程内容之间的内在联系,求同存异,整合为一个有机的课程整体,以便于学生获得一个统一的观点,使自己的行为与所学课程内容统合在一起,并有机会探索个人和社会最关心的问题。它强调要以各门课程的独立性为前提对课程内容进行组织。不然,如忽视了各门课程的差异性对课程内容进行整合,必然是各门课程的大杂烩和各门课程的拼盘。因为它们不是靠内在联系进行聚合,所以易导致课程要素的划一性和同质性。但在现实中,这种求同存异的内在整合是非常有难度的,尤其对地方课程和校本课程的开发者来说,更是没能力实施这样的课程内容组织。无论是以学生经验为中心的整合,还是以学科知识为中心的整合或者是以社会生活为中心的整合,都要求课程内容组织者要精通或熟悉各门学科的内容,而目前的教师队伍尚不具备这些条件。但这一原则是与学科发展综合化的趋势相一致的。它克服了对学生经验、社会生活以及知识本身的整体性进行分割的缺陷,有利于把学生既有的和新的需要、兴趣、经验等整合在一起,形成完整的人格;有利于消除学科之间彼此孤立、壁垒森严的对立局面,以知识的广度求得知识的深度,产生最大限度的累积效应;有利于抹平对学生完整的生活分割为家庭生活、学校生活、社会生活的鸿沟。但由于目前的实际情况,不能把这个原则过分理想化。

在我国目前的课程实践中,纵向组织原则仍占主导地位,这是因为学校中以分科学习为主,横向组织原则的应用存在一些阻碍。比如说,横向组织原则强调学科的综合,而我国目前的师资还是分科培养,精通或熟悉各门学科内容的教师很少。另外,考试制度也是适应分科学习的。随着社会的发展,横向组织的综合课程已成为一种需要,我们必须创造各种条件促进综合课程的发展。

2.逻辑顺序与心理顺序

所谓逻辑顺序,是指按照学科本身的系统和内在的联系来组织课程内容;所谓心理顺序,则是指根据学生的心理认知发展规律来组织课程内容。课程内容按心理顺序还是按逻辑顺序组织是"传统教育"和"新教育"的最大区别。"传统教育"认为学科知识体系的传授是最重要的,强调按逻辑顺序组织课程内容,至于这种逻辑对学生有什么意义则很少考虑。"新教育"把儿童放在中心地位,重视儿童的身心发展特征、兴趣、需要和经验背景等,主张课程内容的组织要以学生的成长、发展为依据。随着时代的发展,人们逐渐认识到,逻辑顺序和心理顺序并不是对立的,而是统一、互补的,一方面,学科体系本身是有内在逻辑关系的,只有把握了这一逻辑关系,才能对某一领域有深入系统的了解,另一方面,课程内容是为学生安排的,不符合学生的心理发展特点,学生就难以接受,体系再科学的课程内容也是没有用的。所以,组织课程内容时一定要在这两者之间找到一个最佳结合点。

3.直线式与螺旋式

直线式就是把一门学科的内容组织成一条在逻辑上前后联系的线,前后内容基本上不重复,这与泰勒的连续性原则相对应。赞可夫主张采用直线式课程,他认为教师所讲的内容,只要学生懂了就可以往下讲,不要原地踏步,过多地重复同一内容会使学生厌倦,只有不断呈现新内容才能使学生保持学习兴趣。

螺旋式则要求课程内容在不同阶段上重复出现,但逐渐扩大范围并加深程度。如美国学者布鲁纳就明确主张采用螺旋式课程,他认为学生要学的是学科基本结构,一定要从整体上把握,开始时可以简单一些,以后要不断在更高层次上重复它们,直至学生全部掌握。

一般来讲,直线式可以避免不必要的重复,促进逻辑思维的发展;螺旋式则更容易照顾到学生的认知特点,先整体后细节,注重直觉思维的开发。两者各有利弊,选择时应依学科性质而定。如数学等逻辑性强的学科宜以直线式为主,语文、政治等学科则宜以螺旋式为主。

对课程内容组织的原则,既要注意到其稳定性的一面,应当遵循,还要看到其灵活多变的一面,不能固守僵死的原则,又要看到其开放的一面,要充分挖掘不断丰富其内容,更要开发其他的潜在原则,以求对课程内容进行多角度、多层面的组织。既符合知识的逻辑形式,更要有利于学生主体性、能动性、创造性的发挥和学生兴趣、个性、人格的养成和完善。

三、课程实施

20世纪60年代以前,课程实施作为课程编制的一个方面一直被认为是不需要进行研究的一个领域,因为在理性主义者看来,只要课程设计好,课程实施就是理所当然的事;而自上而下的改革推广模式更使人迷信于好的课程设计,因为在他们看来,"只要提供了(或下达命令)吸引人的或适应需要的变革方案,那么变革实施便是水到渠成的事情"①。20世纪30年代,以"泰勒原理"为代表的科学主义课程因未达到预期的目的而以失败告终。20世纪50年代末至60年代末,在美国开展的"学科结构运动",虽影响波及到全球,但也因未达到预期的目的而以失败告终。人们在反思这些课程改革运动失败的原因时发现,课程实施并不是通常所理解的那样简单、理所当然;课程实施可能有多种方式,有的可能严格按照课程计划执行,有的可能表面上采用,实际上是自行其是,有的甚至可能完全不予理会。于是,课程实施研究开始进入学者的研究视野。

(一)课程实施的含义

关于课程实施的含义,不同的学者有不同的观点,如有学者认为,"课程实施就是把某项课程改革付诸实践的过程,实施的焦点是实践中发生改革的程度和影响改革程度的那些因素"②;"课程实施就是研究一个方案的执行情况,对课程实施的研究重点就是考察课程方案中所设计内容的落实程度"③。"课程实施就是教学"④。"课程实施是一个将新课程计划付诸实践的过程,而新的课程计划总是蕴含着对原有课程的一种变革,课程实施就是要力图在实践中实施这种变革,或者说,是将课程变革引入教育实践中"⑤。

仔细分析上面这些对课程实施的界定,我们可以发现,这些界定实际上是在两个纬度上展开的,一个是从动态的方面强调课程实施是将方案付诸实践的过程,因为"一般说来,实施新的课程,要求实施者(主要是教师)的行为方式、教学方法、内容安排以及教学组织形式都发生一系列的变化"⑥;而另一个是从静态的纬度将课程实施理解为教学,因为不管怎样,课程实施也应该体现"正确贯彻落实新课程计划目的意图的一面"⑦。

那么,课程实施的含义究竟应该如何去把握?动与静的两个纬度有没有兼容的境地?实际上,正是实践活动的目的性,才使得人的社会实践与动物的本能活动区别开来,作为人类有目的的教育实践活动,课程实施当然应该具有一

---

① [美]吉纳·E·霍尔,雪莱·M·霍德. 实施变革:模式、原则与困境. 杭州:浙江教育出版社,2004:130.

② Fullan, M. Curriculum Imlementation. in: Lewy, A. (ed.) The International Encyclopedia of Curriculum. Oxord Pergamon Press. 1991:378-379.

③ 马云鹏,唐丽芳. 课程实施策略的选择. 比较教育研究,2002(1):16-20.

④ 黄甫全. 大课程论初探——兼论课程(论)与教学(论)的关系. 课程·教材·教法,2000(5):1-7.

⑤ 靳玉乐. 课程实施:现状、问题与展望. 山东教育科研,2001(11):3-7.

⑥ 施良方. 课程理论——课程的基础、原理与问题. 北京:教育科学出版社,1996:134.

⑦ 施良方. 课程理论——课程的基础、原理与问题. 北京:教育科学出版社,1996:138.

定的目的性,这也就是"课程实施就是教学"这一命题存在的合理性所在。但是,就实践活动的展开而言,正如复杂性理论所指出的,长期地精确预测是不可能的,这也就使得"课程实施就是课程方案付诸实践的过程"也具有存在的合理性。在还原思维与传统的形式逻辑思维看来,这是一对不可调和的矛盾。但是,在复杂性思维看来,两个相反的命题必然是既相互对立又相互联系。"每个命题就其片面性而言,既是真的,也是假的;两个命题虽然趋向于相互排斥,但就它们的互补性而言,则都变成了真的。"①如此看来,当我们转变了看问题的思维方式,当我们把对课程实施的理解的静态之维与动态之维联系起来时,我们对课程实施的理解就会有一个新的完整的认识:课程实施是变革与教学的统一体。

一般而言,课程实施过程是忠实地执行课程计划和相互调适相结合的动态过程。任何课程计划都有其内在的精神和本质上的要求,如果在课程实施过程中连这一点都不遵循,那就谈不上是在实施某一课程;但同时,任何课程计划都不可能是适合一切教学情境和一切学生的,因而在实施中对其作一定的调适也是必要的。课程实施是一个动态的过程,它要求实施者在实施课程的过程中能把握新课程被引进的情境的性质,按照实施的具体情境进行调适。因此,课程实施的实质是重构的过程,在这个过程中需要引发实施者的内在动机,使他们理解变革的意图、实质、真正的和潜在的利益,并能在实施中获得良好的感觉。

(二)影响课程实施的因素

影响课程实施的因素是多层次、多样化的,它们构成一个系统,在特定的环境中发挥综合作用。在这些影响因素中,以下几个方面特别值得关注:

1. 课程计划本身的特征

所谓课程计划就是根据教育目的和学校的培养目标而制定的有关学校教育教学工作的指导性文件,它对学校的教学、劳动、各种活动等作全面安排。它体现了国家的教育方针和国家对教育教学工作的统一要求,是学校组织教育教学上的依据,我国过去曾称为"教学计划"。1992 年,我国在修订义务教育教学计划过程中,为了体现新旧教学计划的区别,精确地表达新的教学计划的外延和内涵,国家教育主管部门把"教学计划"改为"课程计划"。

课程开始于计划,良好的课程计划是有效的课程实施的必要条件,因而课程计划本身的特征是影响课程实施的一个变量。这些特征包括:①适恰性:即新的课程计划是否能满足使用者的需要。这种需要可以理解为变革的迫切性,如果使用者觉得某一变革是很需要的,他便愿意投入较多的时间和精力去实施

---

① ［法］埃德加·莫兰.方法:思想观念——生境、生命、习性与组织.秦海鹰译.北京:北京大学出版社,2002:211.

它。②明确性:即能让实施者明确地知道应该做什么、为什么要这样做和怎么做的明确程度。有些新课程为什么得不到有效实施呢? 主要原因之一就是课程改革目标欠清晰或过于复杂,使教师没有足够的能力和信心推行变革。③复杂性:指课程改革的范围与深度,包括教学内容、参与改革的人数、观念变革、教学方法和组织变化等多方面、多层次不同程度的变化。④可操作性:即课程计划在被实施时操作的方便程度。

2. 关键人物在课程实施中的作用

一些关键人物如教育行政管理人员、校长、教师、学生等在课程实施中发挥着重要的作用。

教育行政管理人员和校长在新课程实施中起着重要的作用,他们要为改革提供方向和指导,并保证让教师接纳新课程及具有实施新课程的能力。管理者需要根据实施情境和实施人员的具体情况而调整管理策略,校长自身对改革的态度则决定着学校组织的"气候"和学校成员对改革的态度,校长应培养教师之间动态的协调,并鼓励地区间学校的沟通。教师是课程实施中的关键力量。一方面,教师是课程实施活动的主要承担者,是教学过程的组织管理者,是学生学习的直接影响者。只有当教师对课程改革的精神和要求有比较深入的理解,熟练有关的技能时,才有可能比较有效地实施课程改革方案。另一方面,教师处在教学第一线,他们最了解课程实施的情境因素及实施中可能遇到的具体困难,教师的这种优势不被利用是一种资源浪费。因此,教育行政管理人员和校长需要为教师提供物质和精神方面的支持。

一般来说,教育者较少考虑学生在课程实施中的作用。事实上,正如成功的改革要求教师必须接受新的改革方案一样,改革也需要学生的参与,这是因为学生是教学过程中的当事人,他们有权表达自己的期望;而且教学过程是师生协作的过程,在这个过程中学生不是课程的被动的接受者,他们在选择班级活动和学习内容上具有积极的作用。因此,在课程实施中要从整体上关注学生所处的文化环境和他们既有的文化认同,否则人的现实存在、人的愉悦与痛苦、人的文化背景被忽视,将使得精心筹划好的教育行为不能得到学生的理解和合作,课程实施将不能取得高效。

3. 情境因素对课程实施的影响

课程实施情境包括各种外部因素,如国家和地方政府政策的倾斜、地方的社会经济发展水平、社会团体和学生家长的支持和理解等,也包括教育系统的内部因素,如在教室、学校、学区、社区等各层次上都涉及一定的情境要素:关键人物的作用、文化因素、组织特征等。具体来说,可从以下几个方面认识课程实施的情境因素:

(1)层次。不同层次涉及的情境因素不同,对课程实施有不同程度的作用和影响。在教室层次，学生的学习是关注的焦点，它要求学校人员为学生营造一个有利于学习的环境气氛，学习内容结合学生的生活实际并具有弹性。在学校层次上，校长的角色及其领导风格、教师的特征及其取向，以及教师间的关系都是影响实施的很重要的因素。而在学区及社区的层次上，成功的课程实施有赖于家长及各部门的力量。

（2）文化因素。文化在课程实施的研究范围内，所关注的主要是学校文化及教师文化。学校文化较佳的机构可以吸引出色的教师来工作。在教师文化中，个人主义和小群体文化不能配合自下而上的校本课程开发模式和自上而下的科层化实施模式，而教师中的合作性文化对课程实施较为有利。

（3）组织的政治情境。学校的微观政治、学校教育的性质和学校的组织特点都为不同取向的课程实施提供了条件，对课程实施过程产生影响。

综上所述，课程实施是课程改革过程中的一个关键环节，它影响着课程改革的成效，而影响课程实施的因素是多方面的，它们对课程实施的影响是综合的，其中课程计划、教育管理人员和教师以及实施的情境都对课程实施的效果产生重要的影响。在我国，对课程实施的研究还比较薄弱，我们需要借鉴国内外已有的研究成果，加强对课程实施的实质进行研究，重视对影响课程实施的因素进行综合研究，特别需要深入到学校情境中研究课程实施中存在的问题，关注课程实施中教与学的状况。在管理上改变一统的"自上而下"的实施模式，探索开放的、有弹性的课程实施模式，以满足各个学校不同的特点和具体情境。这样将有助于我们对课程实施问题的理解以及促进新课程的有效实施。

四、课程评价

在课程研究发展史上，第一次把课程评价纳入课程开发过程并使之成为课程开发的核心环节之一的是美国著名课程论专家拉尔夫·泰勒（Ralph. Tyler）。泰勒在 1949 年出版的旷世名著《课程与教学的基本原理》中，把课程评价问题作为课程开发的四个基本问题之一，从而使课程评价研究成为课程研究领域的重要内容。

（一）课程评价的定义与功能

1. 课程评价的定义

课程评价的定义是一个颇有争议的问题，这主要与评价发展的不同时期人们对评价的理解不同有关。例如，有人把评价与测验作等同的理解，而有人则认为两者有本质的区别。有"课程评价之父"美誉的泰勒把评价看作是对课程目标实际达成程度的描述，而后来的评价专家们则大多认为，评价还应是作出价值判断的过程，如 1981 年美国"教育评价标准联合委员会"给评价下的定义就是：对某一"对象（方案、设计或者内容）的价值或优点所作的系统探查。此外,还有人提出"评价即研究"的命题。

在我国的文字中,评价是评定价值的简称。根据我们的研究,从本质上来说,评价是一种价值判断的活动,是对客体满足主体需要程度的判断。课程评价是教育评价的重要组成部分,它是在系统调查与描述的基础上对学校课程满足社会与个体需要的程度作出判断的活动,是对学校课程现实的(已经取得的)或潜在的(还未取得,但有可能取得的)价值作出判断,以期不断完善课程,达到教育价值增值的过程。

就当前情况看,提到"评价",人们大多把它与"判断"、"价值"等概念联系起来。这样,如果从普通的字面上的意义来说,所谓课程评价,就是以一定的方法、途径对课程的计划、活动以及结果等有关问题的价值或特点作出判断的过程。

2.课程评价的功能

克龙巴赫(Lee Cronbach,1963)曾经指出,一般而言,课程评价主要有三种功能:

(1)课程改进:判定哪种教材和教法是适当的,需要在何处加以改进;

(2)针对学生的决定:诊断学生的需要以便规划适用于学生的教学;判断学生的成绩以便对学生进行选择和分组,了解学生的进步或不足;

(3)行政法规:判断良好的学校体制是什么,良好的教师有什么特征。

克龙巴赫的说法基本上概括出评价的主要功能。具体说来,无论在理论上还是在实践上,评价的功能大体可以归纳为以下几项:

(1)需要评估:在拟订一项课程计划之前,应首先了解社会或学生的需要,以此作为课程开发的直接依据。这一任务便可由评价来承担。此外,诸如教师对进修的需要、学生对某阶段和某一学科教学的需要等,都要通过评价来完成。

(2)课程诊断与修订:对正在形成中的课程计划,评价可以有效地找出其优缺点及成因,为修订提供建议,在这种反复修订的过程中,可使课程达到尽可能完善的程度。评价还可以诊断学生学习的缺陷,为矫正教学提供依据。

(3)课程比较与选择:对不同的课程方案,通过评价可以比较其在目标设置、内容组织、教学实施以及实际效果等方面的优劣,从整体上判断其价值,再结合需要评估,就可以对课程作出选择。

(4)对目标达成程度的了解:对一项实施过的课程计划,评价可以判定其结果,并通过与预定目标的比较对照,判断其达成目标的程度。

(二)课程评价的过程和方法

由于在评价取向上的不同,不同的课程评价模式在具体的过程和使用的方法与技术上也必然存在差异,所以并不存在规范化、标准化的评价过程与方法。尽管如此,不同的课程评价研究者大多会提到这样一些步骤:集中于所要评价的课程现象、收集信息、组织信息、分析信息、报告信息、再循环信息等①。

作为一种实践活动,课程评价是一个动态有序的活动,它应有以下几个基本的阶段。

1. 准备的过程和方法

准备阶段是课程评价实施前的预备工作阶段,主要工作就是建立课程评价机构和部门,制定评价方案。课程评价作为一项有组织、有目的的活动,不是个人行为,必须由一定的机构或部门来承担。建立正式的评价机构或部门,有专人负责,便于工作的开展,便于资料的收集、积累和调阅。评价机构的人员构成一般应包含三个方面:一是掌握一定课程评价理论,具有一定课程评价经验和技能的专家;二是课程管理与决策部门的人员;三是参与课程实施的教师和学校领导。有时还可以吸收社区代表、学生及家长。对于专家的选择,应逐步过渡到建立专家库,从专家库中随机选择专家参与评价。当然这主要适用于综合评价或专家评价的类型。

制定评价方案是准备阶段的中心或重要工作,它是评价工作的依据或蓝图,对评价活动起着指导和规范作用,直接影响到评价的进行乃至成败。评价方案的内容主要包括评价的目的、原则、对象、指标体系、评价方法、评价的组织及时间安排。这些都必须在评价方案中清楚地表述出来,便于执行。评价方案一定要通过多方论证才可出台。通过认真仔细的研究讨论,应制定出一个以书面文字方式表达的评价方案,让课程评价及其管理人员能够按照它来检查与控制、管理课程评价的准备与实施工作,指导评价人员开展、组织和总结评价工作。

2. 收集、整理和分析评价资料的过程和方法

(1)收集评价资料:这是课程评价实施中的重要基础性工作。这项工作主要考虑的是应该收集什么样的资料,应该收集多少资料,应该从哪些方面来收集资料,应采用何种方法和技术等。一般来说,课程评价收集资料的范围是很多的,主要包括学生、教师、课程材料以及学校与社会几个方面的资料,有时还要收集家长及社区代表的资料。

学生的资料,主要包括学业成绩、学习态度、价值观、情感特征、抱负水平、同伴关系,对课程教材的看法,对教师教学的意见,作业、作文、制作的各种作品,如绘画、雕塑、摄影、实验器材、获奖成果等。

教师的资料。教师是课程实施的直接执行者,对课程实施体会得更深刻、更具体、更全面,对课程也更有发言权。这方面的资料主要包括课程的可接受性、教材的可用性、教材编排的合理性、教材知识内容的难易性、课程标准的可

---

① 廖哲勋,田慧生.课程新论.北京:教育科学出版社,2003:437-438.

行性、课程教学时间的可行性、教学方法与过程以及课程资源的可支持性等。

课程实施材料，主要包括课程实施发展的过程、人员构成情况、组织情况、实施计划、人员培训以及大纲、教材等。有时还包括关于课程的意见与修改备忘录等。

学校与社会的资料。课程能否顺利实施往往与参与学校的社区条件和环境有密切关系。因此，课程评价也应考虑把这方面的资料收集起来。主要有学校资源经费、时间调度、学校的积极性、学校的支持程度、社区的意见、社区的资料等。

收集资料的方法包括测验、观察、观摩、查阅教案、查阅学生作品、问卷调查、访谈调查等。

（2）整理和分析评价资料：收集的资料首先是归类整理。一般而言，这些资料包括数据型资料和非数据型资料两类。对数据型资料要进行计算和检验，然后根据情况分别归类。在这个问题上，传统的做法是建立卡片与卡片箱、文件与文件夹，应用时查出有关的文件与卡片，并进行抄录和复印，形成所要的材料。这种方法比较烦琐，还易出错误、疏漏，而且对于音像资料的保存和查找则更为复杂。随着电子计算机尤其是多媒体技术的发展，这些问题将会得到有效的改善和克服。计算机的特点是存储容量大，材料不易遗失。在专门设计的数据库中还能对输入的信息资料进行分析、统计和检验，提取也十分方便，不会出现错误和遗漏。因此，应积极借助现代计算机和多媒体技术，在评价中发挥作用。

3. 解释评价资料的过程和方法

通过对资料的整理和分析，评价组成人员就要根据评价指标体系规定的内容和要求，进行指标评定，做出分项结论，分头完成评分评议表。有关工作人员对评委的评分和意见进行汇总，做出综合的评价结论。

评价结论不仅要就课程的价值做出定论和做出解释，同时还要分析问题，诊断问题，提出课程今后的改进措施和努力方向。对评价结论的解释要有理有据，令人信服。要坚持两个基本问题[1]：第一，坚持价值判断与资料数据的统一。也就是坚持价值与事实的统一。按照数据所达到的水平，作出价值判断，即实事求是，客观、公开、不掩饰、不夸大。第二，坚持判断与分析说明的统一。判断就是对数据事实的意义做出结论，例如"效果显著"、"比较成功"，"关系密切"等等。而分析说明则是对判断的结论进行分析性的解释，把其中的机理、奥秘揭示出来，分析是深层的挖掘和剖析。分析取决于评价者的经验水平和理论素养，有分析、有判断，使人们知其然，亦知其所以然，这样的结论才可靠和有效。

---

[1] 王策三. 教学实验论. 北京：人民教育出版社，1998：322-323.

4. 撰写评价报告

课程评价结束后应该把评价的结果以书面的形式报告给课程实施人员、教育行政部门或其他需要知道、了解课程评价结果的人群。只有完成了这一任务,才算是真正完成了课程评价工作。

课程评价报告以规范的文字和系统的结构反映课程评价的全部情况,主要包括评价的目的、方法和基本过程,评价的基本结论,包括实践效果结论、研究成果结论、预期效果结论、非预期效果结论以及对各项结论的分析解释,对课程改进与发展方向的建议等。

撰写课程评价报告,不应仅仅停留在简单的书面形式上,还应尽可能利用音像、电子计算机、多媒体技术等,使评价结果接受者能获得更为广泛、直观的信息。评价报告要做到既规范标准,又简洁易懂;既系统完整,又重点突出,详略得当。撰写完评价报告后,要进行认真的讨论,经修改后,才能向评价报告接受者提交报告。

第三节 课程改革

课程是随着社会的发展而变化的,它是受社会的发展、科学技术的变化和儿童身心发展规律所制约的。在新世纪的开端,以信息技术为主要标志的科技进步日新月异,高科技成果向现实生产力转化越来越快,初见端倪的知识经济预示人类的经济社会生活将发生新的巨大变化。这些外在条件决定了未来社会对人才的需要将有所变化,那么学校课程必然要适应这些变化而进行改革。

一、课程改革的内涵

改革是把事物中旧的不合理的部分改成新的、能适应客观情况的过程,简言之,改革就是除旧布新。课程改革,也就是将课程中陈旧的、不合理的部分改变为新的能适应社会、文化、儿童以及教育客观情况的特殊过程。

在我国,课程改革、教学改革与教育改革三个概念既密切联系,也有根本区别。教育改革是"改变教育方针和制度或革除陈旧的教育内容、方法的一种社会活动"①。教学改革是"旨在促进教育进步、教学质量而进行的教学内容、方法、制度等方面的改革"②。而课程改革则是"按照某种观点对课程和教材进行改造,是课程变革的一种形式,包括课程观念的变革和课程开发体制的变革,是

---

① 顾明远. 教育大辞典. 增订合编本(上). 上海:上海教育出版社,1985:745.
② 顾明远. 教育大辞典. 增订合编本(上). 上海:上海教育出版社,1985:714.

一项有目的、有计划的行动，以一定的理论为基础"①。这样，课程改革只涉及教育内容及其载体的改革，而教学改革则扩大到涉及教育内容、方法及其制度的改革，似乎教学改革包含课程改革，而教育改革主要涉及教育方针和教育制度的改革，同时也包括教育内容、方法及其制度的改革。教育改革包含了教学改革和课程改革。这样的概念，是传统的教学包含课程的大教学观念的延伸和体现。

在国外，已经从"大教学观"转换到了课程包含教学的"大课程观"，所以国外流行的课程改革的概念与国内流行的概念具有根本的区别。国外比较流行的观念认为："课程改革包括整个课程图式的改造，包括设计、目的、内容、学习活动和范围等。最重要的是，课程改革包括前面提到的一切课程领域建立其上的价值命题的变革。"②这样，课程改革的核心是价值命题的变革，范围包括课程设计、目的、内容、办法、活动方式等，课程改革包含了教学改革。

因此，在当代新的大课程观背景中，所谓的课程改革，就是在改变课程领域的价值命题基础上彻底改变课程形式和组成成分的专门活动。首先，课程改革是以课程价值命题的改变为核心，包括对价值、人员、社会和文化以及究竟什么构成教育和美好生活的基本命题的改革。课程价值是所有课程领域赖以立足的基础，课程领域包括课程概念、课程基础、课程设计、课程编制、课程研制、课程规划、课程实施、课程评价、课程工程等。其次，课程改革必然对课程形态或课程形式进行变革，这种变革包括渐变式，比如把分科课程形态变革为分科课程和综合课程相结合，把学科课程变革为学科课程与活动课程相结合；也有突变式，比如把学科课程变革为经验课程。第三，课程改革涉及对课程要素或组成成分的全面变革，变革的范围包括课程的设计、目的、内容、学习活动和学习范围等。

二、我国基础教育课程改革回顾

(一)新中国成立前基础教育课程的六次改革

(1)洋务运动。洋务派主张"新教育"，提出"中学为体，西学为用"的教育观，开办洋学堂，派遣留学生。增设外语、算学、化学、天文、医学、物理、万国公法、航海测量、代数、微积分等新课程，引进西方的教学管理制度，采用了新的教学方式和手段。

(2)1903年，清政府公布《奏定学堂章程》，第一次确定了"五四五制"学制，

---

① 顾明远. 教育大辞典. 增订合编本(上). 上海:上海教育出版社,1985:895.
② 蔡斯著,李一平等译. 课程的概念与课程领域. 载瞿葆奎主编《教育学文集·课程与教材》(上册). 北京:人民教育出版社,1988:264.

初小五年,增设修身、读经、国学、算术、几何、体操等课程;高小四年,增加图画、手工等课程;中学五年,开设外语、法律和理财等课程。

(3)1912年,中华民国颁布"壬子癸丑学制",第一次废除科举考试制度,开设历史、地理、农业、缝纫、唱歌等,并给予女子受教育的权利。

(4)1923年,中华民国政府公布"新学制体系",第一次将中国学制定位于美式"六三三"制,在小学开设的课程有国语、社会、自然、艺术、算术、体育、音乐、园艺、工艺等;初中在小学基础上增设外国语和生理卫生,实行学分制。

(5)1927年之后,中华民国政府强化国民党的党化教育政策。在这一阶段,改革没有明显进展。

(6)中共新民主主义革命期间在革命根据地的学校课程。早在20世纪30年代中期,江西中央革命根据地的红色政权就颁布过《小学课程教学大纲》,规定根据地的列宁小学分初、高两级,分别为三年和两年,初级小学开设国语、算术、游艺、劳作、社会工作等课程,高级小学增设社会常识和科学常识课程。20世纪40年代中期,陕甘宁边区政府以"为革命战争服务"为宗旨,规定中学课程包括边区建设、政治常识、国文、史地、自然、生产、医药常识等,突出了鲜明的革命性、科学性、实用性特点。

(二)新中国成立后基础教育课程的八个时期

(1)1949—1952年。教育部颁发了《中学暂行教学计划(草案)》,这是新中国第一份教学计划(1950年8月)。设置了门类更为齐全的学科课程,包括政治、语文、数学、自然、生物、化学、物理、历史、地理、外语、体育、音乐、美术等课程。1952年3月,教育部颁布了《中学教学计划(草案)》,同年10月,颁布了新中国成立以来第一份五年一贯制小学的《小学教学计划》。

(2)1953—1957年。这期间,国家共颁布了五个教学计划,其中在1953—1955年颁布的三个计划中,大幅削减了教学时数,首次在教学计划中设置劳动技术教育课。1956年,国家正式发行新中国成立以来的第二套中小学教科书,这套教材理论性有所加强,特别注意了学生动手能力的培养。

(3)1958—1965年。这一时期是我国经济发展的重要时期,同时也是左倾思想影响萌芽的时期。1958年,"大跃进"引发了"教育大革命",大量缩短学制,精简课程,增加劳动,注重思想教育,还出现了多种学制的改革试验。

(4)1966—1976年。学校课程与教学在"十年动乱"期间经历了一场灾难。

(5)1977—1985年。1978年,颁发《全日制十年制中小学教学计划试行草案》,统一规定全日制中小学学制十年,小学五年,中学五年。1980年出版了新中国成立以来全国统编第五套中小学教材。

(6)1986—1991年。1986年,《义务教育法》出台。国家教委公布了义务教育教学计划初稿,突出了新型教育方针的具体要求,适当增加了基础学科的教学时数,在教学计划中给课外活动留出固定的、足够的空间。

(7)1992—2000 年。1992 年,国家教委第一次将以往的"教学计划"改为"课程计划"。1993 年秋,新的计划突出了以德育为首、德智体美劳五育并举的全面发展的教育方针,第一次将活动与学科并列为两类课程。后来又将"课程管理"作为课程计划中的一部分独立出来。1999 年,教育部的《面向 21 世纪教育振兴行动计划》有专门关于课程管理的规范。这一次课程改革,使我国教育界掀起了国家课程、地方课程、校本课程以及活动课程、研究性学习课程研究的热潮。

(8)2001 年开始的新一轮课程改革。本轮基础教育课程改革工作分三个阶段:酝酿准备阶段、试点实验阶段和全面推广阶段。在第一阶段,教育部颁发了《基础教育课程改革纲要(试行)》;义务教育阶段 18 科课程标准的实验稿;编写审查了各科实验教材,至 2007 年 9 月,已有 20 个学科的(小学 7 科、中学 13 科)49 种中小学新课程实验教材在实验区试用。同时关于课程管理政策、评价制度、综合实践活动的研究,均已取得阶段性成果,并已在实验区逐步应用。根据教育部的部署,实验工作拟用 3 年时间。2003 年开始组织新高中课程的实验推广工作。2003 年 3 月,普通高中新课程方案 15 个学科的课程标准实验稿正式颁发,《地方课程管理指南》、《学校课程管理指南》、《综合实践活动指南》、《中小学环境教育指南》等一些相关文件陆续发布,普通高中新课程实验从 2004 年秋季首先在广东、山东、宁夏、海南等 4 省、自治区进行,到 2007 年秋季,全国普通高中起始年级全部进入新课程。

新一轮基础教育课程改革力促"人的发展"的实践表征。从新一轮基础教育课程改革的具体内容来看,它主要包括以下方面:一是制定课程标准。改变课程实施中仅注重知识传授的倾向,强调形成积极主动的学习态度,使获得基础知识与基本技能的过程同时成为学会学习和形成正确价值观的过程。二是改革课程结构,体现课程结构的均衡性、综合性、选择性。三是改革课程评价,建立促进学生全面发展、促进教师不断提高与促进课程不断发展的评价体系。四是改革课程管理,实行国家、地方、学校三级课程管理制度以增强课程对不同地区、学校及学生的适应性。五是改革课程内容。新课程的课程内容力求体现当代社会进步和科技发展以及学科发展的趋势,不刻意追求学科体系的严密性、完整性、逻辑性,关注学生的经验和现实的社会生活。六是改革课程实施。倡导学生主动参与、乐于探究、勤于动手,改善学生的学习方式,使学生在教师的指导下主动地、富有个性地学习。

三、当代世界基础教育课程改革的发展趋势

课程集中体现了教育思想和教育观念,是实施学校培养目标的施工"蓝

图"。综观当前世界各国的教育改革,课程改革可以说是一个核心。课程改革是一项综合性的系统工程,受多种因素的制约,因此世界各国的课程改革呈现出不同的价值取向和特点。然而,通过比较和分析,我们仍然可以从中找到一些具有普遍性的规律和总体趋势。

(一)课程政策的发展趋势

课程政策是"国家教育行政主管部门在一定社会秩序和教育范围内,为了调整课程权力的不同需要,调控课程运行的目标和方式而制定的行动纲领和准则"。① 它作为一国课程改革指南,着重要解决"由谁来决定我们的课程"或课程权力的分配问题。从世界范围来看,大体上有三种课程政策的类型:中央集权型、地方分权型和学校自主决策型,分别以法国、美国和英国为最典型。目前,无论是采取哪一种类型课程政策的国家,都逐渐认识到对课程统得过死和放得过宽都不是明智之举,各国课程政策均注意在"集权—分权、政府—市场、标准化—多元化、学术发展—个人发展"之间寻求动态平衡,努力谋求"国家课程开发"与"校本课程开发"的协调与统一。

一方面,许多原先实行课程分权管理的国家都把推出强有力的"国家课程"视为迎接 21 世纪挑战的重要举措。如美国一向实行地方分权的行政管理体制,州自为政,在同一州范围内,不同社区的课程设置也有一定区别。而英国政府一向对学校课程不加干涉,基本上由学校自主决定课程。进入 20 世纪 80 年代以来,美、英两国都趋向于建立全国统一的课程标准,试图突破教育行政地方分权的历史传统,加强国家对教育宏观调控的职能,以确保基础教育的质量。在课程政策上有明显强调集权、政府、标准化和学术发展的倾向。② 另一方面,许多原先实行中央集中统一的"国家课程开发"的国家都注意到了"校本课程开发"的意义,面向 21 世纪的课程改革政策,从课程管理的集权和控制走向分权和校本,从课程内容的标准化、高负担走向多样化、灵活性,从课程评价的统一、严格走向重过程和学生个性。如法国一向主要由中央政府以指令性文件规定全国统一的基础教育课程,但 1985 年正式颁布了"分权法",进一步明确中央、学区、省、市各级对教育管理的权限,在课程安排上规定将 1/10 的课时让给各校自行安排。③ 而同为中央集权国家的日本和韩国,20 世纪八九十年代在重视个性、关注适应能力、强调自主性等共同的课程改革主题与目标驱动下,课程政

---

① 胡东芳.论课程政策的定义、本质与载体.教育理论与实践,2001(11):49-53.

② 秦玉友.课程政策的文本趋同与文化反思——20 世纪八九十年代英美两国课程政策研究.外国教育研究,2007(9):22-25.

③ 陈扬光.英法学校课程的传统与变革.外国教育研究,1993(2):7-12.

策表现出民主化、决策分权化等相似的特点。①

值得注意的是,美、英等国在强调统一课程标准的同时,并没有放弃多元化、个别化教学的传统,而课程改革朝分权化、个性化方向发展的国家也继续强调统一的基础课程。其共同的发展趋势是在课程管理体制上走向均权化,注重国家课程统一性与学校课程灵活性的结合。

(二)课程结构的发展趋势

课程结构是指在学校课程的设计与开发过程中将所有课程类型或具体科目组织在一起形成的课程体系的结构形态。课程结构最足以体现学校的培养目标。为了使课程能促进学生素质的全面发展,自 20 世纪 80 年代以来,世界各国开始致力于优化课程结构的教育改革,在课程类型、课程内容和课程形态等方面进行了相应的调整和完善,以满足学生全面发展和多样化发展的需要。课程结构改革的发展方向是:

1.注意各种科目、类型课程的配合,追求课程结构的平衡性、整体性

从某种意义上看,课程结构与人的素质结构具有对应性和同构性,对课程结构的设计就是对人的设计。面对"全人"教育的新理念,各国都重视课程的整体功能,注重从动手与动脑、学习与创造、自我与社会协调的角度来完善课程结构,兼顾了学习者全面发展与个性发展的双重要求。当代各国课程改革已走出了现代主义"二元论"的纠缠,不再为"活动主义"和"主知主义"等问题的争执而困惑,而是着力于从改革实践上化解两者矛盾,从而实现知识与智力、认知与情感、主体精神和社会责任感的统一,实现课程内部的和谐,寻求课程结构上的有机关联与平衡,以使课程成为平衡教育与人和社会之间的有力工具。例如,美国在 20 世纪 90 年代以来颁布的一系列文件中规划了中小学课程结构,其特点是以学术性科目为轴心,以非学术性科目为外围,削减点缀性科目比重,追求学术性科目和经验性科目之间的新平衡;以核心课程为主体,以选修课程为辅助,追求课程统一性与多样性的平衡;以现代理科课程为核心,以语言社会科课程为边缘,追求课程结构的现代化与传统性的平衡。②

2.设置核心课程,夯实工具学科,强调基础学力

为保证基础教育质量,各国普遍设立国家核心课程,重视基础学科的地位。许多国家的基础教育课程总量中语文、数学等工具性基础学科始终保持着较大的比重。例如,在初等教育阶段的语文学科,美国、英国均在 40% 以上,日本为

---

① 秦玉友.课程政策的趋同关注与文化抵制——20 世纪八九十年代日韩两国课程政策研究.外国教育研究,2007(9):22-25.

② 陈晓端,龙宝新.中、英、美、加四国基础教育课程改革比较.外国教育研究,2006(7):24-30.

27.5％，数学学科以苏联和联邦德国等的比重为最大，约占20％以上，日本为18％。① 这些工具课程在课程结构中的凸现无疑使课程更符合学习化社会对学习能力的特殊要求。美国自20世纪以来，先后发起了数次围绕中小学的课程改革运动，其课程结构变革一直处于学术性科目与非学术性科目、共同必修的核心课程与选修课程在比例上的此消彼长的持续摇摆之中。而20世纪90年代的基础教育课程结构调整，不再是否定前期成果的彻底改革，而是在80年代"全面提高教育质量"改革的基础上，继续推行加强课程的学术性、统一性，培养学生的学术能力的政策，强调学业优异，制定更高更难的学术标准。1991年的《美国2000：教育战略》（America 2000：An Education Strategy）、1993年的《2000年目标：美国教育法》（Goal 2000：An Educate America Act）和2001年的《不让一个儿童落后：教育改革蓝图》（No Child Left Behind：A Blueprint for Education Reform）中，都一再强调加强中小学的核心课程：英语、数学、科学、社会、外语、艺术等，试图以此提高学生的学业水平，迎接下世纪全面的挑战。② 法国在90年代提出要让初中学生掌握"知识与能力的共同基石"，在高中应教授"共同文化"，而"知识与能力的共同基石"与"共同文化"就是涵盖了几个学科的核心课程③。英国1988年的教育改革法确立了全国统一的10门国家课程，在2000年9月起正式在全国推行的新课程《课程2000》中，规定了12门必修课程：英语、数学、科学、设计和技术、信息与交流技术、历史、地理、现代外语、艺术和设计、音乐、体育、公民，其中英语、数学和科学又被定为其中的核心学科，成为"核心中的核心"，等等。④ 撇开各国核心课程科目在学科上的差异，我们不难发现，核心课程的设置本质上是对基础的强调。

3. 加强相关学科之间的联系和渗透，走课程综合化的道路

现代科学技术发展迅猛，知识总量急剧增加，学科门类越来越多，基础教育课程如何在有限的时空里，及时地吸收最新的科技成就，使我们的学生毕业后能够同当代的科技发展站在同一水平线上？各国课程改革一般采用两种策略：一种是稳定基础课程，一种是走课程综合化的道路。多数国家不同意过多增加新学科和扩大教材的份量，以免造成学生负担过重。20世纪70年代以前，在美、法、英等国，大多以综合课为主，中低年级亦然。在以探索提高教学质量为

---

① 齐放. 国外面向21世纪初等教育课程改革的趋势及其给我们的启示. 首都师范大学学报（社会科学版），2000（2）：42-45.

② 周勤. 结构的力量——美国基础教育课程结构的沿革. 比较教育研究，2005（9）下半月刊：114-117.

③ 汪凌. 掌握知识和能力的共同基石——法国基础教育课程改革趋势. 全球教育展望，2001（4）：32-39.

④ 陈晓端，龙宝新. 中、英、美、加四国基础教育课程改革比较. 外国教育研究，2006（7）：24-30.

主要目标的 80 年代课程改革中，对分科课程的作用又有了新的认识。现在的情况是，一方面加紧寻找保证学科间联系的更有效形式，另一方面让两类课程同时进入中小学课堂。近年来，随着当代科学向整体化、综合化方向发展，随着自然科学人文化趋势日益加强，综合课程的某些优势就显得更为明显了。目前，国外课程改革中特别重视综合化特性，在学科设置上打破不同学科的界限，加强相关学科之间的联系和渗透，使之有机地组合在一起，出现了诸如合科课程、融合课程、广域课程、核心课程等综合类型课程。例如，美国在《2061 计划》中提出的课程改革，注重自然科学、社会科学和数学的综合。每门课程自成开放体系，可容纳多种科目的知识。加拿大从 20 世纪 80 年代开始掀起了课程结构改革浪潮，出台了一系列课程改革计划，其中尤为引人关注的是试图加速科学课程、技术课程与社会课程的一体化[①]。日本、加拿大、韩国、匈牙利、德国、泰国、瑞典、法国等都开设了不同内容、不同形式的综合课程。从课程形态看，学校课程经历了一个综合课程—分科课程—分科、综合课程结合—以综合课程为主的演进过程。课程内容的综合化，也是当代科技发展对培养通才提出的要求。如果说近代社会曾经是专才取胜的话，那么能取胜于今后社会的将是专才基础上的通才。

4. 重视科学教育和信息技术教育，加强职业技术教育，推动课程结构的现代化

为适应信息时代和未来社会经济竞争的需要，世界各国普遍重视科学教育和信息技术教育，把塑造学生的科学素养、信息素养和创新意识作为课程结构改革的主要任务，注意在课程中吸收最新的科技成就，提高综合理科教育的地位，推动课程结构的现代化。例如，在英国，为全面提高学生的信息和交流技术能力，在新的国家课程中，将以前的"信息技术"（Information Technology）改为"信息和交流技术"（Information and Communication Technology，简称 ICT）。同时要求在数学、理科、历史以及其他所有学科的教学中也要根据具体内容，加强对学生信息和交流技术的指导。致力于提高学生的信息素养、理科基础，并把对科学的应用、科学研究能力、科学思想精神、信息获取能力、信息设备的应用技能作为 21 世纪英国人必须具备的素养之一，这无疑可以使课程结构与科技发展保持同步，体现了技术发展与儿童发展的统一。在日本，1998 年 6 月公布的新的课程方案将"信息科"作为高中普通科的必修科目，以适应计算机、网络的普及带来的信息社会的变化[②]。

在中小学课程中加强职业技术教育（或单独设课或渗透于相关课程之中），

---

① 陈晓端，龙宝新. 中、英、美、加四国基础教育课程改革比较. 外国教育研究，2006(7)：24-30.

② 钟启泉，杨明全. 主要发达国家基础教育课程改革的动向及启示. 全球教育展望，2001(4)：7-16.

这在发展中国家和发达国家都是普遍的趋势。加拿大在中小学都开设了职业指导课程,培养学生正确的职业发展态度,使学生获得基本的职业知识和技能,促进学生职业素质的发展。许多中学要求学生毕业前至少要掌握两门技术,否则不予毕业,这已成为制度①。连一向轻视职业技术教育的英国,从 1990 年 9 月起也在中小学开设"技术与设计"课,以增强学生的经济和职业的意识与能力②。

(三)课程实施的发展趋势

当人们反思 20 世纪课程改革的历史进程时,发现大多数课程改革的共同失误是往往满足于课程计划的制定,而不关注课程的实施过程。自 20 世纪 80 年代以来,许多国家的课程改革都重视"课程实施"的研究,把课程实施视为课程改革过程的有机组成部分。总结世界各国的课程改革实践,可以发现,课程实施呈现如下发展趋势:

1.教师积极参与课程改革,课程实施的"忠实取向"正在被"调适取向"与"创生取向"所超越

当前,教师作为课程实施的主体,不再被视为国家课程改革方案的忠实执行者,而是逐渐成为制定国家课程计划的参与者、课程开发者和课程计划的创造性实施者,在课程实施中扮演着越来越重要的角色。例如,在法国,教师通常是课程改革的倡导者,并在课程修订中占有一定的地位。他们可以通过教师工会,就国家课程政策以及课程的具体实施发表见解。现在征求教师的意见已经成为新课程设计过程的第一步。教师可以就新课程是否加重了他们的工作量、课程的哪些方面应作删减或补充,以及各级各类课程之间如何协调提出他们的意见。

当然,因为教师如何参与课程改革尚是一个新课题,许多实践中的问题还有待于研究和回答。但是教师在课程实施中的重要性已日渐为人们所认识和接受,这已成为一种必然的发展趋势。

2.课程实施中的社会参与越来越广泛

各国课程改革的经验表明,课程改革的实施不单是上传下达的行政命令过程,而是政府基于对社会实际和教育实际之需要的敏锐洞察,充分发动地方、学校的积极性,经过严密的科学论证而展开的过程。为保证课程改革的科学性,许多国家都设立了课程改革的专家咨询机构、课程研究中心或课程咨询委员会,学校、地方社区和州教育委员会、社区的个人和组织也在支持课程实施中承担各种角色,课程专家、家长、社区人员、商业团体等广泛参与到课程实施过程中。

---

① 林森.加拿大中小学职业指导课程研究.课程・教材・教法,2005(5):92-95.
② 于慧颖.英国中小学"设计与技术"课程成功发展的策略及启示.课程・教材・教法,2003(9):68-71.

3.学校的课程实施得到立法、经费、师资培训等各方面的策略支持,同时课程实施过程也受到一定的监督和控制

各国课程实施的实践表明,课程改革绝不只是教育内部的事务,它涉及政府部门的政策引导、经费投入、用人制度改革以及整个社会对教育的认识。发达国家课程实施的支持策略主要有:立法支持、经费支持、出台资源调节方案、提供课程材料和开展教师培训等。

为了保证课程质量,许多国家都对学校的课程实施采取了一定的监督和控制措施,一般可分为官方督导和民间监控两类。官方督导是政府或地方层面的,例如,法国和英国的督学制度一直是政府对学校教育特别是课程设置和教学的一种控制制度,教育部及地方教育当局都派出督学监督、检查、指导学校和教师的实践,并根据检查结果定期向公众发表报告;而韩国对课程实施的监督经常在地方层面进行,地方教育当局有规律地派出视察员视察学校,并考察学校是否满足了国家课程框架的有关法律规定。民间监控通常由非官方的中介机构进行。例如,在澳大利亚,一些独立的机构通过对官方数据进行分析,或者自己收集一些数据进行个案研究,形成学校教育总体情况报告。这类研究通常由政府出资,通过招标、委托或研究补助的形式进行。英国也有许多专业中介机构构成民间质量监控渠道,这些专业中介可分为两类,一类是诸如牛津、剑桥考试局这样的教育证书考试机构,主要是在基础教育的结束阶段实施各种证书考试,对课程与教学的质量进行终端监控;另一类是以服务学校教学为宗旨的机构,它们根据学校的需要在课程的实施过程中进行检测,评估教学质量以及学生的学习情况,及时发现教学中存在的问题,提出改进教学的建议。而美国也有许多非官方的团体与组织定期和不定期地对全国的中学教育进行综合调查和质量评估,经评估合格的学校可以继续得到不同渠道的资金支持,几次综合评估为不合格者将被定为失败学校,不能再享有资助,有甚者还会被关闭或重组。总的说来,官方的渠道和专业考试机构反映了国家的管理需要和社会对教育质量的认证需求,有较高的权威性和公信度,但他们也给学校和教师造成压力,这种压力必然转嫁到学生身上,给学生带来负面影响。而服务性的专业中介机构因出发点不同,更注重为学校内部的师生服务,灵活地从不同角度去检测学校课程与教学中的问题,没有行政压力,因而更易为学校所接受[①]。

(四)课程评价的发展趋势

课程评价对课程的实施起着重要的导向和质量监控作用。自 20 世纪 80 年代以来,世界各国在展开各项课程改革的同时,越来越多的国家开始意识到实现课程变革的必要条件之一就是要建立与之相适应的评价体系和评价工作

① 王艳玲.发达国家基础教育课程实施的经验.外国中小学教育,2006(5):13-17.

模式。因此,课程评价改革成为世界各国课程改革的重要组成部分。总的来说,体现出以下特点:

1. 评价功能由侧重甄别与选拔转向侧重发展

随着信息时代的到来,原有的以传授知识为主的基础教育课程的功能受到了极大的挑战,转而注重培养学生积极的学习态度、创新意识和实践能力以及健康的身心品质等多方面的综合素质,为学生的终身发展奠定基础。于是,课程评价的功能也发生着根本性转变。在学生评价方面,不只是检查学生知识、技能的掌握情况,更为关注学生掌握知识、技能的过程和方法,以及与之相伴随的情感态度和价值观的形成,评价不再是为了选拔和甄别,不是"选拔适合教育的儿童",而是发挥激励作用,促进学生的发展。从这个意义上来讲,评价是帮助我们"创造适合儿童的教育"。在教师评价方面,以往的教师评价主要是关注教师已有的工作业绩是否达标,同样体现出重检查、甄别、选拔、评优的功能,而在如何促进教师发展方面作用有限。

教师是教育的实施者,承担着促进学生发展的任务,教师的素质及其发展同样成为课程评价改革的重要话题。因此,时代的发展向课程评价的功能提出挑战,评价不只是进行甄别、选拔,评价更重要的是为了促进被评价者的发展。这一点已在世界各国得到普遍认同。

2. 评价标准由刚性的单一化标准走向弹性的多元化标准

传统课程评价为了满足比较、筛选的需要,给课程评价制定了刚性的评价标准,往往把被评对象置于一个共同的标准或常模之下,用评价者认为的某一种价值观要求被评对象。现代社会对人的个性发展、创新能力的要求越来越强烈,显然,这种要求是统一的课程评价标准统帅下的课程实施所不能满足的。同时,课程评价标准的同一性与评价对象的差异性之间的不对称本身就预示了传统课程评价的不合理性,我国古代就有了"因材施教"的教学原则,评价也应该"因材施评"。因此,要避免传统课程评价标准的弊端,就应该针对不同地区、不同学校、不同评价对象的特殊情况,确立不同的发展目标和评价标准,使课程评价标准弹性化。课程评价标准的弹性化要求评价标准多元化,即确立适合于不同评价对象的多重的标准;确立从不同角度进行评价的多维标准;确立不仅反映评价者的价值标准和适合外在要求的,而且反映评价对象的价值目标和内在需求并促进其发展的多功能评价标准。

3. 评价对象从过分关注结果逐步转向对过程的关注

关注结果的终结性评价,是面向"过去"的评价;关注过程的形成性评价,则是面向"未来"、重在发展的评价。传统的评价往往只要求学生提供问题的答案,而对于学生是如何获得这些答案的却漠不关心,只重视学习结束后的成绩,而忽视学习的过程,忽视成绩后面不同的动机取向和努力程度,忽视学习内在情意目标和态度的培养。因此，当代课程评价重心逐渐转向更多地关注学生求知的过程、探究的过程和努力的过程，关注学生、教师和学校在各个时期的进步状况。质性评价方法的发展为这种过程式的形成性评价提供了可能和条件。注重过程，将终结性评价和形成性评价相结合，实现评价重心的转移，成为世界各国评价发展的又一大特点。

4. 评价主体由单一主体转向强调参与和互动、自评与他评相结合

一改以往以管理者为主的单一评价主体的现象，目前世界各国的课程评价逐步成为由教师、学生、家长、管理者，甚至包括专业研究人员共同参与的交互过程，这也是教育过程逐步民主化、人性化发展进程的体现。例如，在美国马里兰州，对教师的评价是以学生多人组合的方式进行的。在英、美等国家，学生和家长可参与评价体系或指标的建立，学生还可就教师对自己做出的评价结果发表不同的意见、进行申诉等。澳大利亚小学生考评体系中的"三方协商评价法"①，把教师、学生和家长"三方"都作为评价者，这有利于调动各方的积极性，让家长了解教育教学目标及教学大纲的要求并熟悉整个教学过程，建立三方良好的协作关系。还有国外流行的学生"成长记录袋"评价法也给学生和教师以充分的机会来参与评价，在这种方法中还有一点值得强调，就是学生对自己的"代表作"能作一个自我评价。这样，传统的被评价者成为了评价主体中的一员，在评价主体扩展的同时，重视评价者与被评价者之间的互动，在平等、民主的互动中关注被评价者发展的需要，共同承担促进其发展的职责。

5. 评价方法从强调量化逐步转向关注质的分析与把握，定量与定性相结合

追求客观化、量化曾经是各国课程评价的发展趋势。但在今天，随着评价内容的综合化，以量化的方式描述、评定一个人的发展状况难免表现出僵化、简单化和表面化的特点，质性评价的方法则以其全面、深入、真实再现评价对象的特点和发展趋势的优点受到欢迎，成为近30年来世界各国课程改革倡导的评价方法。例如，在美国《国家科学课程标准》中提供的评价方法除了纸笔测试以外，还包括平时的课堂行为记录、项目调查、书面报告、作业等开放性的方法。美国各著名高校在录取学生时不仅要求学业成绩，通常还要求学生提交一份短文（选题通常极具开放性）、有关人士的推荐信和面试等。英国则强调以激励性的评语促进学生的发展，并在教师评价中注意运用面谈、行为观察和行为记录的方法。而"成长记录袋"、"学习日记"和"情景测验"等质性评价方法，目前也受到较为广泛的重视和认可。需要强调的是，质性评价从本质上并不排斥量化的评价，它常常与量化的评价结果整合应用。因此，将定性与定量评价相结合，应用多种评价方法，将有利于更清晰、更准确地描述学生、教师的发展状况。

---

① 赵大成. 澳大利亚小学生考评体系评价. 外国中小学教育，2000(3)：32-35.

　　综上所述,当代世界基础教育课程改革,在课程政策上注重国家课程统一性与学校课程灵活性的动态平衡,在课程结构上注重课程类型、课程内容和课程形态等方面的调整和完善,在课程实施上注重教师和社会参与、政策支持以及质量监控,在课程评价上注重评价功能、评价标准、评价对象、评价主体、评价方法的多元化,以满足学生全面发展和多样化发展的需要。这些发展趋势对我国基础教育课程改革是很有启发意义的。

复习与思考

　　1.谈谈你对课程概念的理解。

　　2.分析制约学校课程发展的因素。

　　3.如何理解课程编制的步骤?

　　4.分析影响课程内容选择的因素。

　　5.如何阐释现代课程评价理念?

　　6.结合实际分析现代课程实施成果的内外因素。

　　7.如何评价当代世界课程改革的发展趋势?

　　8.结合我国基础教育课程改革实际情况,分析并预测我国基础教育课程改革的基本走向。

推荐阅读书目

　　[1]施良方.课程理论:课程的基础原理与问题.北京:教育科学出版社,1996.

　　[2]朱慕菊.走进新课程:与课程实施者对话.北京:北京师范大学出版社,2002.

　　[3]张华.课程与教学论.上海:上海教育出版社,2000.

　　[4]钟启泉,汪霞,王文静.课程与教学论.上海:华东师范大学出版社,2008.

　　[5]王本陆.课程与教学论.北京:高等教育出版社,2004.

　　[6]徐仲林,徐辉.基础教育课程改革理论与实践.成都:四川教育出版社,2005.

　　[7][美]威廉·F·派纳等.理解课程(上、下).张华等译.北京:教育科学出版社,2003.

　　[8]钟启泉.课程论.北京:教育科学出版社,2007.

　　[9]李雁冰,钟启泉.课程评价论.上海:上海教育出版社,2002.

第六章　教学(上)

教学是学校的中心工作。教学工作的好坏直接关系到学生培养的质量。因此,掌握教学过程本质、原则和方法等教学基本理论,对教师具有特别重要的意义。

第一节　教学概述

一、教学的概念

教学,是教育目的规范下的、教师的教和学生的学组成的双边互动活动,即学生在教师有目的、有计划、有组织的指导下,积极主动地掌握系统的科学文化基础知识和基本技能,发展智力,培养能力,增强体质,逐步形成良好的思想品德,促进身心全面发展的一种教育活动。

理解教学的概念,还必须把握以下几点:

(1)教学以培养全面发展的人为根本目的。教学要通过系统知识的传授和掌握,促进学生智力、能力、体质和思想品德等方面身心的全面发展。

(2)教学由教与学两方面活动组成。教学是师生双边的共同活动,教学双方在活动中相互作用,失去任何一方,教学活动便不存在。

(3)教学具有多种形态,是共性与多样性的统一。教学作为学校进行对学生全面发展教育的一个基本途径,具有课内、课外、班级、小组、个别化等多种形态。教师和学生共同进行的课前准备、上课、作业、练习、辅导、评定等都属于教学活动。随着社会的发展,教学还会有新的形态出现。

(4)教学与教育、教学与智育既有联系又有区别。教学与教育是部分与整体的关系,教育包括教学,教学只是学校进行教育的一个基本途径,除教学外,学校还通过课外活动、生产劳动、社会实践活动等途径对学生进行教育。智育是学校教育的重要组成部分,它主要通过教学这条途径来实施,但智育也需要通过课外活动等途径才能全面实现;此外,教学不仅是智育的实施途径,也是德育、美育、体育、劳动技术教育的实施途径。讲教学,突出的是它是一种特殊的教育活动;讲智育,突出的是它是教育的一个重要方面。

二、教学的意义

教学是学校教育中最基本的活动,不仅是智育的主要途径,也是德育、体育、美育等的基本途径,在学校整个教育系统中居于中心地位。教学的主要作用有以下几个方面:

(1)教学是社会经验得以再生产的一种主要手段。教学是一种专门组织起来的、有计划有目的的活动,通过教学能较简捷地将人类积累起来的科学文化知识转化为学生个人的精神财富,使他们在短时间内达到人类发展的一般水平。通过教学,可以使人类文化代代继承发展。

(2)教学能促进个人的全面发展。教学的作用直接地、具体地表现在对个体发展的影响。首先,它使个体的认识突破时空及个体直接经验的局限,扩大了他们的认识范围,赢得了认识的速度;其次,它使个体的身心发展建立在科学的基础上,结合科学知识的传授和学习,在一个统一的过程中实现德、智、体、美诸方面的和谐发展。

(3)教学是实现教育目的的基本途径。教育目的是使学生在德、智、体、美、劳各方面实现全面发展,而教学活动是学校最全面、最集中、最经常进行的德、智、体、美、劳各方面教育的途径。

(4)教学是学校教育的根本,学校工作必须以教学为主。教学是学校的中心工作,学校工作必须坚持以教学为主、全面安排的原则。以教学为主,要求大部分时间用于教学,在内容上以学书本知识为主,在组织形式上以课堂教学为主,发挥教师的主导作用。

三、教学的任务

我国教学工作的基本任务主要有以下几个方面:

1.引导学生掌握系统的科学文化基础知识和基本技能

教学的首要任务是引导学生掌握系统的科学文化基础知识和基本技能。这是实现其他教学任务的基础。所谓基础知识,是指构成各门科学的基本事实及相应的基本概念、原理和公式等及其所构成的体系。技能是指通过练习而获得的能够在实践中运用知识解决问题的能力。而所谓基本技能,则是指各门学科中最主要、最常用的技能。技能又分智力技能和动作技能两种。动作技能是侧重动作、技术性的,是与完成某些实际动作相联系的技能,如书法、体操等。智力技能则侧重智力和心智性的,是与正确的思维活动方式相联系的技能,如阅读、计算等。技能经过反复练习,达到熟练、自动化的程度,就是技巧。基础知识和基本技能是相互联系和影响的。我国一贯重视基础知识、基本技能的教学,并习惯地称为"双基教学",这是我国教学的优良传统。我们要总结建国以来在双基上正反两个方面的经验,无论在什么时候、进行什么样的改革,都要坚持加强双基教学而不应有所削弱,这样才能完成教学任务,保证教学质量。

2. 发展学生的智力、体力和创造能力

发展学生的智力、体力和创造才能,不仅是高质量地进行教学的必要条件,而且也是培养全面发展的新人的要求,因而这是现代教学一项十分重要的任务。

所谓智力,一般指人们的认识能力,是指个人在认识过程中表现出来的认知能力系统。它包括观察力、记忆力、想象力和思维力,其中思维能力是智力的核心。体力,主要指身体的正常发育成长与身体各个器官的活动能力。学生的创造才能主要指他们能运用自己已有的知识和智能去探索、发现和掌握未知晓的知识的能力。它是学生个人的求知欲望、进取心和首创精神、意志力与自我实现信心的综合体现。

教学不仅要使学生掌握知识,而且要发展以思维为核心的认识能力;不仅发展学生智力,而且要发展学生的体力,注意教学卫生,保护学生视力,增强学生的体质,养成自觉锻炼的习惯,有规律、有节律地学习与生活。特别是要通过发展性教学,启发诱导学生进行推理、证明、探索和发现,培养学生独立学习的能力、分析和解决问题的能力,以适应科学技术发展的时代要求。

3. 培养社会主义品德和审美情趣,奠定学生的科学世界观基础

青少年学生的品德、审美情趣和世界观正处在急速发展和逐步形成的重要时期,培养学生的社会主义品德和审美情趣,奠定学生的科学世界观基础,是教育的又一项重要任务。这是社会主义的要求,是青少年学生自身发展的需要,体现了社会主义教学的性质和方向。

4. 促进学生良好个性心理品质的发展

在教学中加强对学生的心理教育,使学生养成良好的个性心理品质,也是很重要的。在新的形势下,人与自然、人与社会、人与自身的关系异常复杂,人要适应环境、改变环境、创造新世界,就要具备相应的心理素质。只有会生活、会学习、会创造、会思考、会做人、会自我教育、心理健康、意志坚强、能吃苦耐劳、经受困难和挫折考验的人,才能适应竞争激烈、信息量倍增的社会。

以上几方面教学任务既相互区别,又相互联系,构成一个整体,只有在教学活动中有机实现,才能真正促进学生个性的全面发展,高质量完成培养社会主义新人的任务。

第二节　当代教学理论流派介绍

一、我国改革开放以来有效教学的主要流派

自 20 世纪 70 年代末、80 年代初以来,在改革开放大潮推动下,我国教育界掀起了有效教学改革实验的热潮,涌现了诸如目标教学、尝试教学、异步教学、自学辅导教学等著名的教学改革流派和模式,形成了我国 20 世纪来著名的"第二次课堂教学改革"高潮。下面仅就我国改革开放以来有效教学的主要流派择要作些介绍。

(一)尝试教学

"尝试教学"是我国江苏省常州师范学校邱学华老师总结国内外教学经验,长期深入教学实际提出和形成的一整套教学思想和实践操作体系。20 多年来,尝试教学思想由小学数学迁移到中小学各科教学领域,逐步形成了具有中国特色的教学流派。

1. 尝试教学的操作程序

所谓尝试教学,其基本思想就是"先试后导,先学后教,先练后讲"。尝试教学的基本教学程序分七步,即"准备练习、出示尝试题、自学课本、尝试练习、学生讨论、教师讲解、第二次尝试练习"。[①]

(1)准备练习。这是尝试教学的预备阶段。对解决尝试问题所需的基础知识先进行准备练习。主要是采用"以旧引新"的办法,从准备题过渡到尝试题,发挥旧知识的迁移作用,为学生解决尝试题铺路架桥。

(2)出示尝试题。这一步是提出问题,也就是为学生尝试活动提出任务,让学生进入问题的情境之中。尝试题出示后,必须激发学生尝试的兴趣,激活学生的思维。"教师还没有教,谁会做这道题目?""看谁能动脑筋,自己来解决这个问题。"先让学生思考一番,同桌的学生可以互相议论一下,如何解决尝试问题。

(3)自学课本。出示尝试题后,学生产生了好奇心,同时产生了解决问题的愿望。这时引导学生自学课本就成为学生切身的需要。阅读课本前,教师可预先提一些思考性问题作指导。自学课本时,学生遇到困难可以适当方式提问,同桌学生也可以适当方式互相商量。通过自学课本,大部分学生对解答尝试题有了办法,都跃跃欲试,时机已经成熟,就转入下一步。

---

① 邱学华,苏春景. 邱学华与尝试教学法. 北京:中国青年出版社,2001:86-87.

(4)尝试练习。一般让好、中、差三类学生板演,其他学生同时在草稿本上练习,教师要巡回观察,及时了解学生尝试练习的情况。尝试练习结束后,就转入下一步。

(5)学生讨论。尝试练习后会出现不同答案和疑问,这时可引导学生进行讨论。谁做对了,谁做错了,不同看法也可以争论。学生互相讨论后,迫切需要知道自己尝试的结果是否正确,这时听教师讲解已成为他们的迫切要求。教师讲解火候已到,就转入下一步。

(6)教师讲解。这一步对确保学生系统地掌握知识很重要。有些学生会做尝试题,可能是按照例题依样画葫芦,并没有真正懂得道理。因此,在学生尝试练习以后,教师还要进行讲解。与过去不同的是,现在学生已经通过自学课本,亲自尝试做了练习题,教师只针对学生感到困难的地方和教材关键的地方重点讲解,而不是样样都从头讲起。教师要讲在点子上,讲在学生还模糊的地方。讲解时要注意运用直观教学手段或电化教学手段。

(7)第二次尝试练习。这一步是给学生"再射一箭"的机会。在第一次尝试练习中,有的学生可能会做错,有的学生虽然做对了但没有弄懂道理。经过学生讨论和教师讲解后,得到了反馈矫正,其中大部分人会有所领悟。为了再试探一下学生掌握新知识的情况以及把学生的认识水平再提高一步,应该进行第二次尝试练习,再一次进行信息反馈。这一步对中、差生特别有利。第二次尝试题一般同例题稍有变化或采用题组形式。第二次尝试练习后,教师可进行补充讲解。

以上七步是一个有机整体,反映了学生完整的尝试过程,其中,中间五步是尝试教学模式的主体,第一步是准备阶段,第七步是引申阶段。

除了"基本式"外,"尝试教学"在"先试后导,先练后讲"的基本思想指导下,在操作程序上还有许多变式,以便教师根据教材、学生和课型特点灵活运用。这些"变式"显示为增加一步或减少一步,几步互相调换或合并,但"先试后导,先练后讲"的基本特征不变。

2.尝试教学的实施原则

(1)尝试指导原则。这是尝试教学理论中最重要、最鲜明的教学原则,也是同其他教学理论的主要区别。第一,要培养学生的探索精神。教师要鼓励启发学生去尝试,并教给他们尝试的方法,使学生敢于尝试、乐于尝试、善于尝试、体验尝试。第二,学生尝试与教师指导要有机结合。这里必须明确,尝试的主体是学生,教师指导是为学生尝试服务的。教师的指导应贯穿于学生尝试的全过程。第三,对学生的尝试活动的组织要由浅入深,循序渐进,因人而异,因材施教。

(2)即时矫正原则。教师要对学生的尝试结果及时反馈、及时矫正,保证尝试的正确方向。为此,邱学华提出了"四个当堂"的操作方法,即"当堂完成作业、当堂校对作业、当堂订正作业、当堂解决问题"。应用即时矫正原则时要求做到:第一,即时反馈。在学生尝试过程中,教师要巡回指导,广泛收集学生尝试活动的有关信息,为下一步的评价和讲解提供真实的情况。第二,教师要对学生的尝试结果作出评价。对尝试结果正确的,要表扬强化,使学生感受到尝试成功的喜悦;对尝试结果错误的,要分析其原因,鼓励学生不气馁,争取在第二次尝试中取得成功。第三,对尝试结果评价后,要求学生即时矫正,以掌握方法、强化认识。

(3)问题新颖原则。出示尝试题是尝试教学的第一步,也是关键性的一个环节。它既是学生尝试的目标和任务,也是引发学生自学和探究欲望的重要因素。因此,设计的尝试问题既要适合学生的知识基础,又要符合学生的认知特点。运用问题新颖原则的要求是:第一,形式上,尝试问题要新颖别致,能激发学生的好奇心和求知欲。第二,内容上,尝试问题要密切联系课本,难易适中,能够引发学生心理上的认知冲突,使学生乐于尝试、能够尝试。第三,联系实际,设置尝试情境。提出的尝试问题要联系学生的生活实际,使学生在一定的情境中去理解尝试问题。

(4)准备铺垫原则。出示尝试题不能太突然,事先必须做好准备铺垫工作,为解决尝试题铺路架桥。贯彻准备铺垫原则应注意:第一,重视尝试准备的作用。第二,准备练习要有针对性,与尝试题有密切联系,一般是解决尝试题所需的基础知识。第三,从准备题自然过渡到尝试题,要最大限度地发挥旧知识的迁移作用,促进学生知识结构的同化。

(5)合作互补原则。合作互补就是在尝试过程中充分利用班级集体的有利条件,加强学生之间的互相合作和互相补充,使个体尝试寓于群体尝试之中。要创设合作气氛,把合作互补贯穿于尝试的全过程。

(6)民主和谐原则。民主和谐原则就是要建立民主的师生关系,创设和谐的课堂气氛,充分发挥师生之间、生生之间的多向情意作用,为学生尝试成功创造外部条件。

(二)自学辅导教学

中国科学院心理研究所卢仲衡教授于1965年首先提出班集体与个别化相结合的教育思想,并进行数学自学辅导实验研究。实验根据"适当步子"、"当时知道结果"、"铺垫原则"等九条心理学原则,自编课本、练习本和答案本"三个本子"供学生在教师辅导下进行自学。自学辅导教学思想适用于各科教学,具有普遍的指导意义。[1]

---

[1] 卢仲衡. 自学辅导教学论. 沈阳:辽宁人民出版社,1998.

1. 自学辅导的教学原则

(1)班定步调和自定步调相结合。自学辅导教学保留了班级形式,每节课开始时或下课前,由教师向全班学生进行启发和小结;又突出了个别化特征,要求在课堂中让学生集中注意力自学,教师不去打断学生的思路,只作巡回个别辅导。这样使传统的集体教学与个别化教学有机结合起来。它以统一进度、要求等措施保证学生的共性发展,体现了人格上的平等。同时,也充分注意优、中、差学生和不同思维类型学生在学习能力上的个别差异,以做到用不同的要求和措施使"快者快学、慢者慢学",使不同类型的学生都得到应有的发展。在强调自学中的独立阅读、独立思考、独立钻研、独立解决问题的同时,也要求学生善于求师和互帮互学。

(2)教师指导、辅导下学生自学为主。在自学辅导教学中,学是主体,教是为了学。教师的主导作用寓于学生的主体地位之中。在整个自学备课、上课、课后辅导过程中,都应强调学生的主体地位,让学生真正做学习的主人。自学辅导教学必须要有教师的积极正确的指导与辅导,绝不是无师自通。当然,这里教师的作用主要不在于滔滔不绝的讲授上,而在于积极正确并带有艺术性的指导与辅导上。教师的指导与辅导贯穿于学生学习的每一个环节中。要根据学生的心理特点和学习规律,有目的地针对性地培养学生的自学能力和自学习惯。

(3)"启、读、练、知、结"相结合。此即"启(发)"、"(阅)读"、"练(习)"、"知(当时知道结果)"、"(小)结"相结合的课堂教学模式。"启"就是从旧知识引进新问题,激发学生的求知欲,使他们有迫切需要阅读课本和解决问题的要求。启发不是讲课,教师要"两不代替":一不代替学生阅读,二不代替学生思考。"读"就是阅读课文;"练"就是做练习;"知"就是当时知道结果,即及时反馈。"读"、"练"、"知"三者交替,学生读懂课文就做练习,做完练习就对答案;再读课文、做练习、对答案,如此交替,循环往复。"结"就是小结。小结必须有的放矢,概括全貌,纠正学生的错误,促使学生的知识系统化。启发和小结,由教师在开始上课和即将下课时向全班进行,共占 10~15 分钟。每堂课在"启、读、练、知、结"相结合的情况下,让学生在中间的 30~35 分钟内专心自学,尽量做到不要打断他们的读、练、知的交替活动。

(4)利用现代化手段加强直观性。现代化教学手段可以使教学生动活泼,加深学生对教学命题的理解和巩固。教师要根据具体教学目的,选择、制作多种多样的典型化的直观教具,通过教师的指导、概括和说明,帮助发展学生的思维能力。采用现代化教学技术,一定要适应自学辅导课的特点,用之自然,恰到好处。

(5)尽量采取变式复习加深理解与巩固。强调变式复习不仅是编写教材的原则，也是进行教学的一条原则。所谓变式，就是变其非本质特征而突出其本质特征。自学辅导教学要求尽量采取变式复习来进行巩固。在教学实践中，教师应创造性地多编一些变式复习题来补充教材的不足，以确保学生的学习质量。

（6）强动机、浓兴趣。学习动机是直接推动学习者进行学习活动的内部动力，是任何学习活动不可缺少的，对自学者尤为重要。学习动机中有两个最现实的成分，一个是学习的目的性，另一个是认识兴趣。在指导自学中，教师要有意识地激发学生的学习动机，培养他们的学习兴趣。

（7）自检与他检相结合。在自学辅导教学中，作业的检查、批改等不再主要依靠教师，而是采取了自检与他检相结合的方法。由于自检能力的形成需要一个过程，因此在自检能力培养的初期，由教师教给学生如何自检，并加强他检，为学生示范。随着学生自检能力的提高，他检与自检的比重会逐渐发生变化。因此，在自学辅导教学中，认真地"自对答案"是一个重要的环节。"自检"不仅是判断对错，也是培养学生发现问题能力和精益求精等良好学习习惯的过程。

2. 自学辅导教学的实施过程

自学辅导教学是一个循序渐进的过程。从初一开始进行自学辅导，其大体要经历以下四个阶段：

（1）领读阶段。这一阶段主要是教授学生阅读方法。要求学生基本会阅读教材，能正确理解词义，并学习概括段意。这一阶段大约一至两周。开始前三五天，由教师领读，即要像上语文课那样，逐句阅读解释，逐段概括。但每节课仍然不少于 20 分钟时间让学生自己反复阅读教材、理解内容并做练习。之后，教师就不必再领读了，但要继续教学生自学方法。学生每堂课要有 25～30 分钟的自学时间。

教会学生阅读是指教会学生"粗、细、精"地阅读课文。"粗读"即浏览教材，知其大意，找出需进一步细读的问题；"细读"就是对教材要逐字逐句地读，要钻研教材的内容、概念、公式和法则，正确掌握例题的格式，分析并掌握关键的字词、语句和符号标记；"精读"就是要进行内容的概括，在深入理解的基础上进行记忆，要求当堂掌握并记住法则，并运用它去做习题。在学生熟练掌握阅读方法后或对比较敏捷的学生，并不要求每节课都必须"三读"。

这个阶段还要培养学生认真核对答案的习惯，以便"当时知道学习结果"。在核对答案中要做到：第一，做完一道大题中的全部小题再对答案，不要做一小题就对答案，以免思维步子过小而影响思维能力的发展。少数优秀学生也可做完整个练习才对答案，一般学生则不可，以防出现连续性的错误。第二，对完答案必须在练习旁边标注对错符号，以利检查学生是否认真核对过答案，也有利于培养学生认真负责的精神。第三，经核对答案发现练习中出现错误，学生不要把做错的答案擦掉,而应在旁边加以改正,这样有利于今后复习时了解自己曾犯过的错误,以免将来重犯此错。

(2)适应自学阶段。这一阶段主要让学生适应自学辅导教学这种学习方式,逐渐形成自学习惯。时间约为二三个月。自学辅导教学要体现班定步调和学生自定步调相结合的原则。其具体做法是:课堂上一开始教师就指定学习进度,出示阅读提纲,对疑难之处略作提示启发,学生就自己阅读教材、做练习、对答案,学生必须有 30～35 分钟的自学时间。在这期间,教师一般不打断学生思维,让学生能聚精会神地自学;教师则必须巡视课堂,了解学生阅读教材的情况、检查练习、解答学生问题、辅导差生。下课前 10 分钟左右,教师则按思考提纲提问,或集体纠错、小结等。

(3)阅读能力与概括能力形成阶段。在学生比较适应自学辅导教学形式、初步形成自学习惯的基础上,加强其学习过程中的独立性。这一阶段大约需要半年到一年时间。这个阶段的具体做法同第二阶段相似,但重点在于培养学生的独立性,用自己的语言写读书笔记或心得,对概念、法则、定理或题型进行归类等等。如果继续出提纲,就要多出一些带有一般性的提纲或鼓励学生自己写提纲。要求学生学完一个单元的内容后学习写总结,了解各部分内容之间的逻辑关系,鼓励学生发现问题、提出问题。这一阶段每节课学生要有 35 分钟的时间自学。

(4)自学能力增长与自学习惯形成阶段。这一阶段要使学生完全适应自学辅导教学形式,形成良好的学习习惯,在自学过程中充分发挥学生的独立性。在这一阶段,学生要几乎不依赖教师就能阅读自学辅导教材、深刻理解内容,了解各部分内容之间的逻辑联系,能比较准确地总结单元内容,自学能力有较大提高,也有较好的迁移效果。在学习完本实验教材后能独立阅读概括性较高、步子较大的相关书籍。

就具体的每节课来说,自学辅导教学的基本过程一般可分为"启、读、练、知、结"几个步骤和环节。每节课开始时,教师可用几分钟时间规定学习进度,出示阅读提纲或对疑难处略作启发性引导。以后就让学生自学,阅读课本,做练习,对答案。教师巡视课堂,了解学生的学习情况。所谓"启",就是诱发求知欲望,激励学习新知识的动机,从旧知识引进新问题,设置激发学习新情境,大约 5 分钟左右。"读"就是阅读课文。"练"就是做练习。"知"即当时知道练习结果,核对答案,自我纠正错误。在学生自学时,中间的 30～35 分钟不宜打断学生的思维,让他们读、练、知自然进行,交替活动。所谓"结",就是教师向全体学生进行小结和纠错,将本课主要内容概括地向班集体讲授,指出上课时在课堂内巡视所发现的问题,促使知识系统化。小结的时间约为 10 分钟左右。

(三)"尝试指导—效果回授"教学

"尝试指导—效果回授"教学理论是上海青浦县以顾泠沅老师为主的数学教学改革实验小组在广泛总结该县教学经验的基础上提出的,旨在通过"尝试指导"、"效果回授"等教学策略,让所有学生都能有效学习,大面积提高教学质量。

1."尝试指导—效果回授"的基本教学原理

在调查、实验的基础上,"尝试指导—效果回授"教学流派将"大面积提高教学质量"的经验系统概括为"让学生在迫切要求之下学习"、"组织好课堂教学的层次(序列)"、"在采用讲授法的同时,辅之以'尝试指导'的方法"、"及时获取教学效果信息,随时调节教学"等四条教学措施。通过对这些教学经验和学生学习认知过程要素的分析,"尝试指导—效果回授"教学流派逐渐提炼生成了让所有学生有效学习的四条基本教学原理。[①]

(1)情意原理。这条原理也被概括为"让学生在迫切要求之下学习"。心理学研究表明,主体的中枢活动包含着互为前提、互相促进的认知结构和情意状态两个方面,激发学习者的动机、兴趣和追求的意向,加强教育者与学习者的情感交流,是促进认知发展的支柱和动力。为此,在教学中要注意以下几点:第一,以问题作为教学的出发点,即教师积极为学生创设问题情境,激发学生的求知欲和思维的积极性,并通过适当的促进和调节手段,使学生的这种心理倾向明确并维持一定的程度。第二,面对适度的困难。针对学生的个别差异,教师采取分步设置障碍等方法让不同学生面对适度的困难,从而提高学生思索的兴趣。第三,根据结果调整学习。学习过易或过难都会影响学习积极性,所以教师要根据学生的学习结果及时调整教学难度。

(2)序进原理。这条原理的原型经验是"组织好课堂教学的层次和结构"。实践表明,善于根据教材和学生的特点使课堂教学呈现出精当的层次序列,正是优秀教师成功的重要经验。为此,教师在组织教学内容时应做到:第一,每节课目的明确,重点突出;第二,课堂教学的安排注重层次、结构和张弛节奏,循序渐进;第三,尽量使新知识与学生头脑里已有的适当知识、经验建立实质性的联系,尽量使课与课之间建立精当的序列关系。此外,教师还要重视优化教材内容及结构,加强概念教学。

(3)活动原理。这条原理的原型经验是"开发自主学习活动,促进学习过程积极化",或"在采用讲授法的同时,辅之以'尝试指导'的方法"。"尝试指导—效果回授"教学流派认为,在教学中要积极开展学生的自主学习活动,采用"尝

---

① 顾泠沅.教学实验论——青浦实验的方法学与教学原理研究.北京:教育科学出版社,1994:162-186.

试指导"的教学模式,加强学习方法指导。在教学中,可采取以下旨在让学生尝试的措施:第一,引导学生边听、边想、边尝试,促使学生发现问题、提出问题、分析问题和解决问题;第二,选择部分教材,让学生自学,提出疑难,教师针对问题进行"质疑问难";第三,将传授知识的过程变为让学生探究知识的过程,让学生自行得出结论,解决问题;第四,广泛阅读课外书籍,扩大知识面,开展各种数学小组活动。

(4)反馈原理。这条原理的原型经验是"及时提供教学效果信息,随时调节教学"。有效的反馈机制是目标达成的必要保障。教学过程是一个信息交流的过程,它必须通过教师和学生之间的信息传递和反馈,才能实现控制与调节,从而达到预期目标。为此,在教学中应注意以下几点:第一,教师要及时批改学生的作业,并作个别化反馈和矫正;第二,在课中留出适当的时间进行小练习,当堂公布答案,对出现的错误要人人弄懂过关;第三,教师为每个学生做好矫正记录,经常分析学生的学习动态,做到"长善救失"。

在以上四个教学原理中,情意原理指出了中枢心理活动中认知与情意两大领域之间的横向作用;序进原理概括了活动结构从简单到复杂的纵向累积关系;活动原理从中枢与外周间的内化、外化关系及其对于环境的同化与顺应中揭示了学习的内部本质;反馈原理则强调了学习过程外部调控的重要作用。青浦县数学教学质量的大面积提高,主要得力于上述四个教学原理的综合运用及其所延伸出的教学策略。

2."尝试指导—效果回授"的教学结构与步骤

"尝试指导—效果回授"教学将教材组织成一定的尝试层次,通过教师指导让学生尝试学习;同时还非常注意回授学习的结果,以强化所获得的知识和技能。这种教学方法大致可包括"诱导、尝试、概括、变式、回授和调节"等步骤:[①]

(1)创设问题情境,启发诱导。教师根据教材的重点和难点,选择尝试点,编成问题。教学过程中先与学生一起对问题进行考察和磋商,逐渐造成这种情况——这个问题学生急于解决,但仅利用已有的知识和技能却又无法立即解决,形成认知冲突,激发起求知欲。教师应积极创设问题情境,使学生在注意力最集中、思维最积极的状态中进行尝试学习。同时,教师还应当适时地对学生的这种心理倾向予以调节和促进,使之保持明确指向并维持一定的程度。

(2)探究知识的尝试。这种探究尝试最重要的是充分发挥学生的学习主动性,改变以往那种被动的、单纯听讲的学习方式。在尝试过程中学生一般可进行这样的几项活动:阅读教材或其他有关书籍;重温某些概念和技能;做一些简

---

① 顾泠沅.教学实验论——青浦实验的方法学与教学原理研究.北京:教育科学出版社,1994:35-36.

单的数学实验,在讨论和研究中发现新的知识和方法,解决提出的问题。教师则应当拟订适合学生水平的尝试层次,确定"高而可攀"的步子,防止难易失度。

(3)概括结论,纳入知识系统。教师引导学生根据尝试所得,概括出有关知识和技能方面的一般结论,然后通过必要的讲解,揭示这些结论在整体中的相互关系和结构上的统一性,从而将其纳入学生的知识系统。

(4)变式练习的尝试。对于一般结论,教师运用概念变式、背景复杂化和配置实际应用环境等手段,编制好顺序排列的训练题,让学生进行变式练习方面的尝试。编制练习必须要有恰当梯度,逐步增加创造性因素,有时可将一道题目进行适当的引伸和变化,并使之与尝试学习过程有机结合起来,题目的组合应有利于学生概括各种解题技能或从不同的角度更换解题的技能和方法。此外,还可用多种形式给出问题条件,使学生受到训练。

(5)回授尝试效果,组织答疑和讲解。教师搜集与评定学生尝试学习效果的途径是多种多样的,如观察交谈、提问分析、课堂巡视、课内练习、作业考查等。教师通过及时回授评定的结果,有针对性地组织答疑和讲解。答疑要答在疑处,解决疑难问题;讲解则是在学生尝试的基础上,使研究的问题进一步明确,并通过帮助学生克服思维障碍,对那些不易被学生发现的问题给以适当指点。

(6)阶段教学结果的回授调节。在一个单元或一章、一册教材教学完毕之后,要进行关于教学结果的回授调节,其中尤以"阶段过关"最为重要。教师应当给掌握阶段内容有困难的学生以第二次学习机会,针对存在的问题帮助"过关"。教学细节的调节与阶段结果的调节,两者结合起来,可以大大改善教学系统的控制性能。

上述"尝试指导—效果回授"课堂教学步骤有时也被概括为"把问题作为教学的出发点"、"指导学生开展尝试活动"、"组织变式训练,提高训练效率"、"归纳总结,纳入知识系统"和"根据教学目标,及时回授调节"等五个程序。[①] 在实践中,这些教学环节和程序并不是固定的,可根据学生实际情况、教材特点而加以调整,也可以对某个方面有所侧重。其中,尝试学习是中心环节,启发诱导、创设问题情境是为学生尝试创造条件,归纳结论、纳入知识系统是把尝试学习所得的知识更加明确化和系统化,回授尝试效果、组织质疑和讲解以及单元教学结果的回授调节,是为了进一步强化所学得的知识和技能,提高尝试学习的效果。

(四)"八字"教学

上海育才中学的"八字"教学法实验始于 1979 年,但相关的教学改革实验

---

① 顾泠沅.青浦实验启示录.上海:上海教育出版社,1999:60-63.

却由来已久。早在 1960 年,育才中学就进行了教学改革试点。经过多年的改革创新,1979 年正式提出了"读读、议议、讲讲、练练"的"八字"教学法。此后,育才中学的"八字"教学法实验在我国教育界产生了广泛的影响。

八字教学法的基本精神是让学生成为学习的主人,变被动的学习为积极主动的学习。其基本教学程序为:首先,学生在课堂上自己阅读教科书,是为"读读";其次,同桌或邻桌同学互相议论提出疑问,各抒己见,是为"议议";再次,让学生在课堂上做必要的练习,基本做到当堂理解、消化和巩固,这是"练练";而"讲讲"贯彻始终,主要针对学生提出的问题,进行点拨、解惑、总结,指导学生读、议、练。八字教学法的核心是把教学工作的重点放在"学"上,让学生学得主动、有劲、放心。"读、议、讲、练"之间的关系是:读是基础,议是关键,练是应用,讲贯穿始终。具体做法如下①:

1. 读读

这个环节是指在课堂教学中,让学生读教科书,培养他们的阅读能力、自学能力。各科教学大纲都强调要培养学生分析问题和解决问题的能力,而阅读能力的培养则是培养学生分析问题和解决问题能力的先决条件。实际上,学生语文水平的提高,各科都有责任。让学生阅读教科书,就是为了实现这个目的。对于新课内容要求学生上课时阅读,阅读前根据学科内容提出要求,使学生带着要求去读,这样可以大大激发他们的求知欲,调动他们学习的主动积极性。学生阅读时教师来回巡视,及时了解学生的阅读情况。不要硬性规定学生在课前预习新课,若各科都规定预习新课,就会加重学生的负担,那样,课外他们也就没有时间钻研自己感兴趣的东西了,不利于他们的个性发展。

2. 议议

"议议",是指在课堂上同学之间的相互议论。一般是前后左右四个学生为一讨论小组(编座位时有意地将好生、差生编在一起),对阅读中发现的问题进行讨论,通过议论,使他们各抒己见,相互交流,明辨是否,以求正确结论。同时,也可改变过去课堂上那种严肃死板的教学气氛,使学生学得生动活泼。学生提出的问题,有时可能不是教材要求的或者就学生现有的知识还不能解决的,应及时作出交代,待课后作个别指导,避免浪费时间的空议。

3. 练练

"练练",是指在课堂上应用所学的知识,包括做习题、口头回答、书面练习、开卷小结和实验等等。通过练习,发现问题,再回过去读、议,以达到学习的熟练和深化。一般而言,初中各科作业堂内完成,高中各科作业基本上堂内完成。不主张布置大量课外作业,反对用频繁的书面测验和用考分来刺激学生的学

---

① 高慎英,刘良华.有效教学论.广州:广东教育出版社,2004:113.

习。具体做法是：对考试制度实行改革，取消了期中和期末考试，代之"寓测验于练习之中"、"开卷总结"、"学生相互批改作业"以及经常性的、有计划的教师与学生面谈和笔谈，做到及时了解学生的学习情况。按各学科的实际情况，在开学初、期中、期末还发动学生在教师的指导启发下评论读过的教材，对教材提意见，这样学生就必须对读过的教材进行回忆、整理、总结。这对学生来说也是一次自我复习，效果很好。当然，各科的练习要符合自己的学科特点。

4. 讲讲

在课堂教学中，"讲讲"是贯穿始终的，读时要有讲，练时也有讲，重要的是教师要根据学生在读、议、练过程中产生的问题作有的放矢、画龙点睛的讲。教师能做到这样，实际上是提高课堂利用率的最好办法，也是教师在课堂教学中起好主导作用、减轻学生课外负担的一种具体表现。

"读、议、练、讲"这几个教学环节在课堂教学中是相互渗透的，不同学科由于其性质和特点不同，在具体运用上也应有所差别，不能搞成固定的模式。读、议、练、讲的次序也可以根据具体的学科和教学情况灵活变动。

（五）异步教学

"异步教学"是由湖北大学黎世法教授于 1979 年开始经过 10 多年的探索创立的。异步教学的概念，按照黎世法教授的解释，它是一种有明确教学目标、有计划、有组织的以学生为学习主人、教师为学生学习指导者的，能将教师三种指导形式（个别指导、分类指导和全体指导）与学生五种学习形式（独学、对学、群学、请教老师和全体学）有机结合的教学组织形式。异步教学的实质就是要实现学生学习的全体化和教师指导的异步化。

异步教学的一般状况是：教师首先向全班学生提出本节课所要解决的问题，接着给学生提示解决这些问题的方法，然后在教室中巡视，认真了解学生的学情。这时学生一般都在进行独学。学生独学时，教师对某一正在进行独学的学生进行指导，这就叫个别指导。在教师对某个学生进行个别指导的同时，其他学生有的仍在独学，有的在进行对学或群学。在异步教学过程中，教师对正在进行对学和群学的学生进行指导，就叫分类指导；教师参与全体学，就叫全体指导。在异步教学中，只有使教师的三种指导形式与学生的五种学习方式有机统一起来，才能确保教学任务的完成。同时，这种统一还应体现教师的五步指导与学生的六步学习的紧密结合。所谓"五步"指导，是指"提出问题、指示方法、明了学情、研讨学习、强化效应"；"六步"学习是指"自学、启发、复习、作业、改错和小结"。教师无论是进行个别指导，还是进行分类指导和全体指导，方法都是五步指导法。学生无论是进行独学，还是对学和群学，方法都是六步学习。异步教学就是教师的五步指导与学生的六步学习相结合进行的过程，是教师指导学生按照"自学、启发、复习、作业、改错和小结"等阶段进行学习的过程。这

"六步",在中学单元教学中分别构成一种课型,故又称"六课型单元教学法";在小学,一般每节课都要涉及这些步子或几个步子合起来上一节课,故又称"六因素教学"。但它们的本质是一样的。①

1. 自学

自学教学的主要任务是要求学生通过自学基本掌握一个单元的教学内容。首先,由教师通过口授、板书或投影等方式布置自学提纲,帮助学生提出问题、开通思路、理解课文。自学提纲的详略,以学生自学能力的强弱而定,强者略些,弱者详些。提纲后面附有自学参考练习题和答案,以便及时反馈。布置自学提纲的同时,教师要进行自学指导谈话。接着,学生自学,教师巡视了解学情并有针对性的指导。教师指导时应尽量不打断学生的思路,以免影响学生自学。

2. 启发

当学生通过自学仍无法解决问题时,就需要教师提供某种"启发"。启发教学的主要任务是解决一个班的多数学生或部分学生在自学教学阶段遇到的难以解决的共性问题,或解决一个学生在自学中遇到的难以解决的个性问题。通过解决学生中存在的困难问题,使学生在头脑中形成比较完整的知识体系。启发教学的具体要求是讲解简明扼要、突破重点难点、提倡质疑问难。

3. 复习

复习教学是学生在教师指导下,运用科学的学习方法和思维方法,继续解决在新单元学习中尚未解决的问题,并在此基础上对所学的新知识进行初步的系统化、概括化,加深和巩固对所学知识的理解和记忆,为将所学的知识应用于实际、形成新的技能做准备的过程。复习前教师可布置复习提纲,学生独立复习时,教师应作检查指导。

4. 作业

作业教学是学生在教师指导下,独立地将所学的新知识灵活运用于实际,形成新的技能、技巧,进一步加深和巩固学生对新知识的理解,促进学生能力和智力的发展,提高分析问题、解决问题能力的过程。作业要有科学性,要有作业指导谈话。学生作业时,教师要巡回了解学情,并点面结合进行作业指导。

5. 改错

改错教学是学生在教师指导下,认真发现和分析作业中的错误和原因,总结经验教训,从而修正错误,掌握正确作业方法的过程。学生在教师的指导下,先进行自改。学生一边自改,教师一边巡回了解学情并有重点地指导学生自改。学生间也可互相帮助改错。每个学生除有一般的作业本外,还要有一本错

---

① 黎世法.异步教学的理论和方法.中学语文,1996(3):10-12.

误作业的重做本,将自己做错或改错的作业,在自己的重做本上重新做一遍。教师要定期抽查学生的重做本,掌握学生作业改错情况。

6. 小结

小结教学阶段是学生在教师指导下,通过复习和练习,进行独立思考,使所学知识进一步系统化、概括化,所学的技能进一步综合化、熟练化,并在此基础上进一步提高自学能力、发展智力的过程。学生在小结过程中,如果遇到难点或需要加深理解的内容,要反复阅读和深思课文并认真查阅参考资料和工具书,如果经过独立思考,问题还得不到解决,可与邻座同学小声讨论,或请教老师。

在异步教学过程中,每一教学阶段所占的课堂教学时间,不以一节课计算,要根据学生在六阶段课堂教学过程中,完成每一阶段的教学任务实际需要的时间来确定。如果教学单元较小,学习内容比较容易,一个教学单元的六个阶段教学就可在一节课内完成。如果教学单元很小,学习的内容很容易,就不需一节课时间,甚至一节课的时间可完成几个教学单元的教学任务,即在一节课内可进行几个六个阶段的教学。反之,如果一个教学单元比较大,内容也比较难学,则在一节课的时间内只能完成若干阶段的教学任务,甚至只能完成一个教学阶段的教学任务。

(六)学导式教学

学导式教学是由黑龙江省胥长辰、刘学浩等教育工作者于 20 世纪 70 年代末 80 年代初创立并在我国广泛实践的一种教学流派。学导式教学是学生在教师指导下进行自学的一种教学法。学导式教学的实质是在充分发挥学生主动性的基础上,加上教师的正确引导,使教学双方各尽其能、各得其所。

学导式教学从发展学生的自学与探索能力入手,把全面开发学生的智能作为教学活动的主线,贯穿于课堂教学的全过程,其具体教学环节包括提示、自学、解疑、精讲、演练、小结,其中,自学、精讲、演练为基本环节,提示、解疑、小结为辅助环节。[①]

1. 提示

上课伊始,教师以简练、明快、生动的语言导入新课,提出本节课的学习重点和基本要求,并从学生已有知识经验出发,激发学生的学习动机,引出思路,为学生独立自学创造条件。

2. 自学

包括课前预习和课上自学,教师提示要点与要求,学生独立自学教材,并写自学笔记,找出疑难问题等。自学一般要在课上进行,视内容多少安排 5～10

---

① 冯克诚,西尔枭.实用课堂教学模式与方法改革全书.北京:中央编译出版社,1994:62.

分钟左右。

3.解疑

学生解疑问难,查阅参考资料,讨论交流;教师巡回指导,个别辅导,或组织小组或全班进行专题讨论。

4.精讲

教师针对学生解决不了的难点和教材的关键进行精讲(或示范、演示、操作),让学生举一反三。教师精讲重在诱导、点拨或归纳、总结。讲解时,还可根据需要,组织学生讨论。

5.演练

演练是在复习当堂所学内容之后,完成作业或进行实际练习。通过演练,不仅要加深对所学知识的理解和记忆,提高实际运用和举一反三的能力,而且也要及时发现知识缺陷,进行反馈矫正。

6.小结

学生通过写复习提纲、做摘录等小结手段回顾所学内容,掌握知识或操作的内在联系,把知识和技能系统化、概括化,同时还可发现自己的薄弱环节,及时补救。

以上各环节之间既密切联系又各有区别,彼此之间互相制约、环环相扣,形成一个统一的有机整体。其中主要环节是学导式教学的骨架,辅助环节是骨架的补充。就主要环节而言,自学是基础,精讲是转化条件,演练是综合发展。学导式教学虽然讲究一定的程序,但并非是固定的模式,不能生搬硬套,应视具体情况灵活运用。

(七)中学语文"六步"教学

中学语文"六步"教学是当代著名教育家魏书生创立的一种教学模式。在多年的语文教学改革实验中,魏书生总结了一整套旨在培养学生自学能力、有效提高教学质量的教学方法体系,这主要包括:引导学生认识培养自学能力的重要性;激发学生的学习兴趣;教给学生学习的方法;培养学生良好的学习习惯,改革课堂教学结构等。[①]

1.教给学生自学的学习方法

要让学生自学,必须让他们掌握科学的学习方法。魏书生主要从以下几方面入手。

(1)引导学生画语文知识树。与别的学科不同,学生们普遍感觉语文学科的知识结构和目标不是很清楚,从而影响了语文学习的效率。针对这种情况,魏书生引导学生画语文知识结构图,用"树"的形式来表示语文知识结构。具体

---

① 魏书生文选(第一卷).桂林:漓江出版社,1995:2-128.

方法是:在初中开学前后先把初中 6 本语文教材收集起来,然后由教师引导学生对 6 册教材的知识结构进行分析归类,并以树状形式加以组织排列。6 册书中系统的语文知识大致有四部分:基础知识、文言文、文学常识、阅读和写作,这是第一层次。再进一步分析,就会发现,基础知识还包括语音、文字、词汇、句子、语法、修辞、逻辑、标点八个方面。阅读和写作包括中心、选材、结构、表达、语言、体裁六个方面。文言文和文学常识也都包括更小的具体内容。这是第二层次。再进一步分析,每个方面又包括基本知识点。这是第三层次。学生将教材知识划分为不同层次,再把握住了一、二、三层次这些主要的知识,总体语文教材怎样读,总共要学哪些知识、哪些先学后学、哪些是已知未知的,就可以心中有数了。

(2)引导学生自学整册教材、一类文章、一篇文章,使学生掌握划分文章层次、归纳中心思想和分析文章写作特点的方法。就自学整册教材而言,魏书生引导学生做的第一件事是写教材分析,包括列生字表、列新词表、单元分析、习题归类、知识短文归类、书后附录、列文学常识简表,等等。通过教材分析,学生自学就有了明确的目标和任务。在魏书生的班级里,每学期开学第一节语文课,他都喜欢问学生:"这册新书学得怎样了?"很多同学回答:"自学完了!""自学完了怎么办?""期末考试。""什么时候考?""明天!"由于魏书生重视引导学生自学整册教材、一类文章、一篇文章,使学生掌握划分文章层次、归纳中心思想和分析文章写作特点的方法,因此他能用 20 节课就教完了 100 多节课的内容,且学生成绩好得出奇。

(3)作业学生自己留、考试学生出题评卷、作文学生互相批改。长期以来,魏书生一直重视培养学生自己给自己布置作业、自己考自己、自己进行批改的习惯,不但减轻了教师的负担,而且也大大提高了学生的学习能力和成绩。例如,让学生自己出题,再每人轮流抽题考试,答题后再将试卷交还出题人评改。这一过程不但深化了学生对知识的理解和把握,而且使答题中出现的错误得以及时反馈和矫正。在这一过程中,教师要经常了解学生出的卷子和答题、评卷情况,并采取必要的措施帮助学生学习。当然,我们学习魏书生的这些做法是有条件的。

2.课堂"六步"教学

魏书生除在课内外结合培养学生的自学能力外,还在课堂教学结构方面改革传统的教学模式,创立了适于学生自学的新的课堂"六步"教学结构。

(1)定向。根据课文在整册教材和单元知识结构中的位置,结合学生的学习基础情况,确定这节课的学习重点、难点,并通过适当的方式呈示给学生。

(2)自学。学生根据学习重点和难点自学教材,独立思考,自己解决问题。学习较差的学生可根据实际情况,完成部分自学内容。即使理解课文,也不要求他们的认识一次完成,学习优秀的同学可以向深度和广度开拓。总之,要保证各类学生都学有所得。

(3)讨论。前后左右每四人为一组,把自学不懂的地方提出来,互相讨论;讨论也不能解决的问题,留待答疑时解决。

(4)答疑。分组讨论,仍没有解决的问题,则提交全班同学。学生如果会,则由学生解答,学生不会,则由教师解答。

(5)自测。根据"定向"指出的重点、难点,以及学习后的自我理解,由学生以多种方式拟出少则3～4分钟,多则十几分钟的自测题,让全班同学回答,完毕,立即拿出红笔评卷,错的地方用红笔写出正确答案,回答之后将红色的内容再用蓝色的笔做一遍,再用红笔评卷。

(6)自结。即学生自己回忆总结这节课:学习重点是什么,学习过程有几个主要环节,知识掌握情况如何。自结,大部分采取每位学生都坐在自己的座位上,七嘴八舌大声说的形式。有时也请一位同学总结,大家订正。

魏书生强调,上述六步,只是基本的程式,在实际教学中,应灵活运用。

(八)愉快教学

愉快教学的改革实验始于20世纪80年代中期。它本着既要提高教学质量,又不加重学生负担的原则,最早由上海一师附小等学校进行实践探索。愉快教学是个大概念,凡以学生的全面发展为目标,强调减轻学生的学习负担,充分发挥学生的内在潜能,使学生愉快地学习,在愉快的体验中求发展,在发展中求愉快的教学,都属于"愉快教学"。

愉快教学虽然有着共同的教育思想和目标,但在具体做法上并不完全一样,概括起来主要有如下几点:[①]

1. 建立友爱、融洽、和谐的人际环境

友爱、融洽、和谐的人际环境是实施"愉快教学"的必要条件。首先,要建立民主平等的师生关系,缩短师生的心理距离;其次,要加强教学文化建设,注重教学文化的感染。和谐的师生关系、健全的规章制度、优美的教学环境、正确的舆论导向等所形成的教学文化对愉快教学有着重要的影响。

2. 创设审美教学环境

愉快教学对教学活动的审美性提出了更高的要求。首先,要讲究教学艺术。为了让学生学有所得、学有所乐,教师必须不断完善教学,提高教学艺术,创设善教乐学情境,使课堂教学引人入胜,并能根据学生的心理变化,适时调整教学,使整个教学过程始终处于一种愉快、舒适的气氛和环境之中。其次,要发掘教学内容的审美价值。各科教学内容都蕴含着丰富的审美因素,具有重要的

---

① 李彦军,李洪珍等. 中国当代教学流派. 济南:山东教育出版社,2002:100-109.

审美价值,关键是教师要具备审美修养,善于引导学生从教学的静态和动态中去发现美、感受美。再次,要建构"审美教学场"。"审美教学场"是一种给学生以美的感染和体验,从而使学生产生学习需求和创造欲望的教学情境,它是由教学的内容美、教师的教学美和学生的学习美相互作用和激发所构成的。正是在这种氛围中,愉快教学才得以实现。

3. 提供必要的时空资源

首先,要保持教学时间和空间的合理分配,坚持课内外、校内外相结合的原则,在课内外为学生留出一定的独立学习和探索的时间和空间,每堂课都要给学生留下一定的独立思考余地。为此,许多开展愉快教学研究的学校都非常重视优化学生一天的生活,通过提高课堂教学效率,减轻学生负担,开展丰富多彩的课外活动,把学校办成育人的乐园。其次,要注重培养学生的自主活动能力,使学生乐学会学是愉快教学的基本出发点。因此,各地的愉快教学都高度重视教会学生学习,使学生不仅乐学、会学,而且学而有方,学有所获。

4. 培养学生健康的学习心理

这方面,从各地的实践看,主要抓两点:一是培养乐学情趣。例如,上海一师附小提出"书山有路趣为径,学海无涯乐作舟",把学习兴趣作为愉快教学的基础,变以往"指路给学生走"为"指导学生自己找路走"。二是培养学生"苦学"的意志。学习总有困难,只有凭借学习意志的巨大力量才能保证学习的顺利进行,进而体验战胜困难后取得成功的快乐。因此,教师要引导学生在动机的驱使下,在强烈的情趣的激发下,知难而进,锻炼克服困难的意志力量。

5. 运用多维丰富的愉快教学模式

从各地的实践看,愉快教学的模式丰富多彩,如"激趣—快乐式"、"三段五步式"等等。其中,首批开展愉快教学实验的广州八旗二马路小学,借鉴现代教学理论的最新研究成果,吸收国内外教学实践的成功经验,构建的三段式愉快教学模式有一定的典型性。第一阶段:以趣激学,引发动机,展示目标。第二阶段:以趣导学,组织认知,掌握目标。第三阶段:以趣励学,适时评价,反馈目标。运用这一模式,让学生始终保持大脑的兴奋状态,在充满乐趣的心境中进行学习,使学生的智力潜能在非智力因素的推动下不断发展,使教与学在"以趣导学"中达到完美和谐的统一。

(九)情境教学

江苏省南通师范第二附属小学语文特级教师李吉林,从 1978 年开始开展小学语文情境教学的实验。实验经历了"创设情境,进行片断语言训练"、"带入情境,提供作文题材"、"运用情境,进行审美教育"、"凭借情境,促进整体发展"四个阶段,逐渐形成了以情境交融为主要特色的小学语文教学新体系,在全国教育理论界和小学语文教学界引起了较大反响。

长期以来,情境教学流派逐步形成了以"美"为突破口,以"情"为纽带,以"思"为核心,以"练"为手段,以"周围世界"为源泉的情境教学操作模式。这主要体现在创设情境和优化过程两个方面。①

1. 创设情境

情境教学模式的中心环节是创设情境,即根据教学目标的需要,凭借一定的手段,为学生创设充满美感和智慧的环境、氛围,使之与儿童的情感、心理发生共鸣,从而情绪饱满、自觉自愿地投入学习。所创设的情境一般要求形象鲜明、充满激情、新奇优美、设疑促思。其创设方法不一而足,常见的形式主要有生活展现情境、图画再现情境、音乐渲染情境、角色体验情境、实物演示情境、语言描绘情境。

2. 优化过程

情境教学十分注重过程的优化。李吉林的语文教学改革,正是在优化过程中构建起具有可操作性的阅读与作文的教学模式。

(1)阅读教学模式

①初读——创设情境抓全篇,重在激发动机。在教学一篇课文的起始阶段,或通过语言描述情境,或描绘画面,或揭示实物,或联系学生的已有经验,导入新课,激起学生阅读全篇的兴趣,使学生主动地去读。

②细读——强化情境,理解关键词句段。在概览全貌后,准确地掌握重点段、区分主次是培养学生实际能力的重要方面。情境教学通过带入教材本身描绘的具体情境,并结合点拨、设疑、对比等方法,引导学生理解关键词句。细读的程序一般为:强化感知,充分利用情绪,加深内心体验;提供想象契机,展开想象和联想,丰富课文内容;设计训练,促使语言与思维积极活动,在运用中加深理解。

③精读——凭借情境品赏语感,欣赏课文精华。"精读"指的是要求学生在读懂全篇课文的基础上,抓住课文精华深读。教师在引导学生精读时,要十分注重对课文语言的形象、节奏、气势以及感情色彩的推敲、品尝,凭借所创设的情境,抓住课文传神之笔,让学生体会语感,悟出文章中绚丽的文采。

(2)作文教学模式

①观察情境,提供源泉。"观察情境教作文",是作文指导的有效形式。情境教学以"选取鲜明的感知目标,安排合理的观察程序,考虑好富有启发性的导语"为前提,组织学生进行观察,使他们做到"多见而识之",作文时有感而发。

②进入情境,激发动机。俗话说,"情以物兴","情动而辞发"。情境教学正是通过"情境"的感染,使学生产生热烈的情绪和积极动笔的愿望,从而写出一

---

① 李彦军,李洪珍等. 中国当代教学流派. 济南:山东教育出版社,2002:40-53.

篇篇富有儿童情趣的作文。

③拓宽情境,打开思路。情境教学从"丰富情境"、"想象情境"、"文题范围的宽泛"、"材料安排的求异"、"表达方式的多样"等方面,打开学生的思路。

④范文引路,指点方法。教材是学生学习写作的范文,要充分发挥范文的作用,以范文引路,实行读写结合,指点方法。

⑤提早起步,螺旋上升。对儿童的语言训练,情境教学坚持早起步,高起点,从整体出发,螺旋上升,各年级有所侧重,有效促进了学生语言的发展。

(十)目标教学

自 20 世纪 80 年代中期以来,我国广大教师创造性地借鉴和运用布鲁姆的掌握学习理论、教学目标分类学和形成性评价理论,开展了全国性的"目标教学"教改实践。所谓目标教学,就是以明确的教学目标为导向,以教学评价为动力,以反馈、矫正、强化为核心,让绝大多数学生掌握教学内容的一种教学体系。目标教学模式对大面积提高教学质量具有重要意义。

根据教学时段大小和内容份量的不同,目标教学的基本模式可分为学程目标教学模式、单元目标教学模式和课时目标教学模式三种类型。这三类目标教学模式的具体内容尽管有所不同,但基本精神是一样的。其基本程序为:①前提诊断。对将要学习的学程(或单元、课时)教学内容所涉及的基础知识,由教师组织学生进行必要的检查、提示、复习或回顾,为学习新知识做好准备。②明确目标。教师展示目标,让学生对新知识应达到的水平和掌握的范围做到心中有数。③达标教学。通过讲授、提问、练习或自学形式紧扣目标进行教学,力求让尽量多的学生掌握教学内容。④形成性评价。通过评价了解学生的掌握情况和学习中存在的问题及原因。⑤反馈矫正和补救。根据评价反馈的信息,进行针对性的强化或补救教学,以确保每个学生都能过关达标。⑥总结性评价。重复上述步骤,在学期结束或学程结束时进行总结性评价。

二、当代国外重要教学理论

(一)布鲁纳的结构主义教学理论

布鲁纳(Bruner J. S.)是"二战"之后美国著名的心理学家和教育家。他应用结构主义的方法论和认知心理学的研究成果,阐述了认知、发展和教学统一的教育观,构筑了以认知心理学研究为基础的教学理论。其教学思想对美国 20 世纪 60 年代以来的科学教育改革实践产生深刻的影响,是美国自杜威之后,在教育理论上具有卓越贡献的思想家。其结构主义教学理论的基本主张是:

1. 理智发展的教学目标

布鲁纳认为,发展学生的智力应是教学的主要目的。他在《教育过程》中指出,教育不仅要培养成绩优异的学生,而且还要帮助每个学生获得最好的理智发展。教育主要是"培养学生的操作技能、观察技能、想象技能以及符号运算技能"。

2. 教学原则

布鲁纳提出了四条教学原则：

第一，动机原则，学习取决于学生对学习的准备状态和心理倾向。儿童对学习都具有天然的好奇心和强烈的愿望，问题在于教师如何利用儿童的这种自然倾向，激发学生参与探究活动，从而促进儿童智慧的发展。

第二，结构原则，即要选择适当的知识结构，并选择适合于学生认知结构的方式，才能促进学习。这意味着教师应该认识到教学内容与学生已有知识之间的关系，知识结构应与学生的认知结构相匹配。

第三，程序原则，即要按最佳顺序呈现教学内容。由于学生的发展水平、动机状态、知识背景都可能会影响教学序列的作用，因此，如果发现教学效果不理想，教师就需要随时准备修正或改变教学序列。

第四，强化原则，即要让学生适时地知道自己学习的结果。但需要注意的是，教师不应提供太多的强化，以免学生过于依赖教师的指点。另外，要逐渐从外部奖励转向内部奖励。

3. 要重视学科知识结构

布鲁纳认为，任何学科知识都存在一个基本结构，把这种结构以及该学科所特有的研究方法作为教学内容时，教学就将获得最好结果。因此，教学要重视学科知识结构及其研究方法和态度的学习。他认为，学习学科知识结构有四个好处：第一，懂得学科基本结构可以较容易地理解和掌握整个学科；第二，结构的了解有助于记忆；第三，领会学科基本观念和原理，有助于学生把学习内容迁移到其他情景中去；第四，如果给予学生适当的学习经验和对结构的合理陈述，即便是年幼儿童也能学习高级的知识，从而缩小高级知识与初级知识之间的差距。

4. 强调发现学习法

"怎样教？"布鲁纳提出应以发现学习配合学科结构课程。"我们教一门科目，并不是希望学生成为该科目的一个小型图书馆，而是要他们参与获得知识的过程。""亲自发现的实践，可使人按照一种促使信息更迅速地用于解决问题的方式去获得信息。""学会如何学习"本身要比"学会什么"来得重要。他强调，发现学习不局限于人类对未知世界的发现，更为重要的是学生凭自己的力量对人类文化知识所作的"再发现"，它是"用自己的头脑亲自获得知识的一切形式"。教师的角色在于创设可让学生自己学习的环境，而不是提供预先准备齐全的知识。因此，他极力倡导使用发现法，强调学习过程，强调直觉思维，强调内在动机和培养学生运用假设、对照、操作的发现技巧。

(二)赞科夫的实验教学论思想

赞科夫从20世纪50年代初就开始对教学与发展的问题进行实验研究,并把毕生精力用于提出并论证与苏联传统教学论思想不同的实验教学论体系。

实验教学论是以培养学生的能力,促进学生充分发展为目的,以对照实验、跟踪观察和数据分析为方法论依据,对教学论领域中的一系列重大理论问题进行探讨、实践以后总结出来的一种新的教学论体系,目的是"以尽可能大的教学效果来促进学生的一般发展"。所谓"一般发展",是指教学中学生身体和心理的发展,而心理的发展主要包括了观察力、思维力、实际操作能力和情感、意志品质的发展。赞科夫的"一般发展"概念,纠正了传统教学论认为教学就是传授知识、技能的片面观点。

实验教学论体系是以苏联心理学家维果茨基的"最近发展区"为理论依据的。维果茨基认为,儿童的发展可以区分为两种水平:第一种水平是现有发展水平,即学生已经达到的、能够独立解决问题的水平;另一种水平是最近发展区,即在教师的引导和帮助下能达到的解决问题的水平。教学应走在发展的前面,为学生发展创造"最近发展区",然后使学生的"最近发展区"转化为现有发展水平。在维果茨基看来,"只有当教学走在发展前面的时候,才是好的教学。……如果教学只能利用发展中已经成熟的东西,如果教学本身不是发展的源泉,不是新的形成物产生的源泉,那么这种教学完全是不必要的"。所以,比起学生现有发展水平,最近发展区对学生智力发展和学习成绩的变化具有更直接的意义。赞科夫从中得到启示,认为传统教学论的一个弊端是把教学仅仅建立在学生已有的发展水平上。而实验教学论的指导思想是要达到尽可能好的教学效果,以促进学生的一般发展。为此,他在其代表作《教学与发展》一书中,提出了实验教学论体系的五项教学原则:

(1)以高难度进行教学原则。"难度"这个概念主要指"克服障碍"和"学生的努力"。赞科夫认为,如果在教学过程中没有出现学生应当克服的障碍,那么学生的发展就会萎靡无力。因为学生的智力、情感和意志也像肌肉一样,如果不加以锻炼和给以适当的负担,它不仅得不到应有的改进,反而会衰退。但教学内容必须是学生通过努力后能够理解的,如果过于困难,学生就会不由自主地走上机械记忆的道路,这样,高难度反而从一种正面的因素变成反面的因素。

(2)以高速度进行教学的原则。强调"高速度",主要是为了避免传统教学教程中多次单调地复习旧课,人为地把教学进度拖慢的现象。赞科夫认为,只要学生掌握了已经学过的知识就向前进。速度加快了,学生就有可能接受更多的知识;学生的视野拓宽了,就可能在新旧知识之间建立联系,把新知识纳入已有的知识体系中去。当然,教学进度也不是越快越好,而是为了减少不必要的重复,通过扩大学生知识的广度,增强理论概括的能力。

（3）理论知识起主导作用的原则。这是以高难度进行教学的原则的进一步延伸和补充。赞科夫强调学生要尽可能深刻地理解学科的概念、关系和依存性，即从本质上反映经验的原理、法则。

（4）使学生理解学习过程的原则。在赞科夫看来，传统的教学虽然也强调学生的理解，但是要学生理解的学习内容是知识、技能和技巧，是指向外部的；而他关注的是，理解学习活动的进行过程，是探索获得知识的途径与方法，是指向内部的。从这个角度来看，理解的对象和性质都是有区别的。此外，赞科夫强调学生要理解学习过程，而不是理解教学过程，目的是要教师把注意力放在指导学生掌握学习的方法、学会怎样学习上，注重培养学生自己获取和处理信息的能力，以适应社会发展的需要。

（5）使全班学生都得到发展的原则。赞科夫意识到，每个学校每个班级都有"尖子"和"差生"，如果通过高难度、高速度的教学只是培养出几个尖子，那就没有什么推广的意义。因此，他强调要促使所有学生都得到充分发展。在他看来，在传统的教学实践中，教师给差生提供理智活动的机会往往很少。教师往往把大量的作业和练习作为改变学生成绩不良现象的主要措施，或者放学后把差生留下来补习。其实，这种惩罚性的补救方式，只会加重差生的心理负担，不仅不能促进他们心智的发展，反而使他们更加落后。当然，这一原则也并不是要求所有学生都得到一样的发展，而是在各自不同的起点上，建立不同的"最近发展区"，促进每个学生的最佳发展。

从20世纪60年代中期起，苏联教育界对赞科夫的实验教学论体系展开了辩论，贬褒不一，但基本上还是肯定了实验教学论的理论和实践指导意义。赞科夫关于发展性教学的思想以及教学改革的一些合理化建议，是值得我们借鉴的。

（三）布鲁姆的掌握学习教学理论

自实施班级教学以来，在普通学校里，统一的教学内容、方法、起点、时间，与学生不同的需要、知识经验、智力、意志、性格等种种个别差异之间一直存在着尖锐的矛盾。针对这一矛盾，美国当代著名教育学家和心理学家布鲁姆经过长期探索，于20世纪60年代末提出了一种旨在改进传统课堂教学和大面积提高教学质量的掌握学习教学方法。这种教学方法从60年代末开始运用于美国中小学，并逐渐在世界范围内得到大面积推广。80年代中期，掌握学习教学法引进国内，对我国中小学也产生了较为广泛而深远的影响。掌握学习教学法由此被誉为美国最有意义的教育研究成果之一。

1.布鲁姆的教育观

（1）教育功能观。布鲁姆认为，教育是一种有目的的活动，教育的基本功能是使个人得到发展。因此，学校教育的主要任务是充分培养与发挥每个学生的能力，而不是淘汰大多数和选拔少数天才。他认为，"教育必须日益关心所有儿童与青年的最充分的发展，而学校的责任是提供能够使每个学生达到他可能达到的最高学习水平的条件"。他坚信教育的功能不是筛选和淘汰，不是对学生进行分类，而是促进学生个性的发展。

（2）新的学生观。布鲁姆的学生观主要包括三个观点：第一，师生对学习成就固定化的预想是"最具有破坏性的"观念。第二，成绩的分布接近正态分布时，说明我们的教育努力是不成功的。"正态曲线并不是什么神秘的东西，它所描绘的是一种随机的结果。教育是一种有目的的活动，在这种活动中，我们力图使学生学会我们所教的东西，所以如果我们的教学是有效的话，成绩分布应与正态分布很不相同。"否则，说明学校的课程编排方式和教师的教学方法不够合理与完善，没有充分调动全体学生的学习积极性。第三，我们的孩子都能学习。"一般理智健全的儿童，完全能够成功地学会教给他们的内容，如果发生落后，关键在于缺乏适合其特点的教学。"

2. 掌握学习教学法的实施过程

掌握学习教学法就是学生在最佳教学、有足够时间的条件下掌握学习材料的一种教学方式。其中心思想是教师在普通班级的集体教学中，教材分单元、按教学目标进行教学，随之进行形成性测验，通过反馈，针对学生学习中存在的问题，进行矫正，然后再进行一次平行性的形成性测验，以确定学生掌握学习内容的程度并再次进行针对性的诊断和指导学习。经过以上程序，单元教学的任务已经完成，教师便可接着进行新单元的教学。按此循环往复，使后续知识的学习总是建立在牢固掌握前面知识的基础上，直至学完全学期教材。最后评定掌握等级。这样，通过班级集体教学和个别化反馈矫正相结合的教学过程，既发挥了传统课堂教学的优势，又照顾了学生的个别差异，从而使绝大多数学生均能获得优良的学习成绩，达到教学质量的大面积提高。

掌握学习理论强调在教学中不断地、及时地进行反馈与矫正，通过经常的形成性测验不断获得及时的教学反馈信息，并据此为学生提供可供选择和补充的教学手段和材料。同时，教师要确保学生学习的"适当条件"，即必须使学生在学习前就具备必要的认知和情感条件，并使教学适合学生的实际需要。

第三节　教学原则和方法

一、教学原则

教学原则是教学工作必须遵循的基本准则和要求，是根据教育目的和教学规律制定的,也是教学工作实践经验的总结和概括。正确贯彻教学原则是完成教学任务的重要保证。

(一)直观性原则

直观性原则,是指在教学过程中要通过学生观察所学事物,或教师语言的形象描述,引导学生形成所学事物、过程的清晰表象,丰富他们的感性知识,从而使他们能够正确理解书本知识和发展认识能力。这一原则是根据教学过程的认识规律和学生认识活动的特点提出来的。

贯彻直观性原则的基本要求是:①正确选择直观教具和现代化教学手段。在教学中要根据教学的任务、内容和学生年龄特征正确选用直观教具。直观教具分两类:一是实物直观,包括各种实物、标本、实验、参观;二是模象直观,包括各种图片、图表、模型、幻灯片、录像带、电视和电影片等。②直观要与讲解相结合。教学中的直观不是让学生自发地看,而是要在教师的指导下有目的地观察,教师通过提出问题引导学生去把握事物的特征,发现事物之间的联系,并通过讲解以解答学生在观察中的疑难,获得较全面的感性知识,从而更深刻地掌握理性知识。③重视运用语言直观。教师用语言作生动的讲解、形象的描述,能够给学生以感性知识,形成生动的表象或想象,也可以起直观的作用。

(二)启发性原则

启发性原则,是指在教学中教师要承认学生是学习的主体,注意调动他们的学习积极性,引导他们独立思考,积极探索,生动活泼地学习,自觉地掌握科学知识和提高分析问题、解决问题的能力。

中外教育家都很重视启发教学。孔子提出了"不愤不启,不悱不发"的著名教学要求,这是"启发"一词的来源。《学记》中提出"道而弗牵,强而弗抑,开而弗达"的教学要求,阐明了教师的作用在于引导、激励、启发,而不是牵着学生走,强迫和代替学生学习。在西方,苏格拉底在教学中重视启发,他善于用启发式来激发和引导学生自己去寻找正确答案。苏格拉底认为,教师在引导学生探求知识过程中起着类似助产师的作用,所以苏格拉底的启发式教学又被称为"产婆术"。第斯多惠也有一句名言"一个坏的教师奉送真理,一个好的教师则教人发现真理"。

贯彻启发性原则的基本要求是:①调动学生学习的主动性。调动学生学习的主动性是启发的首要问题。学生学习的主动性受许多因素的影响,如学生的好奇心、兴趣、爱好、求知欲,获得优良成绩或得到表扬、奖励的愿望,为实现某个远大理想等,教师要善于因势利导,使许多一时的欲望和兴趣,汇集和发展为推动学习的持久动力。②创设问题情境,引导学生积极思考。教学使学生的思维活跃起来,积极思考,这是启发式教学的关键。其焦点在于创设问题情境。所谓问题情境,指的是一种具有一定困难,需要学生努力克服,而又是力所能及的学习情境(学习任务)。常言道,"问则疑,疑则思",学生的积极思维常常是由问题情境所引起的,教师要根据教材特点和学生实际,就教学的重点、难点和关键,提出富有启发性的问题,引导学生积极思考,以获取新知识,提高分析问题和解决问题的能力。教师在启发学生思考的过程中,要有耐心,给学生以思考时间,要有重点,问题不能太多,不能蜻蜓点水,启而不发;启发学生理解知识,并理解学习过程;掌握获取知识的方法;启发不仅要引导学生动脑,而且要引导他们动手,把动脑、动口、动手结合起来,发展学生的创造能力。③发扬教学民主。这是启发式教学取得成功的重要条件。它主要包括:建立民主平等的师生关系和生生关系,创造民主和谐的教学气氛,鼓励学生发表不同见解,允许学生向教师提问质疑等。

(三)循序渐进原则

循序渐进原则,是指教学要按照学科的逻辑系统和学生认识发展的顺序进行,以期使学生系统地掌握基础知识和基本技能,促进学生身心健康发展。

我国古代教学注重按一定顺序进行。《学记》要求"学不躐等""不陵节而施",提出"杂施而孙,则坏乱而不修"。如果教学不按一定顺序,杂乱无章地进行,学生就会陷入紊乱而没有收获。朱熹进一步提出,"循序而渐进,熟读而精思",明确提出了循序渐进的教育要求。在国外,夸美纽斯主张"应当循序渐进地来学习一切,在一个时间内只应当把注意力集中在一件事情上";另外,乌申斯基、布鲁纳等都很强调系统知识的学习。

贯彻循序渐进原则的基本要求是:科学地把握教学内容的顺序和前后知识之间的衔接关系,按课程标准和教科书的体系进行教学;抓好教学过程的顺序,做好教学过程中每个环节的工作,合理安排教学过程;抓好学生学习的顺序,做好知识系统化工作,培养学生对所学知识系统化的能力。

(四)因材施教原则

因材施教原则,是指教师要从教学的实际情况、学生的年龄特征和个别差异出发,有的放矢地进行教学,使每个学生都能扬长避短,获得最佳的发展。

我国古代孔子善于根据学生的不同特点,有针对性地进行教育,以发挥他们各自的专长。宋代朱熹把孔子这一经验概括为"孔子施教,各因其材"。这是"因材施教"的来源。

贯彻因材施教原则的基本要求是:深入细致地研究和了解学生,掌握学生个人和集体的详细情况;把因材施教和统一要求结合起来,在严格按照教育目的、课程标准和教科书的要求教育学生的同时,根据学生的个别差异进行重点指导;正确对待学生的个别差异,做到有的放矢,有针对性地进行教学,一方面要善于发现和培养有特殊才能的学生,另一方面对于学习有困难的学生,要给予特殊帮助。

(五)理论联系实际原则

理论联系实际原则,是指教学要以学习基础知识为主导,从理论与实际的联系上去理解知识,注意运用知识去分析问题和解决问题,达到学懂会用、学以致用。

贯彻理论联系实际原则的基本要求是:重视书本知识的教学,使学生获得系统的科学基础知识和基本理论;根据学科内容、任务及学生的特点,正确、恰当地联系实际;通过积极引导学生参加各种教学实践和社会实践活动,加深学生对书本知识的理解,培养学生分析问题、解决问题的能力;补充必要的校本教材。

(六)巩固性原则

巩固性原则,是指教学要引导学生在理解的基础上牢固地掌握知识和技能,长久地保持在记忆中,能根据需要迅速再现出来,以利知识技能的运用。

历代许多教育家都很重视掌握知识的巩固问题。孔子要求"学而时习之"、"温故而知新"。乌申斯基认为,复习是学习之母。

贯彻巩固性原则的基本要求是:①在理解的基础上巩固。理解知识是巩固知识的基础。要使学生知识掌握得牢固,首先在传授时要使学生深刻理解,留下极深的印象。在教学中,要引导学生把理解知识和巩固、记忆知识联系起来,当然,强调理解记忆,并不否定在教学中要求学生对一些知识作机械记忆。②重视组织各种复习。为了组织好复习,教师要向学生提出复习与记忆的任务,要安排好复习的时间,要注意复习方法的多样性。要指导学生掌握记忆方法,学会通过整理编排知识、写成提纲口诀来帮助记忆。③在扩充改组和运用知识中积极巩固。在教学中教师要引导学生通过努力学习新知识,扩大加深改组原有知识和积极运用所学知识于实际来巩固知识。它不是要求学生原地踏步,反复温习,而是在前进中巩固,在学习新知识的过程中不断联系、复习已有知识,在运用知识中不断巩固和深化已有的知识与技能。

(七)整体协调原则

教学的整体协调原则,是指从教学所承担的任务来讲,要使学生在德、智、体等几方面都得到发展,不能偏废任何一方;从教学对象来讲,教学要面向全体学生,以充分体现"教育机会人人平等"的义务教育宗旨和原则;从构成教学活动的基本要素来讲,要充分发挥各要素在达成教学目标过程中的整体作用。教学整体协调原则既是由社会主义教育目的决定的,也是我国中小学教育和教学活动具有整体性特点的反映。

贯彻教学整体协调原则的基本要求是:实现科学性和思想性的统一;实现知识传授和发展智能及培养非认知因素的统一,结合教学实际,把培养学生的动机、兴趣、情感、意志等非认知因素落到实处,促进学生身心和谐发展;努力做到长知识与长身体同步；实现个别与全体发展的统一，面向全体学生，促进全班学生的发展；实现教学诸要素的有机配合，明确教学任务、精通教材、了解学生、熟悉并有效驾驭各种教学方法、教学手段和教学环境，恰当处理各要素间的相互关系，以保证获得最佳的整体效益。

二、教学方法

教学方法就是在教学过程中教师和学生为实现教学目的、完成教学任务而采取的教与学相互作用的活动方式的总称。教学方法具有双边性，它既包括教师的教法，又包括学生的学法；教师的教法和学生的学法是相互联系和相互作用的。各类教学方法都有各自的优势和不足，在教学中，教师应根据教学的具体目标、学生的实际情况、各门学科的特点和教师自身的素养来合理选择和运用教学方法。下面是我国中小学常用的教学方法及其分类。

（一）以语言传递信息为主的方法

1. 讲授法

讲授法是教师通过口头语言向学生系统地传授文化科学知识的方法。它包括讲述、讲解、讲读、讲演四种具体形式。讲述是教师运用具体生动的语言对教学内容作系统叙述和形象描绘的一种讲授方式，一般在语文、历史、政治等文科教学中用得比较多；讲解是教师运用通俗易懂的语言对教材内容进行解释、说明、分析、论证的一种讲授方式，一般用于数、理、化等自然科学教学中；讲读是教师把讲述、讲解同阅读教材有机结合，实现讲、读、练、思相结合的一种讲授方式，一般用在语文、外语课的教学中，但也可用于数、理、化等其他学科的教学中；讲演是教师以演说或报告的形式在较长的时间里系统地讲授教材内容，深入分析，科学论证，从而得出科学结论的一种讲授方式，多用于中学高年级。

讲授法是学校教学中常用的方法之一。其特点是可以使学生在很短的时间内获得大量的系统连贯的知识；同时也便于教师按照教学计划有条不紊地完成教学任务，充分发挥教师的主导作用；也有利于对学生进行思想教育。但如果使用不当，极易使学生思维被动，不利其主动积极性的发挥，也难以照顾学生的个别差异。

采用讲授法的基本要求是：教师要精通本门课程的教学内容，做到融会贯通；要具有较强的语言表达能力和组织学生听讲的能力，力图语言清晰、准确、简练、形象、条理清楚、通俗易懂，讲授的音量、速度要适度，注意音调的抑扬顿挫，以姿势助说话，提高语言的感染力；要根据不同性质的教学内容和学生的实际水平，使讲授内容尽可能与学生的认识基础发生联系，善于诘问并引导学生分析和思考问题，尽可能做到讲授过程的启发性和艺术性；要灵活地变换讲授的具体方式并与其他教学方法相配合，恰当运用板书，帮助学生掌握知识点。

2.谈话法

谈话法又叫问答法,是教师按一定的教学要求向学生提出问题,要求学生回答,并通过问答的形式来引导学生获取或巩固知识的方法。谈话法特别有助于激发学生的思维,调动学生的积极性,培养他们独立思考和语言表达的能力。

谈话法的基本要求是:①要准备好问题和谈话计划。在上课之前教师要根据教学内容和学生已有的经验、知识,准备好谈话的问题、顺序及从一个问题引出和过渡到另一个问题的程序。②提出的问题要明确、引起思维兴奋,即富有挑战性和启发性,问题的难易要因人而异。③要善于启发诱导。当问题提出后,要善于启发学生利用他们已有的知识经验或对直观教具观察获得的感性认识进行分析、思考,研究问题或矛盾的所在,因势利导,让学生一步一步地去获取新知。④要做好归纳、小结,使学生的知识系统化、科学化,并注意纠正一些不正确的认识,帮助他们准确地掌握知识。

3.讨论法

讨论法是在教师指导下,学生以全班或小组为单位,围绕教材的中心问题,各抒己见,通过讨论或辩论活动,获得知识或巩固知识的一种教学方法。

讨论法的优点在于:由于全体学生都参加活动,可以培养合作精神,集思广益、互相启发、互相学习、取长补短,加深对学习内容的理解;可以促进学生的语言表达能力和灵活运用知识分析问题、解决问题的能力。讨论法适用于中学高年级。但这种方法的计划性、预见性差。同时,学生获得的知识往往比较零散、粗糙,需要及时归纳、概括和总结。

运用讨论法,首先要确定有价值的讨论题目,同时教师要提出讨论的具体要求,指导学生收集材料,认真准备讨论意见,拟订发言提纲;讨论时,要充分启发每个学生独立思考,鼓励他们各抒己见,并就问题实质的分歧进行辩论,培养学生实事求是的精神和创造性地解决问题的能力;讨论结束后,教师要及时总结,并指出需进一步思考和研究的问题。

4.读书指导法

读书指导法是教师指导学生通过阅读教科书和课外读物获得知识、养成良好读书习惯、培养自学能力的教学方法。读书指导法又称阅读指导法。

读书指导法的特点是既强调学生的"读",又强调教师的指导。因此,在运用读书指导法时,教师要指导学生有目的、有计划地读书;启发学生联系已有知识、经验,研究解决实际问题,防止读书过程中理论与实际的脱节;教会学生使用工作书;帮助学生掌握阅读方法;通过多种方式和途径如课堂讲授、朗读、组织读书报告会、讨论会、讲演会等指导学生阅读。

（二）以直接感知为主的方法

1.演示法

演示法是教师通过展示实物、直观教具、示范性实验或采取现代化视听手段等，指导学生获得知识或巩固知识的方法。演示的特点在于加强教学的直观性，不仅是帮助学生感知、理解基本知识的手段，也是学生获得知识、信息的重要来源。

演示法的基本要求是：①做好演示前的准备。演示前要根据教学需要，做好教具准备。②要使学生明确演示的目的、要求与过程，主动、积极、自觉地投入观察与思考，让他们知道要看什么，怎么看，需要考虑什么问题。③通过演示，使所有的学生都能清楚、准确地感知演示对象，并引导他们在感知过程中进行综合分析。

2.参观法

参观法是根据教学需要，教师组织和带领学生到校外一定的场所，对实际事物进行观察研究，从而获得知识或巩固、验证已学知识的方法。

参观法能有效地使学生把书本知识与社会生产和生活实际结合起来，帮助学生更好地领会和掌握知识；它可以扩大学生的眼界，激发学生的求知欲；还可以使学生受到生动而实际的思想教育。但这一方法费时较多，组织工作也较复杂。

运用参观法时，教师要实事求是地根据教学要求和现实条件，确定参观的目的、时间、对象、重点和地点，并做好充分准备；参观时，教师要提出具体要求，组织并指导学生参观；参观后要及时进行总结，引导学生把所获得的感性认识上升为理性认识。

（三）以实际训练为主的方法

1.练习法

练习法是学生在教师指导下，通过课堂及课外作业，将所学知识运用于实际，借以巩固知识、形成技能技巧的方法。练习法的特点是，技能技巧的形成以一定的知识为基础，练习具有重复性。但是练习法如果不能很好地处理练习数量与质量的关系，会加重学生的负担。在实际运用过程中，要与讲授法、问答法等教学方法有机结合，才能更好地发挥其作用。练习法是各科教学中运用得最为普遍的方法之一。

由于学科性质、任务的不同，练习种类也有所不同。一般可分为语言的练习（包括口头语言和书面语言）、解答问题的练习（包括口头和书面解答问题）、实际操作的练习等。

练习法的要求是，明确练习目的，精选练习材料，把握练习"度量"，加强方法指导，要合理分配时间、分量、次数，并在练习过程中注意指导学生掌握练习的方法;练习方式要多样,练习结果要及时反馈给学生,以培养学生练习的兴趣以及自我监督、自我检查和自我评定的良好习惯。

2.实验法

实验法是在教师指导下,利用一定的仪器设备,在一定条件下引起某些事物或现象的发生和变化,使学生在观察、研究和独立操作中获得知识,形成技能技巧的方法。

实验是理科教学的显著特点。它不仅可以使学生加深对概念、规律、原则、现象等知识的理解,而且也有利于培养他们严肃的科学态度和创造精神,更有利于学生主体地位的发挥。但这一方法对实验条件及环境要求相对较高。

运用实验法时,教师要做好计划准备工作,如编制出本学期的实验计划,将学生分组,准备与检查实验用品等。要加强实验过程的指导,明确实验题目和任务,规定实验操作程序,做好实验检查与总结等。

3.实习作业法

实习作业法是教师根据课程标准的要求,组织学生在校内外一定的场所运用已有知识进行实际操作或其他实践活动,以获得一定的知识和技能技巧的方法。

实习作业法在自然学科和技术学科中占有重要地位,对贯彻教学中理论联系实际原则、培养学生独立工作能力方面有着重要的作用。与实验法、练习法相比,其实践性、综合性、独立性、创造性更强。但这一方法受条件制约的局限性较大。

运用实习作业法,教师要充分做好实习前的准备,包括制订好实习作业计划、选好地点、准备好仪器设备等;在实习进行中,要加强指导,帮助实习有困难的学生;实习结束后,教师要指导学生写出实习报告,评定实习成绩,并为每个学生做出公正、客观的评语。

第四节　教学的组织与实施

一、教学组织形式

教学总是以一定的组织形式进行。教学组织形式是指为完成特定的教学任务,教师和学生按一定要求组合起来进行活动的结构,是师生的共同活动在人员、程序、时空关系上的组合形式。教学组织形式不是固定不变的,随着社会的发展及其对培养人才要求的不断提高,教学组织形式也不断发展和改进。历史上出现的教学组织形式有以下几种。

1. 个别教学制

个别教学制是指在同一时空内，教师只与单个学生发生教学关系的一种组织形式。在个别教学制中，教师向学生传授知识，布置、检查和批改作业都是个别进行的，即教师对学生一个一个轮流地教；教师在教某个学生时，其余学生均按教师要求进行学习。在我国奴隶社会的私学、封建社会的私塾和书院、欧洲古代和中世纪时期的学校都采取这种教学组织形式。

个别教学制最显著的优点在于教师能根据学生的特点因材施教，使教学内容、进度适合于每个学生的接受能力。所以，在个别教学中，由于每个学生的接受能力和努力程度不同，即使是同时上学启蒙的学生，他们各自的学习进度也会有很大差别。但采用个别教学，一个教师所能教的学生数量是很有限的。这种个别教学形式在古代学校中普遍推行是与古代社会生产力发展水平比较低的状况相适应的。在古代的学校中，间或也有采用初级的集体教学形式的，但尚未形成一种制度，不占主要地位。

2. 班级授课制

班级授课制是一种集体教学形式。它把一定数量的学生按年龄与知识掌握程度编成固定的班级，根据周课表和作息时间表，安排教师有计划地向全班学生集体上课。在班级授课制中，同一个班的每个学生的学习内容与进度必须一致，但开设的各门课程，特别是在高年级，通常由具有不同专业知识的教师分别担任。

班级授课制是人类社会发展到一定历史阶段的产物。16世纪以后，随着资本主义的发展，生产力水平得到空前的提高，社会对劳动者的素质提出了新的要求，从而导致教育范围扩大，学生人数增多，教学内容更新，传统的以个别教学为主的教育活动已不能适应社会对人才培养的需求。另一方面，由于生产工具的革命，使得占统治地位的生产方式由个体的、分散的手工方式转变为集体的大机器生产。生产模式的变革给教育家以启迪：生产可以规模化进行，教学为什么不能集体进行？于是，西欧的一些国家便开始尝试班级授课制，17世纪初，在先进的乌克兰兄弟会学校中兴起了班级授课制的组织形式。1632年，捷克教育家夸美纽斯在总结前人和自己实践经验的基础上，出版了《大教学论》，从理论上对班级授课制作了阐述，为班级授课制奠定了理论基础。此后，班级授课制迅速推广，到19世纪中叶已成为西方学校的主要形式。我国最早采用班级授课制的是1862年清政府在北京设立的京师同文馆。1902年，清政府颁布《钦定学堂章程》后，班级授课制在全国广泛推行。直至今天，班级授课制仍是我国各级各类学校教学的基本组织形式。

班级授课制有利于经济有效地、大面积地培养人才，有利于教师主导作用和班集体教学作用的发挥，但难以照顾学生的个别差异和对学生进行个别指导,不利于因材施教,不利于培养学生的特长和发展他们的个性。因此,随着科学技术的迅猛发展和对创造性人才需求的日益迫切,自 20 世纪初以来,许多国家的教育界人士都致力于改革班级授课制。

3. 道尔顿制

1920 年,美国进步主义教育家 H・H・柏克赫斯特在马萨诸塞州道尔顿中学创建了一种新的教学组织形式,人们称之为道尔顿制。按道尔顿制,废除教师面向全体学生的课堂讲授,废除课程表和年级制,代之以教师辅导学生按"公约"个别自学,也就是将各科学习内容制成分月作业大纲,学生以公约的形式明确自己应完成的各项学习任务,自己按兴趣自由支配学习时间。学习进度快的学生可以提前更换公约,并缩短毕业年限,能力差的学生不必强求一律;将教室改为各科作业室或实验室,按学科的性质陈列参考用书和实验仪器,供学生自学使用。各作业室配有该学科教师一人,负责辅导学生自学;设置成绩记录表,由教师和学生分别记录学习进度,既可增强学生学习的动力,让每个学生能够对自己的学习进度更多地负责,也可以使学生管理简单化;学生完成一定阶段的学习任务后向教师汇报学习情况和接受考查。

道尔顿制最显著的特点在于重视学生自学和独立作业,在良好的条件下,有利于调动学生学习的主动性,培养他们的学习能力和创造才能。但是,大多数青少年学生尚不具备独立学习和作业的能力,如果没有教师的系统讲解,他们往往在摸索中白白浪费了时间而无多大收获,学不到系统的知识;况且道尔顿制要求有较好的教学设施与条件,如较多的作业室、实验室和图书、仪器,这都是一般学校不具备的。所以,道尔顿制存在的时间不长,但它注重学生自学与独立作业的意向,对后来的一些教学形式和教学改革却有很大影响。

4. 分组教学制

为了解决班级上课不易照顾学生个性差异的弊病,19 世纪末 20 世纪初,分组教学在一些国家出现。所谓分组教学,就是按学生的能力或学习成绩把他们分为水平不同的组进行教学。

分组教学的种类很多,人们对其的分类也各不相同,概括起来主要有:(1)能力分组和作业分组。能力分组,是根据学生的能力发展水平来分组教学的,各组课程相同,学习年限则各不相同。作业分组,是根据学生的特点和意愿来分组教学的,各组学习年限相同,课程则各有不同。(2)内部分组和外部分组。内部分组是在传统的按年龄编班前提下,根据学生能力或学习成绩发展变化情况分组教学;外部分组是打破传统的年龄编组,按学生的能力或学习成绩的差别分组教学。自 20 世纪 70 年代末以来,我国部分学校也采用过分组教学:一种是在新生入校时实行按考试成绩分班;另一种是对已学习了一定年限的平行班的学生重新按现时的考试成绩分班。实际上,从各地的分组教学情况看,其具体做法丰富多彩。

分组教学最显著的优点是便于因材施教，但在实际教学中仍存在一些较严重的问题，如很难科学地鉴别学生的能力和水平，被分到慢组的学生易受歧视，等等。因此，怎样充分发挥分组教学的优势，克服分组教学的弊端，是一个有待进一步探讨的课题。

5.特朗普制

特朗普制，又称"灵活的课程表"，出现于 20 世纪 50 年代的美国，由教育学教授劳伊德·特朗普创立。这种教学形式试图把大班、小班和个人三种教学形式结合起来。实行大班上课，即把两个以上的平行班合在一起上课，讲课时应用现代化教学手段，由出类拔萃的教师担任；小班研究，每个小班 20 人左右，由教师或优秀生领导，研究、讨论大班授课材料；个别教学，主要由学生独立作业，部分作业指定，部分作业自选，以促进学生个性的发展。其教学时间分配为：大班上课占 40%，小班研究占 20%，个别教学占 40%。这种教学组织形式既重视教师主导作用的发挥，又强调学生独立思考和研究能力的培养，其精神内核值得学习和借鉴。

6.合作学习

合作学习是 20 世纪七八十年代兴起的一种新的教学组织形式。它通常把班级分为若干小组，每组由 2~6 名能力、成绩等各异的学生组成，组内异质，组间大体平衡，然后按照一定的合作程序，以小组学习为核心环节，穿插全班讲授或组间交流，使全体学生对同一课题形成正确的理解和认识，并参照小组共同的学习成果对学生予以评价。

合作学习倡导以学生之间的协同活动促进个体学习，克服了传统教学既忽视了学习自主性，又丧失了学习共同性的弊端。近年来，随着我国新一轮课程改革的深入发展，合作学习在我国许多学校得到实际应用，但怎样真正提高合作学习的实际成效，仍是一个值得探究的课题。

7.复式教学

复式教学是把两个或两个以上年级的学生编在一个班里，由一位教师分别用不同程度的教学材料，在同一节课里对不同年级的学生，采取直接教学和自动作业交替的办法进行教学的组织形式。它可以节约师资力量、教室和教学设备，在人口稀少和教育资源匮乏地区经常使用这一教学组织形式。

复式教学具有班级授课的基本特征，它与单式教学相比较，最根本的特点是"复"字，当教师给一个年级上课时，其他年级的学生根据教师的指示进行预习、复习、练习。前者叫直接教学，后者叫自动作业，在课堂上要把这两方面交替和配合进行。

复式教学的基本原则是要尽可能减少各年级的相互干扰。从课表编制来说,应以"同堂异科"编班为好,以避免相同科目集中学习时的彼此干扰。教师要对各个年级的集中讲授与自学作业的内容、时间,教学进程的组织进行精心设计。

二、教学工作的基本环节

教学工作的基本环节,是指教师常规性的和最基本的教学工作内容,主要包括备课,上课,课外作业的布置、指导与批改,课外辅导,考查与考试及成绩评定等。

(一)备课

备课是指教师依据教学目标要求,钻研和组织教材,选择教法,分析自我和学生,制订教学计划的过程。

(1)学习者起始状态的诊断与分析。奥苏伯尔指出,"影响学习的唯一重要的因素,就是学习者已经知道了什么。要探明这一点,并应据此进行教学"。因此,备课首先应对学习者的起始状态进行诊断分析。第一,学习者学习态度分析。第二,学习者起点能力和背景知识的诊断分析。在教学准备中,教师既要分析学生已经掌握了哪些知识和技能,具备了哪些利于新知识获得的旧知识,又要了解学生头脑中存在着哪些妨碍新知识获得的与科学知识相违背的旧知识,这样在教学时才能有的放矢地进行启发引导。第三,了解学生的学习风格。教学只有与学生的学习风格相适应,才能有效促进学生的学习。

(2)教学内容分析。教学内容分析是教学准备的一个重要方面,它直接影响着教师对教材的理解和把握,也是教师确定教学目标、选择教学方法和媒体的基础。对教学内容的分析主要可从三个方面进行:一是建构教材内容的知识体系;二是确定知识点;三是确定教学内容的重点、难点和关键点。

(3)课堂教学的系统化设计。在分析学生和教学内容的基础上,教师应对课堂教学作出系统的规划和设计。其内容主要包括制订教学计划、确定教学目标、选择教学模式、设计教学组织形式、安排课的结构和程序,从而使教材知识的逻辑结构、学生认知的心理结构与课的教学结构有机和谐地统一起来。

(二)上课

提高教学质量的关键是上好课,上课是教学工作的中心环节。

1.课的类型与结构

(1)课的类型。课的类型即课的分类,一般有两种分法:一种是根据使用的主要学习方法来分,可分为观察课、讲授课、演示课、练习课、讨论课等;另一种是根据教学的任务来分,可分为传授新知识课(新授课)、巩固知识课(巩固课)、培养技能技巧课(技能课)、检查知识课(检查课)。但在实际教学中,有时一节课只完成一个任务,有时一节课则需完成多项任务,所以根据一节课所完成的任务的数量,又可分为单一课和综合课。单一课是指一堂课内主要完成一种教学任务的课。综合课则是指一堂课内同时完成两种或两种以上教学任务的课。因年龄小的学生注意力容易分散,难以长时间地把注意力集中在一种活动上,而且这一阶段的教学内容相对简单,所以小学和中学中低年级比较多地采用综合课。

(2)课的结构。课的结构是指课的组成部分及各组成部分进行的顺序、时限和相互关系。受学科特点、教材内容、教学方法和教学对象等因素的制约,不同类型的课有不同的结构,即使同一类型的课,也可有许多变式。综合课的一般结构是:组织教学、检查复习、学习新教材、巩固新知识、布置课外作业。单一课的结构,大多也有组织教学、布置作业等教学环节,但各环节要突出各自的主要任务。课的结构没有固定不变的模式,各个成分的结合形式是多种多样的,并无固定的次序,教师应灵活掌握和创造性地运用。

2.上好课的具体要求

教师要上好课,应遵循以下教学要求:

第一,目标明确。这是指教师上课时明白这堂课要使学生掌握一些什么知识和技能,要养成什么行为方式和品格,要有怎样的态度,要学会什么方法等等,同时要明确教学的重点,把精力主要放在重要内容的教学上,不要对所有的任务平均使用时间和精力。

第二,内容正确。这是指教师讲授的内容、呈现的材料必须是科学的、正确的,教师的讲授、概念的界定、原理的论证必须是准确、有条理和符合逻辑的。同时,教师讲授内容的思想性要正确、鲜明,充分体现教学的教育性。

第三,方法恰当。这是指教师使用的教法要符合教材的特点、学生的年龄特征及学法特点,能充分、合理、科学地利用现有教学设备和条件,以便使学生能顺利、高效地掌握教学内容。教学有法,但无定法。教师要善于选择并创造性地运用教学方法。

第四,组织合理。一方面要使教与学密切配合,教师不仅要注意教,还要指导和组织学生进行学习,保持教学活动的有序性,避免课堂秩序混乱、教与学脱节。另一方面,教学活动要结构紧凑,科学地分配时间,以达到教学的高效率。

第五,积极性高。这是指应该自始至终地在教师的指导下充分发挥学生学习的积极性。教师注意因材施教,使每个学生都能积极地动脑、动口、动手,课堂内充满民主的气氛,形成生动活泼的教学局面。

(三)作业的布置、指导与批改

作业是结合教学内容,要求学生完成的各种类型练习。无论是课内作业还是课外作业,其作用在于加深和加强学生对教材的理解和巩固,进一步掌握相关的技能、技巧。教师布置和批改作业时应注意以下几点:

（1）作业的内容、形式（口头的、书面的、实践的）要切合课程标准和教材的要求，题目要有典型性、代表性和较高的训练价值，有利于学生理解和掌握所学的基础知识，形成相应的技能、技巧，培养学生的能力。

（2）作业分量适当，难易适度。学校应通过班主任来调节学生各科作业的总量，防止学生负担过重。

（3）布置作业要向学生提出明确的要求和时间界限，对作业中的疑难问题要及时进行指导。

（4）教师应及时检查和批改学生的作业。对作业中发现的问题，要认真分析原因，并从教与学两方面及时进行反馈和矫正。教师对作业要写出恰当评语，以利于学生调整今后的学习。

（四）课外辅导

课外辅导是在上课时间以外帮助和指导学生学习的活动。它是上课的补充形式，并不是上课的简单重复。课外辅导是教学适应个别差异，进行因材施教的重要措施。辅导的形式有个别辅导、小组辅导和集体辅导三种方式。课外辅导一是要做好学生的思想教育工作，帮助学生明确学习目的，使他们能够独自计划学习和自我监督学习，并养成良好的习惯。二是做好对学习困难学生的帮助工作，包括解答疑难问题，给学习有困难的学生或缺课学生补习，指导学习方法。此外，还可为有学科兴趣的学生提供课外研究的指导和帮助，指导学生的实践性和社会服务性活动等。

（五）学业成绩的考查与评定

学业成绩的考查与评定，俗称测验或考试，不仅能帮助教师了解学生前一阶段的学习情况和检查自己的教学工作，促进课堂教学，而且能促进学生查漏补缺，复习功课，巩固和加深所学知识技能。

考查的方式灵活多样，主要有课堂提问、作业检查、书面测试等方式。考试一般有学期考试、学年考试和毕业考试，具体方法也很多，如口试、笔试、开卷和闭卷等。在考查和考试的基础上，教师要做好学生成绩的评定工作。有关这方面内容下面作进一步介绍。

第五节　学生学业成绩评价

长期以来，学业成绩评价的基本功能是"证明"和"选拔"；20世纪30年代以后，人们的评价观开始发生重大变化，评价不再被认为是选拔英才和对学生进行分等的工具，而是改进教学、提高教学效果的有力手段。现在，人们认为，评价主要的功能"不是证明，而是改进"。反馈、调控、改进应是评价工作努力的方向,学业成绩评价应主要关心对学生学习的诊断,致力于对学习过程的促进或"形成"。

一、学业成绩评价的基本种类及用途

(一)相对评价、绝对评价和个体内差评价

依据评价标准的不同,学业评价可以分为相对评价、绝对评价和个体内差评价。相对评价又称常模参照评价,是以学生团体测验平均成绩为常模,从而确立某一学生在团体中成绩等级的一种评价方法。由于这种评价方法反映的实际上只是个体在团体中的相对名次和等级,因而具有较强的甄别选拔功能,它常常作为分类排队、编班和选材的依据。

与此不同,绝对评价或标准参照评价是以具体体现教学目标的标准作业为准,确定学生是否达到标准以及达标的程度如何的一种评价方法,它所反映的主要是学生掌握知识的实际水平以及掌握了什么或什么没有掌握,而不是比较学生间的相对位置。因此,标准参照评价主要用于基础知识、基本技能的形成性和诊断性测验,利用测验提供的反馈信息,教师便可及时调整和改进教学。这就是说,在中小学学业成绩评价中,必须以标准参照评价为主,相对评价为辅,并根据评价的主要目的作出合理的选择和运用。

个体内差评价是将评价对象与其自身情况进行比较而作出价值判断的方法。所谓个体内差,是指个体在发展中以自身为参照,在同一时间的横向层面与不同时间的纵向层面所表现出来的学科成绩、能力、态度、兴趣等方面的差异和发展情况。揭示这些信息,有助于了解学生个体在哪些方面占优势,哪些方面比较薄弱,以及成绩、能力等方面的动态变化情况,从而及时发现和研究问题,加强个别辅导。个体内差评价又分为横向(段)评价和纵向(段)评价两种。

横向评价,即对学生个体在同一时间内学业成绩的不同侧面进行比较分析,对其发展状态作出评价。进行横向评价,在实践中一般采用横向分析轮廓图的方式作直观描述。不同学生的轮廓图可分别绘制,也可绘在同一张图上,以便进行个体间的比较分析。通过对横向比较轮廓图的比较与分析,可以了解被评对象各方面的具体发展情况,哪些方面占优势,哪些方面较薄弱,为今后的努力指明方向。这种横向分析法还可用于对同一学科不同学习知识目标和能力的对比分析,从而找出具体学科学习中存在的问题和缺陷,为针对性矫治提供信息。纵向评价,即对被评学生在两个或多个时刻的同一学科的学业成绩进行前后比较,分析其发展趋势和进步状况的一种评价方法。与横向评价一样,纵向评价也可通过轮廓图作直观描述。其方法只是把横向评价轮廓图中不同学科名称变换为不同测验次数即可。不同学生的轮廓图可分别绘制,也可绘在同一个轮廓图上,以作相互比较。

由于个体内差分析是以个体自身而不是常模目标为参照的,因此对克服当前学业评价中因过分强调个体间成绩差异所造成的不正常心理压力有重大现实意义。

(二)总结性评价、形成性评价和诊断性评价

根据学业成绩评价在教学过程中发挥的不同作用,可分为总结性评价、形成性评价和诊断性评价三类。

总结性评价一般指在课程或一个教学阶段结束后对学生学习结果的总评,其目的主要是评定学生的学业成绩,确定学生达到教育目标的程度,证明学生掌握知识、技能的程度和能力水平,以确定学生在后继教程中的学习起点,预言学生在后继教程中成功的可能性,以及为制定新的教育目标提供依据。由于总结性评价着眼于某门课程或某个教学阶段结束后学生学业成绩的全面评定,因而评价的概括水平较高,考试或测验所包括的内容范围较广,评价的次数不多,一般是一学期或一学年两三次。学校中常见的期中考试、期末考试以及毕业会考都属这类评价。

形成性评价也叫过程评价,是在课程、教学和学习过程中对其动态状况进行的系统性评价,目的是及时了解活动进程的效果,及时反馈信息,以便及时修正,及时调节,及时强化。这种评价的结果,主要用于改进工作,而不是强调评定学生的成绩等第。正因为形成性评价以获取反馈、改进教学为主要目的,所以这类测试比较频繁,一般在单元教学或某项教学任务初步完成之后进行。比较而言,总结性评价侧重于对已完成的教学的效果进行测定,属于"回顾式"评价;而形成性评价侧重于对教学的改进和不断完善,属"前瞻式"评价。

诊断性评价是指为查明学生的学习准备状况及影响学习的因素而实施的评价活动。其主要用途有:第一,检查学生的学习准备程度。它常在教学前或某单元开始前进行,以便帮助教师了解学生在教学开始时已具备的知识、技能和发展水平。第二,确定学生恰当的安置水平。通过诊断性评价,教师可以深入了解学生学习上的个别差异,并据此调整自己的教学安排,从而更好地适应学生实际的学习需要。第三,辨别造成学生学习困难的原因,为设计"治疗"方案提供客观依据。

二、测验的效度、信度、难度和区分度

测验的效度,是指一个测验能测出它所要测量的属性或特质(譬如,知识技能水平、解决问题的能力、态度、兴趣、认知倾向和性格等)的程度,即测验的有效性程度。在中小学教育中,人们分析的测验效度主要有内容效度和效标关联效度。内容效度是指测验内容代表性的有效程度。效标效度是指寻找到一种能够反映有效的客观标准(亦称效标),进而考察这个测验与这个效标之间的相

关程度。相关度愈高,则测验效度愈好。

测验的信度,是指测验经过多次测量所得结果的一致性或稳定性程度,它反映了测验结果受随机误差影响的程度。根据测验分数的不同误差来源,可以将测验的信度分为再测信度、复本信度、分半信度、评分者信度等。不同测验信度的计算方法不同,但多以相关系数来表征。值得注意的是,一个有较高效度的测验,一定是有信度的测验;反之则不成立。

测验的难度,是指测验的难易程度,包括整体测验的难度和具体测验题目的难度。测验难度通常用通过率或平均得分率来表示或计算。一份试卷总的来说难易要适中。

测验的区分度,是指测验对考生的不同水平能够区分的程度,即具有区分不同水平考生的能力。区分度与难度相关。根据测验目的的不同,对区分度的要求也不同。

良好的测验应有较高的信度和效度,并根据具体的测验性质和目标,制定合适的测验难度和区分度。

三、命题双向细目表

在学业评价中,编制命题双向细目表对提高试卷质量具有重要作用。所谓命题双向细目表,就是测试内容和教学目标的双向列联表,它具体规定了每项考查目标和内容的比例,是测验命题的依据。

编制试题以前,应先对测试内容、考查目标进行分析,在此基础上编制"命题双向细目表"。其具体步骤如下:

(1)分别列出教材内容的各项重点和所要测量的各类学习结果。

(2)确定各项教材内容和教学目标的相对权重。权重的确立一般可依据各个知识单元在整个学习领域中的重要性、该项内容的教学时数比重、应鼓励的方向和专家的意见等方面来酌定。

(3)根据上述内容编制双向列联表,一般把考查内容列入表中最左列,考查目标列入表格首行。

(4)依据命题细目表编拟试题,并检核两者的适切程度。试卷编制好后,应对试题符合命题细目表权重情况进行检核。两者适切程度愈高,则内容效度越高。如适切率低于某个规定要求,则应对试题重新进行适当调整。检核的方法是可以编制一份试题分类表,并计算试题分类表与双向细目表的适切程度。适切率用试题分类表中的权重除以命题细目表中的权重,再乘 100% 来表示。必须注意,在实际测验中,某一道试题的考查目标可能会多于一个,同时,实际命题数也不一定与考查内容单元数相等,重要的是看试题分类表适切命题细目表的程度如何。认真编制测试内容和目标双向列联表,并据此编制试卷,不仅可以使试卷结构合理,避免因教师个人爱好、主观选题等原因引起的试题内容覆盖率低、考查目标不全面、重点不突出等问题,而且还可以引导师生全面完成和掌握教学内容,消除因考查内容和目标偏差所造成的"高分低能"等现象。

四、学生学业成绩评价制度改革举要

针对传统学业成绩评价制度中存在的问题和缺陷,近年来,世界各国学者和广大教师广泛开展了学业成绩评价制度的研究和改革实践,涌现了众多有关学业成绩评价的理论和实践操作模式。下面择要作些介绍。

(一)"等级+特长+评语"的学业成绩评定法

在由应试教育向素质教育转变的教改中,烟台市把取消百分制、实行"等级+特长+评语"的评价方式作为牵一发而动全身的核心工作。

在"等级+特长+评语"的评价模式中,"等级评价"是核心。烟台把成绩分为四个等级:优秀、良好、及格、不及格。小学低、中、高年级分别只需答对90%、85%、80%以上就算优秀;稍差一点,可以得良好,60%的正确率可达到及格。于是,大部分学生体验到了当优秀生的快乐,过去因1分2分之差而引起的过度竞争扭转了。就是这样一个"模糊成绩"也不张榜,不公布,只通知本人。但是试卷上的错误之处学生必须及时更正,出现问题较多的学生,老师还要对其"开小灶",指导其把知识弄懂、学会。如果学生对自己的成绩不满意,可以申请重考,重考还不满意,还允许第二次申请重考。这样等级考核失去了"排队"的功能,它的作用是促使学生把知识吃透、学会,让学生获得成功的信心。

与"等级制"相伴的是"分项考核"。百分制考试采用一门课一张试卷,朗读、操作等许多应测的能力都无法测试。分项考核改变了这种情况,语文分为拼音字词句、阅读、作文、朗读、说话、听记等几个单项,数学分成口算、基础知识、计算、应用题、操作等项。考试方法为分项复习,边复习边考试。如复习语文中的听记,考试时各班统一打开小喇叭,喇叭里绘声绘声播一段话,小学生边听边记,三年级全记下来就可以了,四年级则要概括文章主要内容,五年级就要求归纳出中心思想。考试时间10至20分钟,学生比以前轻松多了。分项考试,每项单独划定等级,还有一个好处是"东方不亮西方亮"。如果学生朗读不太好得个"良",但不要紧,说不定阅读能得个"优"。百分制考试只有少数学生能名列"前茅",分项考核、等级评价使大批学生进入"成功者"的行列。

烟台等级评价中的另一个创造是让学生参加成绩评定。一些无法在卷面上体现的考试内容,如语文的朗读、说话之类,就采取了学生参与评定的方式。如朗读,学生自选一篇课文,背读给小组同学听,小组同学按事先确定的标准,共同评议背读等级,老师在充分考虑小组意见的基础上,最后定出等级。这种让学生参与成绩评定的过程不仅变单纯的学生复习应考过程为互相交流、共同

提高的过程,更重要的是培养了学生的参与意识和公正心理。

分项考核,考的知识、能力面宽了,考试时间短了,考试方法灵活了,学生负担轻了。

"等级＋特长＋评语"的第二项内容是"特长评价"。这是借助评价手段来使应试教育向素质教育转轨的重要举措。要评价特长,必须首先培养特长。由于采用了"分项考核,等级评定",使师生从分数的"牢笼"中解脱出来,有时间和精力来发展特长,爱其所爱,好其所好。为了做好特长评价,学校统一印发了"小学生素质综合发展评价手册",在学校各种活动中学生的表现都记有名次或等级,期末从中选一个最佳成绩,用写实的方式记入"评价手册"。极个别未能参加学校活动的学生由班主任征求活动课教师的意见,本着学什么、评什么的原则,进行定性评价。

最后一项是"评语"。烟台的评语改革,借鉴了上海、青岛等地的成功经验,经过创造性吸收,化为"等级＋特长＋评语"评价体系的有机组成部分。对评语内容,烟台市教委提出要突出"三性":一是全面性。不但要评价思想品德及文化课学习,而且要评价学生的意志、兴趣、习惯等非智力因素发展情况。而这是传统的百分制考试所无法评价的。二是针对性。评语要突出个性,凸显特点,写谁像谁,并给每一个学生指出努力的方向。三是期望性。有爱才有教育,感受到爱才能愉快地接受教育。在评语中注入师情,透出爱心,充满期望,学生看到的是希望,得到的是前进的动力。

为了达到评语的"三性"要求,烟台市教委设计了评语写作的四个步骤:第一步,学生自我评价。既写优点,也写缺点,写好后不与同学见面,直接交给老师,目的在于保护学生的自尊心。第二步,小组评议。小组评议只找同学的优点,不许找缺点。经过这样的评议,团结氛围浓了,又培养了学生健康的心态。最后小组长把评议结果写下来交给老师。第三步,有关任课老师向班主任提供学生的各方面信息。第四步,班主任与有关老师共同研究拟定评语。

经过改革,过去"评语"中那冷冰冰的"该生"不见了,代之以亲切的第二人称"你";训斥性的话语不见了,代之以深情的期望、亲切的鼓励。崭新的评语,给学生以全新的感受。

取消百分制,改变了"一张试卷定乾坤"的格局,"分项考核,等级评价"为所有学生提供了尽可能多的成功机会,大部分学生进入优秀、良好行列,品尝到成功的喜悦,心理负担轻了,学习变成了乐事,学习的内驱力得到了充分的发挥。

(二)语文成绩结构计分评定法

一般情况下,对学生语文学习成绩的评定是以期中、期末考试成绩为主,参照学生平时成绩,最后评定学生的学期或学年成绩。这种评定方法的弊端是较难全面评定学生的语文知识和能力;由于过分强调期中、期末两次考试,容易将学生引向考前突击的路子。这样,学生在短期内可能会在考试中取得好成绩,但时间一长,必然会在整个语文知识、能力网络中形成大量漏洞,不能为全面贯彻语文教学大纲服务。针对这些缺陷,北师大附中早在 1989 年就开始了运用结构计分法评定学生语文成绩的尝试,其具体做法如下:①

1. 基本原则

结构计分的基本原则是一个全面和三个结合,即全面评价学生语文能力的各个方面,平时成绩与期中、期末成绩相结合,课内学习成绩与课外学习成绩相结合,奖励与惩罚相结合。

2. 具体方案

(1)学年成绩:学年成绩由第一学期成绩与第二学期成绩构成,第一学期占40%,第二学期占 60%。

(2)学期成绩:学期成绩由期末、期中、单元测验、作文、生活随笔、讲话练习、课外阅读等成绩构成。期末占 40%,期中占 20%,两次单元测验占 10%,六次大作文占 12%,生活随笔占 8%,讲话练习占 5%,课外阅读占 5%,另有奖惩成绩。

(3)具体标准:第一,作文。六次大作文,每次最高积 2 分,共积 12 分。每次作文成绩 90～100 分,积 2 分;80～89 分,积 1.5 分;70～79 分,积 1 分;60～69 分,积 0.5 分;不及格,积 0 分。每次作文,若第一次成绩不理想,允许作第二次,以成绩高的一次计算所积分数。

第二,生活随笔。每学期生活随笔(共 10 篇)共积 8 分,计入学期成绩。其中优等文占 1/2 以上,积 8 分;优等文占 1/3 以上,积 6 分;优等文不足 1/3,积 5 分。有一次未完成,只积 5 分;有两次未完成,积 3 分;有三次未完成,积 0 分。或者,生活随笔共 8 分,每个优等文得 1 分,得满为止;欠一次扣 3 分,欠两次扣6 分,欠三次扣 8 分;评改仔细认真,奖励 1 分。

第三,讲话练习。共积 5 分,计入学期成绩,其中讲话占 4 分,评改占 1 分。讲话练习按学号轮流进行,一人讲完另一人进行评议,每学期轮流一次。讲话要求是内容完整,语音洪亮,神态自然,没有语病,有一定表情。完全符合要求,积 4 分;做到前 4 条,积 3 分;做到前 3 条,积 2 分;做到前 2 条,积 1 分;只做到第一条,积 0.5 分。评议要求是能较完整、准确地指明优缺点,讲话流利自然,没有语病,积 1 分;只做到后 2 条,积 0.5 分。

第四,课外阅读。共积 5 分,计入学期成绩。能认真按时完成全部必读课外书,有完整的笔记及较高水平的读后感的,积 5 分;只做到第一条,并书写读

---

① 北京师范大学附属中学语文教研组. 用结构计分法评定语文成绩的尝试. 中学语文教学,1998(2):15-16.

书笔记和读后感的，积 3 分。除规定的必读书外，阅读了其他有益的课外读物三本以上并有较好的读书笔记的，奖励 1 分，计入学期成绩。

第五，浮动分。共积 3 分，计入学期成绩。作业一贯认真、按时完成，课上一贯积极思考、回答问题的，积极参加语文竞赛活动并取得成绩的，对语文教学提出较好建议的，均可获得浮动分。

对于上述方案由于各年级情况不同，教学侧重点不同，有些规定不完全适用于所有年级，所以教师应在总体原则不变的前提下，对分数分配的具体比例和构成分数的各项内容可作适当调整。

3. 效果与存在的问题

实行结构记分法后，全面提高学生的语文素质逐渐成了师生的共识，并有了操作系统的保证；减轻了考试压力，调动了学生学习的积极性，将学生引导到注重日常积累和平时努力的正确轨道上来。但是，由于初高中语文教学存在一定差异，结构记分法在高中实行还存在众多不适应的地方，另外，计分方法比较繁琐，加大了教师的工作量，计分方法与现行高考并不完全一致，在毕业班实行时阻力较大。

（三）"成功教育"的鼓励性评价

以上海闸北八中为代表的"成功教育"改革与实验是我国 20 世纪 90 年代以来教育研究取得的一项重要成果。"成功教育"认为，学习困难学生中普遍存在的缺乏自信和消极的自我概念等不良心理特征，主要是由于缺乏鼓励的传统学业评价制度和教育中的反复失败造成的。在传统学业评价模式支配下，一再失败的学生无法发现自己、激励自己，从而进一步失去了发展的内在动力。因此，"成功教育"主张转变传统教育观念，改革传统学业评价模式，对学习困难学生实施以适应学生起点、鼓励进步为特点的鼓励性评价。它是一种以鼓励为主要方式，以个体参照为标准，旨在促使学生发现自己、发展自己的形成性评价。鼓励性评价的实施方法主要有如下几个特点：

1. 评价的基本出发点是找学生的优点

"成功教育"认为，长期以来，传统的评价观念与标准已成为一种教师指责、压制"差生"的工具。不少学生，正是在传统评价的压力下，从"单差"变为"双差"，从学校的"差生"变为社会的"差生"。因此，必须改变"找缺点压人"的传统评价方式，把评价的基本出发点放到找学生优点上来。扬长才能避短，有优点的孩子就有进步的支柱、发展的希望，而鼓励性评价就是基于其优点提供一个支柱性的环境。教师的水平就应体现在能否认识每个学生都有优点，能否帮助每个学生找到自己赖以进步的优点，从而点燃前进的希望之火。

2. 评价的主要方式是鼓励和表扬

长期以来，教师对"差生"几乎一直使用批评乃至惩罚的方式，很少有过鼓励和表扬。成功教育理论认为,有问题行为的学生常常是因学业不良而得不到教师和同伴尊重的学生。由于尊重的需要得不到满足,他们便通过违反课堂纪律等来表现自己,吸引别人的注意,同时宣泄内心受压抑的情绪,以求得心理的暂时平衡。对这些学生批评、指责,不仅效果不大,相反还会引起严重的尊重缺乏感,所以应从他们希望得到别人尊重的心理需要出发,多加关心和鼓励,帮助他们克服不良行为习惯。在实施鼓励性评价进行鼓励和表扬的同时还应正确地说明鼓励和表扬的原因;另外,鼓励、表扬不能与严格要求截然分开,必要的批评仍是需要的,但要把握"度"。

3.以学生个体为主要评价参照标准

用全班统一的教学目标来评价差生,常常会使差生感到高不可攀,长期处于一种失败的境地。因此,"成功教育"强调学生原有基础上的发展,充分重视个体参照评价。在具体评价中,根据每个学生的"最近发展区"设置评价目标,使每个学生"跳一跳"都能摘到果子,从而感到成功的快乐,激活学习的内部动力机制。在实践中,成功教育运用分层评价的方法,以学生实际水平制定多级评价标准,允许学生自愿进入某一级别,达到这一级标准后,可进入更高一级别,以稍高一点的标准予以评价。这样,就使每一类学生都有成功的希望和努力的方向,他们的努力是能看到的,他们的成功是能实现的。

4.对学生的失败要正确评价

"成功教育"并不一概反对失败,学习中也不可能没有失败,关键是要引导学生正确对待失败,在失败中寻找成功的因素,仔细分析,正确归因,制定对策。更为重要的是,教师要成为学生的精神支撑者,充分相信学生,鼓励学生认识自己的能力,树立继续努力就一定能成功的信念。

5.扩大评价内容的范围

传统评价往往只以书面考试成绩来衡量学生,而学习困难学生恰恰在这方面存在明显缺陷。如果仍用学习成绩来评价,这些学生就势必"永无出头之日"。然而,学习困难学生有着多方面的才能和个性,而且社会对人才的需要是多元的。因此,我们必须扩大对学生的评价范围,从多方面调动学生学习的积极性。如在语文学业评价中,把写字、听写、说话等作为评价内容,在德育中把每一位学生的优点、长处都纳入评价的范畴,从而增加了学生获得成功的机会。

6.在多向评价流程中坚持以学生为主体

成功教育运用师生互评、学生互评、学生自评等评价形式,真正把学生作为评价主体,以确保鼓励性评价功能的实现。如个体自定目标、自定措施、自我控制、自我评价;教学中的互评互改;说话训练中的集体讨论、众人评价等评价形式和方法的采用,初步改变了教师一人评价的局面,学生集体和个体的评价能力和意识不断发展,自我学习、自我教育和自我意识不断增强,从而使学生的个性发展更加健康、完善。

总之,鼓励性评价是"成功教育"中必不可少的中介性环节,其最终目的是使学生主动内化教育要求,自我学习、自我教育、自我评价,形成良好的内部学习动力机制,不仅成为学校的成功者,而且成为社会的成功者。

(四)不打分数的实质性学业评价

苏联著名教育家、合作教育学的重要代表人物阿莫纳什维利认为,分数并不是人们通常认为的那样天经地义、必不可少。由于分数存在着严重的弊端,阿莫纳什维利坚决主张在教学中取消分数,实行不打分数的实质性评价。通过近20年的小学教学实验,阿莫纳什维利建构并发展了一种独特的"取消分数的教学体系",在国内外引起极大反响。

1.什么叫实质性评价

所谓实质性评价,阿莫纳什维利认为,就是把学生认识活动的过程、结果与拟定的标准进行对比,以便确定学习认识活动进程的水平和质量,决定和接受下一步的任务。实质性评价是对学生学习的促进性评价,它能加强、巩固、调节学生的学习动机,激发学生的学习积极性,它既是结果评价又是过程评价,它是在学习认识活动的所有阶段进行的。

根据评价的主体不同,实质性评价可分为外在评价和内在评价两种类型。外在评价包括教师和同学的评价,内在评价是学生的自我评价。外在评价要对学生产生实质性的意义,必须具备两个条件:第一,教师评价学生时使用的标准必须为学生所接受,与师生关于评价对象的观念相吻合。第二,学生相信教师及其评价。友好相处的气氛能使学生诚恳地对待教师所施加的影响,使教学过程成为具有个人意义的学习认识活动,使教师评价成为学生学习的方向。实质性评价的出发点和归宿是要培养学生自我评价和自我控制的能力,形成自我评价和自我控制的行为,使学生的学习积极性建立在可靠的内在动机的基础上。

2.学生实质性评价能力的培养

阿莫纳什维利论述了培养和形成学生实质性评价能力的三条基本途径,即教师的评价活动、集体的评价活动和学生的自我评价。教师评价的本质在于校正和激励学生的学习活动,体现对学生的肯定态度和相信他们的能力,同时,通过教师的评价活动,学生潜移默化地吸取和接受一定的评价标准,掌握评价活动的形式和方法。为了有效形成学生的实质性评价能力,教师评价必须具备两个基本条件:①学生认识任务的明确性。教师评价的最终目的是形成学生的自我认识、自我发展和自我完善的机制。只有明确学习目的,学生才会把教师评价作为进一步完善知识、技能的基础。②评价标准的双边性,即师生双方共同形成、理解并接受标准。

集体的或学生间的实质性评价,主要在于形成集体的标准和舆论,并内化为对学生有良好作用的批评和自我批评的态度。在集体学习活动中形成学生实质性评价能力的方法主要有如下几种：①集体选择标准。教师可建议学生从几个同类的范例中选择出最佳的作为完成作业的标准，或由教师提出标准，学生则选择出符合标准的范例。如教师向学生演示某一道题的各种解法，要求学生选择其中更为合理的一种并说明理由。②集体提出标准。这个方法的实质是根据学生一定的经验，在作业前由学生集体与教师共同讨论并确定评价标准。③形成共同的观点。理想、观点、立场、态度、道德和审美价值构成了一组特殊的标准，决定着人的社会活动的基本立场。在形成共同观点的过程中，教师应作为集体中平等的一员，在参加讨论与竞争的过程中，巧妙地引导这一过程。具有实质性内容的讨论能帮助学生学会遵守交往的道德准则，他们在学会表达自己的观点、说明自己的立场的同时，也学会了如何听取他人的意见。④集体评价。如听了某个同学的口头回答或看了其书面作业后，学生可以在教师指导下对其作业和回答作出分析，表示自己的看法和意见。通常，集体评价应先肯定成绩，然后提出善意的批评和建议。

学生自我评价是一种内在性评价，它是在教师评价和集体实质性评价的基础上形成的。自我评价的本质在于使学生在实质性评价的基础上自己调节自己的学习和认识活动，积极地把评价要素纳入到自己独立的学习活动中去，形成学生自我分析、自我调节、自我评价的能力。教师可运用下列方法帮助学生形成实质性自我评价的能力：①经常让学生在班级中对自己的知识、技能作口头分析并提出自我完善的近期计划，以形成学生实质性评价的态度。②让学生在课堂上针对自己的书面作业或口头回答写出简短的书面评语。③由学生自己批改作业，在错误地方划线，并在边上写出正确答案。

在具体教学实践中，上述教师评价、集体评价和学生自我评价三种实质性评价方法是同时并存和发展的，它们互相交织、有机配合，构成了实质性学业评价的完整体系，并最终形成和提高了学生自我实质性评价的能力。

3.学生学业情况的报告形式

在实质性学业评价体系中，教师同样要向家长、学校及有关部门报告学生学业的进步情况。与传统"标签"式评价不同，实质性评价中报告学生学业成绩的目的是为了提供学生个性形成的情况、对学生所掌握的知识技能进行实质性鉴定、制定促进学生进一步发展的计划。教师的报告以及对学生正在形成的个性和所掌握的知识与技能的质量所进行的评价，应向家长及其他有关人士提出实质性建议，使他们了解该怎样帮助儿童和改进教育教学的方法。实质性评价中学生学业成绩的报告形式主要有鉴定和学业成果展览两种方式。下面对鉴定这一报告形式略作介绍。

在报告和评价的形式中，具有特殊意义的是每年两次发给家长的关于儿童的鉴定。这种鉴定同时附录儿童作业样本的作业汇编册。在实质性评价中,教师必须对每个学生进行全面观察,记录他们在班集体中的行为表现、对待同学和学习的态度、正在形成的个性特征、学习认识活动的认知特点、遵守行为道德规范的状况以及教师对他所采取的教育措施的效果等情况。在积累大量有关学生发展和个性形成事实材料的基础上,在学期结束时,教师要对学生作出简要鉴定,对学生积极和消极的性格特征作出评价,指出学生学业的优点和漏缺。整个鉴定应是教师和班集体对每个学生乐观态度的体现,有助于学生的自我确认,促使其进一步自我完善。鉴定在任何情况下都不应引起家长对儿童的气忿和惩罚。鉴定的主要目的在于引导家长认真考虑帮助儿童形成性格、发展认知兴趣、实现自我教育等的措施。鉴定发给家长之前,教师要在班级中宣读并组织讨论,根据学生的建议、请求、申请,对鉴定作出改进。在作出并讨论鉴定的同时,学生开始制作向家长报告自己学业成绩的作业汇编册,其内容有书写的范例、作文、数学习题的解答范例、自己写的诗歌故事等,它们从各个方面反映了学生的努力和能力。

与传统记分制评价相比,实质性评价改变了以往学业评价与教学过程脱节的现象,使评价活动有机融入了教学整体活动之中,从而更好地发挥了评价促进学习的作用。但是,我们认为,取消分数只是这种实质性评价制度的表面形式,最大限度地促进学生学习、监控学生学习进程和体现出对学生的热爱、信任、尊重和关心才是这种评价制度的实质所在。

(五)人本主义教育学派关于学业评价制度改革的主张

针对传统学业评价中存在的过分强调考试分数、评价方法简单机械、评价范围狭窄、忽视学生在评价中的主体作用等种种弊端,一些人本主义教育者发出了"废除考试"、"废除分数和学分"的呐喊,他们设计了多种学业评价方法,以弥补传统学业评价的不足。

1.个性分析法

个性分析法就是教师根据对儿童日常学习生活的观察结果,向家长提供一种反映儿童发展情况的详细书面报告,一般称之为"陈述性报告"。与传统成绩报告单只将少得可怜的考试成绩信息作为学生某门学科的学习水平传达给家长不同,它把每个学生日常表现的各种信息加以分类、综合,以文字形式清晰地描述出来。这种报告的优点是能促使教师从多方面更仔细地观察儿童的变化,具体反映每一儿童的个性特征和个别差异,具有很强的针对性。

2.档案记录法

档案记录法是流行于美国实验中学的一种方法。它借助于直接鉴定表现技能的作业或工作产品,来估计教育目标实际达到的程度。该法也称"作业样本法"或"学习档案法"。作业样本包括科研报告、学期论文、制图、经验总结、艺术作品等,它们较之客观测验或论文式考试等对于能力的测定更直接有效,它们也可直接评价诸如可塑性、机智、坚持性和创造力等个性特征。另外,作业样本还有利于建立学生的个人学习档案,反映学生不同时期的学业成就,必要时可进行复制,以提供给高一级学校或雇主参考。

3.契约评分法

契约评分法是一种简单易行的方法,学生同意完成一定量的工作,如获得圆满成功,则自然得到约定的分数。教师可向所有学生指定完成某几项工作,由学生任意挑选,或按照每个学生的兴趣目标签定学习合同,嗣后根据完成的数量与质量分别给予 A、B 或 C 的等级评定。契约评分法最大限度地减少了学生间的竞争和对分数的焦虑,使学生意识到每个人都可凭自己的能力取得 A 等成绩。由于合同是学生自愿签定的,所以他不仅在学习内容的选择上有了发言权,而且也为自己的学习承担了责任。在签约过程中,学生必须先对自己作一番自我分析和评价,然后客观地制定所要达到的目标以及考虑实现目标的途径、方法等。这些经验肯定会促进学生自我评价能力的提高与责任感的增强。

4.自我评价法

自我评价法(self-evaluation)是人本教育者极力推崇的促进性内部评价方法,罗杰斯称之为一种"最称心如意的评价方式"。他认为,"当自我批评和自我评价作为基础,别人的评价作为次等重要的时候,学习中的创造性就被很好地促进了"。他主张让学生自己提出问题、编制试卷,参与评价,公开讨论每个人所达到的水平,师生共同确定分数等级。自我评价不同于相对评价,它不是和别人比较,而是对照自己,看出自己前后不同的学习情况,这就避免了因分数竞争所造成的心理压力和厌倦情绪。在自我评价中,学生主动参与学习过程,在教师的指导下自我评定成绩,自我发现并解决学习问题,从而逐步培养起自我评价的习惯和能力。教师亦可以从学生的自我评价中了解到学生内心的真实思想,而这是不可能从考试分数中获得的。

复习与思考

1.名词解释:"最近发展区"、道尔顿制、特朗普制、复式教学、课的类型与结构、相对评价、绝对评价、个体内差评价、总结性评价、形成性评价、诊断性评价、测验的效度和信度、命题双向细目表。

2.试述我国改革开放以来有效教学流派的主要特征。

3.试述布鲁纳结构主义教学理论的基本主张和布鲁姆掌握学习教学法的实施过程。

4.试述"最近发展区"理论及其对当前中小学课堂教学的启示。

5.试述我国中小学教学应遵循的教学原则。

6.观看优秀教师的课堂录像,分析其在哪些方面体现了什么教学原则? 运用了哪些教学方法? 从教学原则和教学方法角度看,还可作哪些改进?

7.进行测验要注意哪些质量指标? 命题双向细目表在测验中有何作用,怎样编制命题双向细目表?

8.结合自己中小学教育的经历,谈谈学生学业成绩评价中存在的主要问题及改进的想法。

推荐阅读书目

[1] 李秉德. 教学论. 北京:人民教育出版社,1991.

[2] 裴娣娜. 教学论. 北京:教育科学出版社,2007.

[3] 施良方,崔允漷. 教学理论:课堂教学的原理、策略与研究. 上海:华东师范大学出版社,1999.

[4] 张楚廷. 教学论纲. 北京:高等教育出版社,2007.

[5] 华国栋. 差异教学论. 北京:教育科学出版社,2001.

[6] 钟启泉. 差生心理与教育. 上海:上海教育出版社,2003.

[7] 沈德立. 高效率学习的心理学研究. 北京:教育科学出版社,2006.

[8] 刘儒德. 探究学习与课堂教学. 北京:人民教育出版社,2005.

[9] 张庆林,杨东. 高效率教学. 北京:人民教育出版社,2002.

[10] 陈心五. 中小学课堂教学策略. 北京:人民教育出版社,1998.

[11] 宋秋前. 有效教学的理念与实施策略. 杭州:浙江大学出版社,2007.

[12] 石鸥. 教学别论. 长沙:湖南教育出版社,1998.

[13] 盛群力、马兰主译. 现代教学原理、策略与设计. 杭州:浙江教育出版社,2006.

[14] 李彦军,李洪珍,刘振峰,等. 中国当代教学流派. 济南:山东教育出版社,2002.

第七章 教学(下)

长期以来,我国中小学教学中存在着一个非常突出的问题,那就是:教师教得辛苦,学生学得痛苦,然而我们的学生却没有得到应有的发展,教学缺乏应有的有效性。这是每个教育工作者都必须重视的一个问题。而要解决这一问题,一个重要条件就是教师要树立正确的有效教学理念,掌握科学的有效教学策略。

第一节 有效教学的基本理念

一、有效教学的含义

所谓有效教学,是师生遵循教学活动的客观规律,以最优的速度、效益和效率促进学生在知识与技能,过程与方法,情感、态度与价值观"三维目标"等方面获得整合、协调、可持续的进步和发展,从而有效地实现预期的教学目标,满足社会和个人的教育价值需求而组织实施的教学活动。分析这一定义,主要包含以下几层含义:

第一,有效教学的评价标准是学生的有效学习,其核心是学生的进步和发展。教学是否有效,关键是看学生的学习效果、学生对学习和教学的满意程度,看学生是否能够实现有效学习,有多少学生在多大程度上实现了有效学习,取得了怎样的进步和发展,以及是否引发了学生继续学习的愿望,也就是说,学生有无进步和发展是教学是否有效的唯一指标。教学无效,并不是指教师没有教完内容或教得不认真,而是指学生没有学到什么或学得不好。如果学生不想学,或者学了没有收获,即使教师教得辛苦,也是无效教学。同样,如果学生学得辛苦,但没有得到应有的发展,也是无效或低效的教学。

第二,整合、协调地实现教学的"三维目标"是学生进步和发展的基本内涵。学生的进步和发展并不只是传统教学强调的知识和技能的掌握,而是指学生在教师引导下在知识与技能,过程与方法,情感、态度与价值观"三维目标"上获得整合、协调、可持续的进步和发展,是注重全面教学目标的进步和发展。有效教学从本质上讲是教师引导学生通过各种活动,达到和实现教育和教学目标的过程。如果背离或片面地实现教学目标,那么教学就只能是无效或低效的。传统教学片面强调认知性目标,从根本上失去了对人的生命存在及其发展的整体关怀。新课程的基本理念是"为了每位学生的发展",它要求我们改变课程过于注重知识传授的倾向,从知识与技能,过程与方法,情感、态度与价值观三个维度上去促进学生个体的全方位发展,使学生获得知识与基本技能的过程同时成为学会学习和形成正确价值观的过程,突出培养学生的问题解决能力、探索精神和创新能力。

第三,有效教学是合规律、有效果、有效益、有效率、有魅力的教学。有效教学既要考察教学目标的合理有效性及其实现程度,也要看这种目标的实现是怎样取得的。这方面,衡量教学是否有效的指标主要有教学是否合规律、有效果、有效益、有效率、有魅力等几个维度。

(1)合规律。合规律是指教学的效果和学生的进步、发展,不是通过加班加点、题海战术、机械训练或挤占挪用学生的自主学习时间和其他学科教学时间等损害学生可持续发展的途径取得的,而是从教学规律出发,制定切实可行的教学目标和计划,科学地运用教学方法、手段和策略实现的。合规律的教学既有利于学生当下的发展,又有助于学生潜能的开发,具有可持续发展的特性。

(2)有效果。所谓教学有效果,主要是指通过教学学生所获得的进步和发展。有效教学的评价标准不仅要看教师的教学行为,更要看教学后学生所获得的具体进步或发展。学生有无进步和发展是教学有没有效果的唯一指标。

(3)有效益。有效教学不仅要求教学有效果,使学生出现变化,而且要求教学有效益,即要求教学效果或结果与教学目标相吻合,满足社会和个人的教育需求。换言之,有效教学既关注教学效果的有无,更关注所产生的教学效果的好坏。

(4)有效率。教学有效率,是指以一定的教学投入获得尽可能多或大的教学产出。如果一定的教学产出是大量教学投入的结果,那么这种教学就不是有效教学。由于衡量教学有效性的唯一指标是学生的进步与发展,因此,教学有效率,主要是指通过教师的教学活动,让学生以较少的学习投入取得尽可能好的学习收益。这里所说的学习收益包括学生学到的终身受用的知识、能力和良好的非智力因素;学习投入不仅是指时间因素,还要看学生在单位时间内的脑力负担。要提高教学效率,就要优化师生的教学行为,教学行为越有效,学生的学习投入就可能越少,效率越高。

(5)有魅力。教学有魅力,是指教学能给学生带来愉悦的心理体验,能吸引学生继续学习,自觉地去预习、复习或者拓展加深。

总之,有效教学的核心是学生的进步和发展,整合、协调地实现教学的"三维目标"是学生进步和发展的基本内涵,学生的进步和发展是通过合规律、有效果、有效益、有效率、有魅力的教学获得的。

二、有效教学的基本特征

(一)以学生发展为本的教学目标

促进学生学习和发展是有效教学的基本价值和根本目的。新课程强调,要从知识与技能,过程与方法,情感、态度与价值观三个维度上去促进学生个体的全方位发展,改变以往教学中过于注重知识传授而忽视了对学生情感、态度、价值观培养的倾向,使获得知识与基本技能的过程同时成为学会学习和形成正确价值观的过程。有效教学必须坚持以学生发展为本的教学目标,真正体现知识、能力、态度三个方面的有机整合,在以学生发展为本的教育理念指导下,以新课程三维目标为学生进步和发展的内涵,精心设计每一课的教学目标。

(二)预设与生成的辩证统一

有效教学既是预设的,又是动态生成的,是充分预设与动态生成的辩证统一。预设是生成的前提和基础,生成是预设的超越和发展。没有充分的预设,就不可能有有效的生成;只有预设,没有动态的生成,就只能是机械地完成教学任务。凡事预则立,不预则废。教学是有目标、有计划的活动,预设是教学的基本要求。课堂教学如果只讲"动态生成",而抛弃了应有的"预设",或者远离教学目标地想干什么就干什么,学生想到哪儿教师就跟到哪儿,那么这种教学实际上就是在开无轨电车,是无效的动态生成。同样,只讲预设,没有动态生成,不能根据教学实际作出灵活的调整和变化,就难以满足学生的学习需求和促进学生的发展。所以,有效教学必定是预设和生成和谐、辩证的统一。

(三)教学的有效知识量高

教学实践表明,教学的有效性取决于教学的有效知识量。所谓教学的有效知识是指教学中学生真正理解并有助于其智慧发展的知识,是能提高学生有效知识的知识。学生的有效知识是其个体活化的、可以随时提取、具有迁移性的知识,是智慧发展的象征。教学有效性的法则就是教学的效果取决于教学的有效知识量。如果教学的有效知识量为零,则教学效果也为零,此时,教学内容不论如何正确、科学,都属于无效教学。现代教学理论称之为教学污染现象。此时,教师讲得越多,教学时间越长,教学污染就越严重。教学有效知识量高是有效教学的一个基本特征。必须指出,从教学论意义讲,对不同学生而言,同样的教学内容,在不同的情境中,其知识的有效性价值是不同的。也就是说,教学的有效知识量是"个体性"的,"有效知识"只能是"个体的有效知识"。

(四)教学生态和谐平衡

当代教育生态学研究告诉我们,课堂教学是一个由教师、学生、教学内容、教学方式、教学手段等多种生态因子组成的关系错综复杂的生态系统。在这个生态系统中,各类个体、群体与其他多维生态因子发生着复杂的动态组合和互动,力量的消长和平衡,能量和物质的传递和循环。只有当整个教学生态系统处于动态和谐和平衡时,教学才能高效优质地实现促进学生全面进步和发展的目标。教学生态和谐平衡主要包括教学方式和思维结构的和谐平衡、教和学的和谐平衡、课堂环境的和谐平衡。

(五)学生发展取向的教师教学行为

促进学生的学习和发展是有效教学的根本目的,也是衡量教学有效性的唯一标准。新课程的核心理念是"一切为了每一位学生的发展",在教学中具体体现为要关注每一位学生,关注学生的情绪生活和情感体验,关注学生的道德生活和人格养成,使学生在科学知识增长的同时也成为人格健全的社会人。这就要求教师既要准备充分、组织科学、讲解清晰,又要改变传统的以教师为中心的教学行为模式,代之以学生发展为取向的教师教学行为。具体而言,学生发展取向的教师教学行为主要有如下几个要求:第一,变牵着学生走为导着学生走;第二,把思维过程还给学生;第三,变教教材为用教材教;第四,开发课程资源,关注学生体验。

第二节 有效教学的实施策略

一、有效课堂教学策略

(一)优化教学纵向、横向和内向结构

教学纵向结构是指课的纵向程序环节及其排列组合关系;横向结构是指全班集体教学、小组合作学习和集体性个体学习等各种教学组织形式在教学时间展开中的空间组合方式;教学内向结构,又称教学的知识、情意和态度结构,是教学的(广义)知识结构和展开序列。课堂教学总是为了完成特定的任务而在一定的时空中进行的。因此,为了提高课堂教学的有效性,必须科学设计和规划教学的纵向、横向和内向结构,并正确处理好它们之间的辩证关系。

1. 根据学生学习注意规律,优化教学纵向结构

由于受学生注意集中规律等因素的影响,学生在教学不同环节的学习时效是不同的。研究表明,中小学学生不但在一天之中,而且在一节课中,学习能力都不是一成不变的。一般来说,从休息状态到学习状态,学习能力是从相对的

较低水平逐步地提高到较高水平,然后在一定时间内保持最高水平,最后又逐渐下降的。一节课开始的 5 分钟内,学生的思维要从休息或其他思维状态逐渐转移过来。5 分钟以后,在教师的激励下逐渐进入最佳状态。20 分钟以后,由于大脑皮层的疲劳,兴奋状态逐渐转为抑制状态,思维活动的水平逐渐降低。也有研究表明,学生在听课过程中,随着时间的推进,其兴奋中心呈曲线变化。其中,课的前 15 分钟和第 25~40 分钟的 15 分钟是学生脑力的最佳状态期,是教师传授知识、技能的最佳时间。第 15~25 分钟这段时间是学生课堂疲劳的波谷期,以处理一般性问题、练习或学生自学为好。因此,教学纵向结构的安排和设计必须与学生这种注意变化规律相协调。这方面,邱学华根据小学数学教学和儿童学习的心理特点,创造性提出的"基本训练、导入新课、进行新课、巩固练习、课堂作业、课堂小结"的尝试教学纵向结构对我们有着重要的启示,它不但突出了新课教学的重点,增加了练习时间,而且改变了传统教学结构把"检查复习"放在最佳时间而等转入新课时学生却已疲劳的现象,使一堂课的"进行新课"这一主要教学任务与学生最佳学习时间相一致,从而取得了较好的教学效果。

2.根据教学任务和学习性质,优化教学横向结构

承载着特定教学任务的教学活动,不但要求教师科学地规划课时的展开环节和顺序,而且还要根据教学任务和学生学习的性质,认真设计每一课时展开环节的空间形式。优化课堂教学的横向结构,是增加学生课堂实用时间和学习机会、提高教学效率和质量的重要途径。例如,在小学写字教学中,采用"集体性讲解、全班个体练习、班级小组讨论"的教学结构与采用"集体性讲解、集体性练习、集体性讨论"的教学结构的教学效果是不一样的。这里,前者根据写字教学的任务和小学生习字的规律,教学空间组织结构也相应地演绎出集体性学习、个体性学习和小组合作学习的发展轨迹,从而使教学的横向结构在教学时间的纵向展开中更好地适合写字教学的需要。但后者却不顾写字教学的独特规律,在教学的任何阶段一律采用集体性学习的横向空间组织结构,以失去主体特性的"共同练习"、"观看别人练习"代替了本应由个体亲身实践的富有个体特性的习字技能训练,其效果是可想而知的。当然,不同的教学目标和任务所宜采用的教学横向结构是有区别的。一般而言,以技能训练为主的教学可采用先教师集体性讲解示范,再全班个体独立练习,最后以小组学习形式让每个学生把习得的结果表达出来的教学横向结构;而以发展思维能力为中心的教学过程则宜采用先个人、后小组、再全班学习的教学横向结构。在以发展思维能力为中心的教学中,当教师提出问题后,先以"全班个人独立学习"的形式让学生独立阅读、思考或练习,再进行小组讨论,让每个学生都表述出自己的思考过程和结果,最后再在教师指导下进行全班讨论交流、订正和小结。采用这种方式,能使绝大多数学生获得思维训练的机会。如果在各个教学环节中全都采用"集体性教学"的横向结构,很多学生就会失去学习的机会。从课堂教学的实际看,当前普遍存在着教学横向结构不尽合理的情况,例如,一节课中教师一人讲和教师问、学生齐答齐读的时间过多,而让学生全班个体独立学习的时间太少,从而影响需要个体进行一定的独立学习才能掌握的知识的学习。因此,为了提高教学时效,必须根据教学任务和学习的性质,认真设计每一课时展开环节的空间形式,把全班个体独立学习、成对学习、小组学习和全班统一学习有机结合起来,优化教学横向结构,从而使教学更适于完成各类不同的学习任务,提高课堂实用时间和学习质量。

3. 依据三维教学目标,优化教学内在结构

三维目标并非三个目标,而是一个有着内在结构的有机整体。在教学中,三维目标也非一维一维地实现的,而是整体达成的。课堂教学必须着眼三维目标的内在结构和整体特性,优化教学内向结构。现代教学理论把教学目标区分为认知、情意和动作技能等三大类别;现代认知心理学则把知识分为陈述性知识、程序性知识和策略性知识三大类。实际上,无论是"三大类目标",还是"三大类知识",都是有机联系的整体。任何课程在其深层都是陈述性知识、程序性知识和策略性知识的和谐统一,只有正确处理课程深层蕴含的陈述性知识、程序性知识和策略性知识的关系,才能真正提高教学的有效性,构建学生完整的知识体系。因此,课堂教学必须根据学科知识的逻辑和学生认知结构特点,认真规划和设计课堂教学的(广义)知识结构和序列,优化教学内向结构,把陈述性、程序策略性和情意态度性知识有机联系起来,构成知识的整体单元结构,通过陈述性知识的学习,深入策略性知识和情意态度心理结构的内层,同时生成三类知识的价值力量,塑造学生完整的个性。

4. 动态协调教材知识结构、学生认知结构和课堂教学结构的关系

课堂教学是一个有多种层次结构的复杂的系统,知识掌握过程实际上是学生认知结构的建构过程,而教材知识结构、学生认知结构与课堂教学结构的动态协调平衡是教学能否取得成功的关键。这里,教材知识结构是学习和形成学生认知结构的必要前提,课堂教学结构则是促进教材知识结构向学生认知结构转化的中介和动力。在课堂教学中,对学生而言,学习过程就是利用原有认知结构不断同化教材的知识结构,建构新的认知结构的过程;对于教师而言,就是要通过对学生认知结构和教材知识结构的分析,设计优化的教学结构,促进学生将教材的知识结构转化为学生的认知结构。只有当这三种结构形成内在的协调统一,才能提高教学的有效性。为此,教师要充分了解班级学生认知结构的现状和个体差异,注重优化学生认知结构,整体把握教材的知识结构,通过渐进分化和综合贯通等方式,加强知识的纵向整合和横向联系,设计优化的课堂

教学结构,并及时进行调整。

(二)构建和谐平衡的教学生态

课堂教学是一个由教师、学生、教学内容、教学方式等多种生态因子组成的复杂的生态系统。用生态学观点指导课堂教学,需要人们转换认识视角,消除各种形式的二元对立思想,以生态化课堂的要求和谐平衡地处理各种新旧学习方式、教学手段、教学组织形式等教学因子间的关系。

1. 和谐的教学方式结构

有效教学的教学方式,总是表现为各种教学方式和谐、协调和合目的的运用,而非时尚式地追求某种单一的教学方式。有效的教学总是根据教学的目标任务和学生学习的实际,把接受学习与发现、探究、体验学习,个体独立学习与小组合作学习,内化学习与外化学习,自主学习与制度化学习等多种教学方式有机结合起来,形成一个开放、动态、和谐、平衡的教学方式结构,反对教学方式运用中把接受学习与探究学习、个体独立学习与小组合作学习等学习方式对立起来、割裂开来的极端化倾向,反对形式主义地开展探究和合作学习。当然,教学方式的和谐平衡,并不是简单地、机械地搞平均主义,而是从实际出发的一个开放、动态的平衡系统。

2. 和谐平衡的教学思维结构

任何教学内容都是通过一定的教学思维进行传授和学习的。同样的教学内容以不同的教学思维进行教学,其效果是不一样的。如果教学思维清晰、结构合理、辩证全面,则教学有效性就高,反之就会下降。因此,在教学中科学地把逻辑思维与直觉思维、演绎思维与归纳思维结合起来,使教学思维清晰有序、和谐平衡,改变教学思维方式单一片面的现象,是提高教学有效性的重要途径。

3. 教和学的和谐平衡

教与学的和谐平衡是有效教学的关键。有效的教学既有赖于教师的优教,更有赖于学生的优学,两者和谐才能提高教学的有效性。首先,有效教学要求教师主导作用与学生主体作用的辩证统一。只有既充分发挥学生的主体作用,又充分发挥教师的主导作用,并使两者有机地统一于教学过程之中,才能真正达到促进学生学习和发展的目的。其次,有效教学要求教师教学过程与学生学习过程的和谐平衡。教师的教是为了促进学生的学,学生的学需要教师教的帮助,只有两者和谐平衡,才能达到教学的目的。所谓教学过程与学习过程的和谐平衡,是指教师对教学内容的处理加工和呈现方式、教学方法和策略的选择安排及教学语言的表达等都应与学生心理的认知结构、情意结构、智能结构相适应,教学内容能为学生所接受理解并有效地促进其智慧的发展。如果教师的教学不能为学生所接受或者为学生带来的收益很少,学生的需要得不到教师的帮助或帮助甚少,那么这种教学就是无效或低效的。再次,有效教学要求教师专业成长与学生发展的和谐平衡。教学过程既是一个教会学生"学会学习"的过程,也是一个教会教师"学会教学"的过程;有效教学既有赖于"有效教师",又有赖于"有效学生"。因此,有效教学不但要求学生学有进步,而且也要求教师大胆探索教学互促的教学思路,通过理论学习和实践反思不断提升专业成长水平。只有两者和谐,才能教学互促,良性互动。

4. 和谐有序的课堂环境

课堂环境是教学生态的重要组成部分,其是否和谐有序对教学有效性有着重要影响。课堂环境包括物理环境和心理环境。物理环境主要包括教室的光、色、温、湿、音、形及设备资料等物质因素,心理环境主要指课堂心理氛围、师生人际关系和班级风尚等。课堂环境和谐有序就是指课堂的物理和心理环境能增进学生良好的情感体验,使师生处于一种相互尊重、友好合作、充满人性关怀和具有较高心理安全感、舒适感、归属感的氛围中。实践表明,课堂环境直接关系着学生对教学和教师的情感与态度体验,是影响课堂教学有效性的重要因素。

(三)加强认知过程和认知结果的统一,促进学生有意义学习

当代认知心理学研究表明,认知过程是影响认知结果的主要因素,因此,优化课堂教学必须加强学生认知过程与结果的有机统一。

1. 促进学生深水平的认知加工和有意义学习

当代认知心理学认为,传统的教学受行为主义理论的影响,是以结果为中心的教学,而比较忽视思考的过程和方法。这种以结果为中心的教学是低效的。认知心理学关于加工水平的研究表明,认知过程是影响学习效率的直接因素,同样坐在教室里听教师讲课,同样读一篇课文,学生头脑中的加工水平和理解深度不同,学习的结果和效果自然也不同。因此,促进学生深水平加工和有意义学习,是优化教学、提高教学有效性的一个重要途径。

2. 教学反馈要既重结果,又重过程

如果不考察过程,仅凭结果很难准确了解学生的学习状况,就不可能给予针对性的矫正和强化。例如,给学生打个"×",学生不一定知道自己错在何处和为何会产生错误,更不知道如何改进,从而防止类似错误重新发生。即使教师纠正了学生的错误,让学生知道了正确答案是什么,但如果不从认知过程上找毛病,那么错误的根源还存在,习题的形式稍加变化,错误又会出现。由此可见,不管过程,只看结果,练习和反馈都将是低效的,甚至是有害的。这说明,在练习和反馈中,教师只告诉学生正确答案还不够,必须帮助他们从认知过程上寻找错误根源,反思自己的思路,学会有效的认知策略。

3. 教学要以过程为中心

传统的教学存在着以结果为中心的偏向。以作文教学为例,有些教师在批

改作文时常常只是简单地写上"中心不突出"或"错别字太多"之类的结论式评语，而无具体的过程性指导。这种结果中心式的教学意义常常不大，因为学生虽然认识"中心不突出"或"错别字太多"这几个字，也知道这是在批评自己，但他就是不知道自己的作文怎样才能突出中心或把字写正确。如果他知道的话，作文就不会出现这些毛病了。因此，学生受到的是打击，而不是帮助，这样很容易形成习得性无助感。教师辛苦改作文，其结果却是实实在在地打击了学生的学习积极性。以过程为中心的教学则不是这样，教师既要告诉学生其作文"中心不突出"或"错别字太多"，更要分析造成这种结果的可能原因，并在教学中通过教师示范、师生讨论等途径有针对性地向学生说明怎样才能使这篇作文中心突出或把字写正确。这种教学的效果是原来结果中心的教学所无法达到的。

4. 坚持教学的结构性和准备性原则

教学要有利于学生对知识结构的掌握和理解，只有掌握了知识结构，才能巩固和运用知识。而学生对知识的理解又受学习材料呈现和组织方式的影响。因此，为了保证教学能有利于学生掌握知识体系，教师必须认真设计和科学确定教学内容的结构序列，根据学生的已有认知结构对教材进行必要的重新组织和处理，不仅要考虑新知识各部分内容呈现和讲解的顺序，还要注意新旧认知结构的衔接，使新知识与学生头脑里已有的相关知识、经验建立实质性的联系，使课与课之间建立精当的序列关系。这样，才能保证学生学到的不是"一堆"知识，而是系统的知识。同时，教师还要坚持教学的准备性原则。良好的准备是有意义学习的基础。为了保证学生知识学习的意义性，教师应根据学生原有的准备状态进行教学。运用准备性原则，关键是要了解、确定学生在知识和认知发展方面的现状，使教学内容的难度与学生的"最近发展区"相适应。

(四)及时反馈与矫正

及时反馈与矫正是我国众多教学改革流派的重要思想和课堂教学程序的基本内容，是我国教学改革实践所取得的一个重要经验。尝试教学理论认为，教师必须对学生尝试的结果进行及时反馈和矫正，保证尝试的正确方向。为此，邱学华提出了"当堂完成作业，当堂校对作业，当堂订正作业，当堂解决问题"的"四个当堂"的操作方法。目标教学更是一个以目标导向和反馈矫正为基本特征的教学体系。这个教学体系强调，反馈与矫正应贯穿于教学的全过程。"尝试指导—效果回授"教学改革也在广泛总结教学经验的基础上，根据"及时提供教学效果信息，随时调节教学"的原型经验，提出了旨在"让所有学生有效学习"的"反馈原理"。这条原理强调，有效的反馈机制是目标达成的必要保障。自学辅导教学不仅根据"当时知道练习结果"等九条心理学原则自编了课本、练习本和答案本供学生在教师辅导下自行学习和反馈矫正，而且还灵活实施"启、读、练、知、结"相结合的课堂教学模式。这里的"知"，就是当时知道结果，即及时反馈，"结"就是小结和矫正。此外，反馈教学、异步教学、中学语文六步教学等众多有效教学流派也都强调及时反馈与矫正在提高教学质量中的重要作用。

总结我国众多有效教学改革实验关于反馈矫正的操作方法，其经验主要有以下几点：

1. 反馈矫正要及时

上海青浦实验通过对各种反馈间隔时间的比较研究，发现加强每日每课教学的细节性反馈调节，并利用学生练习按日反馈矫正，有利于信息迅捷传递和把问题解决在萌芽状态，取得最好的效果。其发现的"一个本子效应"颇为耐人寻味地证明了及时反馈的教学意义。这里，上海青浦实验总结的下述做法有助于反馈矫正的及时实施：①及时批改和了解学生的作业，根据作业情况和存在的问题，或者对学生进行个别辅导，或者修改后续课时教案，调整教学内容和方法；②课上留几分钟时间进行小练习，并当堂公布答案，对学习困难学生进行针对性的帮助和矫正；③教师为每个学生做好学习"病史"记载，以便经常地分析学习动态，长善救失。

2. 反馈后要有矫正

反馈后要有有力的矫正措施，这是众多有效教学改革实践的一个共同特征。例如，许多教学流派的教学模式中专门列入了"答疑"、"改错"、"第二次练习"、"平行性测验"、"矫正补救"、"变式练习"等具有矫正功能的教学环节，从而极大提高了教学的有效性。在这方面，"事后100分"、"错误题库的建构与应用"、"问题原因的检核与矫正"等方法都有重要的应用价值。

3. 反馈矫正要面向全体学生

教学反馈与矫正要克服过多采用指名少数学生一问一答或齐声回答的方式，要让全班学生都参与进来。采用指名少数学生一问一答的方式进行反馈矫正，虽然对个别学生是有利的，但由于反馈面太小而影响了反馈的总体效率和质量，不利于多数学生的学习。采用齐声回答方式进行反馈，看上去反馈的面很广，实际上部分学生没有真正参与反馈与矫正的学习过程，因而不利于发现这部分学生的学习错误和原因，甚至很难发现他们的实际学习情况。与此不同，改革开放以来的有效教学实践都很重视反馈矫正的全体性。例如，尝试教学要求教师在学生尝试练习时，加强巡回指导，掌握每个学生的尝试学习情况，并进行针对性的矫正和帮助；自学辅导教学要求每个学生"当时知道结果"，在连续的个体课堂自学中把问题以书面形式置于课桌规定位置，以便教师随时了解收集；异步教学不仅要求教师在学生作业时要进行巡回指导，而且还专门安排了"改错课"，通过各种措施确保及时反馈与矫正的全体性。

4. 注重培养学生的自我反馈与矫正能力

在反馈调节过程中，学生自我评价的介入，可以提高学生的评判能力，优化课堂教学过程。上海青浦所做的情意与认知叠加效应的实验表明,内部反馈强化与外部反馈强化相结合,有助于学习效率和质量的提高。正因如此,众多有效教学流派都非常重视学生的自我反馈和矫正。魏书生的"六步"教学不仅要求学生"自学",还要求学生自己讨论、自己答疑、自己测验和自己总结;自学辅导教学则要求学生运用课本、练习本和答案本"三个本子"自己读书、自己对答案并针对性地开展矫正活动;异步教学要求学生在教师指导下自己发现和分析作业中的错误和原因,并先进行自改。为了引导学生自觉参与教学的反馈与矫正,教师要指导学生经常进行自我反馈训练,掌握自我评价、自我调整的方法。

5. 要重视建立课与课之间的反馈矫正机制

新的一节课要对上一节课的教学结果进行反馈和矫正,把课与课之间作为一个连续的调控过程。这种调控一般运用于两方面:一是对上一节课的课外练习或课堂练习进行讲评,如有必要,再进行一定时间的补充讲解和练习;二是根据上节课的学习结果确定下节课的教学内容和训练重点。这种课与课之间的反馈矫正策略,如果运用得好,可以大大提高课堂教学质量,对各科教学都有借鉴意义。

(五)注重课堂教学的情感性

教学过程同时也是师生情感活动和发展的过程。情感与认知相伴相随,相互渗透,紧密联系。课堂教学只有知情结合,互促共进,才能有效实现教学目标。重视课堂教学的情感性,重视师生的情感体验和情感激发,让学生在充满愉悦、融洽、和谐的教学环境中学习,是我国有效教学实践的又一重要经验。

1. 认知活动与情感活动相结合

追求儿童认知活动和情感活动的协调发展是情境教学的灵魂。李吉林倡导的情境教学,以创设和谐的教学情境为手段,以对学生进行陶情冶性、发展智能为目的,通过"育人以情",抓住促进学生发展的情感这一动因展开教学活动,使学生从小受到美的陶冶,实现育人目标的有机整合,探索出了把认知活动和情感活动结合起来的新的教学体系,开辟了一条促进儿童主动发展、学得生动活泼的有效途径。"成功教育"是我国教学实践中认知活动与情感活动相结合的又一典范。"成功教育"强调,教师要承认学习困难学生同其他学生一样也有成功的愿望和需要,具有很大的发展潜能;学习困难形成的原因在于学习过程中遭遇反复失败而导致的自信心丧失及最终形成的失败者心态;要立足学生的原有基础,实行鼓励性评价;注重改善学生的非智力因素,将自信心、意志力、成就动机的培养作为转变学习困难学生的基础性工程。成功教育的这些思想充分显示了认知与情感紧密结合、互促共进的特点。此外,愉快教育等许多教学改革也都体现了认知活动与情感活动相结合的重要特征。

2. 加强课堂教学的情感性设计

加强课堂教学的情感性设计是指教学设计要注意加强师生、生生间的情感交流,建立和谐、民主合作的人际关系和教学气氛,通过以情施教、用情育情、情知交融、以知生情、以情促知、情知互动的教学过程,既促进学生有效学习,使认知和智能得到发展,又使学生的情感得到培养和提高。在这方面,我国有效教学实践的经验主要有:①重视课堂交往结构中的情感设计。这里,教师要考虑的是怎样变师生单向交往为多向的师生、生生交往,灵活运用全班、小组、个别的教学形式组织教学活动,使课堂交往既有利于认知的发展,又能促进情感的交流、提高。②加强学生学习心理活动中的情感设计。这里,教师考虑的重点是怎样变单一的认识心理活动为情知统一的全面心理活动,充分发挥动机、兴趣、情感、意志在认识活动中的动力作用,并贯穿于认识活动的始终。③重视认知操作活动结构中的情感设计。这里,教师设计的重点是怎样综合运用多种教学手段和方法,使学生的情知得到有机和谐的发展。④重视环境结构中的情感设计。这里,教师设计的重点是怎样使学生在一个充满自信、相互尊重、民主和谐、相互帮助、乐学向上的教学环境中专心致志地学习。为此,教师要注意课堂教学心理卫生,建立融洽、和谐的人际环境;加强教学文化建设,注重教学文化的感染;以激励为主。

3. 结合学科实际,加强情感教学

情感不仅是激发动机和服务认知的手段,更是学生个性全面和谐发展的有机组成部分。从学生生命的整体来看,加强情感教学有着同认知教学同等重要的价值和意义。因此,课堂教学必须在情知互动的过程中使学生的情感得到良好发展。

在学科教学中培养学生情感,必须按照青少年儿童情感发展规律进行教学,做到以理育情、以情育情、以意育情、以行育情、以美育情,把情感培养与学科知识教学有机联系起来。在这方面,我国愉快教学在实践中总结提炼的"课开始,情趣生;课进行,情趣浓;课结束,情趣存"的愉快教育课堂教学模式有着十分重要的意义。所谓"课开始,情趣生",就是在教学开始阶段,要以趣激学,引发动机,明确学习目标,让学生兴趣盎然、主动自觉地投入学习。"课进行,情趣浓",就是在教学过程中,教师要以趣导学,通过巧设疑问、介绍思路、指导方法、以情引学等手段组织教学活动,使情知发展有机统一于教学过程之中。"课结束,情趣存",就是在教学的最后阶段,教师要对学生的学习状态、过程和效果适时作出评价,并采取相应手段及时回授信息,通过独立完成教师巧设的课外作业使学生获得成功的愉悦感,以成励学,更好地培养兴趣,保持旺盛的求知欲。实践表明,上述教学过程模式既有利于知识学习,也有利于学生情感的培养和发展,值得在中小学教学中广泛推广和运用。

二、有效课堂管理策略

(一)创建积极课堂环境,满足学生心理需要

积极的课堂环境与学生纪律之间有着密切联系,许多课堂管理问题与教师能否创建积极的课堂环境从而满足学生的心理需要有关。教学实践也表明,正是由于课堂环境不能满足学生的心理需要,从而造成了学生消极的学习态度和惹是生非或畏缩不前的行为。因此,课堂管理只有通过创建一个有意义的、真正能够满足学生需要的积极课堂环境,才能确保学生作出积极的、教学目标导向的行为,形成良好纪律。

总结国内外有关研究成果和实践经验,创建积极课堂环境,满足学生需求,应注意以下几点:①分析学生需要满足的情况,弄清问题行为产生的环境原因。学生的行为,包括违纪行为,都受其内在需要的驱动,是学生尝试满足某种需要的结果,学生的问题行为主要是由于课堂环境不能满足其归属、认同和爱的需要造成的。因此,我们必须通过观察、调查等方法深入分析现行课堂环境对学生需要的满足情况,识别学生问题行为的类型和原因,切实理解学生个体心理和学习需要,从而为针对性地创建积极课堂环境创造必要的前提。②树立以人为本的理念。以人为本是当代课堂管理的核心理念和根本尺度。在课堂教学中,以人为本,就是一切从学生出发,以学生的发展和需要为本,尊重学生的个体差异和独特体验,切实做到理解人、尊重人、关爱人、激励人。③营造人性化的积极课堂环境和氛围,满足学生的心理需要。人性化的课堂环境和氛围是以人为本课堂教学的潜在课程,是有效课堂管理的基础。为此,教师要做到以下几点:第一,通过对学生情感、意见和内在反应的真诚尊重、关注、接纳和移情理解,营造人性化的课堂心理氛围,满足学生情绪安全感。第二,通过情感化的教学、科学设置建设性的课堂环境、提高教学艺术水平、建立和谐民主的师生关系等途径,营造人性化的课堂教学氛围。第三,建立自然、和谐的教学生态。课堂管理要重视班级社会、心理和生理环境建设,努力创建在情感上互相支持、教学上积极参与、师生互动中相互关注的课堂微观生态系统。④接纳学生,努力满足学生的归属需要。归属感是一个强大的动力因素,而接纳是最有效的激发方式之一,它能有效提高学生的自尊、适应及其他健康品质。⑤帮助学生树立学习自信心,满足学生的自信需要。教师所说的每一句话、做的每一件事、表现出来的每一种态度都应注意要对学生产生积极的影响,帮助学生形成良好的自我印象,不能打击学生的自信心。⑥培养学生选择和履行职责的能力,满足学生有关权力和自由的需要。许多学生都渴望承担责任、自治和独立,同时也想拥有与老师共享管理课堂的权力。因此,教师要通过为学生提供选择、与学生一起制定课堂规范、让学生进行自我评价等方法来满足学生有关权力和自由的需要。

(二)运用有效沟通技能,改进交流方式

当代课堂管理理论认为,健康的交流方式和有效的沟通技能不但有助于增进师生间的关系和有效地实现教学目标,也是有效课堂管理的重要策略。在课堂管理中运用有效沟通技能,应注意以下几点:

1. 要善于倾听

教师的倾听体现着对学生的接纳和重视。在所有能让学生感到被接纳和重视的事件中,"倾听"最为重要。倾听是表达尊重的标志,是满足学生被接纳、受重视以及安全感需求的最重要途径。通过教师的倾听,可以使学生感受到自己的价值。心理咨询实践表明,仅仅让受询者说出与他的生活挫折有关的内心感受就可能治好他的心理疾苦。因此,教师要善于掌握倾听的艺术和技巧,并把这些技巧应用于与学生的交流中。这不但会改善师生关系,帮助学生解决问题,并且能够有效培养学生的自尊心理。

2. 合理运用肢体语言

课堂管理的肢体语言理论认为,合理运用肢体语言有助于课堂秩序的建立。①眼神接触。眼神接触是课堂上师生最常用和最有效的交流形式,通过训练,教师不仅要能自然地注视每一个学生,而且要能读懂每一个学生的要求和反应,传达自己对学生的评价及对整个教室情境的把握,预防学生不良行为的发生。②身体接近。对课堂上违纪的学生,教师的言语批评既会中断教学活动,又可能引起学生的反感。在大多数情况下,教师只需走近他(她),或轻轻地拍一下,什么也不必说,就能使其端正行为。③身体姿势和面部表情。身体姿势和面部表情是肢体语言的重要部分,在交流中传达着许多重要的信息。因此,教师在调控学生课堂行为的过程中,应尽可能利用身体姿势和面部表情辅佐说话。

3. 恰当反馈与赞扬

给学生提供具体、清晰、详尽的反馈是一个重要的沟通技能。这里,教师应正确把握反馈多少、对谁反馈、反馈什么等几个问题。目前,许多教师的反馈存在着不够明确、批评多鼓励少等缺点。有关研究表明,要使给学生的反馈(表扬)成为有效的鼓励因素,应该具有如下三个特点:①情景性。不要随便滥用表扬,表扬必须紧跟在良好的行为之后。②具体性。赞扬应针对某个特别要强化的行为。③可信性。赞扬应因人而异,可信有据。同时,在课堂管理中,教师应尽量使用"我信息",如"作为教师,我对你上课看小说的行为感到不尽满意",向学生传达出教师对问题情境的感受和对学生正当行为的要求,避免"你信息",如"你太懒惰,你如果不改进,你将一无是处"这类引发学生反感的标记性言辞,与学生进行平等交流。同时,在沟通中还要注意"对事不对人",例如,教师可以说"我喜欢你,但是我不喜欢你现在做的事情",但不能说"你真是不可救药",

"我讨厌你"。

4.正面诱导

教师对待学生的行为方式可分为有意负面诱导、无意负面诱导、无意正面诱导、有意正面诱导等四种类型。所谓正面诱导,是对一类信息的总称——无论是语言的还是非语言的,正式的还是非正式的——即传递给学生说他们是负责任的、有能力的、有价值的信息。相反,负面诱导则是指向学生传递说他们是不负责任的、没有能力的、没有价值的信息。例如,在期末考试的前一天,有位学生要求教师辅导,教师对该生说:"别担心,反正你从来就没通过考试。"这种讽刺的话恰好表现出了教师无意的负面诱导。教师应通过各种途径对学生进行正面诱导。比如在门口与学生打招呼,表示非常高兴见到学生,夸奖学生的学业等。正面诱导除了能形成学生的积极态度和良好的师生关系,还有助于矫正学生的不良行为。有个原本以强迫纪律约束学生的校长做过这样的实验:挑选 12 个有行为问题的学生,将他们分为 3 组,每组 4 人。三组学生轮流每天都到他的办公室,互相谈论昨天有什么良好的行为、还应有什么良好的行为及成人能提供什么帮助等问题。每天大约讨论 4 分钟,结束后,校长与学生们握手告别。结果,这些学生在按时上课、完成作业、认真学习等行为上有了很大进步。从此,这位校长决定改变对待学生的方式。

(三)坚持健康课堂管理思想,实施健康课堂纪律

近年来,国外在课堂管理中特别强调"健康课堂管理"的思想。所谓健康课堂管理,就是通过为每个学生营造一种以相互信任和相互尊重为基础的愉快、健康、高效的课堂氛围,激发学生自强、自尊、自立的心理,促进学生心理、社会多层面的安康,从而使学生在课内外过一种健康、幸福和有意义的生活。为了实施健康课堂管理,教师应掌握健康有效的纪律实施技巧。

1.实施健康纪律模式,通过激发动机控制课堂

课堂纪律的实施模式主要可分为专制型、放纵型和健康型三种模式。专制型模式要求强制而无视尊重,放纵型模式注重尊重而放弃强制,而健康型纪律实施模式则力图在强制与尊重之间找到恰当的平衡。在健康型模式下,教师不是指挥家,而是在解决问题的过程中指导学生的行为,告诉学生行为的限度和可以被接受的选择,让学生学会对自己的行为或活动负责。此外,教师还要重视动机激发在课堂管理中的作用。威森斯(Waysons,1988)对 500 所纪律形象良好的学校进行了调查,研究这些学校防止暴力和冲突的方法。他发现,这些学校在控制课堂纪律方面的共同特点是,将教育重点放在如何预防不良行为的发生上,而不是强调如何实施惩罚;强调问题的解决而不是只注重表面现象。格尔特兰德(Giltiland)研究后指出,在课堂控制中,动机与兴趣激发所起的作用约占 95%,而纪律约束只起 5% 的作用。因此,激发学生学习动机是解决纪律

问题的最好办法。

2.有的放矢地矫治不同误设目标和行为

作为拥有强烈归属欲望的社会生物,学生的所有行为都表现出要求被接纳和被重视的愿望。当课堂环境不能满足这些需要时,学生就会将自己的行为引向寻求关注、寻求权力、寻求报复、规避失败或表现无能等错误的目标,错误地选择各类违纪行为来满足归属等普遍的心理需要。针对学生的错误目标及相关行为,当代课堂管理目标导向理论认为,教师不能简单地采用惩罚的方法,而应运用行为本身所产生的自然后果使学生从经验中体验到行为和后果之间的关系,进而养成自律的良好行为,发展正确的自我概念。其具体实施步骤如下:①确认错误目标。学生的不良行为是错误目标导致的,所以教师应通过分析和观察学生的行为特点来确定学生错误目标的具体类型。②分析错误目标。教师确认错误目标后,应直接和学生讨论、分析错误目标中的错误逻辑,然后通过沟通,帮助学生认清自己错误行为产生的根源。③改进错误目标,引发建设性行为。发现学生的错误目标并找出错误的根源后,教师切忌使用惩罚和强行禁止,应通过鼓励的方式引发学生的建设性行为,帮助学生通过自己的成就获得他人的尊重与重视。如果教师对学生的错误行为不断指责和惩罚,只会增强学生的无价值感,甚至引发报复行为。

3.积极鼓励引导,恰当使用惩罚

针对课堂管理中存在的批评惩罚多、鼓励关怀少的现状,教师应坚持积极鼓励引导、恰当使用惩罚的教育原则。心理学研究表明,在课堂管理中,奖励的矫治作用远远大于惩罚,教师通过鼓励理想行为去纠正克服不良行为的效果要比对不良行为实施过度的惩罚要好,这是因为奖励加强行为,增强行为发生的可能性,并逐渐巩固起来成为牢固的良好习惯,而惩罚则只能减弱行为,缺乏积极的正面引导作用,容易造成学生的恐惧心理,影响师生间的融洽交往。积极鼓励引导,恰当使用惩罚,在具体实施中应注意以下几点:第一,关怀鼓励为主。"数子十过,不如奖子一长"。因此,作为教师,在对待和处理学生问题行为时,应多关怀鼓励,少打击责骂。第二,正确运用惩罚。在课堂管理中,提倡关怀、鼓励为主,并非简单地否定或取消惩罚,只是强调必须慎重地、正确地运用惩罚。在某些情况下,运用惩罚进行纪律管理还是必要和有效的。第三,多作正面引导。心理学研究表明,惩罚、批评只能抑制不良行为,而难以形成社会所期望的行为。所以,教师在教育学生时,应尽量不要使用消极、否定性的语言,多用积极引导的语言,不仅要告诉学生"不要怎样"、"不能怎样",更要告诉学生"应该怎样"、"怎样才能做得更好",不仅使学生意识到自己不良行为的缺陷,更要指出学生努力改进的方向,从正面引导学生的发展,从而有助于学生良好行为品质的形成和巩固。

(四)改进课堂教学,提高教学有效性

有效的教学是防止课堂问题行为发生的第一道防线,好的纪律来自好的教学。因此,改善课堂纪律,必须改善我们的教学,增强教学的魅力。当代课堂管理研究者都高度强调有效教学策略与学生良好行为之间的关系。在课堂管理研究中,格拉瑟(W. Glasser)等人都曾指出,优质课程、优质教学和优质学习是有效纪律的主要特征。美国著名课堂纪律研究专家库宁(J. Kounin)也认为,维持纪律的最佳方式是吸引学生积极参加课堂活动。他关于高课堂管理成效教师和低课堂管理成效教师的比较研究表明,两类教师的课堂管理方法非常类似,他们的主要区别在于成功管理的教师能以良好的教学方法和课堂组织防止问题行为的发生,成功管理的教师在教学准备、教学组织及活动之间的顺利转移上,都更胜一筹。这些教师还善于通过一开始就激发学生的兴趣,注意在整节课中有效地吸引学生的注意力,安排具有个性化的作业等方法,使学生的活动一直围绕着教学有序展开。上述研究启发我们,创建良好的课堂秩序和纪律,既需要合理的课堂管理观念的指导和纪律制度的规范,更需要课堂教学的完善和改进。可以说,以科学的教学行为实现课堂管理和控制的目的,实现课堂秩序的理想状态,已经成为当代课堂管理的基本共识。

综观国内外有关课堂教学管理的研究和实践,其具体做法主要有以下几个方面:①加强教学节奏、课堂段落和学生注意的管理调控。②合理创设课堂教学结构和情境结构,恰当调节师生焦虑水平。③改进课堂交往结构、提高学生参与比率。④满足学生学习需要,让学生设置学习目标、体验成功,教会学生如何学习,提高学生的自我效能感。⑤顺利过渡。教师要为课堂教学的有效进行做好准备,制定日程安排,以确保课堂过渡的顺利进行。⑥精心设计每堂课的内容和活动程序。⑦充分利用问题控制课堂行为,但问题必须丰富多彩、意味深长。⑧综合运用模式控制、目标控制和评价控制等控制方法,培养学生自我控制能力。⑨随机应变,正确运用课堂教学应变技巧。教师在教学中必须具有一定的教学机智,随机应变,合理运用注意转移法、随机发挥法、幽默法、宽容法、设疑法等方法灵活处理课堂教学中发生的偶发事件。⑩分析课堂记实。必要时教师应把整个课堂教学过程用现代技术记录下来,进行认真分析;或由同行互相听课指出对方容易引发学生课堂问题行为的地方。

三、有效作业与练习策略

(一)坚持以生为本,确立现代作业观

观念是行动的先导。实施有效作业,首先要求教师坚持以生为本,确立与现代教学和新课程理念相符合的现代作业观。

1.有效作业观

有效作业观是师生对作业效率与效益的自觉意识和追求意向。确立有效作业观,首先要有强烈的作业质量和效率观念,通过对作业系统化的科学设计和作业方法策略的优化,达到作业质量和效率的最佳状态,提高作业的实效性。其次,要有整体和长远的作业效益意识,重视今天的作业对学生终身发展的效益,强调给予学生的是对其一生最有价值的东西。

2.作业的多维目标与功能观

教师必须改变以知识掌握和技能训练为目的的单维作业目标和功能观,使学生的作业过程成为"知识与技能、过程与方法、情感态度与价值观"三维目标整体实现的生命成长过程,实现从以知识为本位的单维作业目标功能观向以发展为本位的多维目标功能观的转移。

3.差异作业观

教师要确立差异作业的观念,承认和尊重学生的差异,充分考虑学生知识基础和年龄特点的实际,根据学生的实际差异精心设计差异性和选择性的作业,在作业的内容、形式、数量和难度上给学生提供自主选择的机会和空间,实施难易适度的个性化差异作业,让学生在完成差异性和选择性的作业中因材施教,力争让每个学生在适合自己"最近发展区"的作业中取得成功,获得轻松、愉快、满足的心理体验,使每个学生在原有基础上都得到完善、自由的发展。

4.创新学习作业观

在接受学习的基础上加强创新学习是新课程提出的重要理念和要求。因此,我们必须树立创新学习的作业观,在作业中改变单纯进行接受性、巩固性练习的现象,在作业设计和布置时注重作业内容、过程和解决问题方法的开放性、生成性、过程性、探究性和实践性,体现对学生创新能力及其综合素质的培养,重视实践操作和引导探索活动,通过创新性作业引导学生在接受学习的基础上进行创新性学习,提高学生发现、吸收新信息和解决新问题的能力。

5.学生主体观

学生是作业的主体,不仅意味着学生是教师布置的作业的完成人,更强调学生对作业的自我设计、规划和布置,强调学生在完成作业的过程中应体现出自主性、能动性和创造性,对自己的学习活动具有支配和控制的权力和能力,在作业的各个环节和阶段进行自我计划、自我调整、自我指导、自我强化、自我检查、自我总结、自我评价、自我补救,从而实现全面、主动、生动活泼地发展。

(二)优化作业设计和布置,提高作业质量

实施有效作业,必须在现代作业观的指导下,从教学目标和学生实际出发,优化作业设计,科学布置作业,提高作业质量,从而产生"负担轻收获大"的作业效应。

1.精选作业内容,突出典型性、启发性和系统性

实施有效作业,教师必须在选题、编题上下工夫,不断提高自己作业的选择和编制技能;要根据教学过程的具体情况和学生实际精心设计作业的范围、要求和时机,跳进"题海"精选作业内容,确保作业富有典型性、启发性和系统性,从而达到举一反三、事半功倍的作业效果。①目的明确。作业的选择必须根据课程的教学目标、要求以及学生实际,紧扣教学内容,突出教学重难点,有的放矢地布置。每次作业都应力求做到目的明确,使学生练有所得。②具有典型性。精选作业内容,必须突出典型性,从大量的练习内容中挑选出最本质、最有代表性的典型习题布置给学生。这样的练习,量少质高,以一当十,可以起到触类旁通、举一反三的作用。③具有启发性。题目无法穷尽,题型千变万化。只有具有启发性的作业才能帮助学生揭示事物本质和规律,培养思维的广阔性和创造性,提高举一反三的迁移能力。④具有系统性。作业设计必须系统地考虑学期、单元和课时的连贯性与一致性,切忌心血来潮、随意点题。让学生进行系统性的训练,可使学生将学到的知识在头脑中形成知识网络,有利于知识的巩固和能力的提高。

2.实施分层作业,调控作业难度,促进差异发展

设计和布置作业,应充分考虑不同层次学生的实际,实施分层作业,有针对性地调控作业难度,使作业既有统一要求,又能照顾不同类型学生的实际,从而让每个学生在适合自己的作业中取得成功,促进学生差异发展。①由易到难,注意知识层次。作业的设计和布置,要做到由浅入深,由易到难,由单一到综合,从模仿到再造,再到创造性发展,做到环环相扣,拾级而上,逐步提高。既要设计一定数量的基本作业与练习,又要有一些变式作业与练习,以利于新旧知识的沟通,拓展学生思路,还要设计一些综合性比较强的思考性作业与练习,以利于学生加强实践,促进知识、技能的转化。②针对学生差异,设置分层作业。只有为不同能力水平的学生布置适合各自"最近发展区"的作业和练习,才能构成问题情境,有效促进不同层次学生的发展。③设置台阶,放缓坡度。根据学生的学习水平和教材内容,将难度较大的习题进行分解或给予具体的提示,系统地规划分步骤的练习,在学生对若干个具体问题作答后,再进行一次整合。这种难度分解的作业,可以使认知水平较低的学生逐级而上,一方面提高他们完成作业的效率,减轻疲劳程度,另一方面又使他们在负荷适当的情况下达到作业目的,完成教学要求。

3.调控总量,优化结构,突出适量性

作业的设计和布置必须坚持量适质高、结构优化的原则。①优化作业结构。首先要从宏观上调整主干学科与非主干学科在作业配置上的比例,合理设置和安排音体美作业,促进学生全面发展。其次要从微观上协调各种作业的关

系,从教学目标和学科知识的要求出发,综合运用多种作业形式,促进学生知识、技能的全面提高。②数量适中。第一,各科协调,总量调控。为了保持每日作业总量的适当,必须注意协调各学科的作业量。教师和学校领导要相互配合,沟通协调,根据学生对各学科知识的掌握情况及教学要求,结合不同学科作业疲劳价的组合状况,对不同学科的作业量作出统筹兼顾的安排。同时,要考虑不同类型学生对相同作业的实际感受和所需时间,使不同学生在作业时间上保持大体均衡。第二,突出重点,灵活增减。教师要根据学生对教学内容的实际掌握情况,突出重点,灵活增减,合理分配平时学习与期末复习阶段的课外作业量。

4.丰富作业形式,突出多样性、实践性和开放性

新课程倡导学生主动参与、乐于探究、勤于动手,在教师指导下主动地、富有个性地学习。这一要求反映到作业设计和布置中来,就是要赋予作业以多维的形式和丰富的内容,使作业体现出多样性、自主性、趣味性、实践性、开放性和探究性的特点,让学生在充满智力挑战的愉悦环境中完成学习任务。①多样性。作业是丰富多彩、形式多样的,有标准答案的练习不是作业的唯一形态,要恰当地采用口头练习、表演练习、实际操作等多种形式,发挥每种作业的独特作用。作业可以是短期的,也可以是专题性或研究性的长期性作业;可以是个人作业,也可以是小组或全班的合作性作业;可以是单科作业,也可以是跨学科的综合性作业;可以是教师布置的作业,也可以是学生自己设计的作业;可以是知识巩固性作业,也可以是应用性或实践性作业。教师还可以根据学生的不同特点布置"特色作业"。②实践性。根据作业的性质和学生完成作业的方式,可以把作业划分为理论知识性作业和实践操作性作业。这两类作业各有优势和不足,在实际教学中应结合运用。鉴于我国传统作业中存在的重书本轻实践的实际情况,新课程提出了加强实践性、活动性作业的要求。因此,我们在设计作业时必须摒弃仅仅注重解决书面问题的弊端,让作业从书本回到生活,将问题置于有趣的问题情境之中,加强作业的实践性。③开放性。作业设计要冲破课本和课堂内容的樊篱,作业内容源于课本但不拘泥于教材,既有对课堂知识的巩固,也有走出课堂的拓展,向社会和生活开放,设计一些能让学生自主发挥、各抒己见的作业,为学生营造一种敢想敢说的氛围,培养和提高学生的创造能力。

5.确立作业规范,实行制度化管理

为了优化作业设计与布置,学校和教师还应根据国家有关作业的规定和学校实际,在认真总结有关作业经验和教训的基础上,确立科学有效、易于操作的作业规范,实行制度化管理。首先,学校要制定全校性的作业规范,包括作业的总体要求、类型、数量、难度、频率和完成时间,教师设计、布置和批改作业的程序与方法,各科教师协调作业的方法,作业的奖励与惩罚,等等。再次,要通过

家长会等方式,告诉家长学校和教师关于学生作业的规范,以及学校对家长在帮助或支持学生完成作业时的期望以及家长帮助或支持学生完成作业的方法等。在具体实施中,教师要根据实际情况灵活运用这些规范,如根据学生实际对个别学生的作业要求进行调整。这种"制度化"作业与"例外"相结合的作业管理方式有利于因材施教,从而促进学生更好地发展。

(三)改进作业批改,提高反馈矫正和评价的有效性

作业批改是教师检查教学效果、发现教学问题、改进教学方法、及时调整教学策略和指导学生学习的一个重要手段。实施有效作业,必须改进作业批改,提高作业反馈矫正和评价的有效性。

1. 发挥学生的主体作用,科学运用多种批改方式

作业批改的方式很多,教师应根据不同年级、学生和作业的具体内容等情况,把堂上订正与堂下批改、学生自批自改与教师批改、重点批改和全面批改以及教师面批面改、学生小组批改或互批互改、师生研批等批改方法结合起来,灵活地、综合地运用多种批改方式。但是,无论采用何种批改方式,对于批改中发现的错误,教师都要引导学生认真做好析错、治错、改错和防错工作。同时要充分发挥学生在作业批改中的主体作用,锻炼学生的自主学习能力。这方面,许多学校在实践中创造了不少有效的方法,例如,有些教师在要求全体学生完成全部作业的基础上,还每次让少数学生重点做一道题,要求有分析过程,有推理和结论,作为样板作业。教师只重点面批样板作业,如果样板作业做得不符合要求,教师当面指出问题,然后再重做,将这些样板作业张贴出去,其他学生可对照样板作业查问题、找答案,不能掌握和理解的习题就由样板作业者充当小先生进行讲解。教师只解决一些共性的问题。学生轮流做样板作业,人人都要接受面批,人人都可充当小先生。这样,不但培养了学生良好的作业态度和负责精神,提高了作业反馈矫正的质量和效率,也减轻了教师的工作负担,增加了教师研究教材、教法和学生的时间。

2. 及时反馈与矫正

教师只有认真批改作业,通过讲评等形式把正误信息、评定等级及鼓励性、建设性的评语及时反馈给学生,对作业中的优点、巧妙方法等及时加以总结、表扬和推广,对作业中错误的原因进行深入的分析,并针对性地指导学生及时矫正和消除错误,才能有效帮助学生改进学习。作业批改中的及时反馈与矫正应注意以下几点:第一,教师要及时收齐并检查学生的完成情况,及时把正误信息及个别化、建设性、鼓励性的评语反馈给学生。实践表明,目前有些学校实行的A、B两套作业本轮流使用制度,延长了学生作业反馈的周期,不利于教师及时发现问题,掌握学情,也不利于学生拾遗补缺,及时订正。第二,教师要认真分析学生的作业情况,并作针对性、有重点的讲评。对于学生不完成或不能完成

作业的问题,教师应仔细分析原因,并采取有效措施加以解决。第三,纠正错误作业时,要让学生做相同类型的其他作业或者对原作业题进行适当变更,要注意举一反三。

3.正确使用批改符号,全面反馈批改信息

教师批改作业,不能仅仅简单地运用"对"、"错"符号来作出评价,还应对学生作进一步的学习指导。因为学生获得简单的"×"信息反馈,难以全面反馈信息,往往仅仅知道自己做错了,但不知道为什么错?错在哪里?这就不利于他们改正作业中的错误。而且"×"过多,还会使学生产生消极态度,甚至丧失学习信心。为了全面反馈作业批改信息,教师应正确使用师生间达成共识的多种批改符号和个性化的评价语言。通过丰富多样、约定俗成的批改符号,学生便可从教师的批改中及时获得自己知识是否理解掌握的反馈信息,及时发现自己作业中的错误并加以矫正。

4.重视批语的交流和情感激励作用

批语是师生交流和情感激励的平台。作业批改中,写好批语,可以弥补"对"、"错"判断方法的不足,从解题思路、能力、习惯、情感、品质多方面综合评价学生,有利于沟通师生情感,从原来简单的判断走向师生对话和情感激励,使作业批改成为师生人文交互促进的有效机制。要写好批语,应做到实事求是,一视同仁,突出重点,少而精当,少责怪多鼓励,少笼统多具体,善于发现作业中的"闪光点",在语气上少用命令式、独断式,多用商讨式、启发式,富有激励作用。这方面,有些学校采用的"爱心卡"评价法是一个成功的实践。所谓"爱心卡"评价,是教师用学生最感兴趣的各式漂亮的小卡片,对学生在一个阶段的作业或其他表现情况作个性化的激励性评价,其实质是教师与学生对话交流的过程。"爱心卡"中教师的个性化评语有对学生取得的成绩的肯定,对其不足的指导,对其智慧的赞赏,与其心灵的共鸣,这些都为孩子日后的成长起到了人格奠基的作用。

5.做好作业档案,总结教学经验

作业档案是指师生为了教、学和研究而保存的作业及其有关材料。每次作业结束,教师应及时总结,做好作业档案,并指导学生建立和有效利用个人"错解档案"。就教师而言,作业档案的内容,主要包括学生作业中易犯的典型错误及原因分析,各类学生完成作业的数量、质量和时间,作业中的巧妙解法或有独创性的内容,从众多资料中筛选编制而成的某一作业专题资料,报纸杂志中具有研究借鉴价值的有关作业经验,甚至可以逐步建立作业资料索引,等等。对于作业档案,教师要定期归纳整理和分析研究,从中总结教学经验,把学生典型的作业错误与矫治策略汇集成"病历卡"与诊治方案,使作业档案达到内容适宜、立档规范、检索方便,以便为改进今后教学服务。同时,教师还要指导学生

建立和有效利用个人作业的"错解档案",记录错解作业的题目、错解、错因和正确的解法。"错解档案"建立后,教师要引导学生适时进行整理、归纳和总结,并利用"错解档案"进行补救性学习。在这一过程中,教师要定期抽查学生的"错解档案",并根据各人情况写上一些鼓励性的批语,必要时,可针对"错解档案"中的错误再次进行测试,给学生一个改正的机会,让学生享受到成功的欢乐。"错解档案"既是学生重要的学习资源,也为教师的教学提供了大量信息,是教师今后备课、上课、辅导的宝贵资料。

6. 重视对学生作业过程的指导和管理

质量较高的作业设计好后,其价值还是潜在的,只有通过学生主动积极的作业过程,才能提高学生的能力和素质,达到作业的目的。因此,要提高作业的有效性,必须重视对学生作业过程的指导和管理。为了做好对学生作业过程的指导和管理,应做好以下几方面工作:①要帮助学生提高对作业价值的理解,确立自己的学业目标,使学生的作业态度由被动的"要我做"转变为主动的"我要做"。②要教给学生合适的、完成作业所需要的自我调节策略和学习方法,包括认知学习策略和元认知策略,并加强对作业的反馈,促进学生对作业中存在的错误进行监控、反思和自我矫正,形成自我监控的学习习惯。③加强作业时间的计划和管理,提高学生的自主学习能力。④为学生提供有关作业的各种帮助和辅助性资料,搞好家校合作,为学生提供良好的家庭作业环境。

四、有效学习指导策略

掌握和运用有效的学习策略,既是有效学习的条件,也是减轻学生过重学业负担的重要措施。只有"会学",才能"学会"。因此,在教学过程中,教师要善于指导学生掌握有效学习的方法和策略。

(一)有效学习的情意激发策略

教学既是传授和学习知识的过程,也是师生情感交流的过程;学生的学习是理性与非理性、认知与情意交互作用的发展过程。在这一过程中,学生的情意因素不仅对认知活动起着动力、强化和调节的作用,而且其自身的发展也是有效教学的重要追求。因此,在教学中教师应通过激励、肯定、赞扬、暗示等多种教育方式激发学生学习的情意力量,促进学生主动积极地学习。

1. 培养和激发学生的学习动机

学习动机是直接推动人们进行学习以达到某种目的的心理动因。只有当学生对学习具有强烈正确的学习动机时,才能在学习中表现出高度自觉而且主动的态度。因此,教师要重视培养和激发学生的学习动机。首先,教师要帮助学生明确学习目的,树立远大抱负。研究表明,具有高抱负水平的学生,必然追求高学习目标,因而能激发强烈的学习动机;而低抱负水平的学生,追求的学习目标也低,其学习动机也一定是微弱的。因此,教师要善于通过说理和组织讨论等形式,帮助学生树立崇高的理想和远大的抱负,培养高层次的成就需要。其次,要重视学生学习兴趣的培养。兴趣和爱好是学习动机的重要心理成分和从事学习活动的原动力。教学中,教师可以通过建立良好师生关系,创设问题情境,丰富教学材料和运用灵活多样的教学方法等途径,帮助学生培养学习兴趣。再次,要帮助学生发展积极的自我概念和归因模式。自我概念意指个体对自己的看法和评价,它与学生学习的关系十分密切。如果学生把自己看成是失败者,那么其就不会有努力学习的实际行动。因此,教师要帮助学生发展积极的自我概念。与自我概念密切相关的是归因模式。归因理论告诉我们,学生能否进行正确有效的归因,或采取不同的归因倾向与模式,将会影响其学习动机的形成,并产生不同的学习行为。因此,教师要了解学生的归因模式,对学生进行适当的归因训练,引导、帮助学生对学习成败进行积极的归因,消除消极的归因方式。此外,在实际教学中,教师还可通过正确运用表扬、奖励和批评,适当开展竞赛,利用已有动机进行迁移等方法激发学生的学习动机。

2.培养与激发学生学习的自我效能感

班杜拉认为,影响人的行为的期望可以分为结果期望和效能期望两种。结果期望是指人们对行为结果所带来的价值的推测。效能期望即自我效能感,是人们对自己是否能够成功地进行某一行为的主观判断,它是个体的能力自信心在某项活动中的具体体现。研究表明,结果期望和效能期望共同影响了人的行为。其中,自我效能感,即效能期望不仅影响学生学业目标的选择、努力程度和意志控制,还会影响他们所选择的学习策略,对学生的学习行为有着重要的调节作用。如果学生虽然认识到取得好成绩的重要性,但却感到取得这种期望的成绩力所难及,就会望而却步。因此,培养学生良好的自我效能感,对促进学生有效学习具有重要作用。在实践中,帮助学生提升自我效能感的方法很多,常用的方法主要有利用成功体验、榜样和言语说服三种方法。第一,利用成功体验提升效能。一般说,当学生成功地完成了一些自认为有一定困难的学习任务后,就会对学习产生信心,从而增强自我效能感;相反,过多失败的学习经历会降低自我效能感。这就要求教师要善于利用学生的成功体验提高学生的自我效能感。第二,利用榜样提升自我效能感。班杜拉认为,人的许多效能期望来源于观察他人的替代经验,榜样的行为表现是个体自身效能的一种重要参照。当学习者看到与自己相当的示范者成功时,或观察到与自己能力相似的同伴成功地完成某些学习任务,就会替代性地转化成对自己能力的认同,相信自己也有能力完成这个任务,从而增强自我效能感,相反,就会降低自我效能感。因此,为学生树立与其各方面情况相似的学习上进步的榜样,有助于学生自我效能感的提高。第三,利用言语说服提升效能。班杜拉指出,建议、劝告、解释等言语说服方式是自我效能感评价的一个重要信息来源和提高自我效能感的重要途径。为此,教师要对学生抱有积极的信念和态度,相信每个学生内心都蕴含着积极向上的趋势,都有可以开发的禀赋和才能,通过对学生积极、正面、发自内心的期望和言语反馈,结合具体教学实际对学生的学习进步给予适当的归因训练,培养学生积极的自我效能感。

3. 磨炼学生学习意志,激发情绪力量

坚强的意志和良好的情绪是学生有效学习的重要条件。为此,教师在教学中要帮助学生培养坚强的意志,激发情绪的正向力量。为了磨炼学生的学习意志,教师要引导学生从实际出发,确立人生远大理想和奋斗目标,以崇高的目标和远大的理想激励自己的学习行为,通过意志锻炼、警句格言、反思日记等途径磨炼学习意志,锻炼学生坚强的意志品质,增强抗挫和自我控制能力。与此同时,教师还要引导学生善于自我激励和调节情绪,树立自信心,学会合理宣泄和释放情感,当遇到烦闷和苦恼时要学会寻求帮助,以幽默乐观的心态面对问题和挑战,减轻精神和心理压力,驱除不利情绪,化消极情绪为积极情绪。

(二)有效学习的认知指导策略

认知策略是学习策略的重要组成部分。在教学过程中,加强对学生进行认知策略的指导和训练,有助于学生提高学习效率,成为一个自主、有效的学习者。

1. 培养和训练学生的信息选择策略

掌握和运用有效的信息选择策略是有效学习的必要条件。学生能否对有关学习内容给予选择性注意,能否预期重要的信息并保持高度的警觉,能否选择恰当的学习目标和有效的信息加工处理方法,都直接影响着学习的成败和效率的高低。因此,我们应重视对学生进行信息选择策略的培养与训练。第一,指导学生学会选择和确立恰当的学习目标,并根据反馈信息适时调整。第二,教给学生基本的信息选择技术,主要包括选择性划线技术、做笔记技术、自我提问技术、写提要技术等。第三,教给学生选择学习方法的策略。教师要教会学生分析、了解自己学习的类型和特点,使他们意识到自己的认知过程、已有的知识基础、学习任务和目标,并据此选择自己恰当的学习方法。同时,教师在教学中要有意识地传授各种行之有效的学习方法,并进行学习方法的选择性策略练习,最终达到能根据不同的学习情境,自觉选择最有效的学习方法。

2. 加强记忆策略的指导

掌握和灵活运用高效记忆的策略,有助于学生对知识快速、牢固的记忆。因此,为了促进学生有效地学习,必须加强对学生进行记忆策略的教学和指导。具体而言,应指导学生注意以下几点:第一,遵照意向律,提高识记心向。心理学研究表明,通常有意向的识记效果优于无意向的识记,有具体意向的识记效果优于笼统意向的识记。因此,在识记时我们应有强烈的记忆意识和明确的记忆目标,提高识记心向。第二,运用组块律,扩大信息量。认知心理学研究表明,记忆的组块有大有小,人的短时记忆容量是 7 ± 2 个组块,识记信息的容量随组块容量的增大而增大,组块的"体积"越大,能够立刻记住的内容越多。根据这一规律,教师应指导学生尽量将信息组块化,扩大记忆的组块容量,同时应把识记材料按一般不超过 7 个组块的原则划分识记单元并逐个记忆。第三,根据学习实际,科学运用各种记忆方法。教师应指导学生在理解的基础上进行记忆,对记忆的内容作系统化、结构化的加工,合理组织复习,适当过度学习,运用多种感官通道协同记忆,根据记忆的内容、任务和学生的实际,恰当运用联想记忆法、形象记忆法、谐音记忆法、歌诀记忆法、比较记忆法、归类记忆法、概括记忆法、纲要记忆法等多种记忆方法以及自我提问技术、寻找知识之间的内在联系等方法进行记忆。

3.加强组织策略的指导

所谓组织策略,是把零碎的知识按照一定的逻辑、类别、结构组织起来,形成一个完整的知识系统的方法,是对信息深加工的一种重要形式。组织策略在形成知识结构的过程中有独特的作用,能有效地加强与提高对材料的记忆、理解与表述。因此,加强组织策略的指导是提高学生认知策略水平的重要途径。

组织策略的种类很多,教师应结合具体教学加强对学生进行以下几种组织策略的指导:①列提纲。通过对学习材料的分析、归纳和总结,用简要的词语,按材料的逻辑关系,写出其主要、次要的观点及其层级关系。②列表格。通过对学习材料的全面综合的分析,抽取其主要信息,从某一维度将这些信息以表格的形式有序展现出来,反映材料的全貌。③作关系图。指导学生先提炼出学习材料的主要观点,然后识别这些观点之间的关系,最后再用适当的图解来表明这些观点之间的内在联系。此外,流程图、模式或模型图、纲要信号图等图示方法都是组织策略的重要形式,恰当运用这些组织策略,有助于学生加深对知识的记忆和理解。教师在教学中应结合具体教学内容有意识地向学生传授组织策略的实施方法。

事实上,上述信息选择策略、记忆策略和组织策略是互相联系的,有的记忆策略本身就是组织策略,有的信息选择策略也有助于加强记忆。同时,记忆策略既可能是一种复述策略,也可能是一种组织策略。因此,教师对这些策略的指导和训练并非孤立进行的,而是互相联系和渗透的。

(三)有效学习的元认知指导策略

元认知是个体对自身认知活动的认知和对自身认知过程进行计划、监控、调节的能力。与此相联系,元认知策略则是元认知对认知活动进行调控时所用的方法和技术。研究表明,元认知和元认知策略水平的高低直接影响着学生学习的效率和有效性程度。因此,提高元认知学习的意识性,加强对学生进行元认知策略的教学和指导,是提高教学有效性的重要途径。教学中加强元认知策略指导应重点做好以下几方面的工作:第一,丰富学生的元认知知识。在教学中,教师除了对学生进行具体教学内容的传授外,还应结合学科知识教学向学生传授元认知知识,有意识地帮助学生分析怎样根据自身和学习任务的特点科学地选择学习策略和方法,引导学生把元认知知识应用到自己的学习中去。第二,增强元认知体验。首先,要重视知识发生过程的教学,让学生在教学中亲自参与得出知识结论的全过程,活化和调动学生思维,并在这个过程中获得深刻的体验。其次,要根据"最近发展区"原理,在教学中给学生设置恰当的难度和障碍。只有当学生经过一定的努力获得了学习成功,才能产生心理的愉悦,从而增强学习的动力,进而取得更好的成绩。这里,应特别注意要注重调动学生的积极情绪,使教学在轻松愉快的气氛中进行。第三,加强元认知操作指导,提高元认知监控能力。元认知监控能力是指个体不断对自身的认知活动进行积极自觉的监视、控制和调节的能力,是元认知能力的核心成分和影响学生学习质量的重要因素。元认知监控主要包括计划、监视和调节三个彼此联系的环节。所以,元认知监控能力的培养应抓住这三个环节展开。学习活动前,教师要着重指导学生对活动作出切实可行的计划和安排;学习活动中,教师要指导学生排除内外干扰,不断实施自我监控,增强自我控制能力;学习活动后,教师要着重培养和加强学生的自我评价意识,指导学生对自己的学习状况及效果进行检查、反馈、评价和反思,对学习中出现的错误和问题认真分析并及时纠正、补救。

在实践中,加强元认知操作指导和提高元认知监控能力的方法很多,概括起来常用的主要有以下几种:①加强课堂交流,增强学生对他人及自己认识过程的意识。在教学过程中,教师应给学生提供一个和谐、民主的交流环境。在其中每个人都可以自由地表达、演示或评价他人的认知过程、学习方法和策略,使认知和元认知活动公开化,从而既为别人学习提供了条件,也有助于改进和提高自己的元认知监控策略。②让学生写学习日记。教师可以要求学生每天记学习日记,反思一天的学习情况,总结学习活动的成功与失败,回顾学习的过程和方法,加强对自己学习情况的自我认识与评价。学习日记有助于促使学生反思自己的学习过程,理清思路,澄清混乱,促使学生学会学习,将注意力从学习结果转移到自己的认知过程,主动地控制自己的学习。③元认知提问和评价。在元认知训练中,教师可以通过提供一系列供学习者自我观察、自我监控、自我评价的问题单,不断地促进学生自我反省从而提高学习能力。教师也可以经常提些诸如"你是怎样得出结论的?""你为什么要这样做?"之类的问题促使学生对自己的学习和思维活动进行反思,提高元认知水平。还可以通过指导学生自我质疑等方法,引导学生对自己的学习过程开展元认知提问和评价。此外,教师在教学中不仅要重视对学生学习结果的评价,而且应更多地对学生的学习过程、学习方法、思路给予评价,帮助学生认识自己的学习活动和方法。④加强学习过程管理。学习是一个由预习、听课、复习、作业、总结等多个相互联系和影响的环节构成的过程,只有优化每个环节,才能使整个学习过程最优化。因此,教师应指导学生加强对学习过程的全程管理。

(四)有效学习的资源管理指导策略

有效学习的一个重要特征是学习者对学习时间、环境等学习资源的有效利用。因此,加强对学生进行学习资源管理策略的指导,是提高学生学习有效性的重要途径。

1.加强学习时间管理策略指导

要提高学习效率,就一定要学会对时间进行有效的管理和科学利用。为此,教师要指导学生掌握有效的时间管理策略。具体而言,应指导学生注意以下几点:①整体规划,减少浪费。就是要把学习活动视为一个整体,对每周或每天的时间进行通盘考虑、全面规划、系统部署,以提高学习的整体效率,减少时间浪费。同时,还要充分利用零碎时间,将分散零碎的时间在整体计划的基础上化零为整,使其发挥应有的作用。为了弄清学习过程中时间的使用情况,减少时间浪费,教师可以引导学生对自己的学习过程和作息习惯作一分析检查,看看自己的一天是如何度过的,哪些时间还有潜力可挖。②抓住最佳时间,提高利用效率。在不同时间中,人们的智力活跃程度、情绪状态和身体状况是不一的,因而不同时间的学习效率也存在着差异。抓住最佳时间,提高利用效率,就是要求学习者充分利用最佳学习时间,最大限度地开发时间资源,提高时间的利用率,取得最佳的学习效果。③定时学习,交替轮作。定时安排一天的学习时间和内容,有助于大脑相关部位的自主兴奋,从而取得更好的学习效果。因此,教师应指导学生养成定时学习的习惯,以提高学习效率。此外,由于长时间地学习相同的内容,大脑容易产生疲劳,所以教师还要指导学生有节奏地间隔时间,把各种学习内容和活动轮作进行。

2.加强学习环境管理和信息资源利用策略的指导

学习总是在一定的环境中利用一定的信息资源进行的。因此,需要对学生加强学习环境管理和信息资源利用策略的指导。第一,优化学校、家庭和人际环境。优化学习环境首先要营造一个和谐和充满生机的校园文化,轻松、愉快的家庭氛围。同时,环境总是与人相联系的,因此,教师还要指导学生善于调节师生关系、生生关系、母子父子关系等学习中的人际环境,这样才会使自己觉得环境的可亲、可爱,从而有利于学习。第二,注意选择和保持良好的学习环境。教师要指导学生选择和保持良好的学习环境,如学习时要保证室内空气新鲜,光线合适,环境幽静,等等。第三,有效地利用信息资源。信息是一种重要的学习资源。教师应教给学生获得信息的方法和途径,使学生能根据学习任务主动地去获得各类信息。

3.科学用脑,提高学习效率

科学开发和利用大脑,是提高学习效率的前提。脑科学研究告诉我们,学习时注意以下几点,有利于大脑功能的充分发挥:①各种感官协同并用。大脑的不同区域分工细致,执行着不同的任务,构成许多不同的功能中枢,学习时各种感官若能协同进行,就能拓宽神经通路,调动各个神经中枢的积极性,从而提高学习效率。②注意劳逸结合。教师要指导学生科学地安排学习和休息时间,提高睡眠质量,合理作息,养成良好的规律性的学习和生活习惯,科学用脑。③合理营养,饮食卫生。及时、足够、合理的营养供给是大脑完成复杂功能的重要条件。因此,教师一定要指导学生保证大脑各种所需营养的供给,定时、合理地吃好一日三餐,同时还应注意饮食卫生。④保持良好的情绪状态。良好的情绪,能使大脑处于兴奋状态,促使人去积极地思考和成功地解决问题。因此,科学用脑,必须学会控制和调节自己的情绪,使其始终保持良好的状态,促进学习效率的提高。

复习与思考

1.什么是有效教学? 有效教学有哪些基本特征?

2.什么是教学的纵向、横向和内向结构? 怎样优化教学的纵向、横向和内向结构?

3.结合实际谈谈怎样加强认知过程和认知结果的统一,促进学生有效学习。

4.简述我国"及时反馈矫正"这一教学经验的主要内容。

5.试述有效课堂管理策略的主要内容。

6.联系中小学教学实际,谈谈怎样改进作业批改,提高作业反馈矫正和评价的有效性。

7.结合实际,谈谈怎样有效指导学生学习。

推荐阅读书目

[1]宋秋前.有效教学的理念与实施策略.杭州:浙江大学出版社,2007.

[2]孙亚玲.课堂教学有效性标准研究.北京:教育科学出版社,2008.

[3]周军.教学策略.第2版.北京:教育科学出版社,2007.

[4]姚利民.有效教学论:理论与策略.长沙:湖南大学出版社,2005.

[5]何善亮.有效教学的整体建构.北京:高等教育出版社,2008.

第八章 德 育

第一节 德育概述

德育是全面发展教育的重要组成部分,它直接关系着学生思想品德素质的发展,影响一个人如何做人,也直接关系到民族的未来。学校德育是每一个教师不容回避的任务。研究和掌握学校德育的基本规律,可以使教师在实践中获得理论的指导,提高德育工作的自觉性和科学性。

一、德育的含义

在阶级社会中,历来的统治阶级都需要通过德育塑造其社会成员的思想品质,以维护本阶级的利益和巩固本阶级的地位。因此,历史上各个国家的学校教育都把德育放在首位。我国古代教育中,"礼"就是"六艺"之首。孔子在《论语》中指出:"弟子入则孝,出则悌,谨而信,泛爱众,而亲仁。行有余力,则以学文。"这就说明实行"孝""悌"等道德修养应先于"学文"。在西方,古希腊哲学家苏格拉底认为美德是可以通过教育培养的。亚里士多德认为培养美德必须实践,并通过理性的教育形成道德习惯。17世纪英国教育家洛克就曾强调,在培养绅士的品性中,德行是第一位的,是最不可缺少的。18世纪法国启蒙思想家卢梭的德育思想具有强烈的反宗教倾向。他尊重儿童的天性,强调自然发展的法则。19世纪德国教育家赫尔巴特认为,知识和行为、道德和理智不应分裂开来。20世纪初,美国实用主义教育家杜威主张通过学校的"典型的社会生活"培养"有利于社会秩序"的道德习惯。阶级社会中的德育是有鲜明阶级性的。无产阶级为了完成自己的历史任务,推翻剥削阶级,建设社会主义,最终建立各尽所能、按需分配的共产主义社会,更必须重视德育。

理论界对德育概念的理解是歧见纷纭,有的从德育的范围和内容来界定德育概念,有的从德育的过程去厘定德育概念。有学者认为,"就中国传统教育及现代教育理论中的语境来看,学校德育指道德教育较为妥帖,相反则问题较多。

所以,学校德育应该予以严格的界定,就是:德育即道德教育"①。1990 年顾明远先生主编的《教育大辞典》释义为:"德育旨在形成受教育者一定思想品德的教育。在社会主义中国,包括思想教育、政治教育、道德教育。"有学者指出:"德育是教育者根据一定社会和受教育者的需要,遵循品德形成的规律,采用言教、身教等有效手段,通过内化和外化,发展受教育者的思想、政治、法制和道德几个方面素质的系统活动过程。"②还有学者认为德育包含多种要素,归纳起来主要有政治教育、思想教育、道德教育、法制教育、心理教育。这些定义都从某些方面揭示了德育的本质内涵,抓住了德育自身独特的规律。

当前,理论界主要从广义和狭义两个角度来解释德育概念。广义的德育是指教育者根据一定社会和受教育者的需要,遵循品德形成的规律,有目的、有计划、有组织地指导和促进受教育者积极主动地发展自己道德品质的过程。狭义的德育概念,简而言之,就是道德教育,指教师依据一定的社会要求和道德品质的形成和发展规律,有目的、有计划、有组织地通过教师与学生在教学实践活动中的互动,来培养和提高学生的道德品质,使社会道德规范内化为个体道德品质的活动。我们平常所讲的德育,具有代表性的是广义的德育。

我国学校德育主要包括四个组成部分:一是政治教育,即对学生进行马克思主义理论教育,党的路线、方针、政策教育和形势与任务教育等,使学生形成正确的政治态度和立场;二是思想教育,即引导学生逐步形成辩证唯物主义和历史唯物主义的科学人生观和世界观教育,国外有的则称之为价值教育;三是道德教育,即引导学生形成社会所需要的道德意识和道德行为规范的教育;四是法纪教育,即主要对学生进行民主与法制教育和自觉纪律教育。德育的四个组成部分是个整体,它们相互联系、相辅相成、不可有所偏废,应发挥它们在培养学生品德中的整体功能。但这并不否定在不同情况下对德育的某个组成部分有所侧重,关键是要统筹兼顾,不可顾此失彼。

德育是各个社会共同的教育现象,由一定社会的经济基础所决定,根植于社会经济关系之中,随着社会经济制度的变革而变革,所以具有社会历史阶级性。人们总是按照自己阶级的思想和道德准则去培养和教育未来的一代,以维护其阶级利益。我国是社会主义国家,学校德育必须反映社会主义性质,培养学生的社会主义品德,为社会主义现代化建设事业服务。

二、德育的功能

德育的功能是德育系统内部诸要素之间以及系统与环境之间相互作用时

---

① 檀传宝. 学校道德教育原理. 北京:教育科学出版社,2000:1-4.
② 鲁洁,王逢贤. 德育新论. 南京:江苏教育出版社,2000:128-129.

所产生的结果。德育系统内部诸要素包括教育者、受教育者、德育目的、德育内容和德育方法等。德育系统外部环境主要包括自然界、政治、经济、文化等要素。目前,在复杂的国际形势和改革开放的形势下,学校教育中加强德育,对社会的进步和学生个体的发展都具有重要的功能。

(一)对个体发展的功能

德育对个体发展的功能是指德育对受教育者个体发展能够产生的实际影响。德育对个体发展的功能主要表现在:

1. 德育有利于学生全面发展

德育虽然是相对于智育、美育等活动来划分的,它们有各自的目标和任务、内容和侧重点,并遵循不同的发展规律,但这并不意味着它们之间彼此独立、毫不相干,恰恰相反,作为活动的一个有机组成部分,德育与其他活动彼此联系、相互影响,共同作用于人的素质的全面发展。德育在人的全面发展中所要解决的首要问题是人的发展方向问题,因此,对人的发展起引导作用。另外,它侧重于培养人的思想品德,因此,它能将社会的要求转化为学生个体的需要、转化为学生学习和行为的动机,形成学生发展的内部驱动力,为智育、体育、美育提供强大的推动力。

2. 德育有利于学生精神境界的提升

在人类的初期,道德作为社会规范往往关注人类的生存价值和物质利益,但是随着社会的发展、物质的丰富,道德关注的对象逐渐转移到精神层面。因此,人们把道德完善作为人生追求的目标,从而把道德作为获得自我肯定、自我发展、自我完善的对象物,并从各种道德追求中获得精神上的满足和享受。道德教育的功能,最根本的一点就是形成和发展个体的品德,这是一种个体品德不断提升、人生境界不断升华的过程,它能够使个体在道德追求过程中体验到精神上的愉悦感或满足感。

3. 德育有利于形成和发展学生的个性

学生的个性受多方面的影响。德育作为一种教育活动,因其目的性、计划性和科学性,无疑在学生的个性形成和发展中起着更为重要的作用。例如,个性结构的核心部分是由一个人的动机、需要、理想、信念、价值观、世界观等组成。学校德育正是有计划、有目的地对学生施加影响,对青少年个性的形成和发展起导向作用、塑造作用和矫正作用。

(二)对社会发展的功能

德育对社会发展的功能是指德育能够在多大程度上对社会发挥何种性质的作用。具体来说,主要指学校德育对社会政治、经济、文化等产生的影响。德育对社会发展的功能主要表现在:

1. 德育能够促进社会政治的稳定

学校德育是统治阶级进行思想政治控制的一条重要途径。统治阶级总是利用德育维护、调整、完善一定的社会关系、生活方式、政治与经济制度。他们向年轻一代灌输其阶级意志,约束人们的思想行为,以保证其统治地位。除此之外,他们还通过制订一定的思想道德标准来规范人的行为,协调各种关系,并使之得到某种平衡以稳定大局,如中国封建社会利用儒家教育来对人们进行思想控制,西方中世纪利用神的意志来奴化群众的思想,资产阶级学校教育中渗透的等级思想等,其目的即如此。当然,随着社会的全球化、信息化及可持续发展,人们日益认识到世界是一个命运相连的共同体,人类面临的重大问题具有整体性和全球性的特点。当前世界各国的德育在强调其本国利益的同时,也极力强调人类的整体利益和长远利益。所以,现代德育的政治功能主要在于促进社会公正、和谐和稳定,维护国际和平、合作与团结,以利于人类的生存和发展。

2. 德育能够促进社会经济的发展

在现代社会中,德育对经济效益的提高、生产力的发展所起的作用日益显著,这主要是因为道德教育能帮助人们形成各种适应经济发展需要的观点、态度和行为习惯。也正因为如此,世界上不少国家对此给予了充分重视。它们的具体做法是:加大教育投资,把足够的人力、物力、财力投入到道德教育上;把德育纳入到各种教育改革方案当中,提高德育在学校中的地位;开设德育课程,如美国有公民课、日本有社会课、加拿大有道德价值教育课等。在发展社会生产力已成为社会现阶段主要任务的今天,加强学校德育、培养学生良好的思想道德素质、对提高未来劳动者的素质、推动社会经济发展有着重要的作用。

3. 德育发挥着引领社会文化的作用

改革开放和社会主义市场经济体制的建立,引发了深刻的社会变革。传统的文化模式正向着现代的文化模式转变,以农业为主的封闭的社会正向着开放的现代工业社会转变。这种全方位的社会变革,打破了原有的观念体系,形成价值观念多元、价值取向多元的局面。在新的观念体系尚未建立的时期,一种从未有过的精神失落、价值迷乱和道德心理困惑现象产生了,从而导致社会意识的迷惘。在这样一个变革的过渡时期,不可避免地会出现一些消极的现象,如拜金主义、享乐主义、极端个人主义的盛行,腐败现象、黄色文化的泛滥,社会分配不公等等,这些现象已成为社会的"毒瘤",不仅腐蚀着青少年的心灵,也严重危害着社会机体。作为社会主义精神文明建设核心内容之一的德育,应该充分发挥引领社会文化的作用,维护社会的稳定和促进社会的发展,提高整个民族的道德素质。

三、几种重要的德育观

(一)主体性德育观

人的发展从根本上说是主体性的发展,没有主体内在潜能的开发,人的发展是不可能的。传统德育观念在很大程度上忽视了学生是发展的主体。主体性德育是教育者根据社会对人才培养的需要和学生发展的需要以及学生身心发展的规律,有目的、有计划、有组织地培养和弘扬学生的独立自主性、主观能动性和创造性,开发、发展和完善学生主体的实践活动。主体性德育的基本原则是尊重学生的主体性地位,充分发挥其主体作用。[①] 主体性德育重点应放在学生主体性的培养上,尊重学生的主体意识,发挥学生的主动性和创造性,注重培养学生的道德思维和探索能力,从而使学生主动地得到发展。主体性的发展需要通过主体的活动来实现。以学生的主体实践活动为基础的德育实践活动,是促进学生主体性发展的主要途径。德育工作者要遵循德育规律和受教育者思想品德的形成规律,根据受教育者个体的实际,积极主动地组织和开展德育活动。受教育者通过自身的内化、外化机制,积极主动地接受德育影响,努力形成和完善个体的思想品德结构。教育者通过创设学生的主体实践活动,努力促进学生自主性、主动性、创造性的发展,引导他们自我组织、自我指导、自我选择、自我评价,帮助他们提高对不同道德现象的比较、分析、综合、评价并作出自己判断的能力,使他们真正成为具有主体意识和自主能力的人。

(二)开放性德育观

知识经济所带来的德育环境的全球化、国际化大背景,客观上要求德育工作者必须具有开放的意识,树立开放性德育观念,注意家庭、学校、社会各种影响因素之间的力量整合。学校德育要改变过去单一的人际传递和空洞说教的方式,利用各种现代化的宣传工具和传播媒体,引导学生科学、正确地分析各种思想观念,从而有效抵制各种错误观念,树立正确的世界观、人生观、价值观、道德观和审美观。同时,注意实现德育模式由封闭性向开放性的转变。开放性是现代德育的重要特征。学校德育过程是与外部环境,即社区环境、社会环境、国际环境和自然环境相互开放、双向互动的过程。学校不再是一个封闭环境。在德育实践中,教育者要敢于面向学生的思想实际,敢于回答学生提出的实际问题;要引导学生通过自己的思考来寻求问题的答案,而不强迫学生简单接受;要面向社会现实生活,组织学生参加社会实践活动,让学生在真实、自然的社会环境中,开阔视野,了解社会,正确认识各种社会现象。

---

① 邵国平.知识经济呼唤现代德育观念.中山大学学报论丛,1999(6):41-44.

(三)生态性德育观

生态德育是指教育者从人与自然相互依存、和睦相处和互惠共生的生态观出发,启发、引导受教育者为了人类的长远利益和更好地运用自然、享用生活,自觉养成关心爱护自然环境和生态系统的生态保护意识、思想觉悟和相应的道德文明行为习惯。它在受教育者思想上树立了一种崭新的人生观、自然观,合理调节人与自然的关系,有意识地调控人对自然的盲目行为,它是对现代道德教育的一种超越。① 生态德育要求人们重新认识人与自然的关系,明确把人与环境对立起来的思想是错误的。同时,要求人们改变人是优等动物的思想,真正树立人是环境中的普通个体的思想。生态德育要培养人们的全球观念,反对任何形式的为一己之利而造成整个生态系统破坏的行为,号召人们团结起来,共同做好大自然的"托管人"。生态德育要自觉引导受教育者通过观察和体验,深刻认识生态危机对人类生存与发展的威胁,形成了为了子孙后代的可持续发展而自觉保护和优化生态环境的意识。生态德育要引导人们树立起人人平等、相互尊重的理念,引导人们感受大自然的洁美,体验自然万物的勃勃生机,体验大自然的波澜壮阔,不断提升自己的道德境界。

(四)终身性德育观

1972 年就任联合国教科文组织的终身教育部部长捷尔比认为:"终身教育应该是学校教育和学校毕业以后教育及训练的统和;它不仅是正规教育和非正规教育之间关系的发展,而且也是个人(包括儿童、青年、成人)通过社区生活实现其最大限度文化教育方面的目的,而构成的以教育政策为中心的要素。"终身教育可看作是"学校教育在时间上以及职能上的延伸,其宗旨是通过不断教育,使人在价值观念、科技知识、工作生活能力等方面,都能适应社会必然要发生的变化,并与之保持同步。"②终身教育思想是教育思想领域的一场革命。终身教育把人们的观念、视野从狭隘的学校教育的桎梏中解放出来,使教育的外延大大扩展,从而使学校德育也提出了终身德育的问题。终身德育对学校德育工作提出了新的要求。教育观念、学习观念随着人们对知识价值认识的提高而发生变化。学习将不仅仅是在学校的一段经历,而应成为终身的一种需求,它不再是谋发展的潜在资本,而应成为人们生存的基本条件。德育就其本质来说,既是一种理性的实践活动,又是一种思想、政治、道德的社会传递和社会继承的过程,一种有目的的或有选择性的道德的社会传递与个体道德体验相统一的过程。德育的效果体现在人一生的发展过程中,要认识到学校德育只是学生接受德育影响的一个重要阶段,不是德育的终结,也不能一劳永逸地解决学生德育

---

① 何朝功. 后现代主义与德育观的变革. 文教资料,2008(7):84-85.
② 天舒. 资本的革命——透视知识经济. 北京:中国物资出版社,1998:262.

过程中的所有问题。德育应该为学生的终身发展打下坚实的基础。

第二节　德育的目标与内容

一、德育目标的含义与特征

(一)德育目标的含义

德育目标是指一定社会对教育所要培养的人在品德方面的质量和规格的总的设想或规定。德育目标是教育目标的组成部分。它是教育目标在德育方面的具体要求,是教育目的对人的政治、思想、道德、个性心理素质发展的规划,是培养人的总体规划的一部分。教育目的是制定德育目标的依据;德育目标是教育目的的具体化,它是实现教育目的的保证。目前,我国中小学德育目标包括思想教育目标、政治教育目标、道德教育目标和法纪教育目标。上述四方面的德育目标,既有各自的特定内容,又是一个不可分割、有着内在有机联系的整体。它们各自的内容要点,也就是其亚层次目标之间存在着渗透性、交叉性、互补性、包容性和依赖性。

(二)德育目标的特征

1.阶级性

在阶级社会中,德育具有鲜明的阶级性,是统治阶级用来教化民众和维护阶级统治的重要手段。纵观人类历史进程的每一种社会形态,统治阶级都根据本阶级的需要来确定自己的人才培养目标并提出与之相适应的德育目标,超阶级的德育目标事实上是不存在的。不同阶级总是按照本阶级的利益、愿望、要求和意志,用本阶级的思想政治准则和道德规范去培养教育青少年一代,使之具备符合本阶级利益和意志要求的思想。在我国古代,无论奴隶主阶级还是封建地主阶级,教育都是以德育为中心进行的,其德育目标都是培养以维护本阶级利益为标准的"贤人"、"君子"。近现代亦是如此。当前我国中小学德育必须坚持社会主义的办学方向,保持政治上的坚定性,在复杂的国内外环境中,使马列主义和社会主义思想牢固扎根在学校这块阵地。

2.历史性

德育目标是人才培养目标的组成部分。与人才培养目标一样,德育目标也具有历史性,属于历史范畴。因为任何社会都要考虑社会发展与进步对人才素质的要求,特别是道德方面的要求,并以此来确定人才的德育目标,所以不同的社会必然有不同的德育目标。在我国历史上,奴隶社会、封建社会的统治者都把儒家思想作为思想统治工具,为了培养封建统治阶级的接班人,把培养"仁人"确定为德育目标,即培养具有高尚道德境界和道德操守的人。当前,我国处于社会主义初级阶段,以马克思主义作为自己的指导思想,其德育目标是培养社会主义事业的建设者和接班人。因此,不同的社会、不同的历史时期德育目标是不同的。

3.层次性

德育目标的层次性是在总目标的指导下,设定多层次的具体的(或阶段性的)有较强操作性的分目标。目前国内理论界对分目标的设定主要有两大类,一是从不同的侧面去分设子目标,各子目标分属不同的范畴,如将总目标分解为政治目标、思想目标、道德目标、法纪目标和心理目标等多个目标。其中,政治目标、思想目标处于德育目标的最高层次,它反映了德育目标的本质,是德育目标的本质体现,也是共产党领导下的社会主义中国与西方国家在人才培养规格上的根本区别。二是根据受教育者的成长过程将德育目标分解为不同的阶段目标,各阶段目标的差别主要根据受教育者的年龄差别和学习阶段的差别而定,如小学生德育目标、中学生德育目标、大学生德育目标等都是有差别的。

4.实践性

马克思主义认为,认识来源于实践,实践是认识发展的动力,而认识又能进一步指导实践。德育目标在德育活动开始时只是人的一种主观愿望,一种预想的结果,而不是现实的东西。因此它属于人的主观意识的范畴,是主观的、指向未来的,具有超前性、可能性的东西,而不是现实性的东西。但是只要德育目标是合乎规律的、符合实际的,那么,经过主观努力和实践活动,具有主观性、超前性的德育目标就能够变为客观现实。因此,德育目标具有实践性的特点。

二、德育目标制定的依据

(一)思想依据是德育目标制定的灵魂

思想依据是德育目标制定的灵魂,是体现德育目标方向的根本所在,任何社会都不可能产生一种与其政治形态相对立的德育目标。政治思想内涵在德育目标中的重要性不言而喻,从中可以看出政治思想内涵在德育目标中的指导地位和统帅作用,因此,德育目标的制定必须有坚定正确的政治思想作指导。对我国而言,马克思的关于人的全面发展理论的经典论述为学校德育目标的制定提供了科学依据。毛泽东同志继承了马克思的伟大思想,结合中国教育的现实特点,创造性地提出了"德、智、体"全面发展的教育理论。这一理论成为我国社会主义教育事业的思想基础。德育只有坚持以这样的思想为指导,才能使学生既把握坚定正确的政治方向,又具备现代社会需要的现代素质,也才能在未来纷纭复杂的社会中"始终代表中国先进生产力的发展要求,始终代表中国先进文化的前进方向,始终代表中国最广大人民的根本利益"。

(二)现实依据是德育目标制定的价值基础

根据马克思辩证唯物主义理论,社会现实在很大程度上制约着德育目标的存在价值,科学、完备的德育目标只能是社会现实真实、客观的反映。如果脱离了社会客观需要的实际,德育目标不仅将失去现实的可能性,而且由于得不到社会的认同而失去存在的意义。虽然德育目标是对人的思想的规定,有很强的前瞻性,但制定德育目标的依据在很大程度上却是社会性的、现时的、客观的。由于现实依据影响着德育目标的实现程度,所以在制定德育目标时就必须充分考虑到这一因素的重要影响,以保证德育目标制定的科学性。目前我国正处于社会主义初级阶段,这是最基本的现实条件。德育目标的制定必须立足于当前社会发展的实际,确立适合社会主义市场经济发展需要的多层次的目标结构,引导学生逐步向更高层次的目标发展,从而把学生培养成为既有远大理想又有过硬本领的、适应改革开放和社会主义现代化建设需要的合格人才。

(三)个体发展依据是德育目标制定的内在尺度

个体发展依据是德育目标制定的内在尺度,是德育目标赖以实现的人性前提。缺乏对学生个体特征的关注,德育目标就失去了其人性的内涵,难以得到学生的认同。学生思想品德的形成、发展、变化是一个有规律的过程。学生年龄偏小,知识经验不足,人生态度和心理机制不稳定,有易变、求新的趋向;他们在思想和知识的接受上处于开放状态,具备随时接受各类思想和知识的心理需要和智力条件;既有追求较强的个性和独立性的倾向,同时又有一定的依赖性和趋同性。这些特点在德育目标的制定中应该得到充分的考虑。随着生活独立性、自主意识的日益增强,认知能力的不断提高,学生开始进入人生观、价值观、世界观的形成期。学校德育目标的确定,必须尊重学生身心发展的阶段性特征,关注学生思想品德结构的特点,找准它们与德育目标之间的契合点,方能做到切实可行,超前而不脱离实际。

三、我国中小学德育的基本内容

德育的内容是指用什么样的思想政治观点和道德规范来教育和培养学生。德育的内容是由德育目标所决定的。德育内容的确定,是完成德育目标的一个重要前提。选择德育内容必须依据德育目标,深入分析受教育者思想品德的实际水平和发展的可能性。科学地界定中小学德育内容是提高中小学德育实效的重要任务之一。目前,我国中小学德育的基本内容主要包括以下几个方面:

(一)辩证唯物主义和历史唯物主义教育

辩证唯物主义和历史唯物主义教育是对青少年学生进行科学世界观和方法论方面的教育。其主要内容包括:掌握马克思主义关于自然、社会和思维规律的系统理论;正确理解物质与精神,实践与认识的辩证关系;坚持实践是检验真理的唯一标准,一切从实际出发,按照客观规律去改造世界、改造社会、改造自身;掌握唯物辩证法的规律和范畴,学会运用对立统一规律,能够用联系的、发展的、全面的观点去观察、分析现实社会和人生;掌握社会存在和社会意识的关系是社会历史观的基本问题;明确人类社会发展的基本规律和根本动力;清楚人民群众是历史的创造者,是社会主体的中坚力量;了解关于阶级、国家、政党、革命的基本原理;学会正确评价历史人物和历史事件,等等。

(二)爱国主义教育

爱国主义教育是培养学生对自己国家、民族及其科学文化、优良传统的热爱情感的教育。其主要内容包括:热爱祖国的壮丽河山、悠久的历史、灿烂的文化、关心祖国的前途和命运;热爱社会主义制度和社会主义现代化建设事业,热爱中国共产党和各族人民;引导人民群众树立民族自尊心和自信心,树立对自己祖国的高度责任感和祖国利益高于一切的思想;树立为祖国、为人民勇于献身的崇高理想,能够把爱国之心、报国之志转化为爱国行动,为实现台湾回归祖国、完成祖国统一积极效力,为实现四化建设的宏伟目标、建设有中国特色的社会主义、实现共产主义的远大理想而努力奋斗;坚持爱国主义与国际主义相统一的原则,教育人民群众既要做爱国主义者,也要做国际主义者。

(三)集体主义教育

集体主义教育是引导学生热爱、关心集体,以集体利益为重的教育。其主要内容包括:正确认识和处理个人、集体、国家三者之间的利益关系;充分认识到在社会主义制度下,国家、集体、个人三者利益发生矛盾时,要以国家和集体利益为重,个人利益要服从集体利益;正确处理三者利益关系,注意将个人、集体、国家利益三者兼顾起来;教育学生增强集体观念,热爱集体,关心集体,搞好集体的团结,积极为集体争创荣誉,珍惜和维护集体荣誉;引导学生认识到社会主义现代化建设不是靠少数人能完成的,而是要依靠工人阶级和广大人民群众,依靠整个社会的集体力量;教育学生自觉坚持集体主义,反对个人主义,反对一切损害集体利益的行为。

(四)社会主义教育

社会主义教育是用马列主义、毛泽东思想、邓小平理论、"三个代表"思想及科学发展观教育学生,使学生明确实现社会主义是历史的必然选择。其主要内容包括:解放思想、实事求是,以实践作为检验真理的唯一标准;我国所要解决的主要矛盾是人民群众日益增长的物质文化需要同落后的社会生产力之间的矛盾;党和国家的工作重点必须转移到以经济建设为中心的社会主义现代化轨道上来;建设社会主义有一个很长的历史过程,社会主义社会的根本任务是解放生产力,发展生产力,集中力量实现现代化;实行社会主义市场经济;改革是社会主义社会发展的重要动力,对外开放是实现社会主义现代化的必要条件;

改革和完善国家的政治体制和领导体制,使社会主义民主制度化、法律化;加强社会主义精神文明建设,坚持四项基本原则与坚持改革开放要互相结合、缺一不可;坚持和完善人民代表大会制度和中共产党领导下的多党合作和政治协商制度;改善和发展社会主义民族关系,加强民族团结;用"一国两制"来解决国家统一问题;执政党的党风问题关系到党的生死存亡;反对帝国主义、霸权主义、殖民主义、种族主义,维护世界和平。

(五)理想信念教育

理想信念教育是引导广大学生正确认识社会发展规律,正确认识国家的命运和前途,进一步坚定共产主义理想,坚定中国特色社会主义信念,增强对改革开放和现代化建设的信心的教育。其主要内容包括:帮助学生建立新的价值体系,塑造精神家园,重建教育理想,把科学与人文、技术与政治、经济与理想信念协调一致地统一起来,把理想信念构建于做人做事的基本规范之上。同时,由于学生的世界观、人生观、价值观与理想信念密切相关,在理想信念教育中,学校德育应当帮助学生树立正确的世界观、人生观、价值观。这样学生就能够做到具体问题具体分析,懂得发展中的问题靠发展来解决,前进中的问题在前进中克服,从而在理想信念的追求中实现生命的价值和意义。

(六)社会公德及文明习惯养成教育

社会公德及文明习惯养成教育是全体公民在社会交往和公共生活中应该遵循的道德规范和行为准则教育。教育家叶圣陶先生说:"人要是各种好习惯都养成了,我们的教育目的就达到了,如学习上有良好的学习习惯,劳动上有良好的劳动习惯,道德上有良好的道德习惯,生活上有良好的生活习惯……那么这个孩子就是一个好孩子。"中小学时期是青少年生理、心理急剧发育、变化的重要时期,正是增长知识、接受良好道德品质和行为习惯养成教育的最佳时期。所以,要让他们知道什么是社会公德教育和文明习惯养成教育,并且知道以后应该怎样遵守社会公德,怎样改正自己的不良行为习惯,力争做一个合格的学生。社会公德及文明习惯养成教育的主要内容包括:知义明礼,互助友爱,和谐相处,遵纪守法,保护环境,尊老爱幼,爱护公共财产,忠诚老实;养成自觉遵守学校和社会公共场所各种规章制度的良好行为习惯;懂得做人做事的基本道理,具备文明生活的基本素养;学会合作,学会处理人与人、人与社会、人与自然等基本关系。此外,中小学生守则也是社会公德和文明习惯养成教育的基本内容。

(七)民主与法制教育

民主与法制教育是培养学生具有民主意识和主人翁精神,树立遵纪守法的观念的教育。在中小学进行社会主义民主与社会主义法制教育,应帮助学生增强当家作主的政治责任感,正确运用民主权利。教育学生懂得社会主义民主是在中国共产党集中统一领导下的民主。在社会主义制度下，人民享有广泛的民主和自由，同时又必须遵守社会主义纪律和法制，不允许以任何借口搞极端民主化和无政府主义。民主与法制教育的主要内容包括：具有民主意识、主人翁精神，养成平等待人，尊重他人，在集体中少数服从多数、个人服从集体的良好习惯；树立在真理和法律面前人人平等的观念；对学生进行法制教育，使他们懂得维护宪法的尊严，了解公民的权利和义务，做到遵纪守法。

第三节　德育过程

德育过程是德育中的一个基本概念。由于德育过程涉及诸如德育目标、内容、方法、途径等问题，所以德育过程观实质上也就是德育观，但两者理论探讨的侧重点有所不同。德育过程只是德育理论的一个层次，由于这一层次对德育实践具有直接的指导意义，所以广大德育实践工作者普遍关心德育过程的有关理论。

一、德育过程的概念与特点

(一)德育过程的概念

德育过程是教育者根据一定社会的要求及受教育者思想品德形成的规律，对受教育者有目的、有计划、有组织地施加影响，通过受教育者能动的认识、体验和实践，从而养成教育者所期望的思想品德的教育活动过程。简而言之，德育过程是把一定的社会规范转化为个体思想品德的过程。

从德育过程的内涵来看，构成德育过程的要素包括教育者、受教育者、德育目标、德育内容、德育方法以及德育环境等。其中，教育者是德育过程的组织者，在德育过程中起主导作用。学校教师与学校的团队组织、学生会、社会文化团体等都是教育者。受教育者则包括个体教育对象和各种正式的与非正式的团体教育对象。教育者与受教育者是教育主体与教育客体的关系，但受教育者作为教育客体不应被看作是消极被动的承受者，而是具有主观能动性的个体，外在影响必须通过受教育者内在的心理矛盾运动起作用。德育目标是受教育者应该达到的德育素质的预期结果和基本要求。德育内容是为实现德育目标服务的，是培养青少年一代所采用的某种社会政治观、世界观以及相应的道德准则。德育方法是根据目标和内容，对受教育者进行思想品德教育而采取的各种方式的总和，它包括说服教育、实际锻炼、陶冶教育以及指导自我教育等。德育环境是指对学生成长及其思想品德形成、发展以及德育工作具有影响和制约作用的一切内外因素的总和，包括社会大环境和学校内部小环境。德育环境对德育目标的实现具有重要作用。

(二)德育过程的特点

1.社会性

德育过程的社会性,是指学生思想品德形成的社会影响具有广泛性。人的思想品德的形成,是在多方面因素的影响下实现的,其中有校内的、校外的、正式的、非正式的、积极的、消极的影响。各种影响因素相互抵消、相互补充的互动现象影响着学生思想品德的形成,这必然使学校德育工作面临复杂局面。受教育者的思想品德和相应的能力,是在社会经济、政治、文化、道德的相互关系中,通过家庭、学校、社会等诸方面综合影响而形成的。因此,德育过程具有社会性。学校作为专门的教育机构,其德育是由受过训练的教师根据德育任务和思想品德形成规律,对学生进行有目的、有计划的系统教育,它可以对各种环境影响进行选择和调节,能够充分发挥环境中的积极因素,促进学生良好思想品德的形成。

2.实践性

德育的最终目的不仅是使受教育者掌握有关的道德规范,而且还要使受教育者养成相应的行为习惯。但是社会道德规范作为一种意识形态,不会自动作用于人的思想,它只能在人与人的交往中,在人接触这种意识形态的某种物化形式中得到传递。人的道德情感也属于精神范畴,它只有在活动和交往中,才能被学生感受、掌握。学生道德行为本身,虽然不是意识形态,但它是由社会的道德观念决定的,不能通过生物方式遗传,而只能通过社会实践活动来传递。在学校德育中,学生只有参加各种必要的政治、思想和道德实践活动,在学习、劳动和社会实践中经受锻炼,才能实现由认识到行为的转化,做到知行统一、言行一致。学生思想道德形成于实践、表现于实践,因此德育过程具有实践性。

3.不平衡性

德育过程是培养受教育者思想品德的过程,而受教育者的思想品德又是由道德的知、情、意、信、行几方面组成的,所以德育过程也就是培养受教育者知、情、意、信、行的过程。在受教育者的思想品德发展中,知、情、意、信、行是密不可分的,德育过程必须讲求五要素的统一。全面关心和培养受教育者思想品德中的知、情、意、信、行等要素,对他们晓之以理、动之以情、导之以行,使五要素相辅相成,全面而和谐地得到发展,切忌将五要素割裂开来,以致影响了品德的健康发展。但是,在一个人的思想品德形成过程中,知、情、意、信、行诸要素既按内在顺序相互运动,又具有相对独立性和相互渗透性,加之青少年学生自身生活环境和接受各方面影响的不同,因而在认识、情感、意志、信念、行为上的发展是不同步的,有的快,有的慢,有的甚至出现薄弱环节,这就使得德育过程既有统一性又有不平衡性。学校可根据德育内容、学生年龄特点和思想品德实际等具体情况,选择思想品德的知、情、意、信、行等诸要素的任何一方面为德育的开端,以取得最佳的德育效果。

4.渗透性

德育是引导受教育者学会怎样做人的教育。要使其学会做人,就要直接传授一定的道德标准和政治理论知识,以提高受教育者的思想认识。但是受教育者思想品德的形成靠直接传授的作用是有限的,主要靠引导受教育者在做人的全部生活实践中学习和锻炼。因此,德育过程并不局限于政治课、思想品德课、班会课以及班主任对受教育者直接进行的思想品德教育工作,它还渗透于各科教学、课外活动、校园文化等学校生活的各个方面。德育渗透不仅余地大,而且受教育者容易接受,因为受教育者独立意识的觉醒使他们从本性上不愿被人教育。他们越少感受到教育者的意图,教育效果就越好。德育过程的渗透性会使受教育者在不知不觉中接受教育,因而产生良好的教育效果。

二、德育过程的矛盾

教育者根据社会的道德规范向受教育者提出的德育要求与受教育者思想品德发展现状之间的矛盾,是德育过程中的基本矛盾。这个矛盾推动着德育过程的发展,是德育过程中最普遍、最一般的矛盾,它是学生个体思想品德形成和发展的基本动力。德育过程的基本矛盾在实际中有不同的表现形式,从学生这个角度出发,具体可分为两种类型的矛盾,即内部矛盾和外部矛盾。学校要引导学生自觉进行思想矛盾斗争,必须分清矛盾的种类,依据矛盾种类的不同采用不同的方法,才能促使矛盾向积极方面转化。

(一)内部矛盾

内部矛盾,即内因,是事物变化发展的内在根据,指一事物内部矛盾对立双方的相互作用和斗争。内因是事物存在的基础,是一事物区别于其他事物的内在本质,是事物运动的源泉和动力,它规定着事物运动和发展的基本趋势。学生思想品德发展中的内部矛盾是学生发展的内在动力,是决定性的因素。从学生思想品德发展的动力来看,德育过程必然是以学生思想品德内部各种矛盾的不断解决为其机制的。离开了学生思想品德内部矛盾的积极转化,任何德育过程都将流于形式。因此,在德育过程中,教育者必须对学生思想品德发展中的内部矛盾进行分析,采用不同的方法,才能推动矛盾向积极方面转化。

德育过程中,学生自身内部矛盾主要表现为:受教育者现有的品德基础同教育者代表社会提出的品德规范的矛盾;受教育者的主观能动作用与施教影响的矛盾;受教育者自身品德因素之间的矛盾;受教育者自身的需要与教育要求之间的矛盾。德育过程中,应考虑学生内部矛盾的存在,引导他们进行思想矛盾斗争,不断推动学生思想品德的发展。

(二)外部矛盾

外部矛盾,即外因,是事物存在和发展的外部条件,它通过内因而作用于事物的存在和发展,加快或延缓事物的发展进程,但不能改变事物的根本性质和发展的基本方向。德育过程与外部环境作为一对矛盾,相互对立,相互冲突,但又有一致性。学校德育既要看到外部环境对德育过程有利的一面,也要看到外部环境对德育过程不利的一面。德育过程与外部环境的对立和冲突始终是存在的,但是,不同的社会制度、不同的时代和历史发展时期又有不同的情形。因此,只有在德育过程中正确地调节和控制各种自发影响,充分发挥有目的、有计划、有组织的德育影响的效能,才能推动德育过程向着预期的方向发展。

在德育过程中,受教育者并不是机械、被动地接受外部影响的,而是在主体所参与的各种实际活动中接受影响的。活动是受教育者主体与客观影响相互作用的过程。只有在活动和交往中,客观的影响才会被纳入主观反映的领域之中,作为教育影响的外部因素才可能与受教育者内部的需要、动机、认识、情感、意志等因素发生联系,也才可能形成相应的行为和习惯。

三、德育过程的规律

(一)德育过程是促使学生知、情、意、信、行统一发展的过程

学生思想品德是由知、情、意、信、行五个要素构成的,只有促使这五个要素得到统一、和谐的发展,学生的思想品德才能形成。知,即道德认识。它是人们对道德规范及其意义的理解和掌握,是对是非、善恶、美丑的认识和评价,是学生思想品德形成的基础。情,即道德情感。它是人们对客观事物进行是非、善恶、美丑判断时所伴随的内心情感体验,是对客观事物爱憎、好恶的主观体验。它对道德行为起着巨大的调节作用。意,即道德意志。它是实现道德行为所作出的自觉、顽强的努力,包括意志力和自我控制能力。意志和行为关系密切,是调节行为的一种精神力量。信,即道德信念。它是人们通过对社会道德规范的了解和认识,在自身强烈的道德情感驱动下,对履行某种社会道德义务产生的强烈的责任感。行,即道德行为。它是人们在道德认识、情感、意志的支配下对他人和社会作出的行为反应。道德行为是衡量一个人的政治思想觉悟高低和道德品质好坏的根本标志。在学生思想品德的形成过程中,知、情、意、信、行五个要素彼此渗透,相得益彰,其中知是基础,行是关键,情、意、信是保障,五要素是一个统一的整体。

德育过程的实质是知、情、意、信、行相互促进、共同提高、统一实现的过程。从人类认识的基本规律看,在德育过程中,每一种思想品德的形成,都是以知为开端,沿着知、情、意、信、行的内在秩序,最后以形成行为习惯为终端。但是由于知、情、意、信、行具有相对独立性和相互渗透作用,每一个个体的思想品德形

成过程并非一律沿着上述程序,实际上,知、情、意、信、行各方面都可以作为开端,德育过程既可以从传授政治、道德知识开始,也可以从陶冶情感开始,有时还可以从磨炼意志、培养信念或者训练行为习惯开始,这就为德育的每一具体过程的多种开端提供了可能性。在德育过程中学校要充分利用多种开端的规律,开辟多种渠道,有的放矢地使受教育者在知、情、意、信、行几方面都得到相应的发展。

(二)德育过程是学生思想品德长期的、反复的、逐步提高的过程

学生的思想品德形成过程,并不像智育过程那样主要通过一门一门课程的逐年增加和变换来实现的,而是通过各种思想品德教育在各个年级同时反复进行来实现的。每一阶段的教育内容的完成,并不意味着这一教育内容的结束,还必须在其他阶段结合其他内容,采用有效途径,在更高的层次上反复进行。这是由于受教育者在将政治观点、思想意识及道德规范转化为道德观念、情感、意志和行为时,往往需要一个长期的反复的实践过程。学校、社会对学生的思想觉悟和行为要求随着形势的发展、年龄的增长而不断提高,这就决定了学生思想品德教育的长期性和反复性。一个良好的思想品德行为习惯只有经过由知到行的多次反复才能形成。当然这种反复不是简单地重复,而是螺旋式向更高层次发展和深化的过程。各种思想品德素质是在相互联系、相互作用中统一形成的。

学生思想品德形成的长期性、反复性告诉我们,受教育者思想品德的发展不是直线上升的,而是螺旋式曲折前进的。青少年学生具有较大的可塑性,其思想品德形成过程中出现反复,甚至较大的反复也属于正常现象。但这种反复不是简单的重复,而是包含着新的发展因素。因此,在德育过程中,教育者不能一曝十寒,要有长远的计划,周密的安排,要树立信心,坚定信念,抓反复,反复抓,导之以行,持之以恒,引导学生在反复中前进。

(三)德育过程是学生在活动和交往中形成思想品德的过程

活动和交往是思想品德形成的基础。学生思想品德是在与外界的活动与交往中形成的,又通过活动和交往表现出来。作为外部因素的教育影响,只有成为学生活动和交往的对象时,才能显示出它的教育意义和作用,才能被纳入主观反映的领域,与学生的情感、意志、需要、动机等因素发生作用。受教育者只有在参与道德活动的过程中,才能接受外部环境的影响和教育。如果没有受教育者的活动和交往,外部影响便难以引起学生的思想矛盾运动。因此,活动和交往是学生思想品德形成的源泉,是德育过程的基础。

学生活动和交往的形式多种多样,主要分为正式团体组织的活动和交往及非正式团体的活动和交往两大类。学生的学习活动是正式团体组织的活动和交往的主要形式。在学习活动中,交往的对象主要是教师和学生。因此,学生的思想品德教育应重视学习活动的组织。在学习活动中,教师应充分挖掘其中的教育因素,寓德育于学习中。但教学活动不是唯一的活动方式,学校在教学活动之外组织的各种文体活动、生产劳动、参观访问以及社会实践,由于其具有灵活性、趣味性、内容丰富、形式多样、人际交往多等特点,使学生能得到较全面、充分的发展,这也成为培养学生思想品德的主要渠道。

然而,学生除参加学校班级和团队等正式团体组织的活动之外,还经常参与一些非正式团体的活动和交往。这些团体不是有组织的,而是以个人感情的好恶为基础形成的,如邻里关系、朋友关系,这些活动和交往是学生必不可少的。同时,由于这些活动和交往的自发性,其中有些是不健康的。所以,在德育过程中,教师除要指导学生参加正式团体组织的活动外,还要注意引导学生在非正式团体的活动中朝着健康的方向发展,以使其对学生的思想品德产生积极的影响。

(四)德育过程是教育和自我教育相结合的过程

17世纪英国教育家斯宾塞呼吁教育者必须记住,训练的目的在于培养一个自治的人,而不是被人所治。这种"自治的人",是指具有自我教育能力的人。自我教育是青少年学生自觉参与自身思想品德发展的最高形式,是形成个人品德的根本动力。德育过程就是要把学生培养成为主动的按照社会道德规范进行自我控制的人。随着学生年龄的增长,道德水平的提高,自我教育能力的增强,他们抵抗腐蚀的能力也不断提高,这对他们在复杂的社会环境中健康成长十分有益。

德育过程是教育者和受教育者双边活动的过程,教育者在德育过程中起主导作用。受教育者各种思想品德的形成主要是教育的结果,但是受教育者在德育过程中并不是消极地接受教育。受教育者不仅是教育的客体,而且是教育的主体,在德育过程中,受教育者的内因是很重要的。所以,教育者要注意培养受教育者的自我教育能力。自我教育是受教育者为了形成良好的思想品德而进行自觉的思想转化和行为控制的活动。这种自我教育能力是在教育的影响下产生和发展起来的,是强烈进取心的一种表现。受教育者一旦形成了教育所要求的思想品德,这种思想品德就作为个体的道德修养转化成为一种能动的自我教育力量。在德育过程中,教育和自我教育是两种并存的教育力量,教育者要善于创造条件,充分发挥学生自我教育的积极性,提高学生自我教育能力,将教育者的教育与学生的自我教育有机地结合起来,促进学生思想品德的形成和发展。

第四节　德育原则

一、德育原则概述

德育原则是教育者进行德育活动必须遵循的基本准则和要求。它是德育规律的体现，又是对思想品德教育工作实践经验的概括和总结，是制定德育计划、德育内容、方法和组织德育工作的依据。它受德育目的和受教育者身心发展规律的制约，体现了一定民族和文化的特点。正确理解和贯彻德育原则，是促成德育工作科学化、提高德育工作质量、实现德育目标的必要条件。德育原则是一个相对完整的体系，贯穿于整个思想品德教育的始终。德育原则不是凝固不变的，它将随着人们对德育过程规律认识的加深和教育实践的发展而日益丰富和发展。

德育原则与德育规律的根本区别在于德育原则是主观的，而德育规律是客观的，尽管德育原则也有客观的一面，但经验的成分占很大的比重。人们根据德育过程的客观规律来阐述德育原则，但德育原则与德育规律的关系是复杂的，根据一条德育规律可以提出好几个德育原则，同一个德育原则又能反映几个德育规律的要求。不管怎样，不同的德育原则都是从不同的侧面来反映德育的客观规律，并且不同的德育原则彼此依存、相互制约，共同构成了一套完整的德育原则体系。德育原则与德育的方针政策也有区别。德育方针政策尽管也是主观的，但方向性和强制性都比较明显，而德育原则则是德育过程中必须遵循的基本要求和指导思想。

二、德育的基本原则及其贯彻要求

随着德育实践的发展，人们对德育过程的认识在不断地深化，对德育原则的探讨也日益深入。人们在各自的德育实践中，从不同的角度对德育过程中的成功经验进行概括，并在德育实践中反复地验证，从而形成了大量对德育原则的科学认识。我们研究社会主义德育原则，不仅要大胆吸收、继承古今中外德育实践的宝贵经验，更要重视总结我国德育的现实经验，尤其要重视总结优秀教师、模范班主任的宝贵经验，把它们上升到科学德育原则的高度，以充实、丰富和完善社会主义的德育原则体系。

(一)共产主义方向性原则

共产主义方向性原则是指在德育过程中，既要用共产主义思想体系教育学生，又要从社会主义初级阶段的现实出发，实事求是，讲究实效，把思想教育的方向性与现实可能性结合起来。

这一原则是根据德育的社会制约性这一基本规律制定的。德育的性质、目标和内容明显地反映一定社会经济和政治的要求。历史上所有思想品德教育都是符合当时社会政治经济制度及其思想体系的。坚持共产主义方向性是社会主义德育的根本原则，是社会主义德育原则区别于一切剥削阶级德育的根本标志，集中反映了社会主义思想品德教育的阶级性和培养新人的根本要求。

贯彻这一原则的要求是：

(1)德育工作必须以马列主义、毛泽东思想、邓小平理论、科学发展观为指导。德育的内容、形式、方法，以及一切教育活动都必须符合马列主义、毛泽东思想、邓小平理论、科学发展观的基本要求，符合社会主义教育目的和思想方向。这是坚持共产主义方向性的根本保证。

(2)把共产主义方向性和社会主义初级阶段现实性结合起来。在社会主义初级阶段，坚持德育的共产主义方向性，就是要在马克思主义指导下，用社会主义思想道德武装学生，同时提倡和宣传共产主义思想道德，使他们向往和追求共产主义，逐步树立共产主义人生观和世界观。同时学校德育的目标、内容和要求，还要考虑当前生产力水平、经济政策和人们的思想实际，把共产主义方向性和社会主义初级阶段现实性结合起来。

(3)引导学生把自己日常的学习、生活、工作和劳动同建设中国特色社会主义现代化强国、最终实现共产主义的理想联系起来。教育者要教育学生从大处着眼，小处着手，立足当前，放眼未来，从我做起，从现在做起，从小事做起，使中国特色社会主义、共产主义的思想道德渗透到他们学习、生活等各个方面中去，成为推动他们前进的动力。

(二)知行统一原则

知行统一原则是指在德育过程中，既要坚持马克思主义理论教育，又要重视实际锻炼，既要提高学生的道德认识，又要使学生作出相应的道德行为，以便把理论和实践、知和行统一起来，使学生具有言行一致的高尚品质。

这一原则是以辩证唯物主义认识论为理论根据的。辩证唯物主义认识论认为人们的认识是在社会实践中逐步形成的。因此，在学生思想品德教育中必须把理论教育和实践锻炼结合起来。苏霍姆林斯基很重视通过实际活动来培养中小学生的行为习惯，他认为："由道德概念通向道德信念的通道是以行为和习惯为起点的，而这些行为和习惯是充满深切情感并含有孩子对待他所做的事和他周围发生的事情的个人态度。"①社会主义学校应该对学生进行系统的马克

---

① ［苏］Ｂ·Ａ·苏霍姆林斯基. 帕夫雷什中学. 赵玮，王义高，蔡兴文，等译. 北京：教育科学出版社，1983：200.

思主义基本理论和社会主义政治、法纪及道德规范教育,使学生掌握社会主义思想政治准则和法纪道德规范,掌握明辨是非、真假、善恶、荣辱、美丑的正确标准,并在实践中学会运用它分析、评价、解决社会现实生活中包括自己思想行为中的问题,从根本上提高学生的社会主义道德认识及其能力水平。

贯彻这一原则的要求是:

(1)联系实际,讲清理论。认识是行动的先导,没有正确的理论指导就不会有正确的行动,而提高学生道德认识的目的在于指导学生的道德行为。学生的道德是在活动和交往的基础上形成和发展起来的。因此,德育必须以马克思主义的理论武装学生,提高学生的道德认识水平,以指导学生的道德行为,防止盲目行为的产生和错误行为的出现为目的,同时加强实际道德行为的锻炼,以便学生在活动和交往中使理论认识不断巩固、加深和发展,防止其变成空洞的教条。

(2)组织学生参加各种实践活动,培养良好的道德行为。学校要组织学生参加一些工农业生产劳动、公益劳动和社会政治活动。通过这些活动对学生进行实践教育,在实践活动中提高认识、陶冶情感、锻炼意志、坚定信念,培养学生良好的道德行为习惯,并引导学生运用理论去分析、解决实践活动中的思想道德问题。这既能够锻炼学生的思想,又可以培养学生分辨是非和解决思想道德问题的能力。

(3)言行一致,知行统一。要引导学生把社会主义思想道德的基本观念、原则和规范转化为自己的品德动机和信念,并在实践中身体力行、反复训练,养成良好的行为和习惯,做到言行一致、知行统一。教育者要在学生中展现言行一致、实事求是的思想作风,给学生做出示范,引导学生把获得的政治思想和道德观念、信念转化成为行动。

(三)说理疏导和纪律约束相结合原则

说理疏导和纪律约束相结合原则是指德育要坚持说理启迪,疏通引导,启发自觉,调动学生的积极性,同时辅之必要的纪律约束,以便促进学生思想品德的健康发展。

学生良好品德的形成和发展充满着矛盾和斗争,教育者的教育和对其进行纪律约束是学生品德发展的外因,而学生内在的思想斗争是其品德发展的内因。外因不能代替内因,受教育者形成什么样的品德,不仅取决于教育影响和外界影响的性质,而且取决于他如何接受这些影响和自我教育的结果。只有通过说理启迪,讲清道理,疏通引导,启发自觉,调动其积极性才能使德育要求内化为学生自己的需要。

贯彻这一原则的要求是:

(1)坚持正面说理,疏通引导。通过摆事实、讲道理,使学生掌握马克思主义的基本理论,并经过疏通和引导,启发学生自觉地分清是非、真假、善恶、美丑。只有这样才能使学生知理明理讲理,改过迁善,提高认识水平。那种不讲道理,压服学生的办法,最多只能使学生口服,但不能使学生心服,不能真正解决品德培养和行为矫正上的任何问题。学生即使沾染了不良习气,一时失足犯了严重错误,也要坚持说服教育,启发他们认识产生错误的原因,并在实践中自觉改正错误。

(2)树立先进典型,加强榜样教育的力量。在德育工作中,教育者不仅要向学生宣传全国的英雄模范人物,而且要特别注意宣传学生中自己的先进典型,不仅要有"三好"的典型,而且要树立各种类型、各个方面的先进典型,特别是要注意发现、培养后进变先进的典型,通过先进的榜样形象,辅以说服教育,激发学生的上进心,教育、引导、激励他们前进。与此同时,可以适当选择一些具有说服力的反面典型和事例来教育学生,以作为他们思想言行的警戒。

(3)以表扬为主,批评处分为辅。恰当的表扬可以使学生良好的行为得到强化,从而使他们获得积极的情感体验。批评处分是对学生进行教育的一种辅助手段,所以对犯错误的学生要进行必要的批评教育,有时还要辅之以必要的处分,只有这样,才能及时制止学生不良品德的产生。

(四)尊重热爱与严格要求学生相结合原则

尊重热爱与严格要求学生相结合原则是指进行德育要把对学生思想和行为的严格要求与对他们个人的尊重和信赖结合起来,使教育者对学生的影响与要求易于转化为学生的品德。

这一原则是符合学生思想品德形成的规律。热爱、尊重学生是严格要求学生的出发点,是教育学生的情感基础。人都有自尊心和自觉能动性,只有得到尊重与信赖,他们才能充分发挥自觉的主动性与创造性。苏联教育家马卡连柯在《论共产主义教育》一书中指出:"如果没有严格要求那就不可能有教育。"青少年学生尤其是那样,他们积极向上,如果得到教师的尊重、信赖与鼓励,他们将充分发挥自己的才智,努力提高个人的思想品德。

贯彻这一原则的要求是:

(1)爱护、尊重与信赖学生。古语说:"亲其师,信其道。"爱护、尊重与信赖学生是教育好学生、获得良好教育效果的一个重要条件。教师要尊重学生的人格和权利,尊重学生的自尊心、上进心。教师要具有热爱学生的真挚情感,对激发学生道德情感有潜移默化的作用,这样才能得到学生的信赖,才能引起学生的情感共鸣,学生也就容易把教师的道德要求变成自觉的需要和行动。

(2)严格要求学生。严格要求与热爱不是矛盾的,而是辩证统一的。严格以爱为基础,是爱的不同表现形式,同时对爱要有所约束规范,即要求教师对学生不放纵、不溺爱。教育者的严格要求是促使学生产生思想斗争、形成思想品德的动因之一,没有这个动因,就不可能引起学生内部思想和心理矛盾运动,也就不可能促进学生思想的转变。

(3)教师要严格要求自己。"其身正,不令而行。其身不正,虽令不从。"以身作则是提高教师权威性的重要条件。教师的一言一行、一举一动都时刻影响着学生,对学生起着潜移默化的作用,对学生良好思想品德的形成有着重要的熏陶作用。教师要用自己的行动向学生证明其"言教"的真理性和实践的可能性,真正做到言行一致、为人师表。凡是要求学生做到的,教师自己首先做到,给学生做出表率,严格要求自己。只有这样,对学生的要求才有说服力,并取得真正的教育效果。

(五)教育影响一致性和连贯性原则

教育影响一致性和连贯性原则是指家庭、学校、社会各方面都要按照德育目标、要求,统一认识,统一步调,系统连贯地教育影响学生,以发挥整体影响的教育作用。

学生的思想品德是在家庭、学校、社会等各方面的长期教育影响下发展的。这些影响纷繁复杂,不仅相互之间存在着矛盾,而且往往前后不连贯。如果不加以组织和协调,则必将削弱学校教育对学生的影响。尤其是在现代社会,科技的进步使学生活动和交往的范围扩大,接受的信息量大大增加。在这种情况下,想要有效地教育学生,必须加强学校对各方面教育影响的控制和调节,以便形成强大的教育合力,确保学生的品德按社会的要求健康成长。

贯彻这一原则的要求是:

(1)注意校内各方面德育影响的一致。学校德育要在校长的领导下,统一校内各方面的教育力量,使全体教职员工和各种学生组织按照统一的培养目标、德育要求、内容,分工合作,共同对学生进行教育。在一个班级中,班主任、任课教师和团体组织对学生的德育影响必须一致。特别是班主任要积极主动地争取任课教师的配合,任课教师要自觉地承担起教书育人的责任,既教书,又育人,明确教书是手段,育人是目的,从而紧密配合班主任做好学生思想品德教育工作。

(2)注意学校德育影响和家庭德育影响的一致。学校要发挥其专门教育机构的职能,同学生家长进行多种联系,向家长宣传教育科学和方法,介绍学校教育的情况,共同分析研究学生的表现,协调一致地做好学生的思想品德教育工作。

(3)注意学校德育影响与社会德育影响的一致。学校要采取措施,对社会的影响加强控制和调节,把社会中的积极因素组织到德育中来,特别是学校要与校外教育机关及社会各部门、各团体加强联系,共同研究对青少年的教育,指导学生的校外活动,安排好学生的假期生活,开展学生所喜爱的活动,充分发挥校外教育机关和各部门、各团体的教育作用,使社会德育与学校德育相一致。

(六)集体教育与个别教育相结合原则

集体教育与个别教育相结合原则是指在德育过程中,教师既要教育集体、培养集体,并通过集体的活动、舆论、优良风气和传统教育个人,又要通过教育个人影响集体的形成和发展,把集体教育和个别教育辩证统一起来。集体不仅是德育的客体,同时也是德育的主体。健全的集体具有巨大的教育力量,集体成员间的相互帮助和协作等具有巨大的教育作用,它以有形、无形的力量影响着每个成员,把他们培养成集体主义者。

这一原则是由社会主义教育的性质所决定的。它是社会主义社会人与人,个人与集体之间关系在教育领域中的反映。正如苏联教育家马卡连柯指出:"只有建立了统一的学校集体,才能在儿童的意识中唤起舆论的强大力量,这种舆论的力量,是支配儿童行为并使它纪律化的一种教育因素。"[①]这就要求在德育过程中,教师若要影响个别学生,首先就要去影响这个学生所在的集体,然后通过这个集体去影响这个学生,使教育集体和教育个人同时进行。

贯彻这一原则的要求是:

(1)努力培养和形成良好的学生集体。实践证明,一个良好的集体可以培养学生各种优良的个性品质,而一个不良的集体则会使学生沾染各种恶习。因此,要发挥学生集体的作用,首先要把学生群体培养成为良好的学生集体,并关心它的成长,指导和帮助它开展集体活动,使它成为具有共同的奋斗目标、严密的组织、坚强的领导核心和健康的集体舆论的学生集体。

(2)充分发挥学生集体的教育作用。学校要充分发挥集体的教育作用,就要使集体的奋斗目标成为鼓舞其成员前进的力量,使每个成员都自觉地为实现集体目标而积极工作,发挥学生集体的教育作用。同时,也要充分发挥集体舆论、优良的集体风气和传统的作用,帮助学生在集体活动中确立正确的人际交往态度,形成合作、互助、关心、尊重的人际关系。另外,还要组织和开展集体活动,通过集体活动教育学生,促使学生良好思想品德的形成。

(3)将集体教育和个别教育结合起来。集体是个人获得全面发展的手段,个人的全面发展又是集体形成的条件。因此,既要进行集体教育,又要进行个别教育,使学生的个性在集体中得到体现和发展,而只有每个学生的个性都得到了充分发展,这样的集体才是朝气蓬勃的。

(七)发扬积极因素,克服消极因素原则

发扬积极因素,克服消极因素原则是指在德育过程中,要一分为二地看待学生,发扬和依靠学生的积极因素,克服消极因素,并化消极因素为积极因素,

---

① [苏]马卡连柯.论共产主义教育.北京:人民教育出版社,1979:352-354.

因势利导,长善救失,促使学生形成良好的思想品德。

任何一个学生身上都不同程度地存在着积极因素和消极因素,这两个方面在一定条件下是可以转化的。在德育过程中,不断发扬积极因素,克服消极因素,使消极因素向积极方面转化,是符合事物发展规律的。学生良好思想品德的形成是先进思想战胜落后思想,积极因素克服消极因素,内部矛盾斗争和转化的过程。只有依靠并扩大学生身上的优点、积极因素,才能使之发展成为他们思想品德中的主导方面,就可能有效地克服缺点,化消极因素为积极因素。

贯彻这一原则的要求是:

(1)一分为二地看待学生。正确了解和评价学生是正确教育学生的前提。有的教师不能有效地教育学生,往往是因为不能以一分为二和发展的观点看待学生。学生思想品德的发展主要是他们思想情感中的积极一面得到不断发扬并战胜了消极一面的结果。教师要善于发现学生身上的优点,并使他们知道自己的优点,这才能提高他们的自尊心和自信心,而自尊心和自信心是一个人进步的内在动力。

(2)教育学生正确认识自己。学生思想品德的形成,固然需要教师起主导作用,但主要还得靠他们的自我教育。学校要帮助学生学会虚心听取父母、教师、同学等各方面的意见,正确地认识自己品德中的优点和缺点,自觉开展品德内部矛盾斗争,发现优点,克服缺点,促进学生良好思想品德的形成。

(3)因势利导,化消极因素为积极因素。青少年学生精力旺盛,活泼好动,如不正确引导,就会把旺盛的精力用到不正当活动中去,造成不良结果。因此,学校要认真研究学生思想品德形成的规律,剖析其消极因素,并根据学生的个性特点,积极开展各种健康有益的活动,引导其向积极方面转化。

第五节　德育方法和途径

学校德育是一项复杂的系统工程,是德育目标、内容、方式和管理等相互影响和相互制约的有机整体。德育途径和方法是这一系统工程不可或缺的重要组成部分,它是由德育的任务、内容等方面的因素决定的。研究中小学德育途径和方法的基本特点,分析其利弊,对我国学校道德教育的改革与实践具有重要意义。

一、德育的主要方法

(一)德育方法概述

德育方法是教育者完成德育任务、实现德育目标、贯彻德育要求和传授德育内容的方式,同时,它也是受教育者在认识世界和改造世界的过程中,提高思想道德素质的手段,也就是说,德育方法兼具教育者教育的方法和受教育者自我教育的方法两个方面的内容。德育方法对德育效果有重大的影响作用,直接或间接地影响德育效果的优劣。它是实现既定德育目标的必要条件,是德育内容产生教育影响的手段,是教育者与受教育者相互作用的中介,也是影响德育过程中人际关系的重要因素。因此,改革德育方法,提高德育方法的科学性和艺术性是当今德育改革的重要内容。

德育过程的复杂性必然导致德育方法的多样性。由于依据不同,德育方法的分类也不同。有的根据品德心理形式的构成成分,将德育方法分为说理教育法、情感陶冶法、意志磨炼法和行为实践法;有的根据教育者和受教育者在品德形成过程中所发挥的作用,将德育方法分为指导式方法、参与式方法和自我教育法;有的根据道德教育过程中所运用的德育规范的抽象程度,将德育方法分为理论灌输法和榜样示范法;有的根据德育方法对受教育者影响作用的特点和心理机制,将德育方法分为明示教育方法和暗示教育方法;有的根据教育者和受教育者在德育活动中的相对地位以及在德育构成中主体性的体现程度,将德育方法分为指导教育的方法和自我教育的方法两大类,等等。

(二)中小学主要的德育方法

1.语言说理类方法

语言说理类德育方法是通过摆事实、讲道理使受教育者明辨是非、善恶,提高其道德水平的一种方法。常用的语言说理类方法主要有:讲解、谈话、报告、讨论、辩论等。语言说理类德育方法的主要作用是重视对受教育者进行正面教育,从提高道德认识入手,以理服人,调动其内在积极因素,引导他们不断进步。

应用语言说理类德育方法的基本要求:

(1)说理的内容要有系统性、科学性和针对性。注意联系学生存在的实际问题,运用充分的论据和正反两方面的典型事例,进行科学的分析和论证,从而使讲解有的放矢、入耳入心。讲解在内容的深度和广度上,要符合学生的年龄特点、认识水平和接受能力。讲解的语言要具体形象、准确生动、通俗易懂,富有感情色彩,具有启发性、吸引力和说服力。

(2)说理要具有启发性。说理要启发学生积极思考问题,通过自己的认真思索,学会明辨是非。要培养学生善于解决问题的能力和习惯,特别要鼓励学生敢于发表不同意见,敢于坚持真理,勇于修正错误。谈话过程中要有情感交流,注意说理与情感的交融。

(3)建立民主的师生关系。说理的方法是一种民主的方法,它与封建家长制的方法是对立的,反映了社会主义新型的人际关系。如果能经常运用说理法可以培养学生的民主精神,加深学生与教师的亲密关系。说理法有利于提高学生的自信心。说理法运用恰当不但有利于问题的解决,而且说理的过程本身就是一种教育,教育学生学会过民主生活,懂得坚持自己的正确意见,修正自己错误的认识。

2. 榜样示范类方法

榜样示范类教育方法是以教师或其他典型人物的思想品德来影响学生的思想、情感和行为的教育方法。常用的榜样示范类方法主要有:典范教育法、典型引导法、人格示范法等。这种方法的特点在于它更富于形象性、感染性和可信性。通过模仿家长、教师和别人的言行,把良好的思想道德具体化、人格化,促使学生良好思想品德的形成。

应用榜样示范类德育方法的基本要求有:

(1)榜样要具有具体形象性。用这种具体生动的形象教育感染学生,易为他们接受,利于他们把思想政治准则和法纪道德规范与现实生活结合起来,利于他们通过实践把认识转化为信念与行为品质。

(2)教师要注意言传身教。教师的言谈举止、为人处事的态度等时时都在影响着学生。很多学生的思想作风、行为习惯和个人爱好等,都是由于受到教师的影响而形成的。教师的身教常常比言教的作用更大。所以,教师必须处处严格要求自己,给学生做出表率,用自己的实际行动为学生起示范作用。

(3)注意典型人物或典型事例的选择。学生身旁有许多先进人物或先进事例。这些典型人物或典型事例虽然平凡但却闪烁着伟大的光芒。用这些典型引导学生是十分重要的教育方法。教师应利用学生身边的典型人物或典型事例教育学生,引导学生模仿他们优良的思想、善良的感情、美好的行为,达到提高学生思想品德水平的目的。

3. 修养指导类方法

修养指导法是在教师指导下学生自己教育自己以形成良好思想品德的方法。苏联教育家苏霍姆林斯基说过:少年期和青年早期是困难的年龄期,学生在身体、智力、道德方面都迅猛发展,教育者将会遇到很多困难,只有把教育和自我教育结合起来,才能顺利地克服这些困难。因此他又说,教育的艺术和技巧就在于使自我教育的愿望成为每一个学生的精神需要,尤其需要注意青少年学生学习自我修养。只有能够去激发学生进行自我教育的教育才是真正的教育。[1] 修养指导法能有效地发挥学生的主体性,启发学生进行自我教育、自我修养。任何教育最终必须变成学生自己的认识、自己的情感、自己的意志、自己的行动,才能产生真正的教育效果。常用的修养指导类方法主要有:自我评价法、自我体检法、自我约束法、自我锻炼法等。

---

[1] 关鸿羽.家庭教育学,北京:电子科技大学出版社,1995:673.

应用修养指导法的基本要求有：

(1)加强对学生自我修养的指导。学生的自我修养水平往往是自我教育水平的尺度。学生自我修养的水平是逐步提高的。教育者要给学生以具体指导，如运用日常生活的典型事例、道德标准逐条分析自己，以逐步提高学生的自我修养水平。

(2)引导学生进行自我监督和自我约束。教师要创设合适的环境来锻炼学生的意志力，磨炼学生的意志，指导学生自我约束、自我控制、自我监督，使学生逐步成熟起来。

(3)丰富学生的情感体验。在自我修养中教师要指导学生伴随自我认识、自我评价产生的情感体验，引导学生在道德实践中检验自己的道德情感，要注意通过情境的创设让学生获得直接的情感体验，同时，也要引导学生体验错误行为后的痛苦及战胜困难、取得成绩后的愉悦，促使学生自觉地进行道德修养。

4.实践锻炼类方法

实践锻炼法是指教师根据学生身心发展规律和社会发展的需要，让学生在日常生活和社会活动中亲自参加实践，从中受到教育和得到锻炼，以形成良好思想品德的方法。这种方法注重实践，让学生在实践中增长才干，提高思想觉悟。实践锻炼法是培养学生良好思想品德和健康人格的方法。这种方法的精髓是实践，把学生放到社会上去锻炼，以形成学生的道德观念和道德意志。常用的实践锻炼类方法主要有：劳动锻炼法、社会实践法等。

应用实践锻炼法的基本要求有：

(1)教师要引导学生积极参加社会实践。学生只有在参加社会实践中才能健康成长，所以教师要鼓励学生主动参加校内外的社会实践活动，在实践中体验生活，通过访问、座谈、亲自劳动获得感性认识，培养学生的道德观念，锻炼学生的道德意志。

(2)实践锻炼法应具有针对性。人的思想品德的形成、能力的提高都依赖于实践。对学生来说很多道德认识并不是灌输得来的，而常常是在实践中体验到的，即便是灌输的道德认识，没有实践体验也是不牢固的，很难形成道德观念和道德意志。但从实践内容到形式都要结合学生的特点作出符合实际情况的安排，否则，开展的实践活动不容易被学生接受，难以变为他们的自主行为。

(3)通过实践锻炼，促进学生身心全面发展。实践锻炼法要求学生不仅在学习文化知识中，而且在其他各项活动中都接受锻炼和考验，这样，寓德育于轻松愉快、丰富多彩、生动有趣的学习和活动之中，在保证德育实效的前提下，使学生的身心得到全面发展。

5.评价激励类方法

评价激励类方法是依据一定的德育要求，对学生的思想和行为给予肯定或否定的方法。常用的评价激励类方法主要有：赞许、表扬、奖赏、批评、惩罚等。评价激励类方法有助于学生良好思想和行为的形成、发展和深化，也有助于预防和克服不良思想和行为的产生。

应用评价激励类方法的基本要求有：

（1）利用评价激励促使学生学会做人。评价激励类方法的目的就是促使学生在把知识转变成智慧与能力的过程中，学会做人，学会合作，学会关心，学会帮助，从而成为合格的公民。教师通过评价激励，不仅培养了学生的多种能力，更重要的是培养了学生健全的人格。

（2）利用评价激励培养学生坚强的意志品质。教师应该坚信每一位学生都存在着巨大的潜能，坚信每一位学生都可以获得成功。对那些学习有困难、能力水平相对较低的学生，教师要帮助他们树立战胜困难的信心与勇气，并通过他们自己的不懈努力，逐步走向成功。

（3）利用评价激励提高学生的思想道德素质。评价激励本身具有教育价值，即利用教育评价反馈信息可对学生的行为进行激励或抑制，促进学生良好思想品德的形成。

6. 情感陶冶类方法

情感陶冶法是指教育者自觉地创造良好的教育环境，使受教育者在道德和思想情操方面受到感染、熏陶的方法，包括人格感化、环境陶冶、艺术熏陶等。

情感陶冶法的特点主要表现为非强制性、隐蔽性和无意识性，它既不向学生传授系统的道德知识，也不对他们提出明确的要求，而是寓教于情境之中，通过按教育要求预先设置的情境来感化与熏陶学生。它既没有强制性措施，也难有立竿见影的功能，但对学生有潜移默化的效果，能给学生思想品德发展以深远的影响。

应用情感陶冶法的要求有：

（1）注意人格感化。教师要加强自身的修养，注意以自身的品德和情感为情景来影响学生，以对学生真诚的爱和高尚的人格来感化学生。

（2）注重环境陶冶。学校要加强校园文化建设，丰富校园文化生活，开展丰富多彩的积极健康的文化娱乐活动，并组织学生参与情境的创设，在创设美好的情境中使学生进一步受到教育。

（3）注意应用艺术熏陶。教师要选择符合学生心理特点的、有趣的、有教育意义的故事、童话、图片等艺术作品，以具体、生动、形象的方式帮助学生分清是非，明白道理，影响和塑造学生美好的心灵。

（三）影响德育方法选择的因素

德育方法的选择往往受到德育过程内外各方面因素的影响。德育方法的优劣，只有在与德育过程诸要素相互联系、相互作用中才能显现和被确认，离开

德育的整个系统,孤立地评价某一方法的优劣是毫无意义的。一般说来,直接影响德育方法选择的主要因素可以概括为如下几个方面:

1. 德育过程观的影响

德育过程观是对德育过程的根本看法和观点。德育过程观对德育实践具有直接的指导意义,是广大德育实践工作者普遍关心的热点。德育过程观不仅影响到对德育过程的解释,还影响着德育方法的选择,有什么样的德育过程观,就会选择什么样的德育方法,如当一个教师把德育过程理解为被动接受的过程时,其德育方法可能选择灌输式的;如果把德育过程理解为学生主动学习的过程,其德育方法可能就是讨论式的或自我教育式的。

2. 德育活动中主体与客体的影响

教育者作为德育活动的主体,有其个性和特点,存在着优势和不足。教育者应正确认识自己的特点,在选择和运用德育方法时要充分考虑自己的长处和短处,选择那些能发挥自身特长的德育方法。受教育者作为德育活动的客体,主要考虑特定学生及群体的道德发展水平、实际的道德经验、心理年龄特点、文化背景、兴趣和特长等,做到因材施教,使所用方法对受教育者具有实际效果。

3. 德育目标、内容、手段的影响

影响德育方法选择的因素还有德育目标、德育内容、德育手段等。德育方法是德育活动目标实现的中介,所以德育方法当然要以德育目标作为最根本的选择依据。同时,德育方法还必须与相应的德育内容相适应,不同的内容要有不同的方法与之配合。德育手段是指具体的德育活动的工具形式和媒体手段等,在德育实践中,教育者应立足于不同的德育手段来设计德育方法。

4. 德育活动条件的影响

德育方法的选择还受德育活动条件的制约。德育活动的客观环境条件,包括社会政治、经济、文化、思想、道德等因素;微观的德育工作条件,包括团队氛围、人际关系等因素;德育活动的主观条件,涉及人的思想观念、知识修养、个性特点等因素。这些是影响德育目标、内容、效果的重要因素,也是决定德育方法选择的重要因素。有效的德育方法是同德育活动条件和谐一致的方法。

总之,各种不同的德育方法往往各有优势,也各有一定的局限性,判断德育方法优劣的依据,就是看它是否最好地完成作为德育目标"中介"的角色任务。当然,要取得最佳的教育效果,最重要的不是通过某一种方法的选择,而是通过多种方法的组合,使各种方法按教育原理协调地组织起来,实现优势互补,以达到最佳效果。

二、德育的主要途径

所谓德育途径,是指为完成德育任务而选择的活动方式。在现代社会,由

于教育日益社会化,学校德育的途径也表现出多样化的特点。当前我国中小学德育的主要途径如下:

(一)思想政治课

思想政治课是对学生进行德育的最经常、最基本的途径。该课程是向学生系统地进行德育的一门课程。思想政治课的任务是有目的、有计划、有系统地引导学生掌握马列主义、毛泽东思想、邓小平理论、"三个代表"思想、科学发展观和社会主义的道德规范,逐步提高社会主义的思想政治觉悟,并学会用辩证唯物主义和历史唯物主义的观点、方法和态度去认识自然和社会,奠定科学世界观和人生观的基础,形成良好的道德品质。思想政治课能使学生系统地掌握思想政治观点和道德规范,充分发挥学校德育的"主阵地"作用。如何提高思想政治课教学的效果要注意以下几点:①调动学生参与教学的积极性。在思想政治课教学中,教师在充分发挥主导作用的同时,应当引导学生积极参与到教学中来,充分调动学生的主观能动性,在掌握知识的同时,提高学生的思想觉悟。②注重理论联系实际。理论联系实际既是思想政治课的基本原则,也是教学的基本方法。政治课教师要十分重视对国内外形势进行及时的观察综合,对党的方针、政策要进行深入的研究,使思想政治课始终在理论与实际相结合的形式下运行。同时,在教学中不能回避矛盾,要正视学生思想中存在的问题,采取积极的态度,运用正确的方法,进行入情入理的剖析。这既能帮助学生提高认识事物和辨别是非的能力,又能把马克思主义的基本观点内化为学生的信念。

(二)各科教学

教学是教育实施的组织形式,是学校的中心工作。发挥各科教学的德育功能最重要的体现就是把德育与其他各科教学整体融合起来,要通过教学使教育的文化功能和灵魂的铸造功能融合起来,从而让课堂真正成为学生生命活动的精神家园。德育回归生活,对学生而言,就是要通过教学,让其回归学习生活。学习是学生生活的主要内容,是学生生命活动的主题。学习过程就是学生智慧增长和德性成长的过程。

各学科的教学都要遵循"教学永远具有教育性"的规律,自觉地把教授知识、提高能力和培养学生的思想品德结合起来,以发挥其教书育人的整体功能。要克服各科教学中重知识教授、轻思想品德教育、教书不教人的错误倾向。在实践中,通过各科教学渗透思想品德教育是全面提高学生素质的主要的、经常的、有效的途径。如果任课教师都能自觉地、有意识地按各科教材自身的特点,在课堂教学中不断渗透思想品德教育,同时注意培养学生养成良好的学习态度、学习习惯和意志品格,这样学校才真正地完成了德育渗透,做到"传道"于"授业解惑"之中。

(三)课外活动

课外活动是指在课堂教学之外,由学校组织指导或由校外教育机关组织指导的,用以补充课堂教学,根据受教育者的需要和自己的努力以及教育教学的需要,在教育者的直接或间接指导下,来实现德育目的的一种教育活动。课外活动是学校教育不可缺少的重要组成部分。由于课外活动具有内容广泛,形式多样灵活的特点,符合学生的兴趣、爱好,也是学校德育的重要途径。通过参观访问、多种形式的政治教育、革命传统教育活动、学习现实生活中的先进人物和先进事迹等,能够提高受教育者的思想政治觉悟,培养受教育者热爱祖国、热爱人民的情感;通过参加社会公益劳动、争做好人好事,可以培养学生热爱祖国、遵纪守法、爱护名誉、诚实公正等品质;通过课外阅读、参观、访问、讲演、竞赛等活动,还可以不断地丰富受教育者的精神生活,使其健康活泼地发展;通过参加一些社会主义物质文明和精神文明的建设活动,可以使学生得到多方面的锻炼,提高学生辨别是非、自我教育的能力以及形成互助友爱、有责任、守纪律的优良品德。

(四)班主任工作

班主任是班级的直接教育者、组织者和领导者,是联系班级任课教师的纽带,是沟通家庭、学校与社会的桥梁。班主任工作在于通过加强班级管理来教育每一个学生,促进学生的全面发展,因而班主任工作也是学校德育一个特殊而又重要的途径。加里宁曾经比喻过:"教师每天仿佛都蹲在镜子里,外面有几十双精锐的、富于敏感的,即善于窥视教师的优点和缺点的孩子的眼睛,在不断地盯着他。所以说教师的世界观、品行、生活以及对每一现象的态度都这样或那样地影响学生……可以大胆地说,如果教师很有威信,那么这个教师的影响就会在某些学生身上永远留下痕迹。"[①]班主任的表率对学生思想品德的形成具有潜移默化的影响作用。班主任的模范行动每时每刻都影响着学生,因为学生不仅听其言,而且观其行。班主任只有教书育人,为人师表,才能以自己的人格力量影响学生,培养学生高尚的道德情操,帮助学生树立正确的世界观、人生观和价值观。

(五)共青团、少先队和学生会组织

共青团、少先队和学生会都是学校正式的学生组织,都是在学校党组织和行政组织的领导下,协助教师为完成德育任务而形成的一种团体。青少年学生非常关心、热爱自己的组织,并希望通过积极参与组织活动来提高自身的各方面素质。所以,共青团、少先队和学生会要通过组织各种各样的活动,激发学生的上进心,增强学生的荣誉感,促使他们严格要求自己,自觉提高思想觉悟,形成良好的道德品质。

---

① 加里宁.论共产主义教育和教学.陈昌浩,沈颖译.北京:人民教育出版社,1957:184-189.

中小学要充分发挥共青团、少先队和学生会组织的作用，推进学校的德育工作。学校团组织要把加强和改进学生德育工作摆在突出位置，充分发挥德育在教育学生方面的优势，竭诚为学生的成长成才服务。少先队和学生会要自觉接受党的领导，在共青团的指导下，开展生动有效的德育活动，把广大学生紧密团结在党的周围，在学校德育工作中更好地发挥桥梁和纽带作用。

(六)大众传媒

以网络和电视为代表的大众传媒作为学校德育的外环境之一，正在品种、数量、规模和影响力上加速发展，其中网络大有成为主流传媒的趋势。大众传媒对社会生活的各个方面进行着迅速而又有效的渗透，它开阔了人们的视野，加强了人们之间的联系沟通，给人们的生活带来便利，但同时也产生了隐蔽而又强烈的负面影响。大众传媒信息的快餐式的反复强化使人来不及思考，就接受了它所灌输的有关政治、伦理、职业、消费、娱乐等方面的观念，导致个体独立判断力的衰减和抗腐蚀能力的降低。如何理性地生存于现代传媒的强烈辐射之中，这是现代化进程中人们面临的重大挑战之一。学校德育如何正确利用传媒影响，削弱其负效应，也是这一挑战的重要组成部分。

大众传媒不但构成学校德育的环境，还参与塑造学校德育对象，直接影响学校德育的诸多环节，其对学生的负面影响日益引起人们的关注和担忧。因此，家庭、学校和社会应着眼于通过各种宏观或微观的措施，创造有利于学校德育的传媒环境。学校德育自身则应采取显性、隐性课程并重的方法引导学生正确对待大众传媒信息，尤其是网络信息，如设立专门课程（如影视鉴赏课），鼓励学生积极参加课外活动（如兴趣小组、学生板报、学生论坛、学生广播电台等），努力使学生形成对大众传媒趋利避害的自我选择能力和自我调控能力，使大众传媒成为学校德育良性循环的重要组成部分。

(七)德育网络

德育网络是整合校内外各种德育力量，由各种社会组织及其沟通渠道构成的组织系统。建立德育网络的目的是将校内外各方面教育影响联系起来，形成整体化的教育力量，故又称德育一体化网络。所谓各种教育力量，包括家庭的、学校的、社会的三个方面，家庭德育、学校德育、社会德育应相互联系，相互合作，形成三位一体的德育网络体系，使其能够发挥德育网络的整体效应。在德育网络中，家庭德育、学校德育、社会德育在影响渠道、影响方式和影响力度方面可以各具特色，在影响的方向性质和目标要求上应该是同质的、一致的，否则，会使受教育者无所适从，或者使各方面影响作用相互抵消。

现代社会是开放的社会，学生思想品德的形成受多方面因素的影响，有校内的和校外的、正式的和非正式的、教育的和非教育的、可控的和不可控的等多种因素。这诸多因素有积极的，也有消极的，德育网络可以借助各种组织形式和沟通手段,统一教育观念、教育思想,取得共识,相互配合,协调各方面的力量,发挥其积极因素的影响作用,防止或消除消极因素的影响,以提高德育整体的实效。

总之,德育的途径十分广泛,各种途径对实现德育的功能都有不同的作用。学校德育应将各种途径有机地结合起来,互相配合,相互补充,形成一个德育的合力网络,发挥其整体效应,使德育工作充满生机和活力。

第六节 当代西方主要德育理论

由于科学技术的迅猛发展,社会的急剧变革,社会道德问题日益突出。道德教育理论研究出现了多学科整合的趋势,当代德育理论流派纷呈。这些理论流派大多产生于西方国家。因此,了解、分析和借鉴西方德育理论对我国德育创新有积极的作用。

一、道德认知发展理论

道德认知发展理论是由杜威作先导,皮亚杰建构的理论体系,之后由科尔伯格进一步发展。该理论关注的焦点是发展儿童的德育思维能力,主张德育应通过激发儿童的积极思维,促使他们的道德思维向更高阶段发展。该理论自20世纪70年代形成后,已在世界各国的学校道德教育领域中产生了巨大的影响,推动了学校道德教育的新发展。现将其主要代表人物科尔伯格的德育思想作简要介绍。

(一)道德教育的目标是促进儿童道德推理的发展

科尔伯格在杜威和皮亚杰等人思想的影响下,根据自己的大量研究,提出了学校道德也像智育一样,应该以促进儿童对道德问题和道德决策的积极思维为基础。儿童的品德是一个不断发展的过程,儿童是从道德判断和道德推理中逐渐理解道德的。学校道德教育的目标应该是促进儿童道德推理的发展。他们道德成熟的标志就是能作出正确的道德判断,具有形成自己道德原则的能力,而不是服从周围成人的道德判断。基于这一道德教育观点,科尔伯格认为,在学校道德教育中应该经常给儿童提供生活中所遇到的道德两难问题,引起他们的讨论,激发他们向更高的道德阶段不断前进的愿望和动机。

(二)道德发展阶段模式:三种水平六个阶段

在皮亚杰关于儿童道德判断发展阶段模式的基础上,科尔伯格经过大量专门研究,使之成为更精致、更全面和逻辑上更为一致的道德发展阶段模式。科尔伯格划分道德发展阶段的方法被称为"道德两难故事法"。这种方法首先是把一些精心构思的小故事讲给受试者听,然后再就故事内容提出一些道德两难问题让他们回答,由此来判断儿童和青少年道德发展的水平。他将各种反应作阶段划分,发现人的道德判断与推理能力的发展普遍地经过三个水平六个阶段,并认为这就是人的道德发展的基本模式。

1. 前习俗水平

这一水平上的儿童已能辨识有关是非好坏的社会准则和道德要求,但他是从行动的物质后果或是能否引起快乐(如奖励、惩罚、博取欢心等)的角度,或是从提出这些要求的人们的权威方面去理解这些要求的。这一水平包括两个阶段:

阶段1,惩罚和服从的定向阶段。行动的物质后果决定这一行动的好坏,不理会这些后果所涉及的人的意义或价值。他们凭自己的水平作出避免惩罚和无条件服从权威的决定,而不考虑惩罚或权威背后的道德准则。

阶段2,工具性的相对主义的定向阶段。正当的行动就是满足自己需要的行动,偶尔也包括满足别人需要的行动。人际关系被看作犹如交易场中的关系。他们相互之间也有公正、对等和公平的因素,但往往是从物质的、实用的途径去对待。所谓对等,实际上就是"你对我好,我也就对你好",谈不上什么忠诚、感恩或公平合理。

2. 习俗水平

这一水平上的儿童已能理解自己的家庭、集体或国家的期望的重要性,而不理会那些直接的和表面的后果。儿童的态度不只是遵从个人的期望和社会的要求,而且是忠于这种要求,积极地维护和支持这种要求,并为它辩护。对与这种要求有关的个人和集体也能同等对待。这一水平也包括两个阶段:

阶段3,人际关系和谐协调的或(愿做一个)"好孩子"的定向阶段。好的行为就是帮助别人,使别人愉快,受他人赞许的行为。这很大程度上是遵从一种老看法,就是遵从大多数人的或是"惯常如此"的行为。

阶段4,"法律与秩序"的定向阶段。倾向于用权威、法则来维护社会秩序。正当的行为就是恪尽职守、尊重权威以及维护社会自身的安宁。

3. 后习俗水平

在这一水平上,人们力求对正当而合适的道德价值和道德原则作出自己的解释,而不管当局或权威人士如何支持这些原则,也不管他自己与这些集体的关系。这一水平也分为两个阶段:

阶段5,社会契约的、墨守成法的定向阶段。一般说来,这一阶段带有功利的意义。正当的行为被看作是与个人的一般权利有关的行为,被看作是曾为全社会所认可,其标准经严格检验过的行为。这里可以清楚地看到个人价值和个人看法的相对性,同时相应地强调为有影响的舆论而规定的那些准则。除了按规章和民主商定的以外,所谓权利,实际上就是个人的"价值"和"看法"。这样就形成一种倾向于"法定的观点",所不同的是可以根据合理的社会功利的理由改变法律与秩序(不是像阶段4那样固定在法律与秩序上)。在法定范围以外,双方应尽义务的约束因素就是自由协议和口头契约。

阶段6,普遍的伦理原则的定向阶段。公正被看作是自我选择的伦理原则(要求在逻辑上全面、普遍和一致相符的、由良心作出的决断),这些原则是抽象的、伦理的,它们不是像《圣经》上的"十诫"那样具体的道德准则。这些实质上都是普遍的公正原则,人的权利的公平和对等原则,尊重全人类每个人的尊严的原则。

科尔伯格的道德阶段包含如下一些特征:道德发展的各阶段都是一个"结构化了的统一体",一个有组织的思想系统;每一阶段的核心特征标志着阶段与阶段之间质的差异;这些阶段形成一个自然的连续顺序,在发展过程中,新的阶段从前一阶段中发展出来,因而是旧与新的综合体;每一个体都是为建立它自己的综合体积极努力,而不是去接受一个社会文化所规定的现成模式。

(三)道德认知发展理论的实践模式

道德认知发展理论并不是一种纯粹理论的假设,它具有坚实的学校实践基础。杜里尔、布莱特和班扬分别于1965年、1969年和1971年在学校实践中进行了实证考察,通过学校实践来检验这一理论。基于此,他们提出了两种德育模式:

1.新苏格拉底德育模式

这是科尔伯格前期主张的学校德育模式,该模式根据苏格拉底"产婆术"式教学原理实施德育而得名,其核心是在教育过程中通过情境设置,讨论问题,激发兴趣,引发思考,提高道德水平,在自动探究中提高道德水平。该模式认为,学校必须进行德育,而且善是可教的,这一模式的目标是通过课堂讨论,激发学生对两难问题的思考,促进学生道德认知能力的不断发展,把他们培养成具有阶段六那样的有至高德性的人。

为了实现这一目标,科尔伯格等人在波士顿和匹茨堡地区推行了一项斯顿计划,大面积在9—11年级社会课中引进道德难题讨论,实验结果表明:半数以上的教师取得了显著的"布莱特效应,其班级学生的道德判断水平普遍上升1/4或1/2个阶段,而控制组却没有变化。这一实验结果,使科尔伯格的道德课堂教学方法迅速在美国及全世界推广开来,影响很大。

但是随着德育实践的深入,人们发现这个模式的培养目的难以达到,许多人提出质疑,尤其对低年级儿童采用这种方法具有消极作用。20世纪70年代后期,科尔伯格总结这种模式时指出,道德两难讨论法在发展学生推理能力上是有效的,且易为教师掌握,仍不失为课堂教学的好方法,但作为一种模式是难于成功的。于是,他根据多年来的研究,又正式地提出一种新的学校德育模式。

2.新柏拉图德育模式

科尔伯格发现,同柏拉图"理想国"中的主张一样,农庄中的集体精神很突出。但达到阶段五以上的人只是极少数,而几乎所有的成员都达到了阶段四的发展水平,其比率比美国还高。他充分认识到团体公正水平对个人道德发展具有重要意义,为此,他提出"新柏拉图德育模式",即培养具有良好公民意识的一般公民,他们能够达到阶段四——民主参与和管理的道德水准。同时,也使用了两种主要的德育基本方法:①课堂讨论法——通过设置道德两难问题的讨论,提高学生的认知水平和道德水平;②公正团体法——利用公正机制建立公正团体,培养公正的观念,达到对公正的理性认识,提高道德水准。在此基础上,他对德育教师提出了如下建议:①加强自身道德素质;②尊重儿童发展,一视同仁;③不直接教给儿童道德判断;④不用权威进行道德教育等等。科尔伯格指出,这一模式成功的原因是参与本身的民主精神比任何社会治理都能提供更多角色承担的机会和更高水平的公正意识教育。

(四)道德认知发展理论的意义及影响

科尔伯格从 20 世纪 50 年代后期开始对道德发展问题进行了一系列研究,系统地扩展了皮亚杰关于儿童道德判断研究的理论和方法,在西方心理学中逐渐形成了一个重要的道德发展阶段模式。这个模式揭示了人们的道德观念从认知的低级形式到高级形式的发展过程,使道德现象这种纯粹哲学-伦理学的问题得到了比较客观的科学证明。科尔伯格强调把儿童道德发展的规律直接应用到学校道德教育中去,他的观点和方法在一些国家的道德教育实践中产生了一定的影响。70 年代以来,R·赛尔曼等人遵循皮亚杰和科尔伯格道德认知发展理论的传统,对角色选择和社会观点采纳进行广泛的研究,扩大了道德发展认知研究的范围。

科尔伯格道德认知发展理论在西方也受到过批评,也有人试图超越它,其原因在于,该理论过于注重道德形式而忽视生活世界中积极的文化内容——人类在其文明演进中所形成的美德,以致有人称这种模式是一种"无道德的道德教育"。认知发展虽然是道德发展的一个必要条件,但并不是充分条件。人的品德,除道德认识外,还包含着在行动上付诸实践的道德意向这个重要方面。仅凭道德发展的认知方面的事实,还不足以建立一种关于道德发展的理论,因为它对一个人的道德现象缺乏完整的理解。我国理论界在引入科尔伯格道德认知发展理论后也认为该理论的主要缺陷在于过于重视道德认知,而忽视学生道德情感的培养及道德行为训练等。可见,这种理论与我国德育传统是根本冲突的。所以今天,我们在借鉴和吸收这种理论并用之于实践时,不能不慎重考虑其利弊。

二、价值观澄清理论

20 世纪 60 年代,价值澄清学派在西方由传统社会向现代社会的转变过程中,为适应社会价值观念复杂多变的选择需要而产生。其代表人物是美国的拉斯(L. Rath)、哈明(M. Harmin)、西蒙(S. Simon)等,他们合著的《价值与教学》是该学派理论的奠基之作。另外,还有凯钦鲍姆(H. Kirschenbaum)的《高级价值观澄清》一书。该理论以价值相对论为基础，认为在价值多元的社会里，应通过澄清价值的过程，提高儿童分析、处理各种道德问题和社会问题的能力以减少儿童价值观的混乱。

价值澄清学派提出了价值澄清的理论假设：人们处于充满相互冲突的价值观的社会中，这些价值观深刻影响着人们的身心发展，而现实社会中根本就没有公认的道德原则或价值观。根据这一假设，价值澄清学派认为，教师不能把价值观直接教给学生，而只能通过分析评价等方法，帮助学生形成适合本人的价值观体系。所以，正如价值澄清学派的基尔申鲍姆所说的，价值澄清可被定义为利用问题和活动来教学生评价的过程，而且帮助他们熟练地把评价过程应用到他们生活中价值丰富的领域。

价值澄清方法论强调四个关键因素：一是要以生活为中心，主要解决生活中的问题；二是要接受现实，即原原本本地接受他人，不必对他人的言行进行评价；三是要求进一步思考、反省，并作出多种选择；四是培养个人深思熟虑地进行自我指导的能力。除了要考虑这四个因素外，还要按选择、珍视、行动三个阶段、七个步骤（即自由选择，从多种可能中选择，对结果深思熟虑的选择，珍惜爱护自己的选择，确认自己的选择，依据选择行动，反复地行动）来进行操作（见表8-1）。当这种操作模式由于过分强调价值观形成的个体性，忽视社会文化作用而受到批评之后，价值澄清学派又对以上程序进行了补充，增加了思考、沟通的环节，在选择中考虑了社会因素的制约。尽管如此，新的操作程序并没从本质上改变价值观形成的主观性与个体性。

价值澄清方法在西方各国传播很快，应用较广，对西方现代道德教育影响较大。之所以如此，是因为这一方法重视现实生活，不像其他道德教育流派一开始就以一种哲学理论为依托，而是针对西方无所适从的道德教育实际提出来的，具有可操作性和实效性。但这一方法论的局限也是明显的：一是把相对主义价值观作为方法体系的基础，把个体经验作为确定价值观的标准来衡量和评判自身的社会行为，否定社会的客观价值标准，这必然导致社会成员独行其事的后果。二是忽视道德教育内容的理解，不注重道德行为的培养和训练，易导致形式主义。

三、社会学习理论

社会学习理论的德育思想主要体现在 1963 年班杜拉（A. Bandura）和沃尔特斯（R. Walters）合著的《社会学习和人格发展》以及班杜拉的《社会学习理论》等著作中。班杜拉认为，所谓社会学习理论是探讨个人的认知、行为与环境因素三者及其交互作用对人类行为的影响。按照班杜拉的观点，以往的学习理论家一般都忽视了社会变量对人类行为的制约作用。他们通常是用物理的方法

表 8-1　价值澄清过程的基本模式①

早期价值澄清的分类（1966 年）	凯钦鲍姆的修正（1976 年）
Ⅰ. 选择 ①自由地选择 ②从各种可能的选择中选择 ③对每一种选择的结果审慎地思考后进行选择	Ⅰ. 思维 ①在各种水平上思维 ②批评性思维 ③在更高水平上进行道德推理 ④发散性或创造性思维
Ⅱ. 珍视 ④珍视自己的选择并为这一选择感到愉快 ⑤非常乐意向别人公开自己的选择	Ⅱ. 情感 ①珍视、珍爱 ②自我感觉良好 ③意识到人们的情感
Ⅲ. 行动 ⑥根据选择采取行动 ⑦重复这种行动并形成某种生活方式	Ⅲ. 选择 ①从各种可能的选择中选择 ②考虑后果以后选择 ③自由设计 ④成就设计
	Ⅳ. 交流 ①清晰地传递信息的能力 ②同情—倾听，设身处地地为人着想 ③解决冲突
	Ⅴ. 行动 ①重复行动 ②一贯地行动 ③在我们行动的各个领域熟悉地行动

对动物进行实验，并以此来建构他们的理论体系，这对于研究生活于社会之中的人的行为来说，似乎不具有科学的说服力。由于人总是生活在一定的社会条件下，所以班杜拉主张要在自然的社会情境中而不是在实验室里研究人的行为。班杜拉指出，行为主义的刺激-反应理论无法解释人类的观察学习现象。因为刺激-反应理论不能解释为什么个体会表现出新的行为，以及为什么个体在观察榜样行为后，这种已获得的行为可能在数天、数周甚至数月之后才出现等现象，所以如果社会学习完全是建立在奖励和惩罚的基础上的话，那么大多数人都无法在社会化过程中生存下去(Bandura，1969)。为了证明自己的观点，班杜拉进行了一系列实验，并在科学的实验基础上建立起了他的社会学习理

---

① 戚万学. 冲突与整合——20世纪西方道德教育理论. 济南：山东教育出版社，1995：288-289.

论。其主要观点如下：

（1）强调观察学习在人的行为获得中的作用，认为人的多数行为是通过观察别人的行为和行为的结果而学得的。依靠观察学习可以迅速掌握大量的行为模式。

（2）重视榜样的作用。人的行为可以通过观察学习过程获得。但是获得什么样的行为以及行为的表现如何，则依赖于榜样的作用。榜样是否具有魅力、是否拥有奖赏、榜样行为的复杂程度、榜样行为的结果和榜样与观察者的人际关系都将影响观察者的行为表现。

（3）强调自我调节的作用。人的行为不仅受外界行为结果的影响，而且更重要的是受自我引发的行为结果的影响，即自我调节的影响。自我调节主要是通过设立目标、自我评价，从而引发动机功能来调节行为的。

（4）主张建立较高的自信心。一个人对自己应付各种情境能力的自信程度，在人的主观能动作用中起着重要作用。自信心将决定一个人是否愿意面临困难的情境，应付困难的程度以及个人面临困难情境的持久性。如果一个人对自己的能力有较高的预期，在面临困难时往往会勇往直前，愿意付出较大的努力，坚持较久的时间；如果一个人对自己的能力缺乏自信，往往会产生焦虑、不安和逃避行为。因此，改变人的回避行为，建立较高的自信心是十分必要的。

社会学习理论吸收了认知主义、行为主义、人本主义的思想，突破了传统行为主义学习理论的框架，把强化理论和信息加工观点有机地结合起来，既强调行为的操作过程，又重视行为获得过程中的内部活动，是对行为主义学习理论的重要发展，使解释人类行为的理论参照点又发生了一次重要的变革。社会学习理论在德育实践中有着重要意义，尤其是班杜拉的社会学习理论提出榜样具有替代性强化作用的观点，使人们对榜样在儿童品德教育中的重要性有了更进一步的认识。同时，班杜拉的观察学习理论对我们有效地传授知识、培养技能也有启发作用。班杜拉提出的心理、行为和环境诸因素间连续的交互作用的观点，能不能成为一种分析人的行为和心理的一元化理论框架，能不能用它来解释和预测人的行为，还有待进一步深入探讨。

四、体谅道德教育理论

20 世纪 60 至 70 年代，英国德育专家麦克费尔（P. McPhail）及其同事首创了旨在引导学生学会关心的、以道德情感教育为主的体谅德育模式（the consideration model）。体谅德育模式后来广泛流行于北美，是当代西方国家影响最深远的德育模式之一。

麦克费尔认为，关心人和体谅人的品性是道德的基础和核心。道德教育的重点在于提高学生的人际意识和社会意识，培养自我与他人相互关联的一种个人的一般风格。学校德育的根本目的就是促进学生成熟的社会判断力和行为的发展,成熟就是具有创造性的关心,并在关心中获得快乐。一个有道德的人就是能全面地考虑到别人的意见,觉察别人的感受而与人和谐相处,能时常从别人的角度去考虑。这不只是一种思维方式,还是一种道德风格,根植于整个人格之中。一言以蔽之,道德教育重在引导学生学会关心,学会体谅,并在关心人,体谅人中获得快乐。

麦克费尔注重道德的感染力和榜样的作用。他坚信行为和态度在心理上是"有感染力"的,品德是感染来的而非直接教会的。向榜样学习,是个体自然发展的基础;观察学习和社会模仿,是青少年获得关心人和体谅人的品质的重要方式。因此,榜样是教育的一种形式,甚至是教育的最高形式。他特别强调学校在引导学生关心、体谅人的人际意识中要注意两点:①营造相互关心、相互体谅的课堂气氛,使猜疑、敌意和忧虑在课堂生活中逐渐销声匿迹;②教师在关心人、体谅人上起道德表率作用。学生从教师所作所为中学到的东西多于从教师所教所说中学到的东西。

麦克费尔等人根据《英国学校道德教育课程方案》编写的德育课程《生命线》(Lifeline)丛书,注重发展学生的道德判断力,鼓励观察和理解言语信号中所表现的需要、兴趣和情感,提高学生估计和预测行为后果的能力;同时,关心如何把影响人们决定的事实、思想、技巧、经验汇集融合,达到一种整体性作用,使道德决定与最充分的知识相结合,使知识和理论发挥应有的指导力量。《生命线》丛书是体谅模式实践的核心,它分为 3 个部分:第一部分:《设身处地》,包括《敏感性》、《后果》、《观点》3 个单元,所有情境都是围绕人们在家庭、学校或邻里中发生的各种人际问题设计的。第二部分:《证明规则》,包括《规则与个体》、《你期望什么》、《你认为我是谁》、《为了谁的利益》、《我为什么该》五个单元,情境涉及比较复杂的群体利益冲突及权威问题。第三部分:《你会怎么办》,包括《生日》、《禁闭》、《逮捕》、《街景》、《悲剧》、《盖尔住院》6 本小册子,向学生展示以历史事实或者现实为基础的道德困境。这套独具特色的德育教材,在英国深受中学教师与学生的喜爱。该教材本来是为中学生准备的,但是,即便是其中最深的部分,许多五、六年级的学生也能读懂,因而在小学也颇受欢迎。

体谅道德教育理论重视道德情感,强调关心他人,将道德情感与道德判断相结合,同时,还十分注重应用实证研究和教育实验的方法研究道德教育,特别是在道德教育思想、观点的指导下,编写教材,分系列进行实验,具有重要的借鉴意义。

五、品格教育运动

自 20 世纪 80 年代起,品格教育运动在美国复兴并逐渐成为学校德育的主流。由于品格教育在内容上表现出一些折衷倾向,因此很难给出一个明确的定义。大多数研究所关注的是儿童在作出决定或采取行动时其价值观体系的发展，但在学校里进行教学和培养学生的这些价值观时却各有自己不同的方式，例如，有的接受儿童研究中心的儿童发展项目的观点，有的赞成公正的社区学校的观点，有人关注创造性地解决问题，有人关注课堂教学和课程的作用，有人强调道德推理的发展，有人强调减少学生的冒险行为，还有人强调整体人格的发展等。但是，根据品格教育协会的观点，这些不同的研究取向只有在研究设计中充分考虑到儿童发展的认知、情感和行为方面时，才有可能完成品格教育的目标。

品格教育学者强调以培养品格为特征的道德教育，认为品格的培养有利于各类社会问题尤其是青少年不良品格的转变。目前，品格教育的领导者们正试图对不同的研究进行区分，以确定什么是高质量的品格教育。品格教育协会的做法是从单纯地增加品格教育的研究活动转向系统地阐述和探讨高质量的品格教育研究的基本特点。为此，他们最近提出了"有效的品格教育的 11 条原则"，确立了一个每年确认卓越的品格教育的研究计划，并且提出了运用这 11 条原则来评价品格教育质量的级别，这可以大致反映品格教育的基本主张。这些原则包括：①品格教育把促进核心的道德价值观作为良好品格的基础；②必须对品格进行综合的界定，以便把思维、情感和行为都包括在内；③有效的品格教育要求采取一种有目的的综合的观点来促进学生在各阶段学校生活中形成核心价值观；④学校必须是一个充满关怀的社会群体；⑤要发展品格，学生必须有进行道德行动的机会；⑥有效的品格教育包括有意义的、充满挑战的学术课程，这种课程尊重所有的学习者，并且帮助他们获得成功；⑦品格教育应当努力发展学生本身的动机；⑧学校的员工必须成为一个学习的和道德的社会群体，其中所有的人都负有品格教育的责任，并且努力坚持同样的核心价值观，用这种价值观来指导对学生的教育；⑨品格教育要求员工和学生都发挥道德的领导作用；⑩学校必须召集家长和社区成员全面参与学校的品格教育建设；⑪对品格教育的评价应包括评价学校的品格，作为品格教育者的学校员工的作用，以及学生表现出良好品格的程度。①

品格教育作为在美国新兴的运动，也引起了我国德育工作者的关注。当前在美国道德教育界品格教育运动开始兴起，这一运动不仅得到了美国总统和国会的大力支持和倡导，而且也得到了广大学校、宗教团体和市民的拥护和响应。美国品格教育思想看似简单，但却更加人性化，更贴近生活，更容易让学生接受。品格教育是一种教育理念，教人做人，与理想道德教育、弘扬民族精神教育等融通，是诸育的融汇点。品格教育十分重视让学生通过生活体验和实践训练

① Thomas Lickoka. Eleven Principles of Effective Education. Journal of moral education,1996,25(1):93-109.

来发展品格。品格教育的倡导者认为,劝导和讲述并不能有效地改变学生的品格或行为,只有通过实践练习才能形成和锻炼学生的品格,提高学生掌握解决实际问题的技能。这些对我国学校德育的改革有很大的借鉴意义。

复习与思考

1. 什么是德育?结合当前实际谈谈中小学加强德育的重要性。

2. 德育的功能是什么?你对德育的功能是如何理解的?

3. 什么是德育过程?德育过程的特点和矛盾有哪些?

4. 德育过程有哪些规律?根据这些规律,应当怎样对学生进行德育?

5. 什么是德育原则?德育的基本原则有哪些?

6. 什么是德育方法?举例说明,在教育实践中如何运用几种常见的德育方法。

7. 观察一所学校的德育工作,考察其德育是如何实施的。

8. 谈一谈道德对于人生和社会的意义,以及德育对社会发展的功能。

9. 结合实际,谈一谈教育者如何才能有效地组织德育过程。

10. 谈谈你对学习西方德育思想与流派后的感受和从中所获得的启示。

推荐阅读书目

[1] 詹万生. 德育新论. 北京:首都师范大学出版社,1996.

[2] 扈中平. 现代教育学. 北京:高等教育出版社,2005.

[3] 储培君等. 德育论. 厦门:福建教育出版社,1997.

[4] 檀传宝. 学校道德教育原理. 北京:教育科学出版社,2000.

[5] 班华. 现代德育论. 合肥:安徽人民出版社,2001.

[6] 鲁洁,王逢贤. 德育新论. 南京:江苏教育出版社,2002.

[7] 高德胜. 生活德育论. 北京:人民出版社,2005.

[8] 魏贤超. 现代德育原理. 杭州:浙江大学出版社,1993.

[9] 戚万学,杜时忠. 现代德育论. 济南:山东教育出版社,1997.

[10] 胡守棻. 德育原理. 北京:北京师范大学出版社,1989.

[11] 黄向阳. 德育原理. 上海:华东师范大学出版社,2000.

[12] 瞿葆奎. 教育学文集·德育. 北京:人民教育出版社,1989.

[13] 朱小蔓. 道德教育论丛(第一卷). 南京:南京师范大学出版社,2000.

[14] 冯增俊. 当代西方道德教育. 广州:广东教育出版社,1993.

[15] 王道俊,王汉澜. 教育学. 新编本. 北京:人民教育出版社,1989.

第九章 教师的教育研究

长久以来,教师被定位于"教书匠"的角色,履行着教学实践的职能,简单照搬与被动执行教育理论家们的各种理论。教师与教育理论研究者在各自的领域各司其事。然而,随着社会的发展与教育理论的发展,教育研究所形成的理论对教育实践的影响越来越不能满足人们对它的期望。很明显,单靠专业教育研究者已经不能完成历史赋予它的使命和责任,教师成为研究者已成为一种必然。

第一节 教师成为研究者

自 20 世纪 80 年代以来,教师成为研究者(teacher as researcher)已经成为一个新的口号,在欧美教育界广为流传,它作为教师专业化发展的同义语已经成为一个蓬勃的研究领域和新的焦点。

一、教师成为研究者的必要性与可能性

(一)教师成为研究者的必要性

1. 知识经济时代的迫切要求

自 20 世纪下半叶以来,人们的社会生活和生产方式随着科学技术特别是信息技术的迅速发展而产生巨大的变化,进入了一个以知识为基础的新知识经济时代。知识经济时代的依赖于知识的不断创新的特点,把人类的社会生存、经济生活从对自然资源的依赖转向了对人类自身素质的依赖。由此,以培养和发展人为直接目标的教育成为社会关注的焦点。教育面临着深刻的历史性的变革,体现在教师身上,就是社会对教师的要求发生改变。教师不能再仅仅是传递知识,而且要全面培养和发展学生的素质,尤其是他们的创新意识与能力。教师要满足社会的新要求必须转变原先"教书匠"角色,学会反思,探索自身的教育实践,逐渐向学者型、专家型教师发展。

2.教学理性提升的呼唤

在现实的学校教学中,存在一个较大的问题就是教师不动脑筋地遵循教学理论,缺乏分析,因而仅凭经验简单重复地进行教学。他们所依赖的是对那些通常没有清楚描述的东西的理解。然而,在教学实践中,教学主体不能够自觉反思的意识和行为,以及不能够自觉思考并调控自己主体性将严重影响教学效果。诚如西尔伯曼所说:"我们必须找到激励学校教师……去思考他们正在做和他们为什么做"的办法。在这种情况下,让教师成为研究者,让他们对自己所从事的教学实践活动及其依赖的背景进行反思性的研究,正是教学理性提升的呼唤,将教师从操作性的活动者转变为反思性活动者的重要举措。

3.教师专业化发展的重要要求

教师专业化问题一直是各国学者关心和研究的一个焦点问题,这是因为,长期以来,教师职业是否称得上一门专业一再受到怀疑。律师、医生、工程师都"具有一种被人尊重且值得受尊重的学问",他们"代表着一门科学和一门技术"。而广大的中小学教师,无论是从技术和科学的创造性上来说,都不是一个专家,而只是一个知识的传递者,这是任何人都能做到的事。为此,拿专业的各项标准来度量教师职业,则其很难称得上是一门专业。更为糟糕的是,在教育内部,从事实践的教师也总是处于无权的地位,他们只是被动地听从管理人员、课程论专家、教科书编纂者的指导,而他们自己的意见则无足轻重。鉴于此,英国课程专家斯腾豪斯(L. Stenhouse)认为,教师专业拓展的关键在于专业自主发展的能力得到提高。而教师参与教育研究是提高教师专业自主发展能力的一条重要途径。仅仅依靠改善待遇与住房等手段来提高教师的地位与声誉是远远不够的,教师还需要自己行动起来,树立研究意识与态度,积极参与到教育科学研究中去。只有这样,才能改变教师自己的职业形象,使教师职业真正够得上是一门专业。

4.教育研究的发展迫切要求

教育活动是动态的,其价值、意义、方式是生成性的,"本质先定,一切既成"的思维方式已不再适用于不断更新的教育活动。在教育研究中,真理不是一成不变的、现成的拿来可以享用的东西,不是仅用静态、客观的描述就可以把握的东西,而需要研究者的主动参与,全身心地"体验",对教育活动的意义、运作方式等不断地"解读"、选择与创造。从参与者的角度进行研究,更能准确地描述教育教学的动态过程,揭示教育活动的意义、方式、内在关联。传统的教育研究把教师视为理论审视的对象或接受和应用理论产品用户的做法越来越不适应教育实践的发展。教师作为教育过程的当事人,有着旁观者无法取代的优势。

(二)教师成为研究者的可能性

无法否认中小学教师从事教学研究确有一些困难:中小学教师进行研究的

时间就有限,因为他们大量的时间要用于备课、上课、批改作业、组织课外活动、管理学生等等;另外,中小学教师从事教学研究时还可能遇到不同程度地缺乏研究经费、学校领导不鼓励或不支持教学改革研究等等,这些问题确实可能使部分中小学教师从事教学研究面临一些困难。中小学教师从事教学研究虽然有自己的不足,但也有其独特的优势,有成为研究者的可能。

1. 在教学中研究,为教师成为研究者提供了可能

从表面上看,中小学教师教学任务繁重,教学中需要投入大量的时间,繁重的教学负担几乎使教师没有空余的时间进行研究。实质上,这种认为"研究将挤占教学时间"的观点源自一种错误的假设。其实,教师所进行的研究是一种特定的"教学研究",是对教师自己的教学进行思考和探究,这种研究的目的不是为教学增加另外的负担,而是力图使教学以更有效的方式展开,使教师在有限的时间内引导学生获得更好的发展。因此,尽管在研究之初,教师可能费时费力,但一旦进入研究的正常状态,熟练掌握了适合自己的研究方法,那么教师的教学就演变成为"研究式的教学",也就是"在教学中研究,在研究中教学"。

教师的教学研究就存在于教学活动之中,而不是在另外的时间和空间做另外的事情。教师的教学实践为研究提供具体的观察情境,离开了这种观察情境就失去了研究的条件。而当教师从自己的研究中找到了有效的教学策略和教学管理策略时,就有可能熟练地解决种种"教学困惑"、减少无效的重复劳动,在不一定增加工作时间的前提下提高教学效率。教学研究是提高教师教学能力和业务素质的根本途径,而教师能力上去了,素质提高了,教学就会得心应手。教师驾轻就熟,高屋建瓴,指点有方,学生学起来就会轻松愉快,生动活泼。这样的教学就会达到事半功倍的效果。

2. 最佳的研究位置,丰富的研究机会,为教师成为研究者提供了可能

教育科研是一种独特的认识和改造世界的活动,其结果往往以理论的形式出现。然而科学理论的建构并不是教育科研的最终目的,它的最终目的是用科学的理论来指导实践,促进实践。由此,研究实践便成了教育科研不可或缺的一个重要环节。而教师,作为教育实践的直接参与者,对实践往往有着比较深切的感受,这相对于实际情境的了解非常肤浅的外来研究者而言,其提出的研究建议往往更能切入问题的关键。从这个意义上说,教师处在了一个极其有利的研究位置上。教师不仅处于有利的研究位置,而且还拥有丰富的研究机会。教师最主要的活动场所是教室,教师可以通过一个科学研究过程来系统地解决课堂中遇到的问题,这使教师拥有了研究的机会,因为任何外来研究者都会改变课堂的自然状态,如果想达到观察目的,又不改变原有的状态,就只有依靠教师。由此,无论从何种角度来理解教育研究,都不得不承认教师充满了丰富的研究机会。

二、教师成为研究者的意义

教师成为研究者之所以成为一种趋势，被世人所关注，在于它具有重要的价值。

(一)转变教师的职业形象

长期以来，从事实践的教师和进行理论研究的研究者是两种不同的形象，理论研究者与实践者形象的区别导致高度层级化的教育体系，在这样的体系中，教师总是处于无权的地位。教师只是被动地听从管理人员、课程论专家、教科书编纂者的指导，而他们自己的意见则无足轻重，他们的形象毫无专业意义。不少学者认为采取研究的态度能够从一个否认个人尊严和迷信外部权威的制度中，把教师和学生解放出来。仅仅依靠改善待遇与住房等手段来提高教师的地位与声誉是远远不够的，还需要教师自己行动起来，树立科研的意识与态度，积极参与到教育科学研究中来，才能改变职业形象，使教师职业成为令人尊敬与羡慕的职业。

(二)实现教育改革，推进素质教育

任何一个国家的教育改革，都包括许多方面，如教育体制的改革、课程的改革、观念的转变。所有这些改革，最终都要落实在教师身上，因此，教师是教育改革的关键性因素。要想使教育改革得以实施，就必须提高教师素质，促进教师专业化发展，使教师成为研究者。

教师成为研究者，意味着教师不再是一个旁观者，等待别的专家、学者去研究与制定一套改革的方案与方法，而是教师自己在实践中进行研究。教师是教育改革的动力与主体，不是教育改革的对象和别人成果的消费者。如果不把教师放在这样一种地位上，任何教育教学改革最终都只能流于空谈。

(三)建设一门既是科学的又是生动的教育学科

教师工作在教学第一线，他们的研究与问题都是与他们自己的教学有关，教师可以获得第一手的鲜活的资料，教师的观察、文档和实验可以作为形成和检验更为基础的教育理论所需要的材料。教育理论的发展离不开对教育实践的研究，从这种意义上说，教师研究可以丰富、充实教育学的内容，从而逐步使之成为既科学又生动的一门学科。

三、教师的研究对象

教师可以成为研究者，而且应该成为研究者。但值得注意的是，教师所从事的教育研究与教育理论工作者从事的教育研究之间存在一定的差异。在现实中，随着"教师即研究者"理念的深入人心，教师做研究已非少见，但由于存在对教师研究的一些认识误区，也导致了教师研究的一些实践误区，许多学校提

出"科研兴校",甚至某些学校出现了"人人皆有课题"的现象,还有的教师"为了课题而课题",存在"课题多,转化少"的现象。

(一)当前教师研究的误区

(1)求新求异。某些教师在选择研究课题时,盲目追求新和异,对时下流行的理念、概念"趋之若鹜",热衷于赶时髦,而对别人已做过的研究则弃之一边,唯恐和别人重复,无法体现自身的特殊性。

(2)课题多,转化少。在某些地区科研已成为评价学校发展的一个指标,出现了"科研示范校、合格校"的评比。此种背景下,一些学校教师的课题层出不穷,往往是前一批课题草草结题,为后一批课题的申报腾出"空间"。由此出现了一种现象,即学校的课题并不少见,但课题研究对学校、教师和学生的发展的影响并不大,这无疑浪费了人力、物力和财力,也带来另一个后果,教师将课题看作是教学任务之外的"额外"负担,不愿花费精力去做研究,或者是敷衍应付。

(3)课题大而空。有些教师的选题动辄区域性变革、学校整体性变革,超出了自己的驾驭能力,结果出现"大题小做"的现象,研究论证根本无法体现选题。还有些教师的研究是对理论的演绎,关注的是在实践中如何运用教育理论,而甚少关注自己教育实践中出现的问题。

此外,教师研究的误区还有论文情结(将论文发表当作课题表达的唯一成果,而不注重教育日志等其他成果表达方式)、穿凿附会(向专业研究者看齐,引用大量理论文献)[1],等等。

(二)教师研究对象的应然指向

一线教师到底应该研究什么? 对他们而言,到底什么样的研究是切实可行而又有价值的呢? "教师的教育研究适宜以实践理论为指导决定了教师教育研究的对象不应是从理论出发确定的研究主题。"[2]因此,对于教师来说,教师的研究对象应该立足于学校、教学(包括自己的和他人的),从实际的问题出发,当然也包括在实践中质疑和验证理论,达到在专业上自主的自我发展。从根本上来说,教师的教育研究的主要目的是为了改进教育教学实践而非为了丰富或发展教育理论。

教师研究对象应该指向三个方面:一是解决学校实际问题。对教师来说,研究问题可能来自专家,来自于理论论著,来自于其他学校,并非说这样的研究没有价值,但从"投入产出"角度来说,这种研究并非是最佳的,这是因为这种研究没有与教师日常工作生活紧密结合在一起,难以引发教师研究的冲动,所以也难以产生持续性的研究行动。教师的研究应该把解决实际问题作为一切科

---

[1]　郑金洲. 教师如何做研究. 上海:华东师范大学出版社,2005:3-4.

[2]　李小波. 论教师的教育研究. 上海:华东师范大学,2006 年博士学位论文电子版

研活动的根本出发点和归宿,避免出现没有针对性的科研。二是提升教师教育教学水平。教师的研究要立足于自己的实践,从实践中发现问题,通过研究不断提升自己的教育教学水平,促进自身的专业发展。三是促进学校的持续发展。教师是学校的一员,教师的教育研究应该有助于促进学校的持续发展。从这一点来说,教师有价值的研究应该在学校层面推广,提高课题成果的利用率,切实通过课题研究促进学校的发展。

(三)教师研究问题的确定

专业研究者的研究更多属于一种理论研究(包括理论思辨以及以实践为基础的理论反思等),中小学教师的教育研究应该主要围绕自己实际工作中存在的问题展开,其问题的来源主要有以下几个方面①:

1. 从教育教学的疑难中寻找问题

教师在实际的教育教学中会感受到各种各样的疑难或困境。这些疑难或困境至少有以下几种类型:一是教师的设想、计划与实际效果直接的差距。以新课程为例,新课程提出了许多新的理念,但在实施过程中仍存在着理论与实际之间的落差。例如,新课程要求教育教学过程中突出学生的体验,引导学生在参与中体验,在互动中生成,教师以此为基点,通过一系列新的教学设计,试图达到引发学生兴趣,唤起学生学习热情的目的,但实施下来效果并不明显,并且学习成绩会受到一定影响。二是教育教学情境中教师与学生、学生与学生等目标之间或价值取向之间的冲突与对立。例如,教师从"培养学生的创新精神"这一指导思想出发,在教学中常常布置一些具有挑战性的课堂或家庭作业,但这种做法却造成了一些学生跟不上功课,经常伴随着一种失败感,从而导致学生厌学的情绪。三是教育教学中的"两难"情境。"两难"情境在教育教学中普遍存在,如单个学生的发展与学生集体之间的矛盾;关注学生的兴趣与强调规范性、一致性要求之间的矛盾,等等。四是不同的人或群体对待同一教育教学行为的不同看法。例如,有些教师在课堂教学中不断作出新的尝试,以改变先前课堂上灌输、传递的情形,但周围同事或学生家长却并不认同,觉得他是在出风头,会影响学生的学习成绩。

2. 从具体的教育教学场景中捕捉问题

教育现场是教师日常生活的教育场景,也是教育问题的原发地,是问题产生的真实土壤,进入教育现场的教师对教育现场所作的任何真切而深入的分析,都可能滋生大量的待研究的问题。真实的教育实践场景既是教师研究得以进行的主要依托,同时又是发现问题的重要所在。教育实践场景中蕴含着大量的问题,但同时这些问题又是稍纵即逝的,需要教师具备丰富的临场智慧,对问

---

① 郑金洲. 教师如何做研究. 上海:华东师范大学出版社,2005:45-56.

题持有高度的敏感性,瞬间捕捉这些问题,甚至在貌似没有问题的地方发现问题,因而对教师的要求也是比较高的,需要教师在平常的教学中多积累相关的经验,多进行教学反思,形成对教育教学的独立见解和认识。

3. 从阅读交流中发现问题

教师的教育研究对象主要是日常的教育实践(包括自己的和他人的),因而从根本上说,教师的教育研究属于行动研究,但这也并不意味着教师可以完全放弃对理论资料的占有,可以在"无阅读"的状态下做任何研究。占有一定数量的研究成果,研读、学习相关的理论论著,对一个教师来说是很有必要的。教师在阅读这些理论成果时,要注意结合自己的工作实际进行有针对性的思考,要注意把理论的论述转化为对自己工作中相关问题的解读与说明,要注意将自身已有的经验与阅读材料中的分析相联系。

4. 从学校或学科发展中确定问题

教师个人的发展是与学校的发展密切相关的,个人的专业提升与学校的整体变革也常常是结为一体的。在学校或学科的发展中存在着许多问题需要教师去研究解决,同时学校或学科问题的解决又能为教师的发展提供一个更好的环境。因此,教师既是学校或学科发展中问题的解决主体,又是学校或学科发展的受益者。

当然,教师的教育研究问题的来源还有许多,但不管教师的教育研究问题来自何处,教师都要考虑研究问题的可行性,包括客观条件,如花费的时间、财力,以及主观条件,如个人的能力是否胜任。教师在选择教育研究问题时应该从自身的实际条件出发,综合考虑择优选择。

第二节　教师进行教育研究的程序

科学哲学认为,不论采取怎样的研究模式,教师进行教育研究的一般过程都包含选定研究课题、制定研究方案、实施研究计划、表述研究成果、成果的应用与反馈这几个环节。

一、选定研究课题

课题选择即选题。选题一般要做好以下几个方面的工作:

1. 确定研究范围

确定研究什么? 一般说来,应根据自己已有的知识基础、写作能力和积累的资料或实际工作经验,选择有价值而又力所能及的课题。尤其初学写论文,应当从一些有价值的小课题入手。切不可眼高手低,选择那些"老、大、难"或不切合自己实际的课题。

2. 提出问题

确定了研究范围，只是确定了研究方向，还需要围绕范围提出问题。提出问题的前提是要了解研究领域的动态，因此要查文献资料以便提出新问题。

3. 选定合适课题

范围定了，提了很多问题，从中选择适合自己研究的问题，可从三个角度考虑：

（1）问题是否适合作研究课题（标准：①是否属于教育科学领域的问题；②是否具普遍意义；③有没有明确的范围、任务；④问题能否通过研究得以解决）。

（2）问题是否有价值（需要考虑两个方面：一是问题的需要性，应选在教育实践中迫切需要解决或在理论上有较大意义的课题；二是问题的新颖性，新的问题或同一问题新的角度，即要有一定的创新性）。

（3）问题是否可行：应考虑完成课题研究的主客观条件（这些条件主要包括：①研究能力；②时间保证；③文献资料的收集情况；④必要的资金保证；⑤领导的重视与支持度等）。

总之，中小学教师进行科研选题的总原则为小、新、实、深。"小"就是说选的课题是自己力所能及的，也就是自己的日常工作；"新"就是要有新意；"实"指实在、实用、可行，能在日常工作中研究，又能提高工作效率；"深"指要有一定的深度，也就是说有一定的价值。

二、制定研究方案

1. 制定课题研究方案的总要求

（1）认真细致：要认真细致地查阅资料，认真细致地进行思考，认真细致地讨论修改。如果是马马虎虎，敷衍了事，对课题研究将毫无帮助。

（2）明确具体：方案越明确具体，对课题研究的作用越大。无论研究课题是大还是小，研究方案中的项目都是必要的。方案中不应该有套话、废话，不应该有不必要的修饰词。

（3）科学性：研究方案的制定一定要讲究科学性。要符合教育研究方法的要求，要在掌握一定理论和事实材料的基础上进行。研究方案的制定又要切实可行，充分考虑自己的研究能力和研究条件。如果制定出的研究方案看似水平很高，但实际上不能实施，这个方案也是无用的。

2. 教育科研的方案基本内容

（1）了解课题研究的现状：国内外对该课题研究的进展情况、研究水平及发展趋势和存在的主要问题，有关专家对相同或相关课题的不同观点及研究现状等。

(2)确定实验假说:那些凭经验作出的判断在被实验和逻辑证明之前,就叫做假说。实验,就是检验假说是否成立,一个科学假说是以某种理论或科学知识为基础的。研究者应根据假说的要求,有计划地设计和进行一系列观察、实验直至最终检验预想的假说。

(3)明确研究的具体内容:说明该课题所研究的具体问题,预期达到什么目标,突破什么问题。在较大型研究中,还须列出子课题。

(4)选用合适的研究方法:围绕课题需要或阶段研究需要,采取具体方法进行研究。研究方法不论是调查法、观察法、案例法、比较法、文献法,还是行动研究法,都应加以说明。

(5)制定具体实施计划:要作出课题研究的时间与进度安排,将研究的具体内容划分为几个阶段,分步设计。

(6)预设研究成果及表现形式:研究取得成果后,计划用什么方式将成果反映出来,是报告、学术论文还是专著,也应具体说明。

三、实施研究计划

课题实施阶段是进行具体操作,实现研究计划的阶段,目的是为了取得被研究者的有关事实材料和数据以便为揭示教育现象的因果联系、发现教育的客观规律提供可靠依据。作为一种具体操作行动,其活动对象涉及研究设计者、研究执行者、研究对象等各方面,因此实施研究可看作是课题研究者(包括研究执行者)与被研究者的一种共同的活动。而要实现这一目的,就必须遵循一定的科学研究方法。因此,实施研究有三个必要的要素:①必须有明确的研究对象;②必须有缜密的研究计划;③必须有科学的研究方法。

此外,对进行教育实验研究的课题研究过程中的控制工作也十分重要,一要严格控制各种无关因子对实验的影响;二要严格控制实验的程序,循序渐进。按照实验的目标,依据科学实用的研究方法,在教育科研实践中,根据研究中不断发现的新问题、新情况,不断地修改、补充、完善实验方案,为完成实验目标,不断地采用相关实验措施,运用科学的、有针对性的实验方法,得出符合实际的科学结论。

四、表述研究成果

所谓教育科研成果,是通过科学的研究方法,利用已知的知识,经过加工而产生的具有一定学术价值、社会价值和经济效益的并经同行专家认定的增值知识。

(一)教育科研成果表述的形式

(1)学术理论类:这类论文是以深刻的理论分析和严密的逻辑论证来说明

问题的。要求论点鲜明,论据确凿,论述严密,清楚地展示理论观点、体系的形成过程和逻辑思路,是科研论文中较高层次的一类。

(2)研究报告类:研究报告式论文要求对研究的对象、采用的研究方法、研究的全过程以及研究结果的分析,都有比较详细的叙述。它以第一手材料为基础。事实材料是报告的主要内容。报告须详细说明研究方法、研究过程和研究者是以什么样的设计思路、针对什么样的研究对象、使用什么研究材料、采用哪种具体的方法和操作步骤对报告中所陈述的事实进行研究的。一般分为:①调查报告;②实验报告;③文献研究报告。

(3)其他类型:主要指经验总结式论文、个案分析式论文和模式构建式论文。

(二)撰写教育科研论文的一般步骤

(1)整理分析现有资料:把大量从教育教学和教育实验中得来的原始材料进行审查和梳理,分析现有材料,理清思路。

(2)立意:根据现有的材料和具体的研究现状,确定欲撰写的报告的主题和中心,确定文体。

(3)拟订写作提纲:编写提纲是写作前的逻辑思维过程。拟订一个较为详细的提纲是写好论文的前提和必要条件。

(4)形成初稿:在准备好充分的材料、巧妙的构思和拟定完整提纲基础上,就可以按教育论文的格式规定与写作要求完成初稿撰写工作了。

(5)修改定稿:文不厌改,只有不断修改,才能写出好文章。内容包括修正观点、核实材料、梳理结构、推敲语言和修改附注等。

五、成果的应用与反馈

中小学教师进行教育科研,就是要解决教改中存在的实际问题。因此,实验得出结论后,便会马上应用到教育教学中去,并在实践中验证结果的科学性和适用性,提出新问题,进行下一轮行动研究。

(一)科研成果推广与应用的基本形式

(1)通过参加省内或国内的各种学术会议,及时介绍成果的基本内容及实用性,让周围人认可,让同事或同行成为成果的宣传者。

(2)借助上级教研、科研和教育行政等部门推广。

(3)借助出版社和学术刊物的宣传阵地公开发表、出版学术成果,在更大的范围内扩大影响,推广自己的科研成果。

(二)科研成果的反馈与修正

任何一项研究成果,在一定时间和空间条件下都是阶段性的研究成果,都有发展修正和丰富完善的空间。中小学教育科研成果因为受着教育教学改革不断深入发展的影响,其动态性和发展性更为显著。因此,及时反馈科研成果的应用情况,并对成果进行修正、补充和进一步丰富完善,是教育科学研究的延伸和再深入,其现实意义和应用价值不言而喻。

反馈和修正的形式主要有两种:一种是实验成果的研究者自己在教育教学实践中不断地验证、反馈成果信息,达到不断补充、丰富、完善科研成果的目的。另一种是通过对他人应用情况的反馈,了解成果的使用情况,根据他人的意见及时进行修正和完善。

第三节　教师进行教育研究的方法

教师要进行教育科学研究,就要运用正确的、科学的现代教育科学研究方法,对教育现象和教育实践中的事实加以考虑、探索、收集、整理、分析、概括,从而透过教育现象揭示教育的本质和客观规律。教育现象和教育实践中的事实是极其复杂的,因而研究的途径、方法、手段等也是多种多样的。在教育研究中,教师一般常用到的方法有观察法、文献研究法、调查访问法与问卷法、教育实验法、案例分析法、行动研究、叙事研究等研究方法。不过对某一教育现象或教育实践中的事实作研究,采用单一的方法或手段往往不可行,而需要多种方法的综合应用。

一、观察法

观察法是教育科学研究最基本、最普遍的方法,是教育科学研究搜集资料的基本途径,是其他研究方法的基础。观察法在教育研究中有着重要的作用,它是发现问题、提出问题的前提,是产生理论假设的手段。

观察法是在自然条件下,有目的、有计划地观察客观对象,收集、分析事物感性资料的一种方法。观察研究要注意在自然的环境中进行,并要求不施加任何压力,使观察始终保持客观公正。

观察的步骤有:①计划。制定观察计划,明确观察的目的、对象、范围,使观察能围绕计划进行。②过程。由于观察是在复杂的教学现象中进行的,要注意选择好自己的观察对象,将所观察到的有关事实数据及时记录,必要时采用现代设备,如录音机、摄像机、照相机等。③评价。获得第一手资料后,要及时加以整理、归纳和统计,并得出观察结果,进行研究,作出评价和提出建议。

二、文献研究法

文献研究法是指根据一定的研究目的或课题需要,通过查阅文献来获得相关资料,全面地、正确地了解所要研究的问题,找出事物的本质属性,从中发现问题的一种研究方法。文献是指记录知识的一切载体,包括图书、报刊、会议资料、各种文件、学位论文、科技报告、专利文献、磁盘、光盘及各种音像视听资料、缩微胶卷、胶片等。

文献研究法是课题研究中最常用的方法,几乎所有的课题,都要先进行文献研究。它可以帮助我们了解有关问题的历史和研究现状,从而为我们确定课题提供参考。现代社会是信息化社会,信息呈几何级数涌现,许多问题别人已经注意,可能有人已经研究过或者正在进行研究。如果我们确定的课题是别人已经研究或正在研究的,那么我们就是在做重复劳动,必然徒劳无功。在确定课题前,先就相关问题查阅大量资料,对该问题研究的历史、现状、前景有一个全面的了解,从中发现存在的问题或不足,进而确定自己的研究课题。

文献研究法的一般过程包括五个基本环节,分别是:提出课题或假设、研究设计、搜集文献、整理文献和进行文献综述。

文献研究法的提出课题或假设是指依据现有的理论、事实和需要,对有关文献进行分析整理或重新归类研究的构思。研究设计首先要建立研究目标,研究目标是指使用可操作的定义方式,将课题或假设的内容设计成具体的、可以操作的、可以重复的文献研究活动,它能解决专门的问题和具有一定的意义。搜集研究文献的渠道多种多样,文献的类别不同,其所需的搜集渠道也不尽相同。搜集教育科学研究文献的主要渠道有:图书馆,档案馆,博物馆,社会、科学、教育事业单位或机构,学术会议,个人交往和互联网络。文献的整理是文献法的重要环节和内容。文献整理的基本要求:一是不能以今天的观点甚至理想来美化或苛求历史性文献中的内容;二是不能随意剪裁史料来满足预先编制的结论或现成的结论。

文献综述是文献综合评述的简称,是指在全面搜集有关文献资料的基础上,经过归纳整理、分析鉴别,对一定时期内某个学科或专题的研究成果和进展进行系统、全面的叙述和评论。综述分为综合性的和专题性的两种形式。综合性的综述是针对某个学科或专业的,而专题性的综述则是针对某个研究问题或研究方法、手段的。文献综述的特征是依据对过去和现在研究成果的深入分析,指出目前的水平、动态、应当解决的问题和未来的发展方向,提出自己的观点、意见和建议,并依据有关理论、研究条件和实际需要等对各种研究成果进行评述,为当前的研究提供基础或条件。对于具体科研工作而言,一个成功的文献综述,能够以其严密的分析评价和有根据的趋势预测,为新课题的确立提供了强有力的支持和论证,在某种意义上,它起着总结过去、指导提出新课题和推动理论与实践新发展的作用。

三、调查访问法

调查访问法是访问者与被访问者通过面对面的接触、有目的的谈话,以寻求研究资料的方法。

访谈调查与日常交谈不同:第一,访谈比日常交谈更有目的性。日常交谈不一定有明确的目的,而访谈一定要有明确的目的。从目的的广度和范围上看,日常交谈的目的更加宽泛,而访谈调查的目的比较单一,即从访谈对象那里了解一定的情况和获得信息为目的。第二,交谈双方在关系上不同。日常交谈是一种比较平等的人际关系,而研究性的交谈,构成的是一种比较特殊的人际关系。研究者控制交谈的内容、方式以及信息的类型和容量,一般是研究者提出问题,被研究者回答。

调查访问的步骤与技术是决定调查访问所获得的资料是否有用,是否能回答所要解决的问题的一个重要方面。具体步骤如下:①根据目的设计访谈提纲(根据研究的目的,分析、设计出具体的访谈提纲)。②联系商洽访谈的时间和地点。③对访谈对象的材料搜集和特点分析。

访谈的开始阶段,主要是做这样几件事:打招呼问好;自我介绍;说明访谈的目的和话题;安排就座与做好设备方面(摄像机、录音机等)的准备工作。

提问是访谈中主要的活动,提什么样的问题,如何提问,决定了能够获得什么样的信息和访谈的质量。追问是指访谈者就受访者交谈中出现的某些概念、事实、观点、疑问等进一步进行询问,以达到深入了解的目的。

对结构型访谈,由于事先设计有封闭型问题和准确的记录方式,因此,只需根据受访者的回答,在问卷的相应位置做相应的标记即可。这种记录也主要是用来进行定量处理的。对于半结构型和无结构型访谈,则要求访谈者做较多的记录。这种记录可以采用两种形式:一是用笔记录,一是用录音机或者采访机记录声音。现场记录的内容可以分四个方面:内容性记录,即受访者所说的内容;观察性记录,即访谈者所看到的东西,包括场景、受访者的表情等;方法性记录,即访谈者所使用的方法;内省性记录,即访谈者的个人因素对访谈可能产生的影响,以及访谈过程中的个人感受和心得,它应该和客观的内容性记录区别开来,而不要混在一起。

访谈结束的技巧有:第一,注意提问的方式,比如"我想再问您最后一个问题,就是……","您还有什么要说的?"以此表示访谈将要结束。第二,直接说明访谈的结束,比如"今天我们就谈这些。"第三,结束中最重要的是表示感谢。第四,就后续的联系做好交代。

访问结果的整理与分析应首先注意资料是否按照原先的规定和要求搜集的,结构型调查项目有无遗漏;其次注意所搜集到的资料是否能说明问题,有无答非所问的现象,对于这一类资料,若不能补救,则应从事先整理的材料中剔除。剔除后是否会造成取样偏差,对数字资料,其数字的应用是否符合要求等等,都需要进行耐心细致的核实审查,然后再将无误的材料进行整理。

四、问卷法

问卷(Questionnaire)是指研究者将其所要研究的事项制成问题或表式,再以邮寄或其他方式送达有关的人们,请其照式填答并收回的一种形式。运用问卷作为搜集资料工具的研究方法,便是问卷法。

问卷是研究者用来搜集资料的一种技术,它的性质重在对个人意见、态度和兴趣的调查。问卷的目的,主要是在经由填答者填写问卷后,从而得知有关被测者对某项问题的态度、意见,然后比较、分析大多数人对该项问题的看法,以供研究者参考。在心理与教育方面,很多问题无法直接测量,只能通过问卷的方法进行间接测量。

问卷的类型有结构型问卷与无结构型问卷。其中无结构型问卷的结构较松懈或较少,并非真的完全没有结构。这种问卷回答属于开放式,没有固定的回答格式与要求。这种类型的问卷,多用在研究者对某些问题尚不清楚的探索性研究中。结构型问卷又称封闭式问卷,是对所有被测者应用一致的题目,对回答有一定结构限制的问卷类型。

问卷编制的一般步骤如下:①确定研究目的,提出研究假设。②了解研究问题的特质,即了解所欲研究问题的内容。③确定行为样本。行为样本指对代表研究问题特质的具体行为的取样。④了解施测对象的特征及选择被试样本。选择被试样本,要注意到样本的代表性。⑤选择并决定问卷形式。选择确定问卷的类型主要考虑以下因素:研究的目的,被测对象的特征,资料的统计、分析方法等。⑥拟订问题的题目并随时修改。编题时一般要求多编一些,这样在分析题目时,可以根据预测的结果和在征求专家意见时淘汰一部分,修改一部分。⑦)预试。预试可发现问题,如题目的次序、内容、长度、用语等各方面的缺陷;可实现对每个题目进行项目分析,发现其优劣,为筛选题目提供一些有用的资料。预试时的受测者样本要有代表性,人数同正式测验差不多。

问卷的整理基本原则:①挑出不合乎要求的问卷,这包括事实资料与态度资料填写不全,理解错误等问卷。②按所选统计方法的要求登录分数或次数。③对于无结构型问卷,则根据回答者的内容划分到不同的类别中去。④对于属于"事实"性的问卷,一般一个题目登记次数(是、否或其他类别)。⑤对于尺度式则登记分数,对于态度量表可登记总分。

对于问卷的解释,主要是看这些结果是否验证了某些假设,如果没有,可能还要提出一些新的假设或新的研究课题。不能简单地依据统计分析的结论而做出研究结论,需要一定的教育理论、心理学理论等为依据。

五、教育实验法

教育实验法是指在可控的教育情景中,依据一定的理论假设,有目的地改变一些教育因素,控制无关因素,观察记录另一些教育因素的变化,到了一定时间后,在统计分析的基础上,找到两类教育因素之间的内在联系,验证理论假设的方法。

无关变量是指自变量与因变量之外的一切变量。

教育实验的操作步骤包括定题、建立实验假说、实验设计、实验的实施、资料的统计处理、撰写实验报告。

定题就是提出实验课题。定题要遵循有价值、有创造性和可行性等原则。

建立实验假说。所谓假说就是实验者对自变量(实验变量,是指实验者操作的假定的原因变量)与因变量(反应变量,是自变量作用于实验对象后出现的教育结果)之间关系的推测与判断。假说是自己的教育经验、科学理论、他人经验综合加工的结果。实验假说具有三个特征:假说应当设想出实验变量与反应变量之间的关系;假说要用陈述句或条件句的形式明确地、毫不含糊地表述出来;假说应当是可以检验的。

实验设计是指实验者在实际着手验证假说之前制定的实验计划。它的目的在于更科学、更经济地验证假说。实验设计的问答主要有以下几个方面:实验变量的操作与控制,确保实验者依据实验要求操作不走样(自变量);反应变量的观测方法(因变量);测量手段;通过制表、绘图等进行比较分析;无关变量的控制措施(消除法、恒定法);实验对象的选择;实验的组织形式(单组或等组);实验数据处理方法的确定。

实验的实施就是实验工作者按照设计的实验方案,操作实验变量,控制无关变量,观察、记录、测量反应变量,搜集实验信息的过程,也就是将实验方案物质化、现实化的过程。实施设计(计划)必须做到以下两方面工作:一是实验进程的控制,保持实验过程按实验设计的要求、程序进行。二是经常地、有重点地、客观地搜集实验信息与资料,观测反应变量,为因果推论提供事实和依据。

资料的统计处理。对在实验过程中积累起来的资料,采用科学的统计方法进行统计分析。一般是先把反应结果的原始资料用列表、图示或计算该资料的平均数、标准差和相关数等,然后再用推断统计的方法来检验自变量与因变量之间的关系。

实验报告是反映一项实验的过程及结果并将其公布于世的文字材料,是教育科研成果的一种重要形式。写实验报告是教育实验的最后一环,应按照科学的程序和格式做好这一结尾工作。

中小学校教育实验报告的格式与内容如下：

标题：××实验报告

实验单位，作者姓名

一、背景与目的（问题的提出）：实验课题确定的过程；实验的假说；实验的目的及意义。

这部分与实验计划的内容基本相同，但是如果在实验的实施过程中，对实验计划中的这部分内容有所改变，那就要以改后的内容为准。

二、方法：被试的选择方法与组织形式；实验变量的操作方法及辅助措施；无关变量的控制方法；因变量的观测方法。

这部分内容一方面要根据实验计划的内容来写，另一方面更要以事实为根据，把实验变量的实际操作程序或特点全面、详细地写出来。如果实验变量没有操作程序，那就要把实验措施和有关的要求说清楚。如果除了主要变量外还有一些辅助措施，那么就要把这些措施全部说明白。

三、结果：实验中得到的原始数据的描述统计结果；根据描述统计结果，采用推断统计获得的结果。

实验报告的结果部分常常是一些表格和图像以及根据这些数据推断出来的统计结果。按要求，实验报告最好运用推断统计下结论，让数字说话，让事实说话，而不能仅仅把工作中的成绩作为实验成功的依据。结果部分所列的全部内容必须来自本实验，即不能任意修改、增删、也不要添加自己的主观见解。

四、讨论与结论：包括是否验证了假说？为什么？对实际教育教学有什么促进作用？有哪些意外的发现？有什么建议？

讨论与结论有时分开写，有时合在一起写，现在多数报告都合在一起写，一边讨论，一边下结论，还有的结果和讨论放在一起，把结果单列出来，有时甚至把结果、讨论、结论三部分合在一起写。"结论"部分在保证写清所要求的四部分内容外，特别注意要简短，不要长篇大论，一定要以本实验的结果和分析为依据，不能夸大或缩小，要确切地、客观地反映出整个实验的收获。

五、附录：实验报告的结果往往是很多表格、图像，一般在实验报告里写不全，所以经常以附录的形式，把必要的材料附在报告的后面。

六、案例分析法

案例分析法就是把教育教学过程中发生的这样或那样的事件用案例的形式表现出来，并对此进行分析、研究、探讨的一系列思维加工过程。

　　不管教龄长短,广大的中小学教师在教育教学生涯中肯定遇到过"这样或那样的教育事件",比如,学生认为老师处理事情不公而与老师关系紧张;学校要进行某项改革而教师难以接受;教师想进行某项教学革新而学校不予支持;教师所持的观念与新课程理念产生冲突;新教师面对众多的课堂教学问题不知道如何选择有效的教学策略等等。案例分析法就是把诸如此类的事件经过一定的思维加工后以案例的形式体现出来,成为大家共同探讨研究的对象。把这些事件编写成一个个个性化的案例,供大家分享讨论,实际上也是教师重新认识这些教育事件、整理自己的思维、更新自己的教育教学理念的过程。

　　案例分析法首先需要进入一种情境,强调根据特定的时空情境解释某一事件,而不是抽象地考虑问题、得出结论。这里的情境有两层意思:一是在自然状态下发生的,而不是像实验研究那样通过人为控制产生的;二是真实发生的而不是想象或虚构的。案例分析在讲究情境性的同时,还非常注重过程性,也就是不能孤立、静态地看问题,还应该对情境变化进行跟踪,了解其变化的状态和趋势,把握其变化的整个过程。

　　案例提供的是真实事件,同样的事件在不同的背景下可以做不同的分析,在相同的背景下因为研究者的视角不同也有可能作出不同甚至相反的解释,因此不管是什么样的案例,都存在着从各个侧面进行分析、研究和解释的可能性,也就是说对案例的分析、研究和解释可以是多元的。但在多数情况下,案例提供的通常只是教育教学过程中的某一片段、某一侧面、某一点,研究者如果没有在案例所展示的真实情境中亲身体验、感受、感悟,没有完整、准确把握事件发生的特定的背景和过程,没有充分了解案例中有关人物的内心世界,往往就不可能把事情发生、发展过程中的所有变量都揭示出来,在这种情况下,任何对案例的认识和解读虽然也有精彩之处,但总是不完整的。

七、行动研究法

　　行动研究是指教师在教育教学实践中基于实际问题解决的需要,与专家合作,将问题发展成研究主题进行系统的研究,以解决问题为目的的一种研究方法。

　　行动研究法是将纯粹的教育科研实验与准教育科研实验结合起来,将教育科研的人文学科的特点与自然科学实验的特点结合起来,用教育科学的理论、方法、技术去审视、指导教育教学实践,将教育教学经验上升到理论的高度,但依托的是自身的教育教学实践。

　　行动研究法是一种适应小范围内教育改革的探索性的研究方法,其目的不在于建立理论、归纳规律,而是针对教育活动和教育实践中的问题,在行动研究中不断地探索、改进和解决教育实际问题。行动研究将改革行动与研究工作相结合,与教育实践的具体改革行动紧密相连。

行动研究的适用范围主要是适用于教育实际问题而不是理论问题的研究,单个教师的行动研究的特点是规模小,研究问题范围窄,具体而易于实施,但力量单薄,很难从事深入的、细致的、说服力强的研究。协作性行动研究的特点是可以发挥多个教师的集体智慧和力量,但可能在理论的指导方面较欠缺。

学校范围内的联合行动研究是专业研究人员、教师、政府部门、学校行政领导等组成的较为成熟的研究队伍从事研究。这是较为理想的行动研究,它的特点是有专业人员参与,有较强的理论指导,研究力量大,能充分发挥领导、教师、研究人员的作用。

行动研究法产生以来,人们除了公认行动研究法是一种扩展的螺旋式结构外,对于实施的具体步骤提出了各自不同的看法,现在介绍以下两种行动研究的模式:

1.四环节模式:即计划—行动—考察—反思,四个循环阶段

计划应以所发现的大量事实和调查研究为前提。它始于解决问题的需要和设想,设想是行动研究者(行动者和研究者)对问题的认识,以及他们掌握的有助于解决问题的知识、理论、方法、技术和各种条件的综合;设想还包含了行动研究的计划。"计划"包括总体计划和每一个具体行动步骤的设计方案,特别重视计划中的第一、二步行动。

实施行动计划。行动计划的执行和实施具有灵活性。随着研究者对问题认识的逐渐明确,以及行动过程中各种信息及时的反馈,不断吸取参与者的评价和建议,对已制定的计划可在实施中修改和调整。行动是不断调整的。

考察的内容有以下几方面:一是行动背景因素以及影响行动的因素。二是行动过程,包括什么人以什么方式参与了计划实施,使用了什么材料,安排了什么活动,有无意外的变化,如何排除干扰。三是行动的结果,包括预期的与非预期的,积极的和消极的。要注意搜集三方面的资料:背景资料是分析计划设想有效性的基础材料;过程资料是判断行动效果是不是由方案带来和怎样带来的考察依据;结果资料是分析方案带来什么样的效果的直接依据。考察要灵活运用各种观察技术以及数据、资料的采集和分析技术,充分利用录像、录音等现代化手段。

反思是行动研究第一个循环周期的结束,又是过渡到另一个循环周期的中介。这一环节包括:整理描述,评价解释,写出研究报告。

2.六步骤模式:预诊—收集资料初步研究—拟订总体计划—制定具体计划—行动—总结评价

预诊这一阶段的任务是发现问题。对学校工作中的问题,进行反思发现问题,并根据实际情况进行诊断,得出行动改变的最初设想。在各步骤中,预诊占

有十分重要的地位。

收集资料初步研究：这一阶段成立由教研人员、教师和教育行政人员组成的研究小组，对问题进行初步讨论和研究，查找解决问题的有关理论、文献，充分占有资料，参与研究的人员共同讨论，听取各方意见，以便为总体计划的拟订做好诊断性评价。

拟订总体计划：这是最初设想的一个系统化计划。行动研究法是一个动态的开放系统，所以总体计划是可以修订更改的。

制定具体计划：这是实现总体计划的具体措施，它以实际问题解决的需要为前提，有了它才会导致旨在改变现状的干预行动的出现。

行动是整个研究工作成败的关键。这一阶段的特点是边执行、边评价、边修改。在实施计划的行动中，注意收集每一步行动的反馈信息，可行的，则可以进入下一步计划和行动；反之，则总体计划甚至基本设想都可能需要作出调整或修改。这里行动的目的不是为了检验某一设想或计划，而是为了解决实际问题。

总结评价：这是对整个研究工作的总结和评价。这一阶段除了要对研究中获得的数据、资料进行科学处理，得到研究所需要的结论外，还应对产生这一课题的实际问题作出解释和评价。

从上述行动研究法的六个步骤中可以发现三个明显的特征：一是具有动态性，所有的设想、计划都处于一个开放的动态系统中，都是可修改的；二是较强的联合性与参与性，研究者、教师、行政人员的全体小组成员参与行动研究法实施的全过程；三是在整个研究过程中，诊断性评价、形成性评价、总结性评价贯穿于行动研究法工作流程的始终。

八、叙事研究

教育中的叙事研究，实质上是从质的研究出发，相对量的研究而言。它强调与教育经验的联系，希望直接呈现生活故事的内在情节，而不以抽象的概念或符号压制教育生活的情节和情趣，让叙事者自己说话或让历史印记自己显露出它的意义，而不过多地用外在的框架有意无意地歪曲事实或滥用事实，也就是由研究者本人"叙述"自己的研究过程中所发生的一系列教育事件，包括：所研究的问题是怎样提出来的？这个问题提出来后是如何想方设法去解决问题的？设计的解决问题的方案后，在具体的解决问题的过程中又遇到了什么障碍？问题真的被解决了吗？如果问题没有被解决或没有很好地被解决，后来又采取了什么新的策略，或者又遭遇了什么新的问题？教育叙事研究的基本诉求在于，它不只是关注教育的"理"与"逻辑"，而且关注教育的"事"与"情节"。

叙事研究是研究"事"的，研究"故事"、"事件"。教师的叙事研究已非常鲜明地划定了事件的范围:这些"事"是教师之事,这些"故事"是教师的生活故事;教师叙事研究就是研究教师在日常的教育活动中所遭遇、所经历的各种事件。

教师的叙事研究首先就要研究教师的日常行为背后所内隐的思想,教师的生活故事当中所蕴含的理念,以便为教师的行为寻求到理论的支撑,为教师的生活建构起思想的框架。其次,研究教师的教育活动。教师的教育活动是丰富多彩、绚丽多姿的,教师在教育中展现自己,在活动中塑造自己,在行为中成就自己,而这点点滴滴的细节和事件构筑起教师充实的职业生涯和美妙的事业人生。第三,研究学生。研究学生的认知特点、情意特点、人格特质,研究学生的年龄特征、个性差异、身心规律,研究学生所感兴趣、所思考、所进行的活动。当将学生生活的真实世界展现于人们面前时,人们就获取了与学生对话、沟通、交流的可能,从而有可能理解学生所追求、所欣赏、所厌恶的事物,这样的教育世界才是真正属于师生的共同世界。

叙事研究首先要有"事"可"叙",这就需要选择、观察、收集、整理故事;叙事研究还要对"事"进行"研究",这就需要理论的准备和理性的视角;叙事研究还要对研究成果进行撰写,这就需要具备流畅洗练的语言表达能力和简洁明快的文字写作能力。唯此,研究的结果才具有其独特的价值。

如果用一条研究路径来表现其过程的话,教师的叙事研究包含了这样的流程:确定研究问题—选择研究对象—进入研究现场—进行观察访谈—整理分析资料—撰写研究报告。

如何写叙事研究报告? 一是从讲教育故事开始。建议教师"讲述"自己是怎样遇到这个教育问题的,这个教育问题发生之后,又是怎样想办法解决这个问题的,在解决这个问题的过程中是否发生了另外的教育事件,是否有值得叙说的细节。当发现他们叙说出来的教育故事真实可信且令人感动时,可以建议教师有意识地收集和整理教育故事。教师"讲教育故事"实质上是以"公开发表"作为研究的突破口。而"公开发表"又不同于一般所谓的"发表文章",它要求教师以合理有效的方式解决自己在教室里发生的教学问题,然后将自己怎样遇到这个问题、怎样解决这个问题的整个教学过程"叙述"出来。这里的"发表"实质上是一种"叙述","叙述"之后形成的文章是一种"教育记叙文"而不是"教育论文"。这种教育"记叙文"比传统的"论文"更能引起读者的"共鸣"并由此而体现它的研究价值。教师写教育"记叙文"或者说教师做"叙事研究"并不排斥教师写"教育论文",但教师最好在积累了大量的教育故事之后,再去讲教育道理。二是围绕教师的日常生活。教师的日常生活主要是课堂教学生活,教师所寻求的对教育实践的改进主要是对教学生活的改进,因此教师的叙事报告主要是由教师亲自叙述课堂教学生活中发生的"教学事件"。这种对教学事件的叙述即被称为"教学叙事"。"教学叙事"类似"教学案例",但"教学叙事"不仅强调所叙述的内容具有一定的"情节"（"情节"是案例的一个核心要素），而且强调"叙述者"是教师本人而不是"外来者"。

"教学叙事"必须基于真实的课堂教学实践。对真实的课堂教学实践可以做某种技术性调整或修补，但不能虚构。每个"教学叙事"必须蕴含一个或几个教学事件，即教学过程中出现了某个有意义的"教学问题"或发生了某种意外的"教学冲突"。由于是对具体的教学事件的叙述，它必须相应地显示出一定的情节性和可读性，既不同于教学之前的"教学设计方案"（或"教案"），也不同于教学之后的"教学实录"（或"课堂实录"）。每个教学叙事所叙述的教学事件必须具有典型性，体现"有效教学"的相关教学理念，有较强的说服力。教学叙事可以反映教师以自己的方式化解教学事件之后获得的某种教学效果，也可以反映教师忽视了教学事件之后导致的某种教学遗憾。

教学叙事的写作方式以"叙述"为主。这种"叙述"可以是上课的教师本人在反思课堂教学的基础上以第一人称的语气撰写的"教学事件"。在叙述"教学事件"时，尽可能地"描写"教师自己在教学事件发生时的"心理"状态，这使教学事件的叙述常常用"我想……"、"我当时想……"、"事后想起来……"、"我估计……"、"我猜想……"、"以后如果遇到类似的事件，我会……"等语句。此类心理描写实际上是将教师的个人教育理论、个人教育信仰"附着"、"涂抹"在某个具体的教育事件上。它促使教师在"反思"某个具体的教育事件时显露或转换自己的个人教育理论以及个人教育信仰。

另外，一份完整的教学叙事必须有一个照亮整个文章的"主题"。这个"主题"常常是一个教学理论中已经被提交出来讨论的问题，但它与理论研究中的"主题"的不同之处在于：教学叙事的"主题"是从某个或几个教学事件中产生，是从"实事"中"求是"，而不是将某个理论问题作为一个"帽子"，然后选择几个教学案例作为例证。

复习与思考

1. 分析教师成为研究者的时代背景与促进因素。
2. 如何确定教师的研究对象？
3. 教师进行研究的一般步骤是什么？
4. 教师如何进行叙事研究？
5. 你认为教师在选择研究方法时要注意些什么？

推荐阅读书目

[1] 李广平，杨玉宝. 教育科研方法. 长春：东北师范大学出版社，2005.

[2] 邱小捷. 中小学教育科研方法. 北京：高等教育出版社，2004.

[3] 周家骥. 教育科研方法. 上海：上海教育出版社,1999.

[4] 佟庆伟. 教育科研中的量化方法. 北京：中国科学技术出版社,1997.

[5] 王工一. 中小学教育科研方法. 北京：中国水利水电出版社,2005.

[6] 王坦. 现代教育科研原理方法案例. 青岛：青岛海洋大学出版社,1998.

[7] 鲍传友. 做研究型教师(修订版). 北京：教育科学出版社,2009.

[8] 陈永明. 教师教育研究. 上海：华东师范大学出版社,2003.

[9] 郑慧琦,胡兴宏,王洁. 做有思想的行动者：研究型教师成长的案例研究. 上海：上海教育出版社,2008.

第十章 班级管理

班级管理作为学校管理的有机构成之一,是学校管理中的重要组成部分。为了更好地实现班级管理的功能,完成班级的教育、教学以及人的发展目标,必须加强对班级管理的研究,使班级管理的实践建立在科学研究的基础上,实现班级管理的科学化。

第一节 班级概述

一、班级的含义

班级随班级授课的产生而产生。欧洲中世纪学校的教学组织工作十分松散,坐在同一间教室里的学生,学习内容和进度都不同,教师只对学生进行个别教学指导,不对全班授课,班级管理效率很低。为了改变这种状态,捷克教育家夸美纽斯在总结 17 世纪新旧各教派所兴办的学校中实行班级授课的初步经验的基础上,提出并全面系统地论述了班级授课制度。他从理论上阐述了班级教学制度的优越性,并提出了关于班级教学制度的要求。夸美纽斯所确立的班级教学制度和他所提出的关于班级教学制度的要求,确实在近代教育学发展史上具有划时代的意义,并给班级管理的变革开辟了一条新的途径。

班级是学校为实现一定的教育目的,将年龄相同、文化程度大体相同的学生按一定的人数规模建立起来的学生群体。班级是作为一个正式群体而存在的。班级群体包括不同的群体成员,而且由于成员之间的需要、兴趣以及能力等的差异,导致班级成员行为上的不同。与其他社会组织一样,班级有其特定的成员、特定的目标、特定的文化、特定的人际交往及特定的功能。班级是学校实施教育教学的基层单位。班级教学是现代最具代表性的一种教育形态。一个班级通常是由一位或几位任课教师与一群学生共同组成的,整个学校教育功能的发挥主要是在班级活动中实现的。班级不仅是学生接收知识教育和进行自我教育的资源,也是学生社会化的资源。班级活动既是班级教育目标得以实现的条件,也是班级目标实现的途径。

二、班级的功能

班级的功能是指班级作为社会群体或社会组织对于学生个体成长的作用。班级所发挥的功能可能是正面的,也可能是负面的。在班级管理过程中,管理者要注重发挥它的正面功能,消除其负面功能。班级的功能主要体现在以下几个方面:

(一)社会化功能

人的社会化是指社会将一个"生物人"教化成为一个"社会人",使其取得社会成员资格的过程。① 教育的基本职能是实现人的社会化。班级是根据学校行政管理的需要组织起来的学生群体。按照社会学的观点,由两个或两个以上的人产生比较稳定的交互关系,就构成社会群体。所以,毫无疑问班级是一种社会群体。班级是学生直接生活于其中的微观的社会组织,是开展教育教学活动的基层单位,也是学生参与社会生活的主要场所。因而班级是学生个体实现社会化十分重要的机构。社会通过学校班级这个小社会去完成未成年人的社会化,并通过教育管理制度把他们分配到整个社会结构的各个基层组织中去。班级的社会化功能主要表现在以下三个方面:

1. 价值导向作用

班级具有积极的价值导向及符合社会发展要求的目标和教育内容,拥有组织机构和制度规范。学生进入班级,要成为其中的一员,必然遵从和依照集体的规范行事,并担任一定的社会角色,承担一定的社会责任,学会与他人合作共事,明白如何处理人际冲突,参与制订班级规范和评价班级中的人与事等;理解和掌握集体观念、集体规范,学会处理人际关系,懂得做人的道理,习得扮演各种社会角色和提高各种社会行为的能力,从而为养成一个社会公民的基本品质奠定基础。

2. 行为规范作用

凡管理必有自己的规范,有自己的道德准则和价值观。班级管理对个体行为的规范并不是一贯的,而是有条件的。如果班级中正式群体规范与非正式群体规范完全脱节,那么正式群体规范的效能就可能会被削弱,学生真正遵循的行为规范可能是非正式群体规范,这就很容易使学生走上歧途。因此,在班级管理中,对正式群体规范和非正式群体规范加以整合是非常必要的。但是,这种整合不是正式群体规范机械地适应非正式群体规范,而是对非正式群体规范加以改造,使之成为正式群体规范的组成部分。

---

① 郭毅. 班级管理学. 北京:人民教育出版社,2002:9.

3. 角色协调作用

班级学生角色的协调是通过班级管理活动完成的。在各种班级管理活动中，每个人扮演一定的角色和承担一定的责任，履行相应的义务，通过个人在班级社会群体中的角色定位、角色转换，提高个体的角色意识，直接影响到个体成人后在社会中的角色适应能力和角色行为表现。

(二)个性化功能

所谓个性化，是把自己本身的存在看成个人的，并进而追求与人不同的独自方式去行动的方向。[①] 马克思和恩格斯曾说过："只有在集体中，个性才能获得全面发展其才能的手段，也只有在集体中才可以有个人自由。"个性只有在集体环境中才能得到体现，也只有在集体活动中才能形成和发展。离开了集体对个人的约束和促进，个性就失去了参照的对象，个性的发展就会受到影响。个性的社会心理学意义是指个体中整合起来的社会特征。班级对其成员的社会化过程，就其内容来说，就是学生的个性形成和发展过程，因此，班级具有培养和发展学生个性的功能。班级的个性化功能主要表现在以下三个方面：

1. 满足学生合理的需要

美国人本主义心理学家马斯洛认为，人类的需要是分层次的，由低到高排列，分别是生理需要、安全需要、社会交往需要、尊重需要以及自我实现的需要。班级每一个学生都有自己的需要，这些需要所处的层次可能不尽相同，或者是安全的需要，或者是爱与尊重的需要，亦或是自我实现的需要。这种不同层次的需要可以在班级管理活动中获得部分满足。事实上，学生个体几乎所有的需要，都可以在班级管理中获得不同程度的满足。

2. 激发学生内在的动机

班级管理之所以具有动机激发功能，是因为班级管理既能使学生原有的需要不断得到满足，又能使学生不断地产生新的需要。例如，班级管理者通过学生希望赢得教师的称赞、家长的喜欢以及同学的认可等愿望，不断激发学生的学习动机。在此基础上，以获得知识、解决问题和提高能力为目的的动机不断强化，进而就会产生认知内驱力和自我提高内驱力。

3. 丰富学生的情感

班级是学生情感可以依赖和寄托的场所。学生的情感必有所附，否则就会产生孤独感。在班级管理中，学生寄托情感的途径主要是正式群体与非正式群体。正式群体对学生情感的依附作用巨大，是影响学生身心健康成长的主要因素之一。如果某个学生在班级中得不到教师和同学的认可，他（她）的身心发展

---

① 卫道治,沈煜峰. 国外关于班级—学校的社会性理论. 见:郭毅. 班级管理学.北京:人民教育出版社,2002:11.

所受到的影响是显而易见的。同时,非正式群体对学生情感的依附作用也不可或缺。中小学生正处在长知识、长身体,形成健康心理和优良品质的关键期,他们需要朋友和伙伴,友谊与爱。班级管理者在注重发挥正式群体情感作用的同时,有必要关注非正式群体在学生情感依附中的影响力。

三、班级管理的意义

班级管理是指班级管理者通过组织、计划、实施、调整等环节,将班级的人、财、物、时间、空间、信息等资源充分运用起来以便达到班级管理预定目的的活动。在班级管理活动中,班主任是班级管理的核心。如果班主任在班级管理中随意处理和解决问题,主观臆断、无章可循甚至家长作风,要学生盲目服从,不但会让学生觉得班主任处事没依据和不公平,而且导致学生不能充分表达自己的意愿,抑制其创新思维的发挥,进而可能造成师生关系紧张乃至恶化,破坏学生的学习情绪,甚至使学生产生逆反心理。因此,班主任在班级管理中要尊重他们、理解他们、满足他们、发展他们、完善他们,把他们培养成有个性、有情感、有能力的社会主义建设者。班级管理的内容主要包括以下几个方面:①①行政管理:以有效原则处理班级的行政事务,以最小的付出得到最大的收获;②环境管理:从班级管理的观念出发,采取有效策略,改进班级的物理与心理环境氛围;③课程与教学的管理:教师应有效安排教学活动,提高教学质量,落实教育机会均等的思想;④灵活处理学生问题:教师在面对学生问题时,要能以有效的策略与方法控制学生的问题和行为;⑤正确运用奖赏与惩罚:为了更好地发挥奖赏的功能,必须与班级管理的策略和技巧相互配合,才能使班级管理工作落实,更好地提高教学质量;⑥人际关系管理:营造良好的班级气氛有助于师生关系的和谐,良好学习动机与学习态度的形成;⑦常规管理:教师教学活动与学生学习活动的成败,取决于班级管理的成效;⑧时间管理:可分成教学时间的管理与学习时间的管理。

随着社会的发展,在班级管理过程中,教师权力的大小将由传统的权力性影响向非权力性影响过渡,教师的非权力性影响将具有越来越重要的地位;教师的管理方式将由过去的"专制式"管理向"民主式"管理转变,追求民主化的管理方式将成为21世纪班级管理的目标;同时,强化学生的自我管理,注意发挥学生自我管理的功能,促进学生多方面才能的发展,将成为班级管理的关键。因此,加强班级管理对于班级活动的正常进行,对于学生身心全面发展具有重要意义。具体表现在以下几个方面:

---

① 鞠廷抱. 论班级管理. 上海师范大学学报(教育版·中小学教育管理),1999(5):15.

(一)有利于实现班级管理的目标

管理目标是指人们在管理活动中,用合理科学的管理措施所要达到的预期结果。管理目标这一概念,包括双重内容:一是预期结果;二是达到这一预期结果所应采取的管理措施。班级共同的奋斗目标是班集体的理想和前进的方向。班级如果没有共同追求的奋斗目标,就会失去前进的动力。作为班级管理者,应该结合本班学生的思想、学习、生活实际,制定出班级管理的奋斗目标。在实现班级管理目标过程中充分发挥每个成员的积极性和创造性,使实现目标的过程成为教育与自我教育的过程。每一个集体目标的实现都是全体成员共同努力的结果。同时,让学生明白为什么要确定这样的奋斗目标,这样的奋斗目标的实现对他们有什么意义,要实现这样的目标要求学生怎样做,以增强学生对目标的认同程度。这样就能促使学生为实现既定目标而克服一切困难,从而不断将班集体建设推向新的阶段。

(二)有利于促进学生身心全面发展

人的身心全面发展最根本的是指人的劳动能力的全面发展,即人的智力和体力的充分、统一的发展,同时,也包括人的才能、志趣和道德品质等多方面的发展。我们通常所说的"人的身心全面发展",是把人的基本素质分解为诸多要素,促使受教育者在德、智、体、美诸方面获得完整发展。班级作为学校中教育组织和管理的最小单位,无论是学生个性的发展,还是学校教育教学活动的开展都离不开班级。而班级管理是保证学生身心全面发展的关键,直接关系到学校人才培养目标的实现。在班级管理实践中,班主任应注重建立良好的班风,营造良好的学习氛围,创建先进文明的班集体,让学生在这种优雅的环境中学习和生活;注意完善班级各类规章制度,加强班级制度建设,维持班级正常的学习、生活秩序;引导班级开展各种丰富多彩的活动,让学生之间相互了解、相互关心、相互尊重,以增强班级的凝聚力。班级管理通过情操的陶冶、思想的教育和理想的升华,为学生身心全面发展奠定重要的基础。这既是班级管理追求的目标,又是班级管理的价值所在。

(三)有利于提高教育教学质量

教学工作是学校的中心工作,教学质量是学校工作的生命线。现代学校管理主要以班级为依托,班级是学校进行教育教学工作的基本单位。班级管理直接关系到学校的教育教学质量。学校教育教学目标的实现,学生思想、心理、道德等各种素质的养成,都取决于班级管理水平。班级管理对学生身心的健康全面发展,对教育和教学任务的完成起着举足轻重的作用。一个优秀的稳定发展的班集体,既能顺利完成学校所赋予的各项教育教学任务,又能使每个学生身心健康成长。因此,班主任作为班级管理的组织者、教育者和指导者,应通过严格的班级教育和管理,采取多项措施提高课堂教学和实践教学的质量,与学生一道,共创和谐的班级文化,让学生在轻松、愉快的环境中学习,培养学生的积极性和主动性,激发学生的学习兴趣和求知欲望,使学生愿学、乐学、爱学,最终达到"管是为了不管"的境界,从而提高教育教学质量。

(四)有利于提高学生自主管理的能力

班级管理的主题应该是培养学生的"自主精神",最大限度地发挥学生的潜能,促进学生自主发展、和谐发展、全面发展和终身发展。在班级管理过程中,注意尊重学生的主体性,让他们以主人翁的态度,主动积极地参与班级建设和管理。在分享集体的欢乐和幸福的同时,激发学生自主管理的潜能,让学生明确管理的意义和要求,在班集体建设中树立强烈的集体意识,形成强烈的集体荣誉感和责任感。在培养学生自主管理方面要做到以下几点:一是培养学生的自我控制能力。在教育这一系统中,教师是控制系统,学生是受控系统。但是,学生不仅是受控系统,同时也是具有自我组织能力的自控系统。因此,只有将教师控制和学生自我控制结合起来,把教师的控制转化为学生的自我控制,才能使教育收到良好的效果。二是培养学生的自我调节能力。学生的这种自我调节实际上是对外界控制自我适应的反应。作为班主任,应及时有效地排除学生的心理障碍,帮助学生做心理调试,如多和学生沟通、交流,使学生认识到理解、宽容、悦纳的重要性,从而使学生通过自我调节去克服外界控制带来的负面影响,使学生的自我管理能力在班集体中逐步得到培养。三是创建学生自我管理的环境。学生自我管理能力的培养,需要有一个民主开放环境。民主开放环境的建立要求班主任尊重学生个性,充分发挥学生的主体作用,千方百计地创造条件让学生主动参与班集体的管理,使学生人人有机会展示自己的风采,有机会发表自己的见解,为每个学生的个性发展营造宽松、和谐的氛围,从而在不知不觉中使学生的自我表现心理得到满足,民主意识得到培养,自我管理能力得到提高。

第二节　班集体的发展与教育

班集体是学校行政管理的基层组织,是学校进行教育教学工作的基本单位。班集体能为每个学生提供学习、生活和创造的空间,提供活动的背景以及必要的活动设施、模式与规范,从而有效地激发和调动每个学生参与班集体活动的积极性、主动性和创造性,使其以高昂的情绪和奋发进取的精神积极投入到学习和生活中去,促使学生在思想上、情感上、行动上得到统一,对学生个体的行为产生强大的激励作用。建设好班集体,是班级管理的一项重要工作,也是班级管理最基本的任务。那么,什么是班集体? 班集体是如何形成的? 怎样组织和培养班集体呢?

一、班级群体的概念

群体是相对于个体而言的,但不是任何几个人聚集在一起就能构成群体。群体是指两个或两个以上的人,为了达到共同的目标,以一定的方式联系在一起进行活动的人群。可见群体有其自身的特点:成员有共同的目标,共同的群体意识,一定的群体规范,成员对群体有认同感和归属感,群体内部形成了一定的结构,成员有共同的价值观等。根据不同的划分标准,可以把群体划分为正式群体与非正式群体,大型群体与小型群体,松散群体与凝聚群体。班级群体属于小型的、正式的和凝聚的群体。

从管理心理学角度看,班级群体是由在结构特征上不同的两类群体构成的:一类是具有较明显的、稳定的外部结构形式的正式群体,其组织结构是确定的,职务分配是很明确的,如班级所属的小组、团小组、小队等活动小组;另一类是具有较稳定的、隐蔽的内部结构形式的非正式群体,也就是自发的小群体,它是为了满足个体需要,以感情为基础自然结合形成的多样的、不定型的群体。非正式群体是既没有正式结构,也不是由组织确定的联盟,它们是个体为了满足社会交往的需要在工作和生活环境中自然形成的。这两类群体及其关系实际上就是一个班级两重结构:正式的、外显的群体结构与非正式的、内隐的群体结构。

正式的、外显的群体结构是实现教育目的的主导方面,我们理应充分发挥它的功能。对此,人们已经有了较多的研究。非正式的、内隐的群体结构对于教育目的的实现,也具有重要功能。学生由于彼此之间的相似性、互补性、邻近性、熟悉性、互助性等原因,总是不可避免地结成非正式群体。传统上我们对学生的正式群体有充分的重视和肯定,而对非正式群体则不够重视甚至抱有偏见。

学生中自发小群体的产生是一种客观存在的现象,是不可避免的,企图阻止其产生也是徒劳的,一旦发现便视其为有害班级的"小团体"更是不科学的。事实上,在一个健康的良好的班级群体中,非正式群体可能有积极作用,也可能有消极作用。管理者应善于利用和引导,使其对正式群体的健康发展产生促进作用。

二、班集体的含义及特点

(一)班集体的含义

班集体不同于一般意义上的班级群体,班集体是班级群体发展到一定水平的结果。班集体是在学校教学班基础上,在教师教育指导和集体主义价值观的引导下,在共同活动中形成的文化心理共同体。它是一种特殊的学生群体,即是一个以青少年学生亚文化群为特征的社会群体,它置身于客观社会环境之中,以众多的线索与校内和校外的诸多社会群体发生千丝万缕的联系,与外界进行物质、能量和信息上的交换。共同的组织目标、规范、机构是班集体存在和发展的基础。班集体的社会心理特性使集体成员在心理上相互融为一体,这是形成班集体的关键。

(二)班集体的特点

班集体是中小学生接触最多,对他们影响最大的一个小型"社会"。认识和理解班集体的特点,对于班集体的建设有重要作用。那么,班集体主要有哪些特点呢?

1.班集体是具有高度凝聚力的共同体

班集体是具有高度凝聚力的共同体,这种共同体是作为一个整体存在的。整体性是班集体的首要特征。作为一个整体,就要求整体中各个要素之间具有高度的交叉和融合,具有一种向心力和内聚力。所以,我们认为,班集体是具有高度凝聚力的一个共同体。首先,班集体是一个精神共同体。班集体关注每个学生的精神发展,使学生在精神上成为一个相互承认、相互关爱的统一体。苏联著名教育理论家和实践家苏霍姆林斯基说过:"学校的任务不仅仅在于授给学生从事劳动及合乎要求的社会活动所必备的知识,而且还在于给每个人精神生活的幸福。"①其次,班集体是一个文化共同体。班集体需要处于一个更具有现实意义也更为流动的整体文化空间之中。它是一种氛围,一种情绪,一种流动着的穿行于个体之间的无形之物。它是一个混沌多样的整体,能被个体所感知。班集体作为一个文化共同体,就是要形成这样的能让学生乐于其中的文化空间。第三,班集体是一个心理共同体。班集体是一个以集体主义价值观为导向的社会心理共同体,集体心理的统一性和社会成熟度综合反映了集体的水平。

2.班集体是具有心理相容性的群体

社会发展速度越来越快,知识经济、信息时代的飞速发展带来的是日益加剧的竞争。同时,在人与人之间的交往越来越频繁,地球正逐步成为一个"村"的情况下,团队精神与合作意识越来越多地受到关注。班集体是一个群体性的社会组织,其中生活着的是一群生理、心理处于成长旺盛期的儿童。教育的目的就是让他们健康地成长,包括生理健康成长和心理健康成长。张大均在《教育心理学》一书中综合了美国学者阿特金森(R. L. Atkinson)、杰何达(M. Jahoda),我国学者黄坚厚、张春兴等提出的心理健康的六条标准,其中就有一条是

---

① 王天一.外国教育史(下).北京:北京师范大学出版社,1985:410.

具有与人建立亲密关系的能力。"有正确的人际交往态度和有效的人际沟通技能，关心他人，善于合作；不为满足自己的需要而苛求于人；人际关系适宜，有知心朋友，有亲密家人"①。心理相容是指人与人之间的相互吸引，和睦相处，相互尊重，相互信任，相互支持。若不能相容，则表现为相互排斥，相互猜疑，相互攻击，相互歧视。心理相容是人际交往、团体团结的心理基础，也是人际交往成功、团体目标实现的重要保证。心理相容还可以为创造性的活动创造积极乐观的心理气氛，使成员保持良好的心境，这有利于发挥人们的主观能动作用。班集体作为一个具有高度凝聚力的整体，其成员之间的心理必须是相容的，即班集体成员之间关系一致，能够相互了解，既了解各自的优点，也了解各自的缺点；学生之间能和睦相处，善于通过恰当的方式取得共识；各成员乐观、开朗、互帮互助，自觉地维护自己的群体，有很强的集体荣誉感。这样的班集体有利于学生的身心健康，有利于营造和谐的人际氛围，有利于班集体目标的实现。

3. 班集体是具有开放性的群体

现代社会是一个开放的多元社会，然而传统班集体从它诞生以来就是封闭的，这样的班集体是不能适应现代社会对人的全面发展要求的。班集体以班集体建设为实施载体，以满足班集体学生发展需求为宗旨，开发和利用班集体的开放性资源，从而创造快乐的、高质量的班集体生活，为每位学生的终身发展奠定良好基础。"努力寻求沟通与增强班级组织与学校组织、家庭、成人劳动组织以及文化组织的联系"②，这便是班集体一个很显著的特征——开放性，主要表现在以下两个方面：一是班集体内部的开放。班集体是一个开放的系统，其成员之间的心理是相容的。因此，班集体必然存在开放的人际关系，接纳每一个学生，包容每一个学生。让每一个学生身心愉快，充分享受班集体的温暖，让每一个学生都感受到集体的魅力。二是班集体外部的开放。班集体是学生走向社会的"中介"。中小学生年龄偏小，生活经验不足，必要的与人相处的本领不够，为社会做贡献的技能缺少，这都使学生必须经历一个进入社会前的准备阶段——班集体。所以，班集体必须协调好家庭教育、学校教育和社会教育三者之间的关系，使三方教育建构成目标一致、内容衔接、功能互补、配合密切的良好教育场。一个开放的班集体，应该善于开展学生喜闻乐见、丰富多彩的活动，让学生走出校门，了解社会，受到多方面的教育。

三、班集体的培养

班集体是班主任教育的对象，也是班主任对全班学生进行教育的依靠力

---

① 张大均. 教育心理学. 北京：人民教育出版社. 1999：245.

② 鲁洁. 教育社会学. 北京：人民教育出版社. 1990：402.

量。班主任作为班集体的教育者、组织者和管理者,在班集体的教育、培养和管理中无疑扮演着最重要的角色。班主任应该通过自己的工作,把一个包含几十名学生的班级群体培养成为朝气蓬勃、团结战斗的坚强集体。同时,又要通过这个集体去影响和教育其中的每一个人。

(一)确立班级的奋斗目标

班集体的共同奋斗目标是班集体的理想和前进的方向。班集体如果没有共同追求的奋斗目标,就会失去前进的动力。所以,一个良好的班集体应该有一个集体的奋斗目标。这个目标应是近期、中期、长期目标的结合。作为班级组织者和管理者的班主任应结合本班学生思想、学习、生活的实际,制定出班集体的奋斗目标。在实现班集体奋斗目标的过程中,班主任要充分发挥集体每个成员的积极性和主动性,使实现目标的过程成为教育与自我教育的过程。让每一集体目标的实现,都是全体成员共同努力的结果,从而形成集体的荣誉感和责任感。确立班集体的奋斗目标要注意以下几点:

(1)方向性。班集体奋斗目标是全班师生共同努力的方向,是全班统一认识和行动的纲领。它应该是国家人才培养目标和学校教育目标在班集体建设中的正确反映。

(2)中心性。班集体的一切工作都要以班集体奋斗目标为中心,才能使学生感到目标不是空洞的,而是与日常的学习、工作、活动密切联系的。同时,还要经常用它来检查督促班集体的各项工作,使之真正成为推动班集体建设不断前进的巨大动力。

(3)激励性。班集体奋斗目标是激励学生为之奋斗的动员令,要不断地根据班集体建设的新需要予以充实,不断展现出新的前景,以吸引班集体的所有成员,激发他们的责任心、荣誉感,使班集体学生始终朝气蓬勃,不断前进。

(4)可行性。确立班集体奋斗目标必须符合学生的生理心理发展特点、思想觉悟、生活经验及班集体发展水平等的实际状况。只有适合学生的需要、兴趣和愿望,班集体奋斗目标才会有广泛的群众基础,才会有实现的可能性,否则就难以被学生认同,难以调动学生实现目标的主动性和积极性。

(5)渐进性。实现班集体奋斗目标不能操之过急,要注意它的渐进性,即一个近期目标实现之后,经过认真总结,及时向中、长期目标逐渐靠近,使之成为一个前后衔接、循序渐进、不断提高、不断深化的过程。

(二)培养班集体的核心队伍

班干部、团队干部是班集体的核心和中坚力量,他们在班主任和学生之间起着上通下达、纵横联络的沟通作用,在班集体建设中发挥着组织管理和示范带头作用,是班主任工作得以顺利进行的得力助手。一个良好的班集体,必须拥有一批从优秀学生中挑选出来的团结在班主任周围担任班级领导核心的成员。因此，认真选拔、培养、任用班干部、团队干部，形成坚强的领导核心，是建设良好班集体的一项重要工作。班集体核心队伍主要包括：

(1)班委会。班委会主要指班级学生干部组织。班主任要有计划地组织好班委会活动，充分发挥其主动性、积极性和创造性。加强领导，帮助班干部分析班内、外情况，制订工作计划，拟订班级行为规范和奋斗目标，团结带领全班同学积极开展学习、文娱体育、公益劳动、生活服务等方面的活动，把班集体建设成为有明确的目标指向、严格的组织纪律、高度团结合作的坚强集体。

(2)团队组织。团队组织主要指共青团和少先队组织。在班集体的建设中，班主任既要尊重团队组织的独立性，又要充分发挥它的组织作用，使团队组织成为班集体的核心。班主任要重视和研究团队活动，提出建设性的意见，为团队活动的开展提供有利条件。同时，班主任要尽量参加团队组织的活动，了解团队组织的工作情况和成员的思想状况，以便有针对性地进行教育。

在班集体的建设中，班主任要注重对班干部、团队干部的培养和使用。具体要求是：①使用与提高相结合。班主任既要依靠班干部、团队干部开展工作，又要帮助教育他们，使其在工作中不断提高，鼓励他们在思想政治上求上进，处处作同学的表率，切实成为学生的骨干。②具体指导与放手工作相结合。班干部有做好工作的热情和愿望，但缺乏经验。班主任要加以具体指导，使他们在实践中逐步提高分析问题、解决问题的能力。同时，要放手让他们在班集体建设中去发挥作用，培养他们的独立工作能力，使其认识到自身在班集体中的价值。③因人制宜与统一要求相结合。工作中，既要根据学生干部各自的特点采用适当的方法有针对性地进行培养和使用，又要按学生干部的基本标准统一要求，避免培养干部过程中的盲目性与随意性，只有这样，才可能健全班级组织的核心队伍。④群众监督与自我要求相结合。在班级工作中应要求班干部、团队干部虚心接受群众批评，认真进行自我批评，以培养班干部、团队干部的群众观点和民主作风。这样既可调动全班同学的积极性，又有利于提高学生的主人翁精神，还有利于锻炼干部，增强干部的自我约束力，促进干部自身的完善，同时，也有利于班集体正确舆论和良好班风的形成。

(三)培养正确的舆论和良好的班风

正确舆论，就是根据是非标准所作出的符合客观事实的意见，它是衡量集体觉悟水平的重要标准。形成正确的班集体舆论，有利于促进班级学生的团结、鼓舞学生的上进心，有利于班级良好人际关系的建立和组织机构的健全与完善。正确的集体舆论是学生自我教育的重要手段，也是班集体形成的重要标志。班风是从班级成员的思想、言行、风格、习惯等方面中表现出来的班集体特有的一种精神面貌，是班级"个性特征"的体现。良好班风有很强的制约功能和教育功能，并主要以舆论或规范的形式体现。良好班风是班集体构成要素长期相互作用、不断发展的结果，是班集体形成的综合标志。正确舆论和良好班风是相互联系的。良好班风的形成，需要正确舆论的支持，而正确舆论对形成集体良好的班风有导向作用。班主任培养正确的集体舆论和良好班风，需要做好以下几项工作：

（1）加强思想政治教育，提高认识。正确的集体舆论和良好班风，首先要使学生掌握正确的价值观念和判断标准，树立起正确的是非观、荣辱观和美丑观。班主任应认真组织学生学习学生守则和行为规范，明确要求，教育学生逐步养成正确的道德观。

（2）抓好常规训练，严格行为规范。集体舆论和班风的形成是一个渐进的、不断发展和巩固的过程，班主任应从大处着眼，小处入手，从日常的学习、生活开始，严格要求，严格训练，教育学生从自我做起，从身边做起，从小事做起，及时对模范行为给予表扬和奖励，对不良行为进行批评和惩罚，加强行为习惯的培养和训练。

（3）培养集体荣誉感和责任感。正确舆论和良好班风的形成，要求每一个班级成员认识到集体的价值和作用，只有这样学生才会自觉去维护集体的声誉，明确自己的责任。集体荣誉感在集体活动中是一种巨大的心理动力，也是责任感形成的心理基础。班主任要利用一切教育时机，将学生的一言一行与整个班集体联系起来，教育每个学生明确自己对集体应负的责任和应尽的义务。

（四）开展丰富多彩的班级活动

班级活动是在班主任的指导下，根据国家课程目标和学校培养目标，有目的、有计划、有组织地为实现班级教育目标而进行的各种教育教学实践活动。开展班级活动有利于培养学生良好的品德，发展个性特长，锻炼意志品质，规范行为习惯。开展班级活动的目的是为了使学生在活动中获得丰富的生活经验，使学生不断学会认知，形成正确的世界观、人生观和价值观，不断完善个性、健全人格。班主任在组织班级活动时应注意以下几点：

（1）做好班级活动的规划。班主任要注意克服传统班级管理活动随意性较大的弊端，在分析当前学生活动需要的基础上，认真对班级活动进行规划，包括班级活动的目标、内容、方式、评价手段等要素。

（2）班级活动的内容要生活化。班级活动的主题要能够反映学生真实的生活世界，符合学生终身发展的需要。因此，班主任要本着"学生中心，生活中心"的原则，注意从学生生活中确立主题，通过班级活动的实践，促进学生的发展。

（3）班级活动要注重学生的体验。班主任要设计学生喜爱的体验型的班会活动，寓教于乐，寓教于动，寓教于生活，通过学生亲身体验，从而达到自悟、自我教育、相互激发情感的教育目的。

班级活动的内容主要有：①学习活动。这类活动主要是通过开展一些扩大知识视野、提高学习兴趣的活动,以培养和提高学生的学习能力。学习活动主要形式有:学习方法讲座、优秀作业展览、学习经验交流会、知识竞赛、智力竞赛、课外阅读活动等。②科技活动。这类活动旨在扩大学生的知识领域,培养学生对科技的兴趣,以适应科技发展的形势。科技活动主要有四种方式:科技班会、科技参观、科技兴趣小组及科技小发明、小制作等。③文娱体育。文娱体育活动旨在丰富学生的课余生活,创建校园文化氛围,活跃学生身心,增强学生体质,如校园歌曲大赛、球类比赛、游艺活动、文艺晚会等。④社会实践活动,旨在让学生亲自参加社会实践活动,达到理论与实践的结合,并通过脑力劳动与体力劳动的结合,以培养学生的观察、思考、分析与实际操作的能力,包括参观、访问、社会调查、宣传以及游览活动等。⑤社区服务活动。掌握基本的服务社区的本领,让学生在服务过程中掌握服务的有关知识和技能,学会交往,学会合作,懂得理解和尊重,形成团结意识和归属感,增强服务意识和责任感,对他人富有爱心。⑥班队会活动。班队会是班主任管理班级、进行班集体建设、对学生实施德育的主阵地。班队会的主要形式是班级例会和主题班会。

四、班集体的形成与发展

班集体是经过一定的阶段逐渐形成和发展的。班主任在班集体的形成与发展过程中起着十分重要的作用。班主任只有遵循班集体形成与发展的基本规律,才能有效促进良好班集体的最终形成。班集体不是自然形成的,任何一个班集体的形成,都会经历组建、形成、发展的过程。

(一)班集体最初组建阶段

在新组建的班集体中,师生之间、学生之间相互不了解,学生心里还没有集体的概念,群体松散,班集体吸引力差,班集体共同目标和行为规范尚未形成。这时,学生主要通过班主任了解学校的一些规章制度和生活方式等。在这一阶段,班主任要做一些最基础的工作,为建立一个良好的班集体做好准备。

这一阶段班级学生之间尽管存在一些交流与沟通,但交流与沟通的面很窄,一般局限于同桌或邻桌的学生,真正有效的交流与沟通难以实现,学生没有集体意识,班集体学生干部还未能正常开展工作,学生也没有学会服从管理。尽管这些学生构成了一个初步的班集体,但班集体的组织特性尚未表现出来;学生对于班集体规范的认知也不充分,班集体规范未能发挥应有的约束力;学生由于对学校规章认识不够,理解不深,可能产生行为偏差;学生还缺乏归属感、荣誉感与责任感。

(二)班集体初步形成阶段

在班主任的引导和培养下,经过一段时间的磨合之后,学生群体成员的团结性慢慢形成,并产生一定的内聚性。在与其他班集体的比较中,学生热衷于提高自己班集体的荣誉,主动制定自己的发展目标,自觉遵守集体的行为规范。学生越来越关心集体,人际关系在班集体初步形成的过程中得到发展。

这一阶段学生为了提高班集体的荣誉以及在学校中的地位,在班主任的引导下,班集体目标也得到不断的完善,个人目标与集体目标在共同活动中逐步协调,班干部和一部分优秀学生已开始主动为班集体的发展制订计划,并自觉地使班集体共同活动能够适应班集体发展目标的需要。班集体规范初步形成和不断发展,非正式规范如班风、集体舆论也初步得到发展,个体的行为越来越多地受到集体规范的约束,个体开始形成遵守集体规范的行为模式。班集体活动促使学生加强了彼此之间的交流与沟通,学生之间建立了初步的情感基础,班集体良好的人际关系氛围开始形成。随着班集体凝聚力的增强,共同的班集体活动吸引着学生,学生越来越希望为集体所接纳,成为集体之一员。

(三)班集体逐渐发展阶段

经过一段时间的努力,班集体已经形成并逐渐发展。其主要标志是,班集体有了一个较稳定的、团结的领导核心,班干部能独立开展各项工作,班集体的目标已成为学生个体的奋斗目标,正确的集体舆论和优良的班风已经形成,班级人际关系得到进一步发展,班级学生个体行为更加趋于一致,班集体的目标得到完善,个体目标与集体目标比较协调。

这一阶段班集体目标的不断完善,使个体目标和集体目标不断整合,集体目标基本上得到学生的认同,成为学生行为的指南。班集体的道德规范每时每刻都约束着学生的言行,影响着学生的发展方向,而且班集体中的每个学生都把这种道德规范当成是自身健康发展的需要,学生彼此之间的关系已经不再局限于班级事务上的联系,而更多的是彼此情感上的交流与沟通,绝大多数的学生形成了积极向上的学习和生活态度。班集体以骨干为核心,在积极分子的带动下,具有强烈的吸引力,使各种教育活动得以有效进行,学生的归属感、荣誉感与责任感明显增强。

(四)良好班集体最终形成阶段

良好班集体既是教育活动的对象,也是教育活动的载体和学生自我教育的力量源泉。学校教育的顺利实施,很大程度上依赖于一个良好班集体。

这一阶段是良好班集体最终形成的关键时期,无论是在集体目标上,还是在集体行为规范的完善与班集体规章制度的遵守执行上,集体的组织结构及管理职能,以及集体内部的人际关系,都获得更进一步的发展。班集体经过教育和培养不仅逐渐形成为良好的集体,同时这个良好的集体反过来也成了教育的主体。

实践证明,一个良好的班集体对每个学生的健康发展有着巨大的教育作用。它以自我教育、自我管理、自我控制为主,无需外部的监督管理。集体目标既体现班集体发展需要又符合个体发展需要。班集体内部人际关系的优化,使班集体学生能够友好相处,团结融洽,互相帮助,共同进步,得到比较全面的发展。

第三节　班级管理模式

班级管理模式既指一种思想体系,又指涉及的班级管理目标制订,教育内容实施和考评的工作方式。它不是指一种操作步骤,而是从理论的建构到实践尝试的系统过程。班级管理模式的内涵是什么? 目前班级管理中有哪些常见类型? 设计班级管理模式时要遵循哪些原则? 对于这样一类问题,有必要从理论层面和实践层面进行深入探讨。

一、班级管理模式的概念

模式就是从不断重复出现的事件中发现和抽象出的规律。只要是一再重复出现的事物,就可能存在某种模式。Alexander 给出的经典定义是:每个模式都描述了一个在我们的环境中不断出现的问题,然后描述了该问题的解决方案的核心。通过这种方式,你可以无数次地使用那些已有的解决方案,无需再重复相同的工作。模式有不同的领域,例如,建筑领域有建筑模式,软件设计领域也有设计模式。当一个领域逐渐成熟的时候,自然会出现很多模式。

以模式的概念为基础,班级管理模式可以从方法论和操作两方面来理解。就方法论而言,班级管理模式是一种研究方法,可以对班级管理活动进行合理分类;就操作方面而言,班级管理模式是班级管理者在具体管理活动中的基本框架和运行程序。在这里我们主要从操作方面来理解并建构班级管理模式,即班级管理模式是指在一定价值观念的指导下,管理主体和管理客体之间在有关班级组织设计及其活动中表现出来的稳定而典型的框架和程序。

二、班级管理模式设计的原则

(一)价值性原则

班级管理者在构想和设计班级管理模式时,首先考虑到它能客观反映现实的管理活动,同时要考虑到现有模式的有效性方面,即有哪些主要的模式,选取的重点是什么,这就是班级管理模式的价值性所在。因此,班级管理模式的价值性原则指的就是在设计和构建班级管理模式时,以一定的目标为导向,使模式建构具有目的性。任何活动在积极思维状态下,大多有活动者的价值取向。从认识活动看,人们不可能在同一条件下去认识周围众多事物,而总是把自己的认识活动局限在某些甚至某一事物上。这就是说,人的认识活动是有指向性的,只有某一事物对人有积极意义、有价值,人们才去了解它、认识它、理解它。这就是价值观在认识事物中的导向作用。就班级管理活动而言,管什么与不管什么,人们总是按照某种价值观去进行判断,要分析这一管理活动对学生是否有积极作用,是否有价值,有价值,就去管理,没有价值,就不去管理。

(二)有效性原则

有效性是指班级管理模式的建构能对实践活动产生积极影响,使管理者在分析班级管理模式时把握实施的环境,从中找出有利条件和不利条件,尽可能使管理模式为我所用。有效性原则是班级管理者构建班级管理模式所遵循的根本要求。班级活动是多样的、复杂的和具体的,而班级管理模式则相对稳定、简单和抽象。班级管理模式的建构关键要解决学生不能有效自主管理的问题。学生的自主管理时间多了,如何规划学生的课余生活,让学生学会自主管理是摆在管理者面前的共同课题。班级管理者应注重创建满足学生充分发展需要的教育环境,建构能让学生充分参与班级管理活动的机制,开发学生自主发展的潜能,使学生自主管理的主体性得到充分体现。在班级管理中,管理者要调整管理的方式,解决对学生管理过死、过硬的问题,注意由被动约束式管理向学生主动自主式管理转变,由包办式管理向家庭、学校、社会多元协作式管理转变,逐步培养学生自我管理能力,引导学生学会规划学习、规划人生。

(三)最优化原则

最优化原则是指班级管理模式的构成因素在不可能穷尽的条件下建构模式时所遵循的根本要求,依据最优化原则所建构的班级管理模式能反映一定条件下最有可能开展的管理活动。从班级管理活动的基本组成成分来看,管理者的价值取向、思维方式和领导方式是最根本的,它直接影响班级管理模式的选择。如果单从可能性上去推论,某种条件下可能出现多种班级管理模式,但在管理实践中人们只会从多种班级管理模式中选择该条件下最优的。其主要原因在于人们的价值观念同领导方式有密切的关系,领导方式有时能体现管理者的主流价值取向,从而大大减少了管理实践中模式的构建数量。正因为如此,在班级管理中,班主任要设计和建构出最优的班级管理模式,使其既能符合模式建构的一般情形,又能在现实中被加以选择。

(四)权变性原则

权变性原则是构建班级管理模式所遵循的又一基本要求。它是指在班级管理模式设计和构建时要时刻把握班级管理系统运动的状态和环境的影响,随机应变,因地、因事、因人制宜地运用法律的、经济的、教育的、技术的方法和手段去分析问题和处理问题,保证班级管理目标的实现。权变性原则的核心是指世界上没有一成不变的管理模式。一名高明的管理者应是一个善变的人,即根据环境的不同而及时变换自己的领导方式。权变管理要求管理者应不断地调整自己,使自己不失时机地适应外界环境的变化。在班级管理中,一方面,各种因素不断地发生着各种变化,如资源的流动、组织的变更、人员的交替等等;另一方面,各种环境的影响,导致班级管理的不确定性和不稳定性。因此班级管理者要针对这些因素,采取灵活机动的手段,调整组织设计结构,选择合理的领导方式,从而保证班级管理活动对环境的最佳适应。

三、班级管理模式的主要类型

班级管理模式是现代班级管理理论研究和班级管理实践探索所共同关心的问题。学校班级管理模式建构得如何,不仅从根本上反映班级管理理论和实践的成熟程度,而且也直接决定了学校班级管理的效果及其功能的发挥。当前,我国学校班级管理模式出现多样化的发展趋势。现就影响较大的几种班级管理模式进行分析。

(一)班级管理客体模式

班级管理客体模式认为,班级管理就是教师用社会规范来约束学生行为的活动。学生是接受管理的对象。班级管理过程就是在教师的监管下学生将社会规范内化的过程。班级管理的效果取决于教师的权威作用。班级管理客体模式提出的基本要求为:个体绝对服从社会,儿童绝对服从成人。班级管理客体模式的基本策略为:以班级社会舆论和行政命令来强制个体服从班级管理的要求。班级管理客体模式产生于社会生产力不发达、社会等级森严的历史时期。我国封建社会及西欧中世纪的班级管理模式即属于这种模式。该模式强调班级管理者的绝对权威性。当然,该模式对人的基本行为规范的训练及其行为习惯的培养有较好成效。但是,该模式并不适应现代社会的需要,其突出的问题在于班级管理要求难以内化,难以培养具有独立自主人格的现代公民。

(二)班级管理本体模式

班级管理本体模式认为,班级管理是教师指导学生进行自我管理的活动。学生是班级管理的主动方面,教师只是辅助者和提供咨询的外部条件。班级管理过程是学生尝试发现社会生活规范和自我完善的过程。班级管理效果的好坏主要取决于学生主观努力的程度。班级管理本体模式的基本要求是:注重学生基本行为规范的教育,主张让学生在教师创设的环境中进行自我管理,在自我管理活动中提高判断是非善恶的能力和行为选择的能力,以达到个体行为的规范。班级管理本体模式在班级策略上强调个体的管理实践,调动个体的积极性和主动性等。班级管理本体模式是建立在私有制和生产力较为发达的社会基础上的班级管理模式。这种模式重视个人的生活实践和主观努力,有利于激发个体行为的自觉性。其最大的问题就在于缺乏统一的管理要求,班级管理的效果不佳。

(三)班级管理联体模式

班级管理联体模式在管理观念上强调社会价值与个体价值的统一,认为班级管理是促进个体社会化和社会要求个性化相结合的活动。学生既是管理客体,又是管理主体,既是被管理者又是管理者,班级管理过程是管理者和被管理者相互促进、协同提高的过程。在班级管理策略上,班级管理联体模式主张管理措施的针对性和多样性,倡导集体教育与个别教育相结合,纪律约束与正面诱导相结合,管理与自我管理相结合等。该模式试图解决社会要求与个体需要,统一要求与个性发展,教师主导与学生主体等多种管理矛盾,以实现班级管理的全面功能。不过,该模式忽视学生自主管理的需要,脱离了学生自主性由"他律"向"自律"转化的需要,以致班级管理的整体功能不能高效地发挥。

(四)班级管理主体模式

班级管理主体模式认为,班级管理本质是在教师引导下学生自主管理的过程。班级管理的目标是培养具有现代思想素质的有个性的主体。班级管理过程是管理者与被管理者相互作用、相互促进的过程。它强调管理者与被管理者的民主、平等、和谐、合作的关系。该模式的基本管理策略为:营造"自主管理"的氛围。班级管理效果的好坏,主要看学生的自主管理能力是否得到充分发展。该模式已构成了一个系统,具体有师生层面的合作型班级管理模式、班级层面的参与型管理模式等。班级管理主体模式是为适应班级管理现代化而提出的,体现了以人为本的精神,也就是把人作为管理主体来塑造,以促进人的现代化。

班级管理模式从客体模式向主体模式的转变,实质上反映了对人的历史地位及其社会价值认识的加深。这种认识上的加深促进了学校班级结构中两大构成要素——管理者、被管理者在班级中的地位及其关系的变化,即由传统的上下对立关系转向平等合作关系。学校班级管理模式的建构基本上是以这两大要素为核心的。当然,由于班级管理个性化理念的深入及其现实追求,个性化将是未来学校班级管理模式建构的基本特征,也就是说,班级管理模式的建构应充分结合本地、本校的实际情况,体现出它独有的创造性和个性化的特征。

四、班级管理模式优化的策略

(一)树立人本管理思想

人本管理就是把每一个学生当作管理的目标,确立学生在管理活动中的主体地位,尊重他们的个性特点,让班级管理活动都为满足学生的成长和发展的需要而设计和组织,着力培养他们的自信心、全面而和谐的素质、鲜明的个性,尤其注重培养他们的创造能力。在班级管理模式的设计中,要坚持以学生为中心,树立"为了一切学生","一切为了学生","为了学生的一切"的管理理念,尊重学生的个性特点,尊重学生的情感需要、人格独立和个性自由,从而营造一种良好的、积极向上的班级氛围。

(二)培养学生的主体意识

主体意识是指作为认识和实践活动主体的人对自身的主体地位、主体能力、主体价值的一种自觉意识,是主体的自主性、能动性和创造性的观念表现。而学生主体意识的强弱,参与自身发展的程度及在班级管理活动中体现自己本质力量的自觉性在班级管理模式的设计和建构中具有重要作用。学生是学习的主体,也是班级管理的主体,培养学生的主体性是班级管理追求的最高目标。在班级管理模式的设计中管理者应落实学生的主体地位,重视培养学生的主体意识、主体人格和主体能力,从而逐步形成具有主体性特征的学生。

(三)创造班级文化特征

创造班级文化是优化班级管理模式的一项有益探索。班级文化既是影响班级管理的环境因素,又是班级管理成果的物化标识。学生思想品德、个性特征、专业意识、知识才能、情趣情操也反映班级文化的特征。班级文化建设以创造主体性教育环境、促进学生自我发展为目标,以丰富多彩的班级文化活动为载体,引导学生主动参与,鼓励学生展示个性,激发学生的创造能力。在班级文化潜移默化的陶冶中,学生逐渐形成了班级共同的良好的价值取向、审美情趣和行为方式。

(四)营造良好的班级心理氛围

心理氛围,是指潜存于群体中的某种占优势的、较稳定的整体心理状态。对于一个班级而言,良好的班级心理氛围往往表现出积极而活跃、协调而融洽的特征,这种氛围是一种催人向上的管理情境,它有助于提高学生的思想水平,有助于形成浓厚的班风。不良的班级心理氛围易使学生产生一种压抑的感觉,因而表现出拘谨、刻板、冷淡、紧张的特征,它往往降低学生的活动效率,扰乱学生的价值判断,容易使学生之间产生矛盾和冲突。一个班级犹如一个大家庭,要使每位成员都相互信任,相互关心,相互帮助,和谐相处,共同进步,就要营造良好的班级心理氛围。良好的班级心理氛围显示着班级中各种成员共同的心理特征。它在形成集体意识和班级特色中起着渲染的作用。班级心理氛围形成的凝聚点就是每个成员都有强烈的集体荣誉感和责任感。这种高级情感的形成是营造良好班级心理氛围的基础。

第四节　班主任工作

班主任是学校全面负责班级学生思想、学习、健康和生活等工作的教师，是班级管理的主要成员。在一所学校里，班级是学生学习、成长的"土壤"。班主任是班级的组织者、管理者和教育者，是班级教育、教学工作的协调者。因此，班主任工作对学生的成长起着至关重要的作用。

一、班主任工作的主要内容

2009年8月22日，教育部出台了《中小学班主任工作规定》，其中有关班主任的任务和职责是：①全面了解班级内每一个学生，深入分析学生思想、心理、学习、生活状况，关心爱护全体学生，平等对待每一个学生，尊重学生人格，采取多种方式与学生沟通，有针对性地进行思想道德教育，促进学生德智体美全面发展；②认真做好班级的日常管理工作，维持班级的良好秩序，培养学生的规则意识、责任意识和集体荣誉感，营造民主和谐、团结互助、健康向上的集体氛围，指导班委会和团队工作；③组织、指导开展班会、团队会（日）、文体娱乐、社会实践、春（秋）游等形式多样的班级活动，注重调动学生的积极性和主动性，并做好安全防护工作；④组织做好学生的综合素质评价工作，指导学生认真做好成长记录，实事求是地评定学生操行，向学校提出奖惩建议；⑤经常与任课教师和其他教职员工沟通，主动与学生家长、学生所在社区联系，努力形成教育合力。

根据班主任的任务和职责，班主任工作的主要内容如下：①制订班主任工作计划。学期开始，班主任要制订工作计划，确定工作的重点，安排好各项工作。②了解和研究学生。研究每个学生的思想品质、学业成绩、才能特长、性格特征、成长经历以及家庭情况、社会生活环境等；掌握班集体的发展情况，为班级的教育教学工作提供依据。③指导班委会、共青团、少先队的工作。既要尊重班委会、团队组织的独立性，又要充分发挥它们的组织作用，使班委会、团队组织成为班集体的核心，充分发挥其主动性、积极性和创造性。④协调班内各任课教师之间的关系，互通情况，统一要求，改进教学方法，制订课堂常规，共同做好班级学生的教育工作。⑤关心学生的学习、生活和健康。要教育学生养成良好的学习习惯和生活习惯，要配合有关教师开展好课内外体育活动。⑥组织学生参加生产劳动和其他公益活动，培养学生正确的劳动观点、劳动态度、劳动习惯，帮助学生树立为人民服务的精神。⑦做好家长工作。通过家庭访问、书面联系、家长座谈会等，使家长对子女的教育与学校的要求协调一致，对家长不恰当的教育提出意见和建议。⑧组织学生参加课外和校外活动。⑨做好操行评定工作。⑩做好班级的日常管理工作,如批准学生请假,安排值日,检查课堂常规,审查班级日志,组织早操和课间操等。

二、班主任工作的基本要求

(一)坚持德育为先的目标导向

德育为先就是要把学校教育目标落实到班级日常管理工作过程中,切实把德育放在首位,注重学生正确的世界观、人生观、价值观和社会主义荣辱观的形成,培养学生健全、独立的人格。引导学生的学习兴趣,帮助学生树立正确的学习目标,促使学生全面协调健康发展。坚持德育为先的目标导向是由社会主义教育的性质和任务决定的。社会主义教育是要用真理、先进的思想和道德影响人,它从根本上区别于历史上一切剥削阶级的奴化教育。贯彻这一要求,班主任应注意坚持用正确的思想、先进的榜样、正面的事实启发学生,提高学生的认识觉悟和认识水平,同时,依靠各方面的积极因素,进行思想品德教育。

(二)坚持面向全体学生

面向全体学生是指学校、教师应该平等地对待所有学生,无论他们的年龄、性别、文化背景、家庭出身如何,也不管他们对学习是否有兴趣,教师都应该赋予他们同等学习的机会,使所有学生在学校都能接受同等水平的教育,以促进学生全面发展。面向全体学生,班主任要关心每一个学生,了解他们的内心世界,根据每个学生的个性特点,精心设计相应的教育方案,引导、帮助每一个学生健康成长,要特别关注学生中的弱势群体和边缘群体,为每一个学生的终身发展奠定基础。

(三)热爱学生,尊重学生

热爱学生是班主任必备的素养,而能够把爱洒向每一位学生则是班主任工作高超技艺的具体表现。在班主任工作中,教师要把信任和期待的目光洒向每一个学生,把关爱倾注于整个班主任工作过程之中,善于倾听学生的意见和呼声,和学生广交朋友,多开展谈心活动,与学生进行思想和情感上的交流,用爱去赢得每一位学生的信赖。一个教师只有热爱学生,才会依法执教,无微不至地关心学生健康成长;才会爱岗敬业,乐于奉献,竭尽全力地去教育学生;才会自觉自愿地约束自己,规范自己的言行,更好地做到为人师表、廉洁从教。热爱学生要同尊重学生和严格要求学生结合起来:一方面,要尊重学生的人格,保护学生的自尊心,做学生的知心朋友,调动学生的主动性、积极性,促使学生个性的发展;另一方面,要对学生进行严格的管理和教育,把培养学生正确的道德认识同行为训练结合起来,使学生养成良好的道德行为习惯。

(四)坚持因材施教原则

坚持因材施教原则,就是从学生实际出发,根据学生的年龄特征、个性差异和思想动态,选择恰当的内容和方法,进行有的放矢的教育,这样才具有充分的针对性和实效性,才能拨动学生的心弦,取得较好的效果。在班主任工作中,要做到因材施教,班主任要遵循学生的年龄特点和身心发展规律,相信每个学生都有自己的优点,都有成才的强烈愿望,帮助每一个学生树立远大理想,善于发现和激励学生的每一点进步,让学生始终在成功的喜悦中提高自己,发展自己。同时,也要全面深入地了解学生,对全班每一位学生的身心发展情况作系统的研究,从学生的实际出发,根据其心理特点、思想实际、个性差异以及家庭、社会影响的不同提出不同的教育要求,有的放矢地进行教育。

(五)以身作则,为人师表

教师的一举一动、一言一行都对学生起着潜移默化的作用。古今中外的教育家无不强调身教胜于言教,要求学生做到的,教师首先做到,而且要做得更好,更具有示范性,在无形之中为学生树立榜样。尤其是班主任,他的世界观、品德、行为、态度等,都这样或那样地影响着全体学生。车尔尼雪夫斯基说:"教师把学生造成什么人,自己就应当是这种人。"教师希望学生成为积极向上,勇于创新,不怕困难,诚心对待别人,有同情心和责任感,尽力做好任何事情,有一定心理承受力的全面发展的有用人才,而教师首先就要使自己成为这样的人。中小学生正处在长知识,长身体,形成思想道德品质的关键期,他们的可塑性大,模仿能力强,教师特别是班主任的一言一行都是学生学习和模仿的内容。因此,班主任要严格要求自己,不断增强道德修养,在学生中起表率作用。

(六)充分发挥集体教育的作用

班主任是班集体的培养者和塑造者,要通过开展集体活动,形成正确的集体舆论,培养集体的荣誉感、自豪感,充分发挥集体教育的作用,促使良好班风的形成。班集体本身具有一种不可替代的教育作用,它是促使学生进行自我教育的基础,是发展学生个性和创造才能、促进学生全面发展的重要因素。因此,要做好班级的教育管理工作,靠班主任一个人的力量是远远不够的,必须发挥班集体的教育作用。但是,集体是由个体组成的,个体素质在一定程度上体现了班集体的整体素质,集体教育代替不了个别教育。因此,班主任在充分发挥集体教育作用的同时,要注意个别教育的重要价值,把集体教育与个别教育、培养良好班风同培养学生良好的个性品质有机地结合起来,以促进学生身心的全面发展。

三、班主任的素质

班主任必须具备胜任本职工作所必需的品德、能力、个性心理等方面的条件和素质。班主任是一个班级的组织者、指导者和教育者,担负着为祖国培养"四有"新人的重任,而班主任素质的高低在很大程度上关系着班级管理工作的

成效。现从以下几个方面去论述班主任应有的素质:

(一)思想素质

教师是人类灵魂的工程师,是21世纪高素质人才的塑造者。为师先做人,育人先正己。每一位班主任首先必须具有较高的精神境界,以敬业爱岗为宗旨,要有献身教育事业的崇高理想、强烈的事业心、高度的责任感,有为教育事业无私奉献的精神。班主任要有松树的风格,蜜蜂的精神,蜡烛的品格,用自己崇高的道德风范和敬业精神教育引导学生。班主任的思想素质表现在以下几方面:一是要有坚定的政治方向和科学的世界观。班主任要能够正确践行党的教育方针、路线和政策,把握先进的教育理念。班主任要有坚定的政治信仰,鲜明的政治观点和立场,努力培养社会主义事业的建设者和接班人。班主任要有科学的世界观,坚持辩证唯物主义,反对唯心主义;坚持辩证法,反对形而上学;坚持科学与真理,反对迷信和形形色色的伪科学。用正确的思想观点、立场来引导学生、教育学生和规范学生,这是对班主任素质的基本要求。二是要有敬业精神。强烈的事业心和责任感是新世纪对班主任素质的基本要求,是当一名优秀班主任的思想基础。热爱自己的本职工作以及关心爱护学生是班主任敬业精神的具体体现。很难设想,一个不热爱本职工作、不关心爱护学生的教师能当好班主任。一名班主任如果没有积极向上的人生态度,就没有做好工作的内驱力。因此,班主任要不怕辛苦、不计得失、忠于职守、甘为人梯,把满腔热情和全部心血倾注到学生身上。三是要有崇高的师德修养。"学高为师,身正为范。"一个班主任教师的师德修养,不仅决定着这个教师在学生心目中的威信和地位,而且影响着这个教师的人格魅力,而一个人的人格往往比他的知识更具有力量。

(二)文化素质

现代科学技术日新月异,知识更新加快。拘泥于掌握一门专业,教好一门课,已不能满足班主任职业的要求。在新世纪里,培养全面发展的高素质人才,更要求班主任必须一专多能,多才多艺,不仅能传道、授业、解惑,更要会启迪、开发、创新。这就需要班主任具备扎实的专业知识、广博的科学文化知识,懂得现代教育科学理论。具体要求,一是扎实的专业知识。班主任要具有本学科领域的新知识、新信息和新见解,成为教育教学的"行家",以自己的真知灼见开阔学生的视野,激发学生的求知欲,引导学生健康成长。二是丰富的文化知识。班主任负有指导学生学习文化科学知识的责任,其影响几乎全面地渗透在学生活动的各个方面。这就要求班主任具有丰富的文化知识,做到文理渗透,中外结合,不断提高自己的专业素质和能力水平,具有合理的知识结构和广博的学识。三是现代教育科学知识。班级教育和管理是一门综合的艺术,它涉及教育学、心理学、学校管理学等多种教育科学知识。班主任必须认真学习教育理论,运用教育学、心理学原则指导班主任工作,深入理解并熟练运用教育科学理论,根据学生的年龄特点和心理发展规律,采用适合学生身心发展需要的方法和技巧,科学施教,避免由于主观性、盲目性以及经验主义给学生身心造成损害。

(三)能力素质

随着科学的进步,社会的发展,人们的思想观念也会不断更新和变化,知识的更新换代也日益加速,班主任将会面对许多新的教育理论和实践问题。而且,随着精神文明和物质文明的不断提高,学校的教育目标也会不断提高,这使班主任深切地体会到,在教育能力上,要从单一型向多面型、全能型发展。一专多能,德才兼备,这是班主任适应教育工作发展需要的根本要求。班主任的能力素质表现在以下几方面:一是组织管理能力。现代教育内容丰富,形式多样,方法灵活。班主任必须根据新时期学生的特点,科学地组织教育教学活动,卓有成效地加强班级管理,决不可一味地沿用传统管理模式,否则会影响学生身心的健康发展,使师生矛盾激化,甚至引起师生对抗,从而影响学生的正常学习和班级凝聚力的形成。二是协调能力。现代社会错综复杂,任何事物都不可能孤立地存在。班主任常常是各种矛盾的交汇点,需要协调好学生、家长、任课教师之间,甚至班级、学校、社会之间的各种联系和关系,而班主任则是这些联系和关系的纽带。因此,班主任不仅要善于做学生的思想工作,还要善于协调各种社会关系,为学生健康成长营造良好氛围。这就需要班主任具有良好的人际交往能力和协调能力。三是获取信息的能力。班主任要善于获取各种信息特别是关于学生成长的信息,并对来自家庭、学校、社会以及其他途径的各种信息进行加工处理,通过分析、判断、选择、提炼等途径,获得综合的、有价值的信息,对学生进行有效的指导,掌握班级教育和管理主动权。四是创造能力。新世纪的班主任,必须具有较强的创新意识,能创造性地开展工作。只有创造型的班主任,才能培养出具有创新意识和创造能力的人才。新世纪的班主任要不断地加强学习,更新观念,坚持依法治教,跟上时代的步伐,把握时代的脉搏。只有这样,才能牢牢掌握教育教学的主动权。

(四)身心素质

班主任除具备较高的政治素质、全面的业务素质、较强的能力素质外,还应具备健康的身心素质。班主任的身心素质不仅直接影响管理的效果,而且间接影响学生身心的健康发展。具体要求:一是具备健康的身体。健康的身体是人从事一切活动的基本保障。班主任工作任务重、责任大。班主任的劳动具有连续性和不确定性,是一种大容量、高强度的劳动。因此,班主任只有具备强健的体魄和充沛的精力,才能挑起这副重担。班主任作为班级的管理者,身负重任,要进行大量的工作,如果没有强健的体魄,就不会有充足的精力,势必无法正常地做好班级教育和管理工作。二是具有良好的心理素质。教育是极为复杂的劳动过程。中小学生正处于从幼稚走向成熟的年龄阶段,是身心发展和世界观形成的关键期。每位学生都是正在成长的具有主观能动性的人。对于学生的教育管理,随着社会和科学技术的发展,出现了一系列需要解决的新课题。这就需要班主任具有较强的心理适应能力,指导学生进行自我教育,以帮助学生正确认识社会、正确认识自我。一般来说,具备良好心理素质的班主任,在品德修养上能够正确认识和评价自己,注意为人师表,关心爱护学生,热爱教育事业,善于用班主任的思想情操、意志和智慧去感化学生,用班主任的人格风范去感染学生。

复习与思考

1. 什么是班级? 班级有哪些功能?

2. 加强班级管理有何意义?

3. 班级管理模式的内涵是什么? 结合实际谈谈如何优化班级管理模式?

4. 班集体的发展阶段有哪些,其形成标志是什么?

5. 结合实际谈谈如何培养班集体?

6. 深入某所中小学的一个班级,观察班级管理中存在的主要问题,提出管理建议。

7. 围绕着树立集体观念,设计一次主题班会。

8. 班主任工作包括哪些基本内容?

推荐阅读书目

[1] 吴秀娟,陈子良. 学生心理与班级管理. 北京:中国科学技术出版社,1991.

[2] 王振中,韩延明. 普通管理学. 南宁:广西人民出版社,1991.

[3] 陈孝彬. 教育管理学. 北京:北京师范大学出版社,1999.

[4] 肖宗六. 学校管理学. 北京:人民教育出版社,2001.

[5] 陈时见. 课堂管理. 南宁:广西大学出版社,2002.

[6] 李学农. 班级管理. 北京:高等教育出版社,2004.

[7] 林冬桂等. 班级教育管理学. 广州:广东高等教育出版社,1996.

[8] 唐迅. 班级社会学引论. 南京:南京大学出版社,1990.

[9] 魏国良. 学校班级教育概论. 上海:华东师范大学出版社,1999.

[10] 龚浩,黄秀兰. 班集体建设与学生个性发展. 广州:广东教育出版社,1999.

[11] 钟启泉. 班级管理论. 上海:上海教育出版社,2001.

[12] 吴康宁. 教育社会学. 北京:人民教育出版社,1998.

主要参考文献

[1] 傅道春. 教育学——情境与原理. 北京:教育科学出版社,1999.

[2] 袁振国. 当代教育学. 北京:教育科学出版社,1998.

[3] 张乐天. 教育学. 北京:高等教育出版社,2007.

[4] 李家成. 当代教育名著选读. 上海:华东师范大学出版社,2009.

[5] 颜泽贤,张铁明. 教育系统论. 郑州:河南教育出版社,1991.

[6] [德]福禄贝尔. 人的教育. 孙祖复译. 北京:人民教育出版社,1991.

[7] 雷尧珠,王佩雄. 教育与人的发展. 北京:人民教育出版社,1989.

[8] [美]杜威. 民主主义与教育. 王承绪译. 北京:人民教育出版社,1990.

[9] [法]卢梭. 爱弥儿——论教育. 李平沤译. 北京:商务印书馆,2001.

[10] [美]B·S·布鲁姆等. 教育目标分类学. 罗黎辉等译. 上海:华东师范大学出版社,1986.

[11] 肖川. 教师:与新课程共同成长. 上海:上海教育出版社,2004.

[12] 叶澜,白益民,陶志琼. 教师角色与教师发展新探. 北京:教育科学出版社,2001.

[13] 瞿宝奎. 教育学文集:教师. 北京:人民教育出版社,1991.

[14] 涂艳国. 走向自由——教育与人的发展问题研究. 武汉:华中师范大学出版社,1999.

[15] 教育部师范教育司编. 教师专业化的理论与实践. 北京:人民教育出版社,2001.

[16] 袁振国. 教育新理念. 北京:教育科学出版社,2002.

[17] 施良方. 课程理论:课程的基础原理与问题. 北京:教育科学出版社,1996.

[18] 张华. 课程与教学论. 上海:上海教育出版社,2000.

[19] 钟启泉,汪霞,王文静. 课程与教学论. 上海:华东师范大学出版社,2008.

[20] 王本陆. 课程与教学论. 北京:高等教育出版社,2004.

[21] 钟启泉. 课程论. 北京:教育科学出版社,2007.

[22] 李秉德. 教学论. 北京:人民教育出版社,1991.

[23] 裴娣娜. 教学论. 北京:教育科学出版社,2007.

［24］施良方,崔允漷. 教学理论:课堂教学的原理、策略与研究. 上海:华东师范大学出版社,1999.

［25］张楚廷. 教学论纲. 北京:高等教育出版社,2007.

［26］华国栋. 差异教学论. 北京:教育科学出版社,2001.

［27］钟启泉. 差生心理与教育. 上海:上海教育出版社,2003.

［28］沈德立. 高效率学习的心理学研究. 北京:教育科学出版社,2006.

［29］陈心五. 中小学课堂教学策略. 北京:人民教育出版社,1998.

［30］宋秋前. 有效教学的理念与实施策略. 杭州:浙江大学出版社,2007.

［31］石鸥. 教学别论. 长沙:湖南教育出版社,1998.

［32］盛群力,马兰主译. 现代教学原理、策略与设计. 杭州:浙江教育出版社,2006.

［33］李彦军,李洪珍等. 中国当代教学流派. 济南:山东教育出版社,2002.

［34］孙亚玲. 课堂教学有效性标准研究. 北京:教育科学出版社,2008.

［35］周军. 教学策略. 第2版. 北京:教育科学出版社,2007.

［36］姚利民. 有效教学论:理论与策略. 长沙:湖南大学出版社,2005.

［37］何善亮. 有效教学的整体建构. 北京:高等教育出版社,2008.

［38］詹万生. 德育新论. 北京:首都师范大学出版社. 1996.

［39］储培君等. 德育论. 福州:福建教育出版社,1997.

［40］檀传宝. 学校道德教育原理. 北京:教育科学出版社,2000.

［41］班华. 现代德育论. 合肥:安徽人民出版社,2001.

［42］鲁洁,王逢贤. 德育新论. 南京:江苏教育出版社,2002.

［43］高德胜. 生活德育论. 北京:人民出版社,2005.

［44］戚万学,杜时忠. 现代德育论. 济南:山东教育出版社,1997.

［45］胡守棻. 德育原理. 北京:北京师范大学出版社,1989.

［46］黄向阳. 德育原理. 上海:华东师范大学出版社,2000.

［47］瞿葆奎. 教育学文集. 德育. 北京:人民教育出版社,1989.

［48］朱小蔓. 道德教育论丛(第一卷). 南京:南京师范大学出版社,2000.

［49］冯增俊. 当代西方道德教育. 广州:广东教育出版社,1993.

［50］王道俊,王汉澜. 教育学. 新编本. 北京:人民教育出版社,1989.

［51］扈中平. 现代教育学. 北京:高等教育出版社,2005.

［52］叶澜. 教育概论. 北京:人民教育出版社,2006.

［53］吕型伟,阎立钦. 面向21世纪——我的教育观(基础教育卷). 广州:广东教育出版社,2000.

［54］王斌华. 发展性教师评价制度. 上海:华东师范大学出版社,1998.

［55］钟启泉. 课程论. 北京:教育科学出版社,2007.

［56］李雁冰,钟启泉.课程评价论.上海:上海教育出版社,2002.

［57］张华.课程与教学论.上海:上海教育出版社,2000.

［58］郑金洲.教师如何做研究.上海:华东师范大学出版社,2005.

［59］邱小捷.中小学教育科研方法.北京:高等教育出版社,2004.

［60］周家骥.教育科研方法.上海:上海教育出版社,1999.

［61］吴秀娟,陈子良.学生心理与班级管理.北京:中国科学技术出版社,1991.

［62］王振中,韩延明.普通管理学.南宁:广西人民出版社,1991.

［63］陈孝彬.教育管理学.北京:北京师范大学出版社,1999.

［64］肖宗六.学校管理学.北京:人民教育出版社,2001.

［65］陈时见.课堂管理.南宁:广西大学出版社,2002.

［66］李学农.班级管理.北京:高等教育出版社,2004.

［67］林冬桂等.班级教育管理学.广州:广东高等教育出版社,1996.

［68］唐迅.班级社会学引论.南京:南京大学出版社,1990.

［69］魏国良.学校班级教育概论.上海:华东师范大学出版社,1999.

［70］龚浩,黄秀兰.班集体建设与学生个性发展.广州:广东教育出版社,1999.

［71］钟启泉.班级管理论.上海:上海教育出版社,2001.

［72］吴康宁.教育社会学.北京:人民教育出版社,1998.

［73］傅道春.教育学.北京:高等教育出版社,2000.

［74］韩延明.新编教育学.北京:人民教育出版社,2006.

［75］冯建军.现代教育学基础.南京:南京师范大学出版社,2007.

［76］全国十二所重点师范院校联合编写.教育学基础.北京:教育科学出版社,2008.

［77］瞿葆奎.教育学文集(教育与人的发展、教育与社会的发展、教育目的).北京:人民教育出版社,1989.